따사로운 봄날처럼
행복하세요♡
알파타로트 드림

알파타르트 장편소설

하렘의 남자들

5

해피북스
투유

차
례

21

이름을 어떻게 알았어?

기르골은 얼결에 꽃다발을 안았다. 천사 같은 외형의 그가 화사한 꽃다발을 안은 모습은 신전에 그려져 있을 것처럼 아름다웠으나, 그 표정에 떠오른 건 어리둥절함이었다.

기르골은 여자를 빤히 쳐다보다가 정정했다.

"우린 초면인데."

정답이었다.

그러나 라틸은 눈 하나 깜짝하지 않고 거짓말했다.

"초면은 아니야. 하지만 탓하지 않겠다. 사람들은 내 얼굴을 잘 기억하지 못하거든."

'사디'는 실제로 놀라울 정도로 존재감이 약한 외모였다. 이 점을 이용한 거짓말이었다. 기르골이 그 말을 믿는지 아닌지 알 수 없었으나, 어쨌건 갑자기 꽃다발을 건넨 상대에게 호기심이 든 건 확실해 보였다.

"날 어디서 보았지?"

"그건 기억나지 않아. 너무 잘생겨서 얼굴만 기억에 남은 거라."

라틸의 말에 기르골은 꽃다발을 품 안에 꽉 안더니 눈동자를 초 승달처럼 휘며 웃었다. 라틸은 그가 꽃 냄새를 맡는 모습을 지켜보 다가 말을 걸어보길 잘했다고 생각했다. 꿈속에서 내내 지켜보던 인물을 현실에서 보니 신기해서 말을 건 것인데 꽃다발을 받고 저 렇게 좋아하니 뿌듯했다.

기르골은 꽃에 코를 박듯이 있다가 뒤늦게 고개를 들며 물었다.

"초면이 아니라는 아가씨, 이름이 뭐지? 이름을 알려주면 나도 기억을 뒤져볼 수 있을 거 같은데."

"바빠서. 대화는 나중에."

하지만 '사디'의 모습으로 기르골과 더 깊게 알고 지낼 생각은 없었기에, 라틸은 돌아서서 별꾀꼬리 여관을 향해 걸어갔다. 기르 골은 멀어져 가는 그 뒷모습을 쳐다보다가 한쪽 팔에 꽃다발을 품 고서 다른 손으로 꽃잎을 뜯어 입에 가져갔다.

공놀이를 하면서 지나가던 아이는 꽃을 뜯어먹는 기르골을 목격 하고는 근처를 달려가다 말고서 눈썹을 치켜떴다. 기르골은 그런 아이에게 새로운 꽃잎을 내밀며 친절하게 물었다.

"너도 줄까?"

아이는 황급히 고개를 젓고서 얼른 자리를 떠나갔다.

"맛있는데."

아이가 가버린 후에도 기르골은 혼자 중얼거리면서 꽃을 '우득 우득' 뜯어 먹다가, 무슨 생각인지 아까 꽃을 준 여자가 걸어간 쪽으로 따라가기 시작했다.

'왜 따라오지?'

기르골에게 꽃을 건넨 라틸은 아이도미스를 찾기 위해 별꾀꼬리 여관으로 걸어가던 도중, 기르골이 자신을 계속 따라온단 걸 눈치챘다. 그는 발소리를 죽이고 쫓아오는 듯했지만, 꽃을 하나씩 뜯어 먹는 괴상한 꼴로 따라오는데 알아보지 못할 수가 없었다.

'식성이 특이하네.'

라틸은 어느 가게 앞에 달린 커다란 거울을 통해 기르골의 모습을 똑똑히 확인하고서 혀를 찼다. 하지만 계속 그가 따라오게 두기는 곤란했다. 라틸도 기르골에게 호기심은 있었다. 그러나 곧 아이도미스를 만나서 미친 것처럼 들릴 대화를 나눌 예정이 아니던가.

결국 라틸은 그를 따돌리기로 결심하고서 일부러 사람들이 많은 장소로 들어갔다. 그리고 커다란 기둥을 따라 돌면서 가면을 벗어버렸다. 그러고서 왔던 방향으로 도로 걸어가자, 맞은편에서 오던 기르골은 바뀐 라틸을 알아보지 못했다. 팔만 뻗으면 닿을 거리를 지나가면서도 그는 정면만을 본 채 라틸을 스쳐 지나갔다. 희미하게 스친 옷자락을 의식한 건 라틸뿐이었다.

그렇게 얼마나 걸어갔을까. 기르골은 어느 모자 가게 앞에 이르

러서야 자신에게 꽃을 준 여자를 놓쳤단 걸 알아차리고 걸음을 멈추었다. 기르골은 주위를 더 둘러보았지만 결국 그 여자를 쫓는 것을 그만두고, 근처의 노점상에서 커피를 사 간이 의자에 앉았다.

꽃을 하나하나 먹으면서, 그는 이번에는 꽃다발을 주고 가버린 여자가 아니라 가짜 도미스가 말한 대적자일지도 모르는 여자에 대해 생각했다. 기르골의 손가락이 불그스름한 꽃잎을 뚝 뚝 뜯을 때마다, 그의 머릿속에서 유리구슬이 굴러가는 소리가 났다.

꽃 한 다발을 다 먹고 나서야 기르골은 그 대적자라는 여자를 알아낼 방법을 떠올리고서 꽃다발을 만족스레 내려다보았다. 꽃다발에는 초록 줄기만 뾰족하게 남아있었다.

라틸은 아이도미스를 만나지 못했다. 결국 오늘의 성과는 기르골을 만난 것뿐이었다. 그러다 보니 궁전으로 돌아온 라틸의 머릿속은 자연스럽게 기르골로 가득 찼다. 라틸은 옷을 갈아입으면서, 실제로 본 기르골의 모습을 하나하나 되짚어 떠올려보았다.

꿈속에서 볼 때도 생각했지만 정말 아름다운 남자였다. 아니, 실제로 보니 더욱 아름다웠다. 꿈속에서는 도미스가 보고 듣는 걸 같이 느낄 수밖에 없었는데, 당시 도미스는 거의 모든 감각을 칼라인에게 집중하고 기르골은 뒷전인 탓이었다.

라틸은 기르골의 실물을 확인하자 문득 궁금해졌다.

'도미스는 칼라인에게 첫눈에 반한 게 틀림없어. 아니, 두 번째

봤을 때 반한 건가. 하지만 왜? 칼라인의 어떤 점에 반한 걸까?'

기르골과 칼라인은 둘 다 엇비슷하게 아름답고 좀비에게서 구해
준 것도 둘 다였다. 그런데 도미스는 왜 칼라인에게 반했을까? 옷
을 다 갈아입은 라틸은 가면을 벗은 다음 옷매무새를 정리하고 밖
으로 나갔다. 산책을 끝낸 척 집무실로 돌아갈 때까지도 그 의문은
풀리지 않았다.

'하긴. 다 자기 취향이지.'

그런데 공개 집무실로 돌아와 보니, 책상 앞에 시종 하나가 초조
한 얼굴로 연신 다리를 움찔거리며 서있지 않는가.

"무슨 일이냐?"

라틸이 의자로 걸어가며 문자, 시종은 얼른 인사를 올리고서 보
고했다.

"폐하. 대현자가 레안 황자님을 뵈러 별궁에 들어가려다 가로막
히자 폐하를 뵙고 싶어 합니다."

라틸은 의자에 앉으면서 시종을 뚫어져라 쳐다보았다. 시종은
자기가 대현자를 불러들이기라도 한 양 라틸의 눈치를 살피고 있
었다. 라틸은 의자에 푹 기대어 손잡이를 툭툭 두드렸다. 대현자가
오빠를 만나려 했다고?

자기 책상 앞에 우두커니 서있던 시종장이 라틸 곁으로 다가와
물었다.

"어떻게 할까요, 폐하? 들어오라 할까요? 아니면 돌려보낼까요?"

"뭐가 좋을까요?"

"폐하께서 원하시는 대로 하시지요."

라틸은 눈을 가늘게 뜨고 관자놀이를 누르다가 책상을 노크하듯 툭 두드리며 지시했다.

"대현자는 여기로 부르고 다들 나가라."

라틸은 커다란 사각형 손수건을 펼쳐놓고서 그걸로 꽃을 접기 시작했다. 반 정도 완성되었을 즈음. 열린 문 너머로 대현자가 들어왔다. 대현자가 들어오자 밖에서 시종이 눈치껏 문을 닫아주었다.

대현자와 단둘이 남자 라틸은 넓은 공간이 갑갑하게 여겨졌다.

"폐하를 뵙습니다."

그 탓에 대현자가 예의 바르게 인사해도 라틸은 무표정하게 있었다. 대현자가 고개를 들 즈음 억지로 웃긴 했으나, 그 미소는 나흘 정도 햇볕 아래에서 방치한 초콜릿처럼 보였다.

"오랜만이군."

대현자는 라틸의 언짢은 기색을 눈치채고서 송구하다는 듯 인자하게 웃어 보였다. 라틸은 그에게 근처 의자에 앉으라 손짓하면서 말했다.

"그래. 레안 황자를 찾아가려다 못 만났다고."

라틸이 안타깝다는 듯 눈썹을 찌푸리면서 입술만 올리자, 대현자는 얌전히 허벅지 위에 자신의 두 손을 올리고서 라틸의 눈치를 살피다 조심스럽게 입을 열었다.

"폐하."

"용서해 주십시오. 많이 반성했습니다. 화를 푸십시오. 이해해 주십시오."

"!"

"다 금지라네. 말하다 거절당하면 기분 상할까 봐."

라틸이 빙그레 웃자, 대현자는 도로 입을 다물었다. 라틸이 예시로 들어준 말 중에 하고 싶던 말이 있는 모양이었다. 라틸은 대현자를 재촉하는 대신 펜에 잉크를 묻히고 새 종이를 펼치면서 그가 금지한 예시를 벗어난 말을 하길 기다렸다.

대현자는 쉬이 입을 열지 못했다. 그래도 라틸은 재촉하지 않았다. 그냥 빈 종이에다가 철자만 처음부터 끝까지 반복해서 세 번 적었다. 네 번째 적으려 하고 있자니, 대현자는 그제야 다시 입을 열었다.

"신도 감히 레안 황자님을 용서해 달라 청하진 못하겠습니다."

"청하러 온 거 같은데."

라틸이 빙그레 웃으며 하는 말에 대현자가 또 입을 다물 눈치기에, 라틸은 자기 입을 한 손으로 눌러 '조용히 할게'란 표시를 하고서 다른 한 손으로는 얼른 말을 이으라 손짓했다.

대현자는 몹시 불편해하는 기색으로 말을 이었다.

"폐하께서 황자님께 화내실 수밖에 없단 건 압니다. 하나뿐인 동복 남매에게 배신을 당한 거니까요."

"알면 용서란 말 꺼내지도 말게."

"레안 황자님도 국민들의 안녕과 폐하의 안녕 사이에서 많이 고민했습니다. 어떻게 해서든 폐하를 살리는 길을 택하고 싶었기에,

빠르고 손쉬운 방법을 제쳐두고 폐하께 양위하겠단 방법부터 선택하신 거고요. 폐하를 지키기 위해서요."

라틸의 심드렁한 표정을 본 대현자는 참담해져서 고개를 숙였다.

"레안 황자님께서 500년에 한 번 깨어나는 로드에 대해 관심을 가지게 된 건 다 신의 탓입니다."

"그대가 레안 황자에게 내가 사악한 존재라 권했나?"

"그건……."

"아니라면 그건 그대의 탓이 아니지. 내가 아무에게나 화풀이를 한다고 생각하진 말게."

"폐하. 감히 용서를 청하진 못하겠습니다. 그저, 레안 황자님이 좋아하는 공부라도 하면서 살 수 있도록 해주시면 안 되겠습니까?"

"거절하네."

라틸이 조금도 망설이지 않고 대답해 버리자, 대현자의 표정이 슬퍼졌다.

"폐하께서는 사람들을 따뜻하게 대하셔야 합니다. 그게 폐하의 운명을 거스를 수 있는 길입니다. 운명에 먹히면 안 되지 않습니까."

라틸이 무표정하게 쳐다보자 대현자는 얼른 고개를 숙이고서 말을 바꾸었다.

"폐하께서 사악한 존재란 뜻이 아닙니다. 이와는 별개로……."

그가 말을 마치기 전에 라틸이 펜을 내려놓고 천천히 몸을 일으키며 중얼거렸다.

"그대는 내가 어린 시절에도 비슷한 말을 했지. 대현자 그대가 보기엔, 내가 사악한 존재건 말건 피를 볼 운명 같은가 봐?"

라틸의 목소리는 건조하고 권태로웠으나 그 말에는 분명하게 가시가 느껴졌다.

대현자는 아차 싶어서 얼른 용서를 빌었다.

"나쁜 뜻으로 한 말이 아닙니다."

고개를 숙인 그가 무어라 변명하려는데 지척에서 '스릉' 맑은 쇳소리가 들려왔다. 대현자는 굳은 채 눈동자만 들어 올렸다. 어느새 곁으로 온 라틸이 웃으면서 그의 목에 검을 들이대고 있었다.

"내 운명은 그대에게 있는가? 그대 운명은 확실하게 내 손에 있는데."

"!"

대현자는 라틸을 설득하지 못하고 결국 무거운 표정으로 떠났다.

"대현자도 계속 감시하라."

라틸은 흑림 둘을 불러 지시를 내린 다음 책상 앞에 앉아 아무렇지 않게 일을 해 나갔다. 그러다가 저녁 6시쯤. 오늘 일과가 적당히 마무리되자, 라틸은 산책하러 나갈 테니 식사는 차리지 말라 지시하고서 다시 '사디'로 변한 다음 궁전 밖으로 나갔다.

궁전을 벗어난 라틸은 야트막한 언덕으로 올라갔다. 비탈길을 반 정도 올라왔을 때쯤 비가 내렸으나 돌아가지 않았다. 여름이라 저녁인데도 하늘은 밝았고 비가 내려도 햇살이 내리쬤다. 언덕 꼭대기로 올라간 라틸은 궁전을 멍하니 내려다보며 계속 비를 맞았다.

기분이 이상했다. 이건 서운한 감정도 화가 나는 감정도 아니었다. 하지만 지독하게 외롭고 허무한 감정이었다. 그때, 머리 위에서 커다란 새가 날개를 한 번 푸덕이는 소리가 났다. 그러자 머리를 타고 이마와 콧등을 흐르던 비가 멈추었다. 라틸은 천천히 고개를 들었다.

머리 위로 까만 하늘이 펼쳐져 있었다. 그 하늘 너머에선 여전히 폭우가 떨어지고 있는데 까만 하늘은 빛을 가렸으나 비는 막아주었다. 그러나 이미 머리카락을 흠뻑 적신 빗방울은 계속 옷 안으로 흘러들어왔다.

라틸은 얼굴에 묻은 물기를 닦으며 옆을 보았다. 시야의 사각지대로 하얀 머리카락이 보였다. 완전히 고개를 돌리자, 한 손에 까만 우산을 든 채 이쪽을 내려다보고 있는 기르골이 보였다.

눈이 마주치자 그의 붉은 눈동자가 부드럽게 휘어졌다.

"우리 연애할까? 사디 양?"

기르골은 조금의 미동도 없이 라틸에게 붉은 시선을 보내왔다.

라틸은 마른침을 삼켰다. 우산을 때리는 빗소리가 갑자기 크게 느껴졌다. 바람이 불면서 비가 몰아쳐 목덜미에 닿자 등골이 오싹해 왔다. 하지만 라틸은 두려움을 드러내는 대신 웃으면서 물었다.

"내 이름 어떻게 알았어?"

그 대답을 듣자 기르골의 눈꼬리가 좀 더 짙게 휘었고 미소는 더욱 깊어졌다.

"우리 아는 사이라며."

기르골이 자신이 했던 거짓말을 그대로 돌려주자, 라틸은 입술을 모으고서 입꼬리를 슬쩍 올렸다. 그도 자신도 거짓말을 하고 있었다. 그리고 서로 상대가 거짓말쟁이란 걸 알고 있었다.

"내가 줬던 건 마음이 아니고 꽃다발인데."

"그러니까. 꽃다발을 받았으니 마음으로 보답하려고."

라틸은 기르골을 뚫어져라 바라보았다. 우산도 가지고 있으면서 그는 머리카락이 물에 젖어 뒤로 다 넘어가 있었다. 그 모습이 지독하게 잘 어울리긴 했지만.

"대답은?"

머리카락 끝에서부터 흘러내린 빗물이 자꾸만 옷 속으로 흘러들어갔다. 셔츠가 물에 젖으면서 피부에 달라붙는 감각에 라틸은 몸이 간지러워졌다. 라틸은 몇 번이나 생각했다.

저 남자……. 대체 내 이름. 아니, 이름도 아니다. 가명을 어떻게 알았을까?

'도미스에게 들었나?'

라틸은 기르골이 아이도미스에게 자기 이름을 들은 게 분명하다고 생각했다. 아니라면 달리 알 방법이 없으니까. 설령 아니라 하더라도 라틸은 몇 번 보았다고 난데없이 연애하자고 하는 수상쩍은 인물과 연애할 마음은 없었다.

"꽃다발에 넘어오다니. 너무 쉬운 마음인데."

라틸이 우산 밖으로 나가며 혀를 차자, 기르골은 가슴 위에 손을 올리며 웃었다.

"난 쉬운 게 아니라 사랑 이야기를 좋아하는 거야, 아가씨."

"그럼 거절할게. 난 남 이야깃거리 되는 건 별로라."

라틸은 대답을 듣지 않고 손으로 비를 막고 언덕 아래로 뛰어갔다. 기르골은 대답을 하자마자 빠르게 사라지는 그 뒷모습을 쳐다보았다. 비에 젖은 탓에 빠르게 뛰는데도 옷자락이 흔들리지 않고 몸에 엉겨 붙는데, 그 모습이 무척 불편해 보였다. 그래도 꿋꿋하게 잘 뛰어가는 그 모습을 바라보다가 기르골은 웃으면서 만족스럽게 중얼거렸다.

"저 아가씨가 대적자일 수도 있다고……?"

궁전으로 돌아와 가면을 벗은 라틸은 내내 비를 맞아 차가워진 몸을 따뜻한 물에 담가 녹이면서 기르골에 대해 생각했다.

'기르골은 내 이야기를 아이도미스에게 들은 게 맞겠지? 들었다면 어떻게 들은 걸까?'

기르골이 자신의 이름을 안 것도 연애하자고 제안을 한 것도 다 이상했다. 하긴 도미스의 꿈속에서도 그자는 능글맞은 데다 어디로 튈지 모르는 사람 같긴 했지만.

'아이도미스에게 내 이야기를 들은 거라면 연애하자는 이야기는 왜 꺼낸 걸까? 아이도미스가 나에 대해 좋게 이야기했을 리는 없는데……. 혹시 내가 칼라인과 아이도미스 사이에 방해가 될 거라 여겨서?'

하지만 기르골의 고백이야 이미 거절했으니 더 걸릴 것도 없다. 아이도미스와 기르골이 대체 무슨 이야기를 나눈 건지 그게 찝찝하지만. 따뜻한 목욕물에 점점 몸에 열이 올라오고 땀이 나자, 라틸은 슬슬 다른 게 신경 쓰이기 시작했다.

칼라인. 기르골과 칼라인은 절친한 친구였다. 도미스보다 서로를 먼저 안 친구. 라틸은 기르골을 찾으면 칼라인에게 소개해 주려고 했다. 그러면 칼라인이 도미스의 죽음으로 받은 충격이 좀 가실까 봐. 그러니 제 발로 찾아온 기르골을 칼라인에게 소개해 줘야 하는데…….

'칼라인이 기르골을 어떻게 알았냐고 물으면 어쩌지?'

도미스 이야기는 그가 꿈결에 그 이름을 부르는 걸 들었단 핑계를 댔다. 그런데 기르골까지 같은 핑계를 대도 될까? 칼라인이 믿을까? 그렇게 목욕물이 식어갈 즈음.

"폐하?"

라틸이 너무 오래 욕조에서 나오지 않자 걱정이 되는지 문밖에서 시녀가 조심스럽게 부르는 목소리가 들려왔다.

"다 했다."

라틸이 대답하고서 몸을 일으키자, 대기하던 시녀들이 들어와 커다란 수건을 라틸의 몸에 덮어주고 물기를 닦아주었다. 시중을 받으며 라틸은 '괜찮을 거야'라고 결론을 내렸다. 그래, 잠결에 기르골 이름도 같이 말했다고 하면 되겠지.

'하지만 기르골 얘기를 하기 전에 칼라인이 기르골과 화해할 마음이 있는지 없는지부터 떠보자. 영원히 보기 싫을 정도로 어긋난 걸 수도 있잖아.'

그런 사이라면 기르골을 데려와 보여주는 게 오히려 못 할 짓이었다.

'좋아.'

마음을 먹은 라틸은 내일 오후쯤 시간이 날 때 칼라인을 찾아가 보기로 결정하고서 시녀가 건네는 부드러운 가운에 팔을 꿰었다.

이틀째 비가 내리고 있었다. 다른 후궁들은 비 내리는 날 산책하기 싫은지 다들 자신의 처소에 틀어박혔으나, 칼라인은 정원에 나와 비를 맞으며 있었다. 라틸의 생일 선물을 고르기 위해서였다. 서넛이 왕반지라고 귀띔해 주었지만, 그건 절대로 아닐 테니까.

칼라인은 일전에 오리고기 이야기를 꺼냈을 때 라틸이 보인 표정을 떠올렸다. 그는 도미스가 무엇을 좋아하는지는 다 알았으나, 라틸이 무엇을 좋아하는지는 아직 알아가는 중이었다.

생일에 어떤 걸 주어야 기뻐할지, 지금은 아무리 생각해도 도무지 알 길이 없었다. 아직 두 사람은 함께한 시간이 너무 짧았으니까. 지나가던 하인들이 비를 맞으며 꽃을 쓰다듬는 칼라인과, 그 곁에 혼자 우산을 쓰고 선 칼라인의 시종을 이상하게 쳐다보고 지나갔으나 칼라인은 생각에 빠져 그걸 알아채지도 못했다.

얼마나 그러고 있었을까. 칼라인의 시종이 먼저 후궁인 칼라인이 비를 쫄딱 맞는 게 이상한 광경이란 걸 뒤늦게 깨닫고는 속삭이듯 작게 보고했다.

"단장님. 이걸 쓰시지요. 인간들이 이상하게 봅니다. 저는 제 우산을 챙겨 오겠습니다."

시종이 우산을 건네자, 칼라인은 괜찮다고 말하려다가 이상해 보인단 말에 순순히 우산을 받아 들었다. 시종이 꾸벅 인사를 하고 정원 밖으로 나가자, 칼라인은 한 손에 우산을 들고서 다시 꽃을 계속 쳐다보았다.

'검술을 익혔다고 했지. 보검을 드리면 싫어하시려나. 너무 무난한가.'

그런데 한참 고민에 잠겨있자니, 아까 시종이 떠나간 곳에서 풀 밟는 소리가 들려왔다. 오싹한 분위기. 칼라인은 꽃잎에 묻은 물방울을 손가락으로 쓸어보다가, 낮게 내리떴던 눈꺼풀을 천천히 들어 올렸다.

손가락을 내린 그는 느릿하게 몸을 돌렸다. 그의 뒤쪽에 오랜 악우가 서있었다. 한때 그의 스승이자 친구였으나, 지금은 누구보다 증오스러운 이가. 덤덤한 표정 아래로 칼라인의 마음이 거세게 흔들렸다. '주인'을 이자의 눈에 띄지 않게 하려 그와 그의 측근들이 얼마나 많은 노력을 기울였던가. 그런데 가짜 로드에게 홀려 지하성 부근을 얼쩡거려야 할 뱀파이어가 이쪽에 서있었다.

눈이 마주치자 기르골은 권태로운 미소를 지었다. 아주 오랫동

안 만나지 못한 사람이 지을만한 미소는 아니었다.

"안녕."

기르골의 인사에 칼라인은 대답하지 않았다. 예상보다 빨리 나타난 기르골의 등장에 칼라인은 머리가 혼란스러웠다. 아직 어떻게 해야 할지 행동을 정할 수 없었다.

기르골도 칼라인이 같이 인사할 거라 기대한 건 아닌지, 태연하게 주위를 둘러보았다. 기르골은 잘 꾸며진 하렘 내부를 눈으로 매만지듯 샅샅이 훑었다. 그 과정이 끝나자 기르골은 활짝 웃으면서 칼라인에게 소감을 이야기했다.

"전대 뱀파이어 나이트 꼴이 우습게 됐네. 인간 황제가 만들어 둔 정원에서 살아가게 되다니."

"……."

칼라인은 이번에도 대답하지 않았으나 기르골은 전혀 기분 나쁜 내색 없이 말을 이어갔다.

"궁금해. 어떤 황제가 자네를 이런 꼴로 만든 건가?"

"!"

우산을 쥔 칼라인의 손에 살짝 힘이 들어갔다 빠졌다. 내내 침묵으로 일관하던 칼라인이지만 기르골이 황제에게 호기심을 느끼는 듯하자 대답할 수밖에 없었다.

그러나 아주 조심해야 했다. 조금이라도 잘못 대답했다가는 오히려 황제에 대한 기르골의 흥미를 더욱 부추길 수 있었다. 그건 절대로 안 될 일이었다. 지금 황제야말로 그가 저자에게서 감추려 그렇게 애쓴 로드의 환생이 아니던가.

"그냥 황제지. 평범한 황제."

칼라인은 우산을 들지 않은 한 손을, 손바닥이 자신을 향하게 천천히 들어 올리면서 무미건조하게 입을 열었다.

"도미스를 잊을 도피처를 만들어 준 황제."

그 외엔 아무 의미도 없다던가 하는 말을 덧붙이는 게 나을까 싶기도 했으나, 결국 칼라인은 그 부분은 생략했다. 기르골은 눈치가 빨랐다. 너무 구구절절 설명하면 오히려 '뭐가 있구나' 싶어서 호기심을 보일 것이다. 그의 호기심을 받는 건 절대로 좋은 일이 아니었다.

예상대로 기르골은 칼라인의 대답에 황제에 대한 흥미가 사라진 듯 가식적으로 웃으며 계속 조롱했다.

"자기를 잊으려 인간 권력자에게 몸을 바치는 애인이라……. 도미스가 잘도 좋아하겠어?"

라틸은 그 자리에 멈추어 섰다.

'이게…… 무슨 소리야?'

라틸은 숨을 죽이고 본능적으로 자신의 모든 기척을 지웠다. 예민한 칼라인과 기르골조차 눈치챌 수 없을 정도로 완벽하게. 자신이 뭘 하는지도 모른 채 라틸은 자신을 숨기고 쏟아지는 빗줄기를 쳐다보고만 있었다.

꼭지가 바닥을 향한 우산은 제 역할을 전혀 하지 못하고 있었으나, 우산을 접으면 소리가 날 게 분명하기에 라틸은 우산을 접지도 못하고 눈만 질끈 감고 있었다. 비 때문인지 혼란스럽기 때문인지 더 이상의 소리는 들려오지 않았다. 라틸은 발치를 가만히 내려다 보기만 했다.

― 그냥 황제지. 평범한 황제. 도미스를 잊을 도피처를 만들어 준 황제.

얼마나 그러고 있었을까. 주위에 아무도 없단 걸 확인한 라틸은 우산을 접고 칼라인의 목소리가 들려온 곳으로 걸어가 보았다. 그 곳엔 누군가 있었다는 흔적만 남아있을 뿐. 칼라인은 보이지 않았다. 칼라인과 대화한 상대 역시 없었다.

라틸은 인상을 찌푸리고 관자놀이를 눌렀다. 칼라인이 도미스를 잊지 못한 것, 도미스를 잊기 위해 후궁으로 지원한 것을 다 알고 있었다. 하지만 이렇게 듣고 나니 기분이 좋지 않았다.

'……잠시 나갔다 오자.'

밤이 되자 칼라인은 아무도 모르게 하렘을 벗어나 거리로 나왔다. 칼라인은 기르골이 평소 어떤 여관을 선호하는지 알았다. 그가 사람 많은 곳을 좋아하는지 아닌지, 외곽을 좋아하는지 중앙을 좋아하는지, 그는 괴로울 정도로 기르골에 대해 많이 알고 있었다.

결국 자신이 알고 있는 것들은 전부 껍데기였단 걸 깨닫고 말았지만 말이다. 하늘에서는 계속 천둥소리가 들려왔다. 비가 잔잔하게 떨어지고 있었으나 칼라인은 우산을 쓰지 않고 기르골이 갈만한 여관을 여기저기 뒤지고 다녔다. 낮에는 장소가 장소인지라 기르골을 그냥 보낼 수밖에 없었다. 그는 자기가 내킨다면 주위에 누가 있건 신경 쓰지 않고 멋대로 굴 뱀파이어인지라, 최대한 조용히 보내야 했다.

하지만 기르골이 여기까지 나타났다. 도미스가 죽은 후 낮짝 한 번 비추지 않던 뱀파이어가 왜 여기 나타난 건지는 알 수 없으나 대비를 해야 했다. 그자가 앞으로 어떤 짓들을 할지 알면서 이대로 그냥 두고 볼 수는 없었다.

그렇게 걸어가고 있을 즈음. 인기척 없는 비 오는 날의 밤거리에서 작은 움직임이 느껴졌다. 칼라인은 걸음을 멈추고 그곳을 쳐다보았다. 깜깜한 어둠을 한 줄기 가로등이 비추고 있었다. 가로등 빛으로 바닥에 동그랗고 노란빛의 구가 만들어졌다.

그곳에 기르골과 '사디'가 마주 서 있었다. 기르골은 사디에게 꽃다발을 내밀고 있었고, 사디는 그 풍성한 꽃다발을 빤히 내려다보고 있었다. 다시 우르릉 천둥소리가 나는가 싶더니, 번개가 번쩍이며 사방이 하얗게 변했다. 그 찰나의 반짝임 속에서, 칼라인은 도미스를 보았다. 도미스와 마주 선 기르골이 그녀 양부의 머리를 건네던 모습을 보았다.

경악한 그녀의 표정과 웃고 있던 기르골. 짧게 지나간 과거의 환영 뒤로 다시 하늘은 어두워졌고 빗줄기는 더욱 굵어졌다. 요란한 빗소리가 과거와 현재를 뒤섞자 칼라인의 흰자위가 붉게 변해가기 시작했다.

기르골은 전혀 예상하지 못한 장소와 타이밍에 나타났다. 혼자서 밤거리를 정처 없이 돌아다니던 라틸은 머리 위에서 들려온 '똑똑' 하는 소리에 놀라서 고개를 들었다. 높은 담벼락 위에 기르골이 우산을 쓰고 쪼그려 앉아있었다. 게다가 한 손에는 풍성한 꽃다발을 들고 있었다.

아니, 왜 굳이 저기에 앉아있지? 당황스럽기도 하고 이상하기도 해서 라틸이 멍하니 보고 있자, 기르골은 담 위에서 깃털처럼 가볍게 착지해 다가왔다.

"자."

게다가 다가오자마자 다짜고짜 들고 있던 꽃다발을 내밀었다. 라틸은 꽃다발을 받아드는 대신 그와 꽃 무더기를 번갈아 보다가 물었다.

"어떻게 알았어? 내가 여기 있는 거."

정말로 놀라웠다. 라틸은 목적지도 정하지 않고 그저 발길 닿는 대로 돌아다닌 건데, 여기서 만나다니. 물론 언덕에서 만난 것도 이상하긴 했지만, 그래도 두 번이나 우연히 만나자 더욱 기묘하게 느껴졌다.

"알고 나온 건 아닌데 계속 만나네. 우린 진짜 운명인가?"

기르골이 이 만남을 우연이라고 하자 오히려 더 신기했다. 그 사이에도 기르골은 얼른 받으라는 듯 꽃다발을 라틸 쪽으로 한 번 더 흔들었으나, 라틸은 이번에도 꽃다발을 받지 않았다.

"다른 사람 주려던 꽃 아닌가? 나 만날 줄 모르고 나왔다며. 그걸 날 주면 어떡해."

"아닌데. 내가 먹으려고 샀던 건데."

"그럼 그대가 먹어. 날 주지 말고."

꽃을 왜 자꾸 뜯어 먹는지는 모르겠지만.

'이놈 이거 염소인가.'

"난 사디 양이 나한테 꽃다발을 줄 때 반했거든. 그래서 내가 꽃다발을 주면 사디 양도 나한테 반할 거 같아서."

기르골이 한 번 더 꽃다발을 흔들었다. 우산 끄트머리에서 떨어진 빗방울이 그때마다 주룩 옆으로 흘러내렸다. 결국, 라틸은 손을 뻗어 꽃다발을 받으며 중얼거렸다.

"난 꽃 안 먹는데."

"맛있는데."

"난 고기 좋아해. 채식 안 해."

의미 없는 중얼거림이었으나 기르골은 라틸이 꽃다발을 순순히 받은 게 기쁜 듯 웃으면서 나지막하게 속삭였다.

"나도 채식은 안 해."

"잘하던데."

"난 주로 마시는 걸 좋아하지."

"마시는 거?"

음료수를 좋아한단 건가? 아니면 술? 라틸은 꽃다발에 코를 묻고 냄새를 맡으며 그를 쳐다보았다. 기르골은 묘한 미소를 띠고 라틸을 빤히 내려다보고 있었다. 그러다 눈이 마주치자 더욱 짙게 웃었다. 비밀을 감춘 사람처럼.

그걸 보자 어쩐지 그에게 휘말리는 느낌이 들어서, 라틸은 꽃다발에서 얼굴을 떼고 중얼거렸다.

"그댄 내가 누군지 기억도 못 하면서. 왜 이러는지 모르겠군. 나야 그쪽을 본 적이 있어서 아는 척한 거지만 그대는 아니잖아? 정말로 반해서 그리한다는 거짓말은 하지 마. 모르는 사이인데 어떻게 반해."

기르골은 손을 뻗더니, 라틸에게 준 꽃다발에서 꽃 한 줄기를 뚝 꺾어 가져가며 대답했다.

"날 어디서 봤어? 말해봐. 얘기해 주면 기억해 낼게."

"내 애인이 그대랑 바람이 났어."

"아하. 미안해."

순순히 사과하는 목소리에 라틸은 낮게 웃음을 터트렸다.

"거봐. 얘기해도 기억 못 하잖아. 그런 적 없어."

기르골은 입꼬리를 올리더니 꽃을 입술 부근으로 가져가며 대답했다.

"그럴 것 같았어. 내 사랑 이야긴 매번 이별이어서 뺏겨본 적만 있지 뺏어본 적은 없거든."

라틸은 그가 또 꽃을 우적우적 먹을까 봐 빤히 그 입술을 쳐다보았으나, 기르골은 그러진 않았다. 그는 꽃잎 위에 한 번 입을 맞추더니 라틸의 시선이 자신의 어디를 향하고 있는지 다 안다는 것처럼 웃기만 했다.

핏빛을 띤 붉은 입술이 부드럽게 호를 그리자, 라틸은 그럴 의도가 아니긴 했으나 너무 기르골의 입술을 노골적으로 쳐다보았단 걸 깨달았다. 황급히 시선을 내리자 머리 위에서 웃는 소리가 들렸다. 라틸은 그 웃음소리를 모른 척하며 중얼거렸다.

"자주 차이나 봐?"

'도미스한테 차였나?'

"그러니까. 사디 양까지 날 차버리면 슬퍼져."

단 한 번도 차인 적 없어 보이는 얼굴로 기르골이 마침내 꽃잎 하나를 뜯어 먹으면서 웃었다. 빨간 입술 위에서 빨간 꽃잎이 뭉그러지는 모습은 어쩐지 위험하고 음험해 보였다.

라틸은 그의 입안으로 사라져 들어가는 꽃잎을 쳐다보느라, 그가 도미스에게 자기 이야기를 듣고서 이러는 건지 아닌지 떠볼 타이밍을 놓치고 말았다. 뒤늦게 정신을 차리긴 했으나 그땐 기르골이 고개를 돌려 어딘가를 뚫어져라 쳐다보고 있었다.

'뭘 보는 거지?'

라틸은 덩달아 그쪽을 보았다. 가로등 빛이 닿지 않는 어두운 길거리에 까만 우산이 펴진 채 덩그러니 놓여있었다. 라틸이 지나갈 때는 저런 우산은 없었다. 하지만 주위에 우산을 놓고 간 사람은 없었다. 날아왔나 의심하기에는 바람이 거세지도 않았다.

라틸은 힐긋 기르골을 보았다. 그런데 갑자기 나타난 우산만큼 기르골의 반응도 이상했다. 우산을 유심히 보던 기르골의 입꼬리가 슬그머니 올라가 있었다. 왜 웃지? 이상해 바라보니, 기르골이 작게 중얼거렸다.

"나중에 다시 만나."

작별 인사인지 혼잣말인지 구분도 가지 않는 말을 던진 기르골 은 대답도 듣지 않고 까만 우산을 향해 걸어가 그걸 들어 올렸다. 라틸은 기르골의 행동에 호기심이 들어 떠나지 않고 계속 그를 쳐다보았다. 그런데 기르골이 더 이상한 행동을 했다. 집어 든 우산을 접더니 자기 코에 가져다 댄 것이다.

'진짜 이상한 사람이네.'

라틸은 고개를 기웃했으나 기르골은 이쪽으로 다시 시선을 던지지 않았다. 라틸도 곧 호기심이 사라져서 그 장소를 벗어났다. 그리고 라틸이 자리를 벗어나자, 우산 냄새만 맡던 기르골은 접었던 우산을 다시 펼쳤다. 그러더니 우산 두 개를 자기가 전부 쓰고 서서 어느 방향을 향해 활짝 웃었다.

"못 참고 그새 따라 나왔나?"

양손에 우산을 펼쳐 든 그 모습은 보기 우스꽝스러웠으나, 어두운 골목길 사이에서 천천히 모습을 드러낸 칼라인은 웃지 않았다. 무표정한 표정으로 느릿하게 기르골의 근처로 다가가며 칼라인은 말없이 허리춤에 찬 검으로 손을 가져갔다.

칼라인이 보기엔 지금 기르골은 사디가 황제이고 황제가 로드인 건 모르는 기색이었다. 그나마 다행이지만, 무엇에 호기심을 가지더라도 금세 시들어버리는 기르골이 사디와 오래 대화한 게 신경 쓰였다.

'죽여야 한다. 지금.'

그 날 선 모습을 바라보던 기르골은 뭐가 그리 웃긴지 갑자기 웃음을 터트렸다. 혼자 하늘로 얼굴을 치켜들고서 미친 듯이 웃어대는 그 모습에서는 칼라인에 대한 조금의 경계심도 보이지 않았다.

얼마나 그렇게 웃어댔을까. 기르골이 낄낄거리던 웃음을 뚝 그치

며 정색하더니, 다시 히죽 웃으며 물었다.

"아기야. 놀아 달라고?"

말을 마친 그가 눈 깜짝할 사이 두 손에 든 우산을 두어 번 휘두

르자, 멀쩡하던 우산이 순식간에 기르골의 키만큼 길쭉한 장창으

로 변했다. 칼라인은 대답 대신 그를 향해 보이지 않을 정도로 빠

른 속도로 뛰어들었다.

'……잠이 안 와.'

라틸은 멍하니 이불을 끌어안은 채 몸을 뒤척였다. 하지만 옆으

로 누웠다가 정면으로 누웠다가 이불 밖으로 다리 내밀기를 반복

해도 잠이 오지 않았다. 아니, 오히려 자려 애쓰면 애쓸수록 정신은

말똥해졌다. 꽃다발을 내밀던 기르골의 모습과 칼라인의 목소리가

번갈아 떠올랐다.

― 그냥 황제지. 평범한 황제. 도미스를 잊을 도피처를 만들어 준

황제.

"도피처라."

라틸은 작게 중얼거리다가 자기가 뱉은 말에 자기가 놀라 괜히

주위를 두리번거렸다. 하지만 모두를 내보낸 방 안에는 라틸의 속

삭임을 들을 사람도 없었다.

'하긴 도피처가 어디야.'

게다가 관심 없단 것처럼 말하긴 했어도 싫어한단 것처럼 말하진 않았다. 이 정도면 서로를 이용하는 사이에 아주 적절한 거리감 아닐까?

'실망할 필요 없다. 후궁들 중 날 진짜 사랑하는 사람은 어차피 없어. 내게 이성적인 호감이 있다면…… 게스타 정도일까. 그래. 나도 그들을 사랑하지 않는데, 그들이 날 사랑하길 바라는 건 이기적인 거지. 후궁의 의무는 황제를 사랑하는 척하는 거지, 진심을 다하는 건 아니잖아.'

다행히 두어 시간 정도가 지나자 서서히 잠이 오기 시작했고, 라틸은 수마에 젖고 싶어 그 무의식에 힘껏 집중했다. 하지만 가물가물해지는 기억 너머에서 칼라인의 얼굴이 보일 것 같자, 라틸은 억지로 눈에 힘을 주고 눈꺼풀을 들어 올렸다.

도미스의 기억을 꿈으로 꾸는 건 평소에도 내키지 않았다. 그러나 지금은 유독 더 그랬다. 지금 도미스를 바라보고 웃어주고 말을 거는 칼라인을 도미스의 눈으로 보게 된다면 마음이 좋지 않을 것 같았다. 라틸은 손을 뻗어 침대 머리맡에 달린 종을 흔들었다.

"예, 폐하."

댕그랑 소리가 나자마자 바로 시녀가 안으로 들어왔다. 라틸은 몸을 일으키지도 않고서 작게 지시했다.

"자이신을 데려와라."

"예, 폐하."

라틸은 침상에서 일어나 아주 얇은 가운을 걸친 다음 슬리퍼를 신고 방 안을 뱅글뱅글 맴돌았다. 창가로 걸어가 문을 열자 까마득하게 높은 성벽이 내려다보였다. 정원에서 반짝이는 작은 조명은 까만 호수 위를 떠다니는 별처럼 보여서, 라틸은 허공에 손을 대고 괜히 빛을 휘저어 보았다.

얼마나 그러고 있었을까. 꽤 오래 기다린 것 같은데도 자이신이 오지 않자 라틸은 시계를 보았다.

'웅?'

착각이 아니었다. 평소라면 자이신이 충분히 도착했을 시간이 이미 지나있었다.

'자나? 깨워서 오나? 설마 목욕하고 오는 건 아니겠지.'

라틸은 눈살을 찌푸리고서 직접 침실 문을 열고 밖으로 나갔다. 거의 동시에 맞은편에 있는 응접실 문이 활짝 열리며 경비단장이 들어왔다. 무기를 호위병에게 맡긴 경비단장은 몇 발자국 걸어와 황급히 보고했다.

"폐하. 칼라인 님께서 큰 부상을 입었습니다. 자이신 님은 이곳으로 오시다가 칼라인 님 이야기를 듣고 급히 그쪽으로 가셨습니다."

"칼라인이 다쳤다고? 어디서?"

라틸이 놀라 묻자 경비단장이 송구스러운 얼굴로 다급히 대답했다.

"하인이 정원에서 발견했답니다. 그땐 이미 부상을 심하게 입은 뒤였고요. 아직 누구에게 당하신 건지, 정확히 어디에서 다치신 건지는 모르겠습니다."

라틸은 경비단장을 지나쳐 황급히 복도로 나갔다. 빠른 걸음으로 하렘에 도착해 보니 이미 그곳 전체에 불이 환하게 들어와 있었다. 웬만한 부상 정도로 이럴 리는 없으니, 경비단장의 말마따나 부상이 심한 게 틀림없었다.

라틸은 칼라인의 처소로 가면서도 당황스러웠다. 칼라인은 용병왕이었다. 권력이나 신분 없이 자신의 힘만으로 무의 정점에 선 사람. 그런 칼라인을 대체 누가 공격할 수 있단 건지, 도무지 상상이 가지 않았다. 낮에 그와 대화를 나누던 인물이 떠오르긴 했지만…….

'아닐 거다. 그땐 칼라인이 다치지 않았어. 그때 다쳤다면 이미 말이 들어왔겠지.'

일단 칼라인부터 보자. 칼라인의 방 앞에 도착하자, 라틸은 우선 칼라인의 상태부터 확인하기로 했다. 당장 중요한 건 그것이니까. 그런데 방 안으로 가보니 이상한 광경이 펼쳐졌다. 궁의들이 침상에서 몇 발자국 두고 떨어져 있었고, 칼라인을 치료하기 위해 바로 달려갔다는 자이신 역시 곤란한 얼굴로 침대 근처에 있기만 했다.

"왜 치료를 하지 않는 거냐?"

라틸은 칼라인 곁으로 다가가며 물었다.

"칼라인 님이 치료를 거부하고 있습니다."

대답은 자이신이 했다.

"치료 거부?"

라틸은 기가 막혀 되물으며 칼라인을 보았다. 중상 입은 사람이 치료를 거부한다고?

실제로 칼라인은 의식이 있는 듯 침상에 누워있긴 해도 눈은 뜨고 있었다. 라틸을 보자 몸을 일으키려는 시도도 했다. 하지만 팔에 힘이 들어가지 않는지 그는 곧 휘청이며 다시 눕고 말았다.

"붕대를 감아두면 나을 겁니다. 괜찮습니다."

그러면서도 고집스럽게 자이신의 말이 사실임을 알려왔다. 그 꼴을 본 라틸은 불쑥 화가 치솟았다. 딱 봐도 가슴과 배 쪽에 피가 철철 흐르고 있는데, 저 꼴로 붕대를 감아두면 낫는다고? 분노한 라틸은 칼라인의 이마를 가볍게 때리고서 자이신에게 명령했다.

"치료 거부고 뭐고 당장 치료하라."

서넛도 전에 이런 적이 있었다. 그도 자이신의 치료를 거부했다. 별다른 이유도 대지 못하면서. 그런데 이번엔 칼라인이 이러고 있다. 라틸은 고개를 기울였다. 왜 치료를 거부하는 걸까? 이해가 가지 않았다. 대신관은 어떤 의료 도구도 사용하지 않는다. 궁의들의 치료보다 고통스럽지 않다. 거부할 이유가 없었다.

그 사이.

"저, 칼라인 님."

라틸의 명령을 들은 자이신은 침대 머리맡 가까이로 가서 조심스럽게 칼라인을 불렀다.

"아픈 치료가 아닙니다. 그냥 제가 손만 올려두면 됩니다."

자이신은 칼라인이 치료를 거부하는 게 어린아이 같은 이유일 거라 짐작하는 듯했다. 아니야, 자이신. 그거 아니야. 라틸은 속으로 중얼거렸으나, 자신도 칼라인이 저러는 정확한 이유는 모르기에 말없이 상황을 살폈다.

"눈을 감고 셋만 세세요. '셋, 둘, 하나' 하는 사이에 제가 치료해 드리겠습니다."

자이신이 자신만큼이나 근육질인 다 큰 사내에게 마치 어린아이에게 사탕을 흔드는 목소리를 내자, 궁의들이 입술을 깨물고 시선을 돌렸다. 그러나 칼라인은 아무런 표정 변화도 없었다. 다른 움직임도 없었고 고집 역시도 똑같았다.

"저는 용병이라 미신을 잘 믿습니다, 폐하. 대신관에게 한번에 치료받는 건 꺼려집니다."

칼라인이 이불을 단단하게 여며 쥐고서 뱉는 말에 라틸은 이를 갈았다.

"무슨 미신? 고통을 이겨낸 만큼 강해진다는 미신? 설마 그런 헛소리를 뱉는 거냐? 죽을 때까지 정신력으로 버티고 싶어?"

"상처가 깊다면 버티지 않을 겁니다. 하지만 그 정도로 깊은 상처는 아닙니다."

"그럼 보여봐."

라틸의 지시에 칼라인의 손가락이 이불 위에서 움찔했다. 라틸은 그 방향을 향해 허공에 손을 획 저었다. 치워, 라는 신호로. 하지만 칼라인은 망설이기만 할 뿐, 상처를 보이지도 못했다. 더욱 수상하게 여긴 라틸은 자이신에게 '치료해'라고 재차 눈으로 지시했다.

자이신은 상한 샌드위치 같은 표정으로 칼라인을 향해 손을 뻗었다. 황명이니 치료를 하긴 해야 하는데. 칼라인이 낭떠러지에 얹어둔 칼날처럼 서늘한 표정을 하고 있으니 이리저리 눈치가 보이는 듯했다. 아주 천천히 자이신의 손이 칼라인의 이불 위에 닿았고, 그는 이불을 잡고 내리기 시작했다.

지하 성의 성문을 지나간 헤움 황자가 낯익기도 낯설기도 한 복도를 걸어가고 있을 때였다. '탕탕' 하고 구두 굽 소리가 울려왔다. 소리가 정확히 어디서 나는 건지 구별이 되지 않아 헤움이 주위를 두리번거리고 있자니, 뒤쪽에서 반가워하는 목소리가 들려왔다.

"아니, 이게 누군가요."

헤움은 고개를 돌렸다. 귀여운 여우 가면을 쓴 남자가 두 팔을 벌리고 그쪽을 보고 있었다.

"우리 황자님 아니십니까."

가면 아래로 드러난 입술이 호를 그렸다. 여우 가면이 생글생글 웃으며 다가오자, 헤움 황자는 긴장으로 굳었던 어깨에 가까스로 힘을 뺐다.

"여우님이군."

"너무 오랜만에 오셨습니다."

여우 가면이 반가워하며 하는 말에 헤움 황자는 바빴다고 중얼거렸다. 그 사이에 여우 가면은 헤움 황자의 팔을 잡고서 자연스럽게 어딘가로 끌어당기고 있었다.

"여기까지 오셨으니 식사는 당연히 하고 가시겠지요?"

여우 가면이 헤움 황자를 안내한 곳은 그가 여기서 지낼 때도 몇 번 사용해 보지 못한 식당 안이었다. 여우 가면이 의자를 빼내주기에 거기에 엉거주춤 앉자, 따로 신호를 받지 않았는데도 앞치마를 두른 하얀 유령들이 양손 가득 음식을 들고 둥둥 떠왔다.

매콤한 양념을 바르고 안에 과일과 야채를 넣어 구운 고기, 여러 종류의 각양각색 과일들, 국물이 있는 음식 등등. 하나같이 맛있는 냄새가 났고, 괴물들의 만찬에 나올법한 음식은 아니었다.

하지만 헤움 황자는 인간이었던 시절에 늘 이런 음식들을 보며 살아왔던지라 익숙하게 포크와 나이프를 들었다. 여우 가면은 헤움 황자가 식사하는 동안 방해하지 않는 선에서 적당히 안부를 물어보며 대화를 주도했다. 그러다 음식을 거의 다 먹었을 즈음. 헤움 황자는 조심스럽게 여우 가면에게 부탁했다.

"실은 부탁할 게 있어서 왔는데."

"우리 황자님 부탁은 당연히 들어드려야지요. 무엇인가요?"

"찾고 싶은 사람이 있어서."

"네, 누구지요?"

여우 가면은 손깍지를 끼고 그 위에 자신의 턱을 올린 채 헤움 황자의 대답을 기다렸다. 그게 누구든 찾아줄 수 있다는 태도였다. 그 믿음직스러운 모습에 헤움 황자는 얼른 '카리센의 아이니 황후'라고 말하려 입을 열었다. 하지만 이름을 뱉기 전, 그는 입을 도로 다물었다.

문득 떠오른 불안감 때문이었다. 찾는 건 문제가 아니다. 그런데 찾고 나면? 여우 가면이 아이니를 찾았는데, 아이니가 정말 대적자라면? 여우 가면은 그보다 많은 걸 알고 있으니, 아이니가 대적자인 걸 알게 되면 바로 죽여버릴 것이다.

이곳에서 지내는 동안 그는 대적자에 관한 이야기를 많이 들었다. 대적자에 관한 평가는 늘 적대적이었다. 그들의 존재를 위협하는 인물. 근원부터가 그들과 맞지 않는 인물. 절대로 함께 갈 수 없는 원수 등등. 그는 아이니를 사랑하기에 아이니가 대적자이건 말건 신경 쓰지 않았다. 하지만 다른 이들은 아니었다.

"황자님?"

헤움 황자가 입을 반쯤 연 채 말없이 생각에 잠겨있자, 여우 가면이 고개를 기울였다.

"왜 말이 없으시나요?"

헤움은 황급히 말을 바꿨다.

"전에 나한테 대적자란 인물에 대해 말해준 적이 있지."

"그렇지요."

여우 가면이 순순히 과거의 일을 인정했다. 헤움 황자는 작은 나뭇가지로 과일, 야채 등을 묶은 음식을 집어 입안에 넣고서 자연스럽게 우물우물 씹었다. 그러면서도 여우 가면의 눈치를 슬쩍슬쩍 살폈다. 혹시 이 갑작스러운 대적자 화제에 여우 가면이 눈치 빠르게 굴지는 않을까 싶어서.

다행히 여우 가면은 표정 변화가 없었다. 가면 때문에 사실 변화가 있어도 반은 볼 수 없었다.

"대적자는 우리들의 적이니 미리 경고를 들어야 할 것 같았어."

"갑자기 그게 생각나셨습니까?"

여우 가면은 그렇게 묻더니 "아." 하고 알겠다는 듯 웃었다.

"카리센 연회장에서 엄청난 일이 있었다지요. 그때 황자님을 밀어붙인 여자가 대적자일지도 모른다 생각하시는 건가요?"

얼추 맞는 말이기도 해서 헤움 황자는 얼른 고개를 끄덕였다.

"그래. 이상한 기운으로 날 밀어냈다. 혹시 그 여자가 대적자일 확률은······."

말을 하다가 헤움 황자는 또 멈칫했다. 말하다 보니 스스로 더욱 의아했다. 분명 그는 '사디'란 여자와 아이니 모두에게 이상한 느낌을 받았다. 다가 공작은 영웅이 둘일 필요는 없다며 한 명을 무시하자고 했지만, 그건 코앞에 놓인 현실적인 권력만 보았을 경우다.

진짜 영웅이 사디 쪽이라면 헤움 황자도 세상도 사디란 여자를 무시할 수 없었다. 하지만 헤움 황자는 분명 두 사람 모두에게서 기묘한 느낌을 받았다. 이게 너무 이상했다.

"황자님?"

"확률이 없을까?"

"있겠지요. 식시귀인 황자님을 물리쳤다니까요."

"······."

"그 여자에 대한 정보를 주신다면 제가 한번 찾아보겠습니다. 맞는지 아닌지 확인해 보면 되겠지요."

여우 가면의 시원스러운 대답에 헤움 황자는 억지로 웃었다. 여우 가면은 그 미소를 가만히 바라보다가 물었다.

"그걸 좀 더 가져오라 할까요?"

헤움 황자는 여우 가면의 말을 듣고서야, 자기가 내내 빈 수프 그릇을 숟가락으로 휘젓고 있단 걸 깨달았다. 애써 표정 관리하고 있었으나 반사적으로 움직이는 손까지는 막을 수 없던 것이다.

"아니. 괜찮다."

헤움 황자는 숟가락을 내려놓고 무릎 위에 손을 얹었다. 하지만 바로 사디에 대한 인상착의를 알려주지 못하고, 한참을 머뭇거리다가 또 묻고 말았다.

"대적자가 혹시 여러 명일 수도 있나?"

자이신이 칼라인의 이불을 내리려는 순간. 칼라인의 손이 움찔하는데 밖에서 커다란 소리가 들려왔다. 아주 높은 곳에서 거대한 것이 떨어져 바위와 부딪칠 때나 날법한 소리였다.

"!"

방 안에 모인 사람들 모두 놀라서 소리가 난 방향을 보았으나, 벽 탓에 무슨 일이 벌어진 건지 알 수 없었다. 라틸은 뒤에 서있는 서닛에게 눈짓으로 '나가서 무슨 일인지 봐봐' 하는 신호를 보냈다. 서닛은 얼른 고개를 끄덕이고서 문으로 걸어갔다.

덜 닫힌 문 너머로 경비병 하나도 서닛을 따라가는 게 보였다. 라틸은 다시 자이신을 보고서 그에게 치료를 이으라 명하려 했다.

그러나 말을 꺼내기도 전에 이번에는 날카로운 비명 소리가 들려왔다. 한두 사람이 지르는 비명이 아니었다.

또다시 방 안에 모인 이들이 벽 쪽을 쳐다보았다. 라틸은 이번에는 나가서 확인하라고 하는 대신 직접 방문을 열고 밖으로 나갔다. 시종들이 머무는 응접실을 지나 복도로 나가자 비명 소리가 더욱 크게 들려왔다. 이곳 복도는 벽이 없고 기둥이 지붕을 떠받치는 회랑 구조인지라, 비명의 근원지를 찾는 건 쉬웠다.

'호수 쪽이다.'

예상대로였다. 호수 부근에 가자 사람들이 기겁해서 사방으로 뛰어다니고 있었다. 그리고 커다란 입을 벌린 채 사람들을 쫓아다니는 거대한 정체불명의 덩어리를 보았다. 쌀 한 톨을 사람의 두 배 정도로 거대하게 키워둔 모양이었는데, 그 밍밍한 모양새와 달리 쩍 벌어진 입안 속 이빨은 늪에 사는 물고기들의 날카로운 이빨처럼 모양이 아주 흉악했다. 그 쌀알 모양의 괴물은 조경이란 조경을 죄다 걷어차고 뽑으며 돌아다니다가, 사람이 근처에 있는 것 같으면 더욱 빠르게 달려갔다.

"제가 가겠습니다."

라틸은 검을 뽑았으나 한발 앞서 대신관이 그쪽으로 달려갔다. 대신관을 지키기 위해 따라다니는 성기사까지 쫓아가자, 라틸은 검을 집어넣지 않으면서 우선 사태를 지켜보았다.

칼라인이 좀비를 손쉽게 제압하는 걸 보았고, 본 적은 없지만 대신관이 호수에 나타나 라나문을 공격하려던 괴물도 제압했다고 하지 않았던가. 지금은 저 쌀알 모양의 괴물 하나뿐이니 처리할 수 있을 것 같았다. 그러나 대신관이 괴물 곁으로 달려가 커다란 주먹을 내리치려는 순간이었다.

"!"

내내 위협적으로 뛰어다니던 괴물이 갑자기 호숫가로 달려가더니 그 안으로 쏙 들어가 버렸다. 아무리 대신관이라 할지라도 호수 안으로 따라 들어가 괴물을 상대할 수는 없는 노릇이었다. 대신관이 라틸을 쳐다보자 라틸은 그만 돌아오라 손짓하고서 소란을 듣고 달려온 백화에게 지시했다.

"괴물이 저 안으로 들어갔다. 성기사들이 호수 근처를 물샐틈없이 지키게 하라."

"예, 폐하."

사람들은 여전히 공포에 젖어 호수 근처로도 오지 않았지만, 라틸은 상황이 대충 정리되는 분위기라 다시 칼라인의 방으로 돌아갔다. 괴물도 괴물이지만 칼라인의 부상도 얼른 치료해야 했다. 그런데 방 안으로 들어와 보니 칼라인은 스스로 붕대를 감고 있고, 궁의들은 곁에서 쩔쩔매고 있었다.

"혼자 왜 저러고 있는 거냐?"

그걸 본 라틸이 궁의들에게 묻자, 가장 직위가 높은 궁의가 한 걸음 앞으로 나와 좀 억울한 목소리로 대답했다.

"소란 때문에 나갔다 들어와 보니 칼라인 님께서 붕대를 감아 달라고 하셨습니다. 그래서 폐하께서 대신관님이 칼라인 님을 치료하라 명령하셨으니 조금만 기다리자고 말씀드렸더니……."

"직접 한다?"

"예."

칼라인은 라틸의 눈치를 보면서도 계속해서 붕대를 감았다. 용
병 생활을 오래 해서인지 손길이 능숙했다. 라틸은 그에게 무어라
말을 하려다가 아까와 방 안 풍경이 조금 달라진 걸 눈치챘다.

'……저쪽 창이 열려있었던가?'

라틸의 눈동자가 활짝 열린 창문과 칼라인을 번갈아 살폈다. 덩
달아 사람들의 시선도 라틸을 따라 움직였다.

"아니 이럴 때 창문은 누가 열었답니까? 위험하게."

궁의 한 명이 그쪽으로 다가가 창문을 닫자 라틸은 자신이 잘못
본 게 아니란 걸 확신했다.

"……."

라틸은 턱을 들고서 칼라인을 내려보다가 궁의들 쪽을 향해 물
었다.

"칼라인의 상처를 보았느냐."

"예. 피가 많이 나서 크게 다치셨을 거라 생각했는데, 상의를 벗
으실 때 보니 다행히 상처가 크진 않았습니다."

"그래."

라틸은 덤덤하게 대답하고서 칼라인 쪽으로 다가갔다. 라틸이
머리맡으로 와 서자 칼라인은 붕대 끄트머리만 쥔 채 고개를 숙
였다.

"내가 해주마. 자이신의 치료를 받기 싫다면."

칼라인은 여전히 붕대를 쥐고 있었으나 라틸이 손을 뻗어 그의 손 위에 자신의 손을 겹치자, 어쩔 수 없는지 천천히 손을 빼 허벅지 위에 올려두었다. 라틸은 칼라인이 돌리던 것과 반대 방향으로 붕대를 천천히 움직였다. 그가 꼼꼼하게 매두었던 붕대가 한 겹 한 겹 풀렸다.

궁의들은 난감하고 곤란한 상황에 자기들끼리 쳐다보면서 '나가야 해?' '모르겠습니다' 같은 소리 없는 대화를 주고받았다. 칼라인을 감쌌던 붕대의 마지막 부분까지 풀어버리자, 피를 흡수한 붕대가 바로 아래로 툭 떨어지듯 흘러내렸다.

라틸이 붕대를 옆으로 치우자 눈치 보던 궁의 한 명이 다가와 얼른 받아 들었다. 다른 궁의는 약을 먹인 새 붕대를 가져와 라틸의 옆에 두고 물러섰다. 라틸은 쳐다보지도 않고 그 붕대를 한 손으로 집으며 칼라인의 눈동자를 뚫어져라 보았다. 초록색 눈동자는 조금의 흔들림도 없이 라틸에게 고정되어 있었다.

눈을 떼지 않은 채 라틸은 붕대를 들지 않은 손을 뻗어 칼라인의 상처 부근을 감으로 짚었다. 그제야 칼라인의 속눈썹이 가늘게 떨렸다. 라틸은 시선을 내려서 그의 상처를 보았다. 조각 같은 창백한 피부 위로 유난히 붉은 상처 두 군데가 보였다. 딱 두 군데.

하얀 피부에 석류처럼 피어난 상처에서는 아직도 피가 조금씩 흘러나오고 있었다. 흘러나온 피는 그의 바짓단 아래로 조금씩 새어 들어갔고, 일부는 이불에 스며들어 갔다.

라틸은 그의 상처 부근을 손가락으로 그어 보았다. 칼라인의 배

근육이 단단하게 굳었다가 움찔했다. 라틸은 엄지로 상처를 더듬을 듯 손을 움직이며 중얼거렸다.

"창 같은 데 찔렸다가 낫는 중인 상처 같네."

본인의 주장과 궁의의 말처럼 정말로 심한 상처는 아니었다. 라틸이 손을 떼자 한번에 긴장이 풀린 건지 칼라인의 근육이 한 번 더 움찔했다. 라틸은 약 먹인 붕대를 두 손으로 펼치고서 그걸 칼라인의 가슴과 배 부근에 천천히 감기 시작했다.

칼라인은 라틸의 손이 움직일 때마다 몸을 움찔거렸으나, 자이신이나 궁의를 거부하듯 단호하게 거절하진 않았다. 라틸은 자신이 처치한 엉성한 붕대를 내려다보다가 작업이 마무리되자 손을 내리고 몸을 일으켰다.

따라 일어서려는 칼라인의 가슴을 눌러 제자리에 눕힌 라틸은 다시 한번 열려있던 창문을, 그 아래 약간 눌린 자국이 난 카펫을 보다가 칼라인의 귀로 입술을 가까이 했다.

"네가 치료받기 싫을 때 괴물이 나타나 이목을 끌어주다니. 운이 좋았구나, 칼라인."

"!"

"이 정도 상처라면 처음부터 중상이 아니니 치료받기 싫다고 말해도 됐을 텐데."

"괜찮으십니까?"

"네가 가져다준 피가 도움이 많이 됐다."

"다행입니다."

"창문을 안 닫고 가서 폐하께서 이상하게 보셨지만 말이다."

침대에 누운 칼라인이 눈으로 창문을 보았다. 창문은 또 열려있었고 바람이 불 때마다 커튼이 방 안쪽으로 펄럭이고 있었다. 서넛이 들어올 때 열고 닫지는 않은 탓이었다.

"열어두어야 나갈 때 바로 나갈 수 있습니다."

"그렇겠지."

"아까도 급히 들어왔다 나가야 해서……."

"그래."

칼라인은 건조한 목소리로 다 이해한다고 중얼거렸다. 전혀 이해하는 목소리는 아니었으나, 서넛은 신경 쓰지 않고 가져온 화분을 칼라인의 머리맡에 두고 일어섰다.

"그건 또 뭐야."

"병상에 누워있으면 심심하실 겁니다."

칼라인이 기도 안 찬단 표정으로 서넛이 가져온 선인장을 쳐다보자, 서넛은 화분에 붙은 푯말을 가리키며 선인장의 이름까지 가르쳐 주었다.

"이름은 옹심입니다."

칼라인이 '장난해?'라는 눈으로 쳐다보았으나 서넛은 덤덤한 표정으로 말을 이었다.

"저 때문에 폐하께 의심을 산 건 아닐 테니 염려 마시지요. 자이신의 치료를 거부했을 때부터 이미 의심하셨을 테니까요. 제가 그렇게 의심을 샀거든요.”

칼라인은 손으로 이마를 짚었다.

“자랑이다.”

“그보다 자이신은 어떻게 할 겁니까? 또 이런 일이 있으면 곤란해질 텐데요.”

“아직은 때가 아냐. 내가 부상 입을 상황은 드물다. 오히려 폐하가 다치실 일이 더 많지. 각성 전까진 자이신이 폐하께 도움이 될거다.”

말을 꺼내 보기는 했으나 같은 의견이기에 서넛은 순순히 고개를 끄덕였다.

“그렇지요.”

대화가 끝났다 싶은지 서넛은 꾸벅 인사를 올리고 자신이 열어두고 온 창문으로 걸어갔다. 라틸은 자이신과 관련해 칼라인과 서넛에게 한 번씩 의구심을 품었다. 이런 상황에서 두 사람이 함께 있는 모습을 보일 필요는 없었다. 이 때문에 이번에도 굳이 창문을 통해 온 것이었다.

그런데 서넛이 막 창밖으로 나가려 할 때였다.

“서넛.”

서넛이 놓고 간 화분을 집고서 뾰족한 가시 끝을 손가락으로 콕콕 찔러보던 칼라인이 갑자기 그를 불렀다. 서넛은 창틀을 잡은 채고개만 돌렸다. 칼라인이 심각한 얼굴로 화분을 끌어안고 있었다.

“왜 그러십니까?”

“내가 전에 말한 그 배신자. 기르골이 나타났다.”

"그럼 부상을 입은 게……."

더 말을 하려는데 누군가 복도를 지나 이쪽으로 오는 소리가 들렸다. 서넛은 창밖으로 나가 문을 닫았다.

거의 동시에 문 너머에서 시종의 목소리가 들려왔다.

"칼라인 님. 궁의가 상처를 소독해 주러 찾아왔습니다."

"쫓아내."

그 시각. 라틸은 호숫가 주변에 뒷짐을 지고 서서, 호수 주위를 일정한 간격으로 둘러싼 성기사들을 둘러보고 있었다.

"사람들의 출입을 막기 위해 계속 교대로 서있습니다."

성기사단장 백화의 설명에 라틸은 고개를 끄덕이고서 야트막한 비탈을 내려갔다. 축축한 흙이 값비싼 신발에 엉망으로 달라붙었으나 라틸은 신경 쓰지 않고 호수 바로 앞까지 내려갔다.

"위험합니다, 폐하."

거리를 두고 떨어져 있던 시종장이 놀라 불렀으나 라틸은 괜찮다고 손을 저은 다음, 그 손 방향을 돌려 이번에는 자신의 발치를 가리키며 백화에게 물었다.

"이 주위로 전에 무슨 부적을 묻어뒀다 안 했나?"

"예. 일정한 간격으로 대신관님의 부적을 묻어두었습니다."

"한데 어떻게 괴물이 호수로 달아났지? 아니, 전에도 괴물이 호수에서 나왔다며."

라틸은 자신의 손가락이 호수 바닥에 있기라도 한 것처럼 허공에 대고 손을 이리저리 휘저었다.

"혹시 그건가? 여기 호수 밑에 통로라거나 그런 게 있나?"

궁전 건축에는 관여한 바가 없기에 백화는 고개를 저었다.

"그건 저도 잘 모르겠습니다."

"그래. 그대는 물론 모르겠지."

라틸은 즉위한 후 보았던 황궁 지도를 떠올리며 자신의 머리를 두어 번 툭툭 두드렸다. 일단 지도상에는 비밀 통로 표시가 없었다. 백화는 황제의 눈치를 살피다가 덧붙였다.

"왜 자꾸 괴물들이 호수로 다녀가는지도 조사해 보겠습니다. 만약 통로 같은 게 있다면 차라리 잘된 겁니다. 막으면 되니까요."

그때였다. 호수 주위에 선 성기사들과 별개로 따로 호수 주위를 검사하고 있던 성기사 몇몇이 웅성거리는 소리를 내기 시작하더니, 갑자기 여기저기로 흩어져서 바닥을 파기 시작했다.

무언가를 발견한 건가? 라틸이 개중 가장 가까운 곳으로 가자, 흙을 파던 성기사가 벌떡 일어서더니 라틸과 백화를 번갈아 보며 보고했다.

"폐하. 단장님. 전에 호수 주위에 묻어두었던 부적들이 사라졌습니다."

당혹스러워하는 표정과 빨라진 목소리로 보아, 그도 이 상황에 많이 놀란 눈치였다. 라틸은 다른 쪽 성기사들을 보았다. 그들 역시도 부적이 있는지 없는지 확인하는 듯했다. 얼마 지나지 않아 성기사들도 이쪽으로 모여들어 같은 보고를 했다.

"저쪽에도 부적이 없습니다."

"중요지라 하셨던 곳에도 부적이 사라졌습니다."

"누군가 흙을 팠다가 덮은 흔적이 있습니다. 분명 꺼내 갔을 겁니다."

라틸은 그 급한 보고를 들으며 혀를 찼다. 어쩐지. 대신관의 부적을 여기저기 놔뒀는데 괴물이 어떻게 달아났나 싶었다. 성기사단장 백화는 부하가 보고를 마치자마자 라틸의 눈치를 살폈다.

하렘 안에는 라틸의 후궁들이 모여 살았다. 가장 안전하고 사람들의 시선으로부터 보호받아야 할 곳. 황제의 사생활이 오가는 은밀한 장소. 그런 곳에 묻어둔 부적이 사라졌다는 건······.

"하렘 안에 흑마법사들과 손잡은 누군가가 분명 있습니다."

말을 마치자마자 잠시 화장실에 가겠다며 자리를 비웠던 서넛이 돌아왔다.

"왜 거기까지 내려가 계십니까."

라틸은 서넷의 손을 잡고 비탈에서 올라오며, 칼라인과 서넷이 치료를 거부한 일을 떠올렸다.

"폐하?"

라틸이 맞잡은 손을 쳐다보자 서넷이 의아한 듯 고개를 기울였다.

"왜 그러십니까?"

라틸은 대답 대신, 그의 손목을 잡고서 그의 손바닥을 좀 더 유심히 내려다보기 시작했다.

"폐하?"

그게 이상한지 서넛이 재차 물었지만 라틸은 대답하지 않았다. 내내 서넛의 손바닥만 뚫어져라 바라볼 뿐이었다. 황제가 마주 보고 서서 근위기사단장의 손바닥만 계속 내려다보자 성기사들이 수색을 하다 말고 이쪽을 연신 이상하게 힐긋거렸다.

그들은 성기사이기도 했지만, 후궁으로 들어와 있는 대신관의 측근들이기도 했기에 황제가 난데없이 다른 사내에게 보내는 관심이 탐탁지 않았다. 서넛은 라틸의 알 수 없는 행동에 돌처럼 굳어서 그저 가만히 서있기만 했다. 이런 일이 있고 난 뒤에 라틸이 이상할 정도로 길게 손바닥을 내려다보자 불안한 마음이 들었다.

그때 라틸이 고개를 숙인 채 눈동자만 들어 서넛을 쳐다보았다. 눈이 마주치는 것과 거의 동시에 서넛은 손바닥에 극심한 고통을 느끼고 눈을 커다랗게 떴다.

"!"

라틸이 단도를 꺼내는가 싶더니 그의 손바닥을 휙 그어버린 것이다. 상황을 지켜보던 백화와 성기사들도 놀라서 입을 벌리고 서로를 쳐다보았다. 우물거리던 백화가 조심스럽게 다가가 "폐하." 하고 라틸을 말려보았으나, 라틸은 그쪽은 쳐다보지도 않았다. 라틸은 서넛의 손바닥에서 흘러나오는 피만 내려다보고 있었다.

피가 바닥에까지 떨어지자, 라틸은 단도를 집어넣고 그의 손바닥에서 새어 나오는 피를 손가락에 묻혔다. 그 피로 라틸이 서넛의 입술 부근에 호선을 그어주었다. 알 수 없는 작업이 끝나자 라틸은 그제야 걱정스럽다는 투로 서넛에게 물었다.

"기분이 어때?"

서넛은 마른침을 삼켰다. 숨을 골랐으나 그 기색이 밖으로 드러나진 않았다. 잠깐 당혹스러워 보였으나 겉으로는 몹시 침착해 보였다.

"좀…… 아픕니다."

서넛의 대답에 라틸은 믿기 어렵다는 듯 재차 물었다.

"진짜 아파?"

성기사들은 영문을 몰라 뭐라 반응할 수도 없었다. 백화 역시도 얼떨떨해서 황제와 서넛 기사단장만 번갈아 살피기를 계속했다. 사이좋은 두 군신이 이러고 있으니 영 이상했다.

"예. 아픕니다."

"냄새는? 냄새는 어때?"

"피 냄새가 납니다."

서넛이 재차 대답하자 라틸은 빙그레 웃고서 그의 손을 놓아주더니, 팔목을 잡아 그를 자신의 옆으로 데려왔다. 서넛이 순순히 따라와 옆에 서자, 라틸은 그의 팔목을 꽉 쥐고서 다른 사람들이 듣지 못할 정도로 작게 당부했다.

"10분에 한 번씩 내게 상처를 보여라."

"!"

그 시각.

난데없는 도미스 얼굴을 한 자와 대적자일지도 모르는 여자 사디의 등장, 오랜 친구와의 재회 등으로 이래저래 바빠졌던 기르골은 다시 원래의 목적을 수행하려 하고 있었다.

그건 바로 폭파 전문 마법사를 찾는 것. 그는 우선 경찰부 관리라는 사람을 찾아갔다. 꼭 경찰부 관리를 만나려 했다기보다는 수사를 주도할 만한 인물을 만나려 한 건데, 마침 눈에 들어온 게 경찰부 수사관이었다.

술집에 들어가 취하지도 않는 술이 든 술잔을 만지작거리면서 앉자 수많은 목소리 속에서 경찰부 관리 운운하는 목소리가 들려왔다. 기르골은 그 방향을 쳐다보았다. 영리해 보이는 인상의 사람 몇 명이 자기들끼리 모여서 경찰부 이야기를 하고 있었다. 개중 가장 많이 떠들어대는 화제 역시 수사 이야기였다. 그중 폭파 전문 사건이나 이전의 마차 사건에 관한 이야기는 들리지 않았으나, 기르골은 그쪽으로 걸어갔다.

"누구세요?"

못 보던 화려한 미남이 나타나 말을 걸자 수사관들은 바로 기르골 쪽을 바라보며 물었다.

"경찰부?"

기르골은 대답 대신 상냥하게 물었다. 수사관들은 서로를 쳐다보다가 고개를 끄덕이며 웃었다.

"그런데요?"

"다행이다. 제대로 찾아왔네."

"?"

수사관들이 의아해서 쳐다보자, 기르골은 손을 옆으로 뻗었다. 뭘 하나 싶어서 수사관들은 같이 그 손을 쳐다보았다. 기르골은 방긋 웃고서 음식을 들고 지나가던 사람을 옆에서 툭 밀쳤다.

"으악!"

지나가던 사람은 깜짝 놀라 다른 사람의 테이블로 나동그라졌다가 엉덩방아를 찧었다. 접시는 다 엎어졌고 안에 담긴 음식물은 엉망이 되어 사방으로 퍼졌다.

"이런 미친놈이? 야! 너 뭐야!"

멀쩡한 바닥에서 넘어진 거라 크게 다칠 일은 없었으나 보통 사람이 할만한 짓거리는 아니었다. 넘어진 사람은 화가 나 외쳤고, 수사관들과 주위 다른 사람들도 미친놈인가 싶어 기르골을 쳐다보았다.

그 시선 속에서 기르골은 생긋 웃더니 손을 거두며 물었다.

"잡아가 줄 건가요?"

"!"

문이 열리더니 하얀 머리의 대단한 미남자가 들어왔다. 손을 밧줄로 묶은 걸 보면 잡혀 온 사람 같은데. 뭐가 그리 좋은지 콧노래를 흥얼거리고 있었다.

"누구야?"

그 뒤를 비번인 수사관들이 똥 씹어 먹은 얼굴로 따라 들어오자, 근무 중이던 수사관이 눈짓으로 기르골을 힐긋거리며 물었다. 제일 뒤쪽에서 들어오던 수사관이 입 모양으로 '미친 새끼요'라고 알려주었다.

근무 중이던 수사관은 오히려 더욱 영문을 알 수가 없어져, 멀쩡해 보이는 기르골과 표정이 구겨진 수사관들을 연신 번갈아 보았다. 그 사이, 기르골을 붙잡아 경찰부로 데려온 수사관은 한숨을 내쉬고서 그의 손에 맨 밧줄을 끌러주며 당부했다.

"자, 저쪽에 앉아서 이름이랑 사는 곳, 출신지, 신분 패 번호 적어두고 가요. 그리고 경찰부 내부 구경하고 싶다고 또 이딴 짓은 하지 말고요."

수사관이 밧줄을 끌러주는 동안 기르골은 생글생글 웃으면서 순순히 서있었다. 마침내 밧줄이 다 풀어지자, 수사관은 다시 한번 "진짜 그런 장난은 하지 마요."라 말하고서 훈방할 사람의 신상을 적는 종이를 턱으로 가리켰다.

기르골은 하하 웃으며 호탕하게 대답했다.

"그럴게요. 내가 여기에 꼭 들어와 보고 싶어서 그랬어요."

"그럼 그냥 방문하든가……."

기도 차지 않아서 수사관은 저도 모르게 중얼거렸다. 그러나 뒷말은 이을 수 없었다. 내내 웃고 있던 기르골이 눈을 빤히 맞추더니 갑자기 눈빛을 확 바꾸는데, 그 분위기 변화가 너무나 무서웠다.

갑자기 서늘해진 얼굴로 눈조차 피하지 못하게 시선으로 제압하는데, 보이지 않는 무형의 힘이 온몸을 짓누르는 느낌이었다.

"왜 그래?"

더욱 놀라운 건 눈을 마주치지 않은 다른 수사관들은 다들 멀쩡해 보인단 점이었다. 기르골의 이 변화를 눈치챈 건 눈이 마주친 수사관 하나뿐인 듯했다. 아니, 확실했다.

그 상태 그대로 기르골이 눈짓했다. 저기서 우리 둘이 얘기 좀 할까요, 라고. 수사관은 고개를 저었다. 기르골이 몸을 돌려 앞서 걸어가는 사이에 동료들에게 도움을 구하고 다른 곳으로 도망치고 싶었다. 저자가 그냥 괴짜가 아니란 걸 알리고 좀 더 조사하자 말해야 했다.

하지만 아까 얼핏 마주한 그 잠깐의 공포에 눌려 수사관은 저도 모르게 기르골을 따라가고 말았다. 인적 드문 곳까지 걸어온 기르골은 그제야 멈추어 서더니 수사관 쪽으로 돌아서며 물었다.

"불법 경매장에서 일어난 마차 폭발 사건 수사 일지. 어디 있어?"

"그, 그걸 왜……."

"필요해서."

당연한 걸 왜 묻냐는 듯 덤덤하게 대꾸한 기르골이 친절하게 명령했다.

"가져와."

라틸은 10분에 한 번씩 서넛에게 손바닥을 펼치게 했다. 가끔은 5분에 한 번씩 펼치게 하기도 하고, 접었다가 도로 펼치게도 시켰다. 시종장은 라틸이 대체 뭔 행동을 하는 건지 이해하지 못한 얼굴이었으나, 라틸은 나름대로 진지한 절차를 거치고 있었다.

서넛과 칼라인은 대신관의 치료를 거부하고, 둘 다 상처가 아주 빠르게 나았다. 서넛은 제대로 못 보았으나 칼라인은 정말로 빠르게 나았다. 이 와중에 호숫가에 묻어둔 부적은 누군가 전부 파내버렸고, 괴물이 나타났다가 다시 호수 안으로 달아났다.

하렘 내부는 갑작스러운 괴물의 출현으로 공포에 싸여있었다. 대신관이 있는데도 괴물들이 하렘 내부로 들어온 것도 이상했지만, 우선 확실한 건 궁 안의 사람 중에 흑마법사와 손을 잡은 이가 있다는 거였다. 어둠과 손잡은 이들은 감히 그 부적에 손도 대지 못한다고 하니까.

라틸이 서넛의 손바닥을 베어본 것도 이 때문이었다. 라틸은 이미 서넛에 한해 '혹시? 설마?' 하면서도 넘어간 적이 있었다. 그가 자신이 가짜 때문에 쫓겨나 있을 때 다른 사람들과 달리 믿어주었기 때문이다. 그러나 이런 상황에서는 확인을 꼭 해야 했다.

"괜찮네요."

라틸이 손바닥을 다시 확인하고서 중얼거리자, 서넛은 한숨을 내쉬었다.

"왜 이런 짓을 하는지 모르겠습니다."

"서넛 경을 믿고 싶어서입니다. 서넛 경은 확실하게 내 사람이길 바라니까."

"저는 항상 폐하의 사람입니다."

"나도 서넛 경이 사람이길 바랍니다."

"!"

서넛의 눈동자가 흔들렸다. 라틸은 시선을 피하고 걸어가다가 시계를 확인했다. 오후 3시. 처음 계획대로 하루 종일 확인해 본 건 아니지만 그래도 꽤 여러 번 확인했다. 최소 열 번 이상. 지금 서넛의 손 상태는 보통 사람들과 다른 바가 없었다.

그러면 이제…… 마지막 확인을 해볼 때였다. 라틸은 시종장을 내보낸 뒤, 집무실 안에 서넛과 단둘이 있게 되자 자리에서 일어서며 최대한 감정을 누르고 설명했다.

"서넛 경. 난 지금 대신관에게 갈 겁니다."

"폐하."

"경의 손바닥을 치료해 달라고 할 겁니다."

"……."

"곤란하다면 지금 말해요. 대신관 앞에서 수상한 모습을 보이면 성기사들까지 다 알게 될 테니."

라틸의 제안에 서넛의 눈동자가 떨렸다. 라틸은 또 시계를 돌아보고서 다시 서넛을 쳐다보았다. 라틸 자신도 서넛이 이상하단 걸 알게 되면 뭘 어떻게 할지, 사실 아직 결정하지 못했다. 서넛이 흑마법사와 관련된 인물이라면……. 그러면 사람은 맞는 걸까? 서넛은 라틸의 적인 걸까? 호숫가의 부적을 파낸 건 서넛이 한 짓인가?

서넛이 사람이 아니라면 그러면 어쩌지? 서넛은 라틸이 위험한 순간마다 지켜준 이였다. 그런 서넛을 과연 내칠 수 있을까? 하지만 내치지 않으면? 흑마법사와 손을 잡았을지도 모르는 이를 내치지 않으면 그건 또 어떻게 한단 말인가? 꼭 내쳐야 하나?

반대되는 생각들이 쉬지 않고 당구대의 당구공처럼 여기저기 부딪쳐댔다. 서넛은 라틸의 무표정한 얼굴 아래 떨리는 눈동자를 알아차렸다. 또한 라틸이 이전처럼 화를 내는 정도로 이 일을 넘어가지 않으리란 것도 알아차렸다. 서넛의 마음속에서도 커다란 추가 왔다 갔다 이동했다.

진실을 이야기하면 어떻게 될까? 그가 볼 때, 라틸은 아직 진실을 받아들일 준비가 되어있지 않았다. 게다가 칼라인은 각성하지 않은 로드가 없었다고 이야기했지만, 그는 라틸이 각성하지 않고 평화롭게 지낼 가능성도 아직 움켜쥐고 있었다.

그러나 진실을 이야기해 버리면 라틸은 큰 충격을 받게 될 거다. 레안 황자의 염려가 맞다는 데 놀랄 거고, 자존심이 상할 거고, 늘 자부심 넘치고 당당했던 그녀가 처음으로 흔들리고 말 거다.

운명을 받아들이고 로드로서 살아가려 할 수도 있고, 운명을 인정하되 거부할 수도 있겠지만, 어느 선택을 하든 커다란 충격이 오긴 할 터였다. 그렇지만 진실을 이야기하지 않는다면……. 먼 훗날, 라틸이 진실을 알았을 때 그에게 실망할 것이다. 자신을 속인 것에 배신감을 느낄지도 모른다.

"서넛 경."

서넛이 말없이 서있기만 하자 라틸이 재차 그를 불렀다. 서넛은 한참 동안 바닥만 내려다보다가 가까스로 입을 열었다.

"전 폐하가 의심하는 그런 사람은 아닙니다. 폐하에게 해를 끼치고, 폐하에게 위협이 되고, 폐하를 위험하게 하는 그런 사람이요."

"사람은."

"……."

"사람인 건 맞고?"

서넛은 느리게, 하지만 분명하게 고개를 저었다. 라틸은 다리에 힘이 쭉 빠져서 의자에 털썩 주저앉았다. 라틸은 의자 손잡이를 꽉 쥐고서 서넛을 멍하니 바라보았다.

"죽을 뻔한 적이 있습니다. 그때 지나가던 뱀파이어가 절 구하느라 한 번 문 적이 있습니다. 그게 다입니다."

서넛은 빠르게 입을 열었다.

"하지만 그때도 지금도 저는 늘 폐하의 서넛입니다."

서넛은 라틸의 앞으로 다가가 허리를 숙였다. 라틸은 손잡이를 여전히 꽉 틀어쥐고 있었으나 그를 밀어내거나 비명을 지르거나 때리진 않았다. 그저 충격받은 눈으로 조용하고 무겁게 그를 쳐다보기만 할 뿐.

저 고요해 보이는 머릿속에서 대체 무슨 생각을 하고 있는 걸까. 서넛은 라틸이 아무 반응을 보이지 않자 그게 더 무서워서, 허리를 숙여 라틸과 시선을 맞추고 속삭였다.

"저는 폐하의 적이 아닙니다."

라틸은 대답 대신 서넛의 손목을 움켜잡고 손바닥이 보이게 뒤집었다. 라틸이 그어둔 손바닥의 상처는 깨끗하게 아물어 이제는 흔적조차 보이지 않았다.

라틸은 머릿속이 하얗게 질렸다. 무슨 말을 해야 하지? 이 와중에, 지금 이 상황에 대체 뭐라고 해야 하는 거지? 뱀파이어에게 한 번 물렸으니까 아직 너는 괜찮아? 아니, 한 번 물리는 거랑 여러 번 물리는 거랑 차이가 있긴 해? 물렸다면 대체 언제 물린 건데? 어린 시절에도 그는 라틸과 레안의 곁에 있었다. 그러면 쭉 이 상태로 계속 있던 건가?

그렇다면 정체를 숨긴 채 내내 곁에 있던 그를 믿어도 되는 게 맞긴 한가? 아니, 하지만 누가 친구나 친구 여동생에게 '나 뱀파이어한테 물렸어'라고 고백하겠는가. 말을 못 하는 게 맞긴 한데…….
그런데 지금 로드가 나타난 상황 아닌가? 로드가 나타나고 좀비가 나타나고 괴물이 하렘 안을 뛰어다니고 있다. 라틸은 서닛의 손목을 꽉 붙잡고서 이러지도 저러지도 못하고 그의 눈만 쳐다보고 있었다.

그 순간.

절 믿으셔야 합니다.

서닛의 마음속에서 애원하는 소리가 들려왔다.

제가 곁에 있어야 폐하를 지킬 수 있습니다.

그가 마음으로 내는 목소리는 슬픔에 가득 차 있었고 몹시 애달 팠고 아주 위태롭게 들렸다.

저는 폐하를 지키기 위해 태어났습니다. 정말로.

눈물이 보이지 않아도 상대가 울고 있단 걸 알 수 있었다. 손에서 힘이 조금씩 조금씩 빠져갔다. 라틸은 서넛의 손목을 놓았다. 손목을 놓은 건 자신인데, 툭 힘없이 떨어진 손도 라틸의 손이었다.

"폐하."

서넛이 라틸을 불렀다. 목소리가 잠겨있었다. 라틸은 고개를 젓고서 손으로 빈 의자를 가리켰다.

"앉아봐."

"저는……."

"앉아봐라."

주저하던 서넛은 순순히 물러나 4미터 정도 떨어진 곳에 있는 의자에 앉았다. 평소라면 의자를 라틸의 곁으로 가져와 앉았겠지만 그는 이번에는 거리를 두고 앉아서, 자신이 아주 온순한 사자라는 걸 보여주기라도 하려는 듯 쉬이 움직이지 않았다.

그 모습을, 버려질까 두려워하는 듯한 그 눈동자를 보다가 라틸은 가까스로 물어보았다.

"너도 피를 마셔?"

"마시지 않습니다."

그나마 다행이네. 라틸은 속으로 중얼거리면서 다시 물었다.

"뱀파이어들은 햇볕을 쐬면 안 돼서 낮에는 못 돌아다닌다던데 너는 어떻게 돌아다닐 수 있어?"

예전에 서넛이 대신관의 치료를 거부했을 때 그때도 몹시 수상해 보이긴 했으나, 뱀파이어는 절대로 낮에 돌아다닐 수 없단 걸 알기에 넘어갔다. 하지만 서넛은 지금도 낮에 잘 돌아다니는데, 자신이 뱀파이어에게 물렸단 걸 인정했다.

서넛은 이번에도 순순히 대답했다.

"한 번밖에 안 물려서 그렇습니다."

이번에 한 말은 거짓말이었다. 그가 낮에 돌아다닐 수 있는 건 평범한 뱀파이어가 아니기 때문이었다. 알려진 바와 달리 모든 뱀파이어가 햇볕에 취약한 건 아니었고, 특별한 몇몇 뱀파이어는 햇볕을 쐬도 다닐 수 있었다. 그 숫자가 아주 드물 뿐.

"이성을 잃기도 해?"

"사람들도 화나면 이성을 잃습니다, 폐하."

"……그래. 그건 그렇지."

라틸은 한숨을 내쉬고서 아무거나 손에 잡히는 것을 쥐었다 펴길 반복했다. 뒤늦게야 그게 깃털 펜이란 걸 알아차렸으나, 라틸은 펜을 내려놓는 대신 다시 물었다.

"언제부터 그 상태였어?"

"옛날부터요."

"옛날? 세상이 평화로웠을 때부터?"

서넛이 고개를 끄덕였고 라틸은 그나마 다행이라 여겼다. 옛날부터 저랬다면 좀비나 뱀파이어 로드의 부활, 이런 건 그와 상관없는 모양이니. 하긴 좀비가 500년 만에 다시 나타났다고는 하지만 도미스의 기억에 따르면 산골이나 그 인근 마을에는 이미 좀비가 막 돌아다니고 있지 않았던가.

"폐하."

라틸의 눈치를 보며 서넛이 재차 불렀다. 라틸이 생각처럼 화를 내고 있진 않았지만 그래도 아직 불안한 모양이었다. 어쩌면 라틸이 아낙차를 유폐시키기 전에도 그녀에게 그런 기색을 보이지 않았던 걸 떠올리는 건지도 몰랐다.

폐하께서 그저 아프지 않길 바랍니다.

이 와중에도 자신을 걱정하는 서넛의 마음을 들으며 라틸은 눈을 질끈 감았다.

"서넛."

"예, 폐하."

"일단…… 영지로 돌아가 있어라. 이 일은 함구하고."

"폐하, 저는!"

"좀 생각을 해보겠다."

라틸은 감았던 눈을 뜨고서 심란한 눈으로 서넛을 쳐다보았다.

"생각을 정리할 시간이 필요해. 다른 사람들에겐 병가로 처리해 두겠다."

여러 가지로 마음이 번잡해진 라틸은 짬이 나자 다시 가면을 쓰고 밖으로 나갔다. 아무도 자신을 모르는 상태에서 멋대로 돌아다니는 건 어느새 새로 생긴 취미로 자리 잡은 지 오래였다.

'아이도미스한테 가볼까.'

라틸은 그녀를 찾아가 가짜인지 진짜인지 확인을 할까 말까 생각했으나, 열정이 솟지 않아서 관두었다. 지금 칼라인도 서넛 같은 존재일지 아닐지 모르는 판에 도미스가 가짜인지 진짜인지가 뭐가 중요하단 말인가.

서넛한테 칼라인에 대해서도 물어야 했다. 라틸은 속으로 탄식했다. 이거 참. 정말로 심란했다. 서넛도 칼라인도 모두 다 라틸의 아군들이 가짜 황제와 자신을 제대로 구별하지 못할 때 힘이 되어준 이들이었다.

칼라인은 모든 걸 다 버리고서 라틸과 같이 카리센에도 다녀왔다. 그토록 위험했는데도. 그런데 하필 딱 그 두 사람이…….

'괴물이 된다고 다 이성이 없어지는 건 아닌지도 몰라. 그래, 틀라도 괴물이 되었지만 여전히 자기 어머니는 잘 챙기잖아.'

게다가 서넛의 손 상처가 낫는 장면이 너무 충격적이어서 잠시 잊어버렸는데. 생각해 보니 서넛이 사람이 아니라면 대신관의 부적을 못 파내는 거 아닌가? 그거 파낸 사람은 또 다른 사람 아닌가?

멍하니 걸어가고 있자니, 대로 부근에 키가 큰 하얀 머리 남자가 종이 뭉치를 끌어안고 걸어가는 게 보였다. 기르골이었다. 그를 보자 라틸은 한층 더 찝찝해졌다.

'칼라인이 서넛 같은 경우라면 칼라인은 좀비 같은 걸 죽이고 다니다가 물려서 뱀파이어가 된 건가? 근데 기르골 저건 칼라인이랑 늘 붙어 다녔잖아. 혹시 기르골 저자도 뱀파이어 아냐?'

이전에는 햇빛 아래에 있으면 무조건 뱀파이어가 아니라고 생각했는데. 서넛 같은 경우를 보고 나니 그런 믿음조차도 사라지고 말았다. 라틸은 괜스레 찝찝해서 기르골의 옆모습을 뚫어져라 보왔다.

'아니면 칼라인이 뱀파이어가 되는 바람에 기르골과 사이가 멀어졌나? 기르골은 괴물을 사냥하는 사람이라?'

너무 노골적으로 바라본 걸까. 라틸의 머릿속은 아직도 꿀렁거리고 있는데, 바삐 걸어가던 기르골이 갑자기 발길을 멈추더니 라틸을 보았다. 눈이 마주치자마자 그는 얼른 라틸의 앞으로 다가와서 친하게 말을 걸었다.

"사디 양. 우리 지난번에 인사할 겨를도 없이 헤어졌지? 그거 때문에 노려보는 건가?"

밝은 목소리. 햇볕을 받아 금빛이 도는 하얗고 부드러운 머리카락. 생기가 도는 뺨과 입술. 뱀파이어 같진 않은데…….

"사디 양?"

라틸은 기르골을 너무 노골적으로 훑지 않기 위해 그의 귀를 쳐다보며 대답했다.

"노려본 건 아닌데? 지나가기에 그냥 본 거지."

적당히 둘러대고서 라틸은 그가 품에 안은 종이 뭉치를 턱으로 가리켰다.

"그건 뭐지?"

기르골은 라틸이 가리킨 종이 뭉치를 굳이 한 번 내려다보더니 히죽 웃으면서 자랑스럽게 대답했다.

"뭐 찾아볼 게 있어서 조사 중이었지."

"그게 뭔데? 찾았나?"

"찾았지."

기르골이 안고 있는 건 불법 경매장에서 일어난 마차 폭발 사건의 수사 일지였다. 건성으로 매듭지어졌지만 그래도 구색은 맞추었을 테니 그거라도 보기 위해 구한 자료였다.

수사 일지에 쓰인 바로는 마차를 폭발시킨 범인이 꽤 장거리에서 공격했기에 다들 폭발 전문 마법사가 연루된 일이라 여겨 그 방향으로 수사를 한 듯했다. 그러나 사건이 일어날 당시 가장 가까이 있던 폭발 전문 마법사가 '자이오르'란 자인데, 그나마 가장 가까이 있던 것뿐. 거리상으로는 절대로 공격할 만한 위치가 아니었다. 이 때문에 자이오르는 혐의를 벗었다는 게 이 수사 일지의 간략한 내용이었다.

그리고 기르골은 이 정도 정보면 충분했다. 그가 원하는 건 사건의 범인을 찾는 게 아니라, 폭발 전문 마법사를 찾는 거니까. 그 마법사는 레안 황자의 심복이라 했다. 레안 황자란 자도 이 근처에 머문다고 하니, 그자를 찾아가면 폭발 전문 마법사의 위치도 알 수 있지 않을까?

기르골이 그 생각을 하면서 갑자기 혼자 입을 히죽 벌리고 웃자, 라틸은 도미스가 왜 기르골이 아니라 칼라인을 좋아한 건지 알겠단 생각을 했다.

'얼굴은 정말 천사같이 아름다운데 하는 행동이……'

어쨌든 저 종이 뭉치나 조사에 대해선 말할 마음이 없는 듯해서, 라틸은 고개를 끄덕이고서 손을 저었다.

"그래. 알았다. 하던 조사 마저 해. 잘 가."

손을 저은 라틸은 몸을 돌렸다. 딱히 가려는 곳은 없다. 그저 이곳저곳 돌아다니고 싶을 뿐.

그때.

"사디 양."

혼자만의 상념에 빠져있던 기르골이 어느새 자연스럽게 라틸과 발걸음을 맞춰 걸으면서 친근하게 불렀다. 라틸이 쳐다보자 그가 라틸의 어깨에 팔을 두르며 물었다.

"내 고백은 어떻게? 생각해 봤어?"

"내가 누군지부터 기억해 내라니까."

라틸이 툭 먼지를 털듯 그의 팔을 치자, 기르골은 팔을 순순히 내리긴 했으나 계속 라틸과 발걸음을 맞추어 따라 걸었다.

"조사할 거 있다며."

그 모습이 퍽 한가해 보여서 라틸이 타박하자, 기르골은 그건 그렇다고 순순히 인정했다. 하지만 여전히 돌아가진 않았다.

"알아보고 싶은 게 하나 더 있어서."

"그럼 알아봐."

라틸은 별생각 없이 중얼거리고 돌아섰다. 하지만 라틸은 채 몇 걸음도 가지 않고 한숨을 내쉬며 돌아섰다. 기르골이 이번에는 종이 뭉치를 든 채 라틸 뒤를 쫄랑쫄랑 쫓아오고 있었다.

"아까는 저쪽 방향으로 가지 않았던가, 그대?"

라틸이 손가락으로 기르골이 걸어가던 방향을 알려주었으나, 기르골은 웃으면서 라틸의 옆으로 다가와 감탄만 했다.

"사디 양은 방향감각이 탁월하군."

"……가던 길 가라고 알려준 건데."

"친절하기까지. 난 사디 양에게 또 이렇게 반하는 걸까?"

"그대 심장은 가볍다 못해 훅 불면 날아가겠군."

"날아가서 그대 심장에 앉으면 좋을 텐데."

한마디도 지지 않는구나, 이 새끼. 라틸은 기르골이 무슨 말을 해도 다 자기에게 유리하게 해석하자, 더 말하기를 멈추고 그냥 따라오게 두었다.

"멋대로 해. 따라오든가."

그렇게 얼마나 걸어 다녔을까. 따라오라 했더니 기르골은 정말 종일 라틸을 따라다녔다. 라틸이 아이스크림을 사 먹을 때도, 길거리에서 음유 시인의 노래를 들을 때도, 작은 극장에 들어갈 때도.

정말 한가해 보이는 모습이라 라틸은 기르골이 많이 심심했나 보다고 스스로 납득했다. 그러다가 해가 질 무렵. 그와 두 번째로 만났던 야트막한 언덕에서 라틸은 기르골과 샌드위치를 뜯어 먹게 되었다.

기가 막히긴 했으나 덕분에 심란한 마음은 좀 가라앉아서, 라틸은 '내가 칼라인에게 관심을 가지지 않게 해달라고 도미스가 그대에게 권했는가'라고 묻기를 관두었다.

칼라인이나 도미스의 일 따위는 지금은 뒤로 미뤄두고 싶었다. 그런데 샌드위치를 다 먹고서 손수건을 꺼내 손을 닦고 있을 때였다. 기르골이 "아차." 하고 탄식하더니 갑자기 허리춤에 차고 있던 검을 검집째 풀어 라틸에게 건넸다.

"뭐지?"

라틸이 물어보며 검을 받아 들자, 기르골은 묘한 미소를 지으며 권했다.

"그 검. 검집에서 한번 뽑아볼래, 사디 양?"

라틸은 미간을 찌푸렸다.

"이걸 왜?"

"우리 가문 가보인데."

"너희 집 가보를 왜 나한테 뽑아 달래?"

"난 못 뽑거든."

"뭐?"

"이 검을 뽑는 사람에게 청혼해야 해서."

아니, 이 무슨 터무니없고 허무맹랑한 조건이 있나. 라틸은 황당해서 기르골을 보았으나 기르골은 당당한 얼굴이었다.

"거짓말이지?"

"어떤 거 같아?"

"거짓말 같아. 어쨌든 그런 거라면 진짜 좋아하는 사람한테 부탁해."

라틸은 기르골의 헛소리를 믿지 않으면서도 일단 이렇게 돌려 거절하며 검을 도로 내밀었다. 그러다가 검의 문양을 본 라틸은 흠칫하고서 도로 검을 끌어당겼다. 고개를 숙이면서 머리카락이 앞으로 쏠리자, 라틸은 머리띠를 다시 착용하고서 눈을 가늘게 뜨고 검의 문양을 관찰했다.

이 검. 어디선가 본 적이 있었다.

"왜 그래, 사디 양?"

그래. 확실하게 본 적이 있다. 자세히 본 건 아니다. 아주 얼핏,

정말로 얼핏 보았다. 그런데도 확신이 들었다. 이 검 분명 칼라인의 기억 속에서 보았다.

마지막 결전을 앞두고 도미스를 둘러싸고 있던 사람들. 그중에서 혼자 다른 제복을 입고 있던 여자. 그 여자가 차고 있던 검이 이 검이었다. 당혹스러운 표정의 라틸에게 기르골이 옆에서 재차 재촉했다.

"뽑아봐."

'꿈에서 잠깐 본 검이 이 정도로 기억에 확실하게 남다니. 이상해.'

라틸은 천천히 손을 움직여 검집을 쥐었다. 꿈에서 보았던 검을 실제로 쥐고 있어서인가. 기분이 아주 이상했다. 좋은 기분? 통쾌한 기분? 허망한 기분? 한 가지 단어로 콕 집어 표현하긴 어렵지만, 무척 복잡한 심경이었다. 라틸은 검집을 손안에서 쓸어보다가 꽉 틀어쥐었다. 검이 손안에서 덜컥거리는 게 느껴졌다. 뽑을 수 있을 것 같았다.

그러나 검을 뽑기 전. 라틸은 눈썹을 찌푸리고서 기르골 쪽을 확 쳐다보았다.

기르골은 눈을 빛내며 검을 쥔 라틸의 손을 빤히 보고 있었는데, 라틸이 자신을 쳐다보자 검에서 시선을 떼고 마주 쳐다보면서 빙그레 웃었다. 라틸은 미간을 더욱 찡그렸다.

'이 검을 가진 여자는 도미스와 칼라인의 적으로 보였는데. 그 여자가 가지고 있던 검을 기르골이 자기 가보라 주장한다는 건…….'

두 가지 가능성이 떠올랐다.

하나, 도미스의 적이 기르골의 애인이나 아내여서 검을 사용했을 경우.

둘, 기르골이 남의 검을 가지고서 거짓말을 하는 경우.

라틸의 눈이 가느스름해지자 기르골이 실실 웃으면서 고개를 기울였다.

"왜 그래, 아가씨?"

라틸은 검에서 손을 떼고 미심쩍어하며 물었다.

"혹시 기혼이야?"

"응?"

기르골은 잠시 눈썹을 치켜들더니 곧 입을 커다랗게 벌리고서 큰 소리로 웃어댔다.

"갑자기 무슨 소리야?"

라틸은 입을 꾹 다물었다. '칼라인의 꿈속에서 너희 가보라는 이 검을 다른 여자가 사용하던데' 같은 소리는 할 수가 없었다. 어쨌든 기르골의 연인이나 아내가 도미스를 죽인 거라면 기르골과 칼라인의 사이가 멀어진 게 이해가 갔다. 게다가 그런 거라면 칼라인과 기르골을 절대로 만나게 할 수 없었다.

'자칫하면 칼라인한테 생일 선물로 원수를 줄 뻔했네.'

"사디 양?"

라틸이 검을 뽑지 않고 검집에 들어간 상태 그대로 도로 내밀자 기르골이 의아한 표정이 되었다. 고작 이거 하나 뽑는 게 뭐가 그리 어렵다고 돌려줘? 하는 얼굴이었다. 라틸은 아무렇지 않은 척 덤덤하게 대답했다.

"먼저 날 기억해 내."

"!"

"그러면 검을 뽑아볼게."

라틸이 기르골의 무릎 위에 검집을 내려놓고 새 샌드위치를 집어 들자, 기르골은 원상태로 돌아온 검집을 빤히 내려다보다가 작게 중얼거렸다.

"손이 많이 가는 아가씨네."

검을 뽑아보라며 달콤하게 달래던 목소리는 어디 가고 그새 귀찮아하는 기색이었다. 적반하장이었지만 라틸은 화를 내는 대신 새로 집은 샌드위치의 종이 포장지를 벗긴 다음 기르골의 입에 그걸 물려주며 당부했다.

"꽃만 먹지 말고. 빵도 좀 먹고."

기르골은 라틸이 물려준 그대로 빵을 우물우물 씹다가, 라틸이 손을 내리자 제 손으로 빵을 집어 내렸다. 라틸은 풀어두었던 짐을 챙겨 몸을 일으키고 바지에 묻은 풀잎을 털어냈다. 그러고서 기르골을 보자, 그가 눈웃음을 지으며 묘한 말투로 당부했다.

"내가 너무 기대하게 하지 마, 사디 양."

"?"

"기대하다 실망하면 더 화나잖아."

그 말속에는 거칠거칠하고 작은 가시가 가득했으나 라틸은 눈도 깜짝하지 않았다.

"기대도 그대가 하는 거고 실망도 그대가 하는 거면 화풀이도 스스로 해."

"……그럼 작별 키스는? 그것도 혼자 해?"

라틸은 손바닥에 입을 맞춘 다음 그를 향해 손을 한 번 휙 털어 주고서 몸을 돌렸다. 기르골은 뒤도 돌아보지 않고 털레털레 멀어지는 뒷모습을 언덕 끄트머리에 앉아 물끄러미 바라보다, 사디가 완전히 사라지자 고개를 기우뚱했다.

"우리가 어디서 봤더라."

대답해 줄 이는 없었으나 기르골은 그 후로도 혼자 오른쪽 왼쪽으로 고개를 까딱거리며 열심히 머리를 굴렸다. 하지만 3분도 채 되지 않아 몸을 일으킨 기르골은 그대로 곧장 가파른 언덕 아래로 훌쩍 뛰어내렸다.

"우선 로드 잡으러 가야지. 로드."

빠른 속도로 낙하하면서도 신이 나서 중얼거리더니 눈 깜짝할 사이 완전히 자취를 감추었다.

"라나문 님."

정원을 돌아다니며 곧 있을 라틸의 생일을 생각하던 라나문은 그를 부르는 밝은 목소리에 고개를 돌렸다. 옆으로 난 다른 쪽 산책로에서 타시르가 밝은 얼굴로 다가오고 있었다. 타시르가 가볍게 걸을 때마다 커다란 귀걸이가 흔들리는 걸 보자, 라나문은 '쟤는 뭐가 좋아서 저리 즐거운 얼굴일까' 싶어 눈썹을 찌푸렸다.

"안 그래도 라나문 님께 가던 길이었는데 잘되었습니다."

가까이 온 타시르는 라나문의 뒤에 선 시종에게도 눈인사를 건네고는, 눈웃음을 지으면서 자연스럽게 라나문의 팔짱을 꼈다. 라나문이 대번에 팔을 싹 빼냈으나 타시르는 민망해하지도 않고서 말을 이어갔다.

"여전히 부끄러움이 많으시네요. 전에 상담하신 그 편지 건 때문에 온 겁니다."

"편지?"

"네. 저도 호기심에 따로 알아봤거든요. 혹시 라나문 님 외에 다른 사람들도 그런 편지를 받았나 조사했는데요. 일단 제가 알아보기로는 없었습니다."

"확실한가?"

라나문의 질문에 타시르는 참 멍청한 질문을 들은 것처럼 호탕하게 웃었다.

"확실할 리가요. 편지를 받고 입을 안 연 사람이 있을 수도 있는데요."

"그런가."

"하지만 모두가 라나문 님처럼 영웅이 되길 꺼리진 않을 테니, 편지를 받았다고 해도 아주 소수일 겁니다."

"그렇군."

"라나문 님은요? 따로 조사해 보셨습니까?"

타시르의 질문에 라나문은 앞으로 느리게 걸어가며 대답했다.

"그 편지들은 내게로 바로 도착하지 않아. 저택을 통해서 오고 있지. 편지를 보내는 사람은 내가 후궁이 된 걸 모르는 눈치야."

다른 사람이 물어봤더라면 알려주지 않았겠지만, 타시르는 상담을 해주고 비밀을 지킨 걸로도 모자라 추가로 조사까지 해주었다. 그에게는 어느 정도 진척 상황을 알려주는 게 예의일 거란 생각에 라나문은 솔직하게 대답했다. 타시르는 라나문의 말에 감탄사를 뱉었다.

"세상사에 큰 관심이 없는 사람인가 보네요. 그런 점이 대적자를 길러내는 스승답긴 한데요."

"일단 편지 심부름하는 사람이 찾아오면, 만나보고 싶단 내 말을 전해달라 지시는 해두었다."

거기까지 말한 라나문은 말을 멈추고 정면을 보았다. 타시르 역시 엇비슷하게 정면을 보았다. 두 사람이 선 방향으로 정면에는 본궁에서 하렘으로 이어진 길이 있는데, 그쪽으로 마침 라틸이 걸어가고 있던 것이다.

그런데 웬일인지 라틸의 곁에는 늘 그림자처럼 붙어 다니던 근위기사단장이 보이지 않았고, 라틸은 평소보다 더 심각한 표정이었다. 표정이 좋지 않은 데다 걸어가는 발걸음이 몹시 빨라서, 타시르와 라나문은 말을 맞춘 것도 아닌데 둘 다 라틸을 바로 부르거나 다가가지 못하고 망설였다.

"음?"

그러나 시선을 느낀 라틸이 먼저 걸음을 멈추고서 둘 쪽을 돌아보았다. 라나문과 타시르는 얼른 인사를 올렸다. 하지만 두 사람은 인사를 하면서도, 라틸이 인사만 받고 다시 가던 길을 마저 갈 거라 생각했다. 저 길을 따라가면 칼라인의 처소가 나오니, 아마 그쪽으로 갈 것 같았다. 그러나 둘을 발견한 라틸은 몸을 휙 돌리더니, 두 사람 쪽으로 친히 걸어오며 말을 걸었다.

"웬일로 둘이 같이 산책하느냐?"

다가오는 라틸은 아까의 화난 얼굴을 싹 거둔 상태였다. 평소 같은 미소가 입술에 걸려있었고 목소리도 밝았다. 하지만 분명 라틸이 씩씩거리며 걸어가던 걸 보았던 터라, 라나문과 타시르는 바로 대답하지 못하고 서로를 보았다. 먼저 대답한 쪽은 타시르였다.

"그러게 말입니다."

심지어 타시르는 자연스럽게 라틸의 말을 받더니, 곧장 라틸 옆으로 가 팔짱을 끼면서 친근하게 묻기까지 했다.

"왜 요즘은 안 찾아오시는 겁니까? 이 타시르가 폐하가 보고 싶어서 얼마나 쓸쓸했는지 아십니까? 네?"

커다란 남자가 팔에 딱 달라붙으면서 몸을 밀착해 오자, 라틸은 얼결에 옆으로 밀려났다. 타시르는 그걸 핑계로 다른 팔을 뻗어서 라틸이 넘어지지 않게 잡아주더니, 라틸을 감싸 자기 쪽으로 끌어당겼다. 눈 깜짝할 사이 벌어진 일이었다.

순식간에 라틸이 타시르의 품 안으로 들어가게 되자, 라나문의 시종 카르둔은 흥분해서 라나문에게 시선을 보냈다. 도련님도 해 보세요. 저거요. 라나문은 카르둔의 강렬한 시선이 뭘 요구하는지 알아들었다.

하지만 타시르가 라틸을 제 품에 넣고 온몸으로 방어하는 상황에서 자신까지 라틸의 팔짱을 끼긴 어려웠다. 타시르는 라나문의 시선이 매듭처럼 붙은 자신과 라틸의 팔에 닿는 걸 눈치챘지만, 놓기는커녕 오히려 라틸 옆으로 더 달라붙으면서 물었다.

"폐하는 제가 안 보고 싶으셨습니까? 자주 떠올려 달라고 그림까지 선물했는데요."

"난 네가 선물한 그림을 본 적이 없어서 무슨 말인지 모르겠다, 타시르."

"대단하지 않았습니까? 제가 말씀드렸지요. 제가 지도는 몰라도 보물은 있다고요."

"무슨 말인지 못 알아듣겠는데."

"그렇군요. 그럼 이 빨개진 귀는 제가 곁에 있는 게 부끄러워서 그러시는 걸까요?"

"흠흠."

타시르가 라틸과 사이좋게 대화를 나누자, 카르둔은 라나문에게 더욱 강렬한 시선을 보냈다. 아, 뭐 하고 계시는 거예요? 당장 도련님도 붙으시라고요! 얼마나 답답했는지 라나문의 등을 뒤에서 떠밀고 싶은 정도였다. 황제 쪽으로. 그러면 넘어지는 척 옆으로 가기라도 하겠지.

카르둔이 진짜로 그래 볼까, 생각하는 사이. 내내 우두커니 서있던 라나문이 드디어 행동을 취했다. 손을 뻗더니, 타시르의 품 안에서 라틸의 손 하나를 잡아낸 것이다. 아주 부자연스럽긴 했지만 그래도 뚜렷한 성과였다. 그 촉감을 느낀 라틸이 쳐다보자 라나문은 타시르와 달리 점잖게 말했다.

"저도 빨리 폐하게 선물을 드리고 싶습니다."

말은 점잖았지만, 그 안에 담긴 두 사람의 약속은 점잖긴커녕 아주 노골적이고 경망스러웠기에 라틸은 괜히 헛기침을 했다. 하지만 라틸이 거기에 더 반응하기 전에 타시르가 먼저 생글생글 웃는 얼굴로 끼어들었다.

"아아, 그랬지요. 라나문 님도 그날이 생일이셨지요?"

그러고는 라틸을 뒤에서 제 품 안에 폭 감싸고서, 악의라고는 한 톨도 없다는 투로 물었다.

"저도 라나문 님께 선물을 드려야 할 텐데. 가지고 싶은 건 뭐 없으십니까?"

그 교묘한 끼어듦에, 라나문은 '네가 꺼지는 것'이라고 대답할 뻔했다. 그런데도 이 대답을 참은 건 라틸이 곁에 있기 때문이 아니라, 타시르에게 대적자와 편지 건에 관해 상담을 했고 도움도 받았기 때문이었다.

아니라면 라나문은 라틸이 옆에 있더라도 '꺼져'라고 차갑게 말했을 것이다. 그가 차갑고 매정한 성격이란 건 어차피 모두가 아니까.

"필요 없다."

하지만 차마 좋은 소리는 나가지 않아 차갑게 대꾸하자, 타시르가 라틸의 목덜미에 얼굴을 묻으면서 칭얼거렸다.

"폐하. 라나문 님은 이 타시르가 싫은가 봅니다. 폐하도 타시르가 싫으십니까?"

너무 노골적인 여우짓이다 보니 라틸은 오히려 웃겨서, 자신을 감싼 타시르의 팔을 자연스럽게 매만지며 토닥거렸다.

"폐하는 타시르가 좋단다."

하지만 연적 입장에선 노골적으로 여우 같으나 살며시 여우 같으나 얄밉게 느껴지는 건 똑같아서, 라나문의 표정이 쌀쌀맞아졌다. 이 와중에 타시르의 시종이 라나문의 시종을 향해 '우리 소단 주님이 여우 같아서 저러신 걸 어쩌겠어' 하고 미안한 척 웃자, 라나문의 시종은 덩달아 속이 끓어서 콧김을 내뿜었다.

홀로 식사를 끝낸 레안이 방 안으로 들어가려 할 때였다. 안쪽에서 희미하게 바이올린 소리가 들려왔다. 레안은 문고리에 손을 올린 채 멈춰있다가 천천히 손에 힘을 가했다. 문은 매끄럽게 열렸다.

바이올린 소리는 멈추지 않았다. 레안은 문을 열어둔 채 안으로 걸어가며 주위를 살폈다. 혹시 라틸이 암살자를 보낸 건 아닐까 의심이 들었다. 그러나 방 안에 들어와 있는 건 암살자로는 보이지 않는 머리카락이 새하얀 청년이었다. 복장도 암살자가 입기에는 너무 눈에 띄는 새하얀 코트였다. 청년의 손에는 레안의 바이올린이 들려있었다.

처음 보는 얼굴. 레안은 청년을 부르지 않고, 쉬지 않고 움직이는 청년의 손과 바이올린 활을 쳐다보았다. 이곳은 호위를 자처한 감시병들의 수가 대단히 많았다. 철저하게 신분이 보장된 사람들만 별궁을 오갈 수 있었다. 확실한 건 아니지만, 레안은 별궁을 오가는 사람들조차도 감시의 시선을 받고 있을 거라 생각했다.

그런데 처음 보는 청년이 별궁 입구도 아닌 그의 방 안에 들어와 바이올린을 켜고 있다니. 이 문 바로 앞에만 해도 호위가 서있는데 말이다. 레안은 경계심이 들어 뒤로 반보 물러났다.

그 순간, 연주에 열중하던 하얀 머리 청년이 바이올린 활을 내려놓더니 고개를 들었다. 느리게 뒷걸음질 치던 레안도 얼결에 멈추었다. 눈이 마주치자 레안은 청년의 눈이 묘한 붉은색이란 걸 알아차렸다.

그 붉은 눈동자를 마주한 레안은 호위를 부를 뻔했으나 그러지 않았다. 대신 그는 상대가 흔적도 없이 방에 들어와 있던 걸 떠올리고서 침착하게 물었다.

"누구지?"

질문을 던진 레안은 아무렇지 않은 척 옆에 놓인 길쭉한 탁자 위에 있던 주전자를 들어 빈 잔에 따랐다. 방 안에 들어와 있는 사람은 기르골이었다. 그는 폭파 전문 마법사가 레안 황자의 심복이란 걸 알고 여기로 찾아온 것이었다. 기르골은 친절한 척 웃었으나, 레안의 질문은 싹 무시하고 되물었다.

"자이오르란 폭파 전문 마법사가 네 심복이라던데 어디 있어?"

비록 유폐된 거나 다름없지만 감히 황자에게 할만한 언사가 아니었다. 심지어 기르골은 질문을 던져 놓고는 대답도 듣지 않고 다시 바이올린을 어깨와 턱 사이에 끼우고 있었다.

다른 황족이라면 '무엄하다'고 화를 냈을 것이나, 이번에도 레안은 그러지 않았다. 레안은 눈치가 빨랐다. 그는 몇 마디 말을 나눈 것만으로도 상대가 실력도 성격도 보통이 아니란 걸 알아차리고서 순순히 대답해 주었다.

"자이오르라면 그리티에 있을 텐데."

"그리티. 여기서 동쪽으로 가면 있는 그곳? 그래. 거기 같네."

상대 역시 레안의 말을 의심하지도 않고 바로 받아들이며 몸을 일으켰다. 심지어 레안의 바이올린까지 자기가 챙겨 들었다. 불법 침입에 이은 도둑질이었지만, 레안은 이번에도 화를 내지 않았다.

"마지막엔 분명 거기에 있었는데 지금은 모르겠군. 나는 이 안에 감금된 거나 마찬가지여서 돌아가는 사정은 모르겠어. 다른 데로 옮겼을지도."

오히려 이렇게 덧붙인 레안은 자신의 처지를 쓸쓸하게 알리고서 기르골에게 슬며시 질문을 던졌다.

"그런데 그쪽은 어떻게 들어왔지? 여기는 감시병들이 물샐틈없이 서있어서 들어오기 어려울 텐데."

"쉽던데."

"혹시 비밀 통로 같은 게 있나?"

"없을걸."

기르골은 바이올린을 깽깽거리면서 창가로 걸어가더니 발로 창문을 열었다. 저기서 뛰어내릴 생각 같았다. 레안은 이번에도 다른 사람들처럼 침입자가 순순히 돌아가길 기다리는 대신 급하게 물었다.

"비밀 통로 같은 게 있다면 알려다오. 내가 여기 있으면 세상을 구할 수가 없다."

내내 자기 좋을 대로만 행동하던 기르골은 그 말에 처음으로 반응을 보였다.

"세상을 구해? 네가 뭔데?"

아주 기분 나쁜 말투였다. 창틀에 다리를 걸쳐놓는가 싶던 기르골이 조롱조로 묻는 말에도 레안은 침착하게 대답했다.

"전설 속에 나오는 대적자 같은 존재는 아니지."

"……"

"하지만 세상을 망칠 '로드'가 누군지는 알고 있다."

레안의 표정은 진중했고 목소리는 단호해서, 우유부단한 사람이었다면 귀가 솔깃했을 것이다. 그러나 기르골은 이번에도 한마디로 레안의 시도를 뭉개버렸다.

"나도 알아."

뻐기듯 말한 기르골이 창밖으로 휙 나가버리자, 레안은 황급히 그쪽으로 달려가 창틀에 손을 대고 머리를 내밀었다. 분명 눈앞에서 밖으로 뛰어내렸는데 저 아래에도 옆쪽으로도 사람의 흔적은 없었다.

얼결에 타시르에게 휩쓸린 라틸은 그와 식사를 하고 차를 마시다가, 하늘이 불그스름하게 변해가는 걸 보자 이럴 때가 아니란 걸 깨닫고 자리에서 일어났다.

"이제 제 방으로 갈까요, 폐하?"

그걸로도 모자라 타시르가 자연스럽게 또 붙어왔지만, 라틸은 단호하게 거절했다.

"아니. 칼라인하고 해야 할 말이 있어."

라틸은 타시르가 분명히 붙잡을 거라 생각했으나 그는 정말로 눈치가 빨랐다. 타시르는 라틸의 옆모습을 물끄러미 보는가 싶더니, 웃으면서 그러라고 했다.

"전 폐하 편입니다."

슬며시 덧붙이는 말로 보아, 칼라인과 싸울 거라 예상까지 한 듯했다. 라틸은 괜히 타시르의 팔을 툭 치고서 칼라인의 방으로 천천히 걸어갔다. 서넛이 뱀파이어란 걸 알았으니, 이젠 칼라인의 정체도 알아내야 한다고 굳게 마음을 먹었다.

하지만 그 굳은 다짐은 커다랗게 뭉쳐놓은 눈 덩어리나 다를 바가 없었다. 그 눈 덩어리는 칼라인의 방으로 가까워질수록 점점 녹아내리더니, 문 앞에 도착했을 때는 이미 질척이는 물이 되었다. 라틸이 초조하게 방문 앞에 서있기만 하자 호위가 조심스럽게 물었다.

"폐하. 칼라인 님께 폐하께서 오셨다고 알릴까요?"

"됐다."

라틸은 심호흡을 하고 방 안으로 들어갔다. 문 두 개를 열고 안쪽의 침실로 들어가자, 칼라인이 못 보던 선인장에 물을 주는 게 보였다. 라틸은 문을 닫고서 주저하다가 안쪽 문을 두드렸다. 칼라인은 이미 라틸이 온 걸 알고 있던 것처럼 조금도 놀라지 않고 몸을 돌렸다.

커튼은 정확히 반으로 나눠져 양옆으로 묶여있었으나 오늘은 창문이 굳게 닫혀있어 바람이 조금도 들어오지 않았다. 전에는 칼라인이 펄럭거리는 커튼 뒤쪽에 서있었다. 라틸은 입술을 초조하게 짓씹다가 세 걸음 정도 앞으로 다가가 물었다.

"몸은? 괜찮으냐?"

"거의 다 나았습니다."

칼라인은 덤덤하게 대답하고서 분무기를 선인장 옆 창틀에 내려놓았다. 거의 다 낫긴 완전히 다 나았겠지. 라틸은 서넛의 손바닥에 있던 상처가 순식간에 다 낫던 장면을 떠올리며 속으로 빈정거렸으나 겉으로는 고개만 끄덕였다.

"다행이네."

칼라인은 라틸 쪽으로 다가오지 못하고 그 자리에 서서 빤히 쳐다보기만 했다.

창문 너머로 불그스름한 석양빛이 그의 어깨에 내려앉았다. 저녁 햇볕도 햇볕인데. 서넛이 연무장에서 멀쩡히 활동하던 것처럼, 칼라인 역시 햇살이 목덜미에 닿는데도 멀쩡해 보였다.

뱀파이어가 햇빛에 약하단 헛소리는 누가 했어? 라틸은 다시 속으로 빈정거렸다. 그런 사람이 있다면 '엉터리'라고 이마에 써줄 것이다. 하지만 이런 쓸모없는 생각으로 시간을 흘려보내는 것도 잠시였다. 언제까지나 이따위 망상이나 하면서 여기 서있을 수는 없었다.

칼라인은 내내 이쪽을 보고 있었는데, 그 역시 평소와 다른 태도인 걸로 보아 무언가 각오를 한 눈치였다. 서넛이 영지로 떠나기 전에 언질이라도 준 걸까? 아니면 대신관의 치료를 거부한 일을 자기도 신경 쓰는 걸까? 어느 쪽이든 그 역시 나름대로 마음의 준비를 한 것처럼 보여서, 라틸은 심호흡을 하고 한 걸음 더 앞으로 다가가며 아무렇지 않은 척 입을 열었다.

"서넛이 뱀파이어래."

"……."

"뱀파이어한테 한 번 물렸대. 그래서 낮에도 다닐 수 있대."

입 밖으로 꺼내기 정말 이상한 이야기였다. 뜬금없이 뱀파이어라니. 하긴 쌀알 괴물이 하렘 호수에서 나오고 연회장에 도끼를 든 귀족 좀비가 나타나는 판에, 뱀파이어 정도면 양호한 편일지도 모르겠지만…….

"너도 그래?"

라틸은 태연히 물어보려 했지만 튀어나온 목소리는 잠겨있었다. 너무 작아서 칼라인이 못 들었으면 어쩌나 걱정될 정도였다. 다행히 칼라인은 제대로 들은 게 분명했다.

"내가 누군지는 주인이 더 잘 알고 있는데."

대답하는 걸 보면 그랬다. 하지만 라틸이 원하던 대답은 아니었다. 라틸은 '예'와 '아니오'로 대답하는 걸 듣고 싶었다.

"돌려 말하지 마. 수수께끼 좋아하지 않아."

라틸은 다시 한번 더 단호하게 자신의 의견을 말했다. 아까보다는 좀 더 뚜렷한 목소리였으나, 칼라인은 이번에도 라틸이 원하는 대답을 해주지 않았다.

"내가 뱀파이어라면 카리셴에 함께 다녀온 우리 추억은 전부 사라지는 겁니까?"

대신 그는 이렇게 질문했다. 자신이 라틸을 도왔던 일을 잊어버린 거냐고, 돌려서 묻는 게 분명했다. 라틸은 어색하게 서서 바지 옆선을 주먹으로 몇 번 두드렸다. 잊어버렸냐고? 그럴 리가. 잊어버렸다면 직접 오는 게 아니라 당장 성기사들을 보내서 퇴치하라고 했을 거다. 그게 아니라도 검을 빼내 들고 왔겠지.

"그렇지는 않아."

라틸은 순순히 인정했다.

"그러면…….."

"하지만 모르지. 그날의 추억이 배부른 뱀파이어의 배려는 아니었을까?"

"나는 주인과 같은 얼굴을 한 사람이 나타났을 때도, 주인이 다른 얼굴로 나타났을 때도 늘 주인을 알아봤는데 주인은 내가 변하지 않아도 끊임없이 날 의심하는군요."

"!"

"주인은 날 믿지 못하나 봅니다."

"편안하게 상대를 믿을 수 있는 건 자기가 유리한 입장일 때지. 넌 네가 포식자니까 그렇게 말하는 거다. 내가 뱀파이어고 네가 사람이라면, 나도 네가 뱀파이어든 사람이든 신경 쓰지 않아."

"우습군요. 가장 강한 권력을 쥔 폐하께서 자신을 포식자로 생각하지 않으시다니요."

뭐라고 물어보지, 하고 걱정하던 마음은 칼라인과 빠르게 말을 주고받는 사이에 싹 사라졌다. 라틸과 칼라인은 서로 한 치도 물러나지 않고서 상대를 탓하는 말을 주고받았다. 칼라인은 스스로 뱀파이어라고 인정하지 않았으나, 둘 다 칼라인이 뱀파이어라는 전제하에 대화를 나누고 있었다.

"호랑이 주인이 굶주린 호랑이와 한 우리에 들어가면 누가 포식자 같은데?"

라틸이 빈정거리는 순간, 눈 깜짝할 사이 라틸은 벽과 칼라인 사이에 끼어있게 되었다. 창가에 서있던 그가 어느새 라틸의 바로 앞에 서있었다. 라틸은 고개를 들어, 자신을 뚫어져라 내려다보는 칼라인을 올려다보았다. 그 집요한 눈길을 피해 아주 약간 시선을 내리자, 목 끝까지 채워져 있는 단추가 눈에 들어왔다.

뱀파이어도 침을 삼키는 건가. 단추로 꽁꽁 가린 목울대가 한 번 크게 움직였다. 라틸은 다시 시선을 올려 칼라인을 보았다.

"그 우리 문을 열고 들어온 건 주인입니다."

화를 내러 온 건데 그와 너무 밀착해 있으니 분위기가 이상해진다. 라틸은 그의 어깨를 밀어내듯 움켜쥐었다. 단단한 팔이 손안에 꽉 잡히자 그가 움찔하는 게 생생하게 느껴졌다.

"사실 주인도 날 믿고 있잖아요. 그러니까 무섭다면서도 여기 혼자 들어온 걸 텐데."

칼라인이 허리를 숙여 귓가에 속삭이자, 등이 찌릿하며 몸에 솜털이 다 일어섰다. 라틸은 손을 올려 그의 귀를 움켜잡고 노려보았다.

"대체 뭘 원하는 거야?"

"처음부터 끝까지. 주인. 당신만."

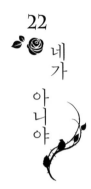

22 네가 아니야

칼라인의 말에 라틸은 심장이 철렁했다. 아주 차가운 물을 심장에 반쯤 채워두고 빠르게 흔드는 기분이었다. 추궁하러 온 건데, 이와중에 요란스레 심장이 뛰었다.

"그건 답이 아닌데."

라틸은 냉랭한 척 중얼거렸으나, 스스로 듣기에도 자신의 목소리는 차갑기는커녕 따뜻한 물에서 나오는 수증기 같았다. 하지만 칼라인의 말은 정말 겉만 잘 포장한 실속 없는 선물 같았다. 듣기엔 좋았으나 그뿐이었다.

서넛은 어린 시절부터 알았고 원래 친한 사이였으니, 중간에 뱀파이어가 되어서 곁에 남았다고 해도 이해는 갔다. 그는 귀족이었고 커다란 영지의 후계자였다. 사실 라틸이 서넛의 입장이었다고 해도, 낮에 활동할 수 있다면 가진 것들을 죄다 포기하고 괴물 같은 삶을 살지 않을 것이다.

그러나 칼라인은? 칼라인은 서넛과 처지가 달랐다. 그는 라틸과 알던 사이가 아니었다. 후궁으로 자원해서 들어왔고 그때 처음 본 것이다. 라틸은 뱀파이어가 된 용병왕이 자신 곁에 있고 싶어서 여기에 왔단 말을 믿을 수 없었다.

"내 피를 원한단 건가?"

라틸이 그나마 가장 가능성 있는 말을 뱉어 보았으나 칼라인은 뭐가 그리 재밌는지 웃기만 했다.

"아, 그대는 도미스를 사랑해서 여기 온 거라 했지."

그 미소는 라틸이 꺼낸 과거 연인의 이름을 듣자 싹 사라졌다. 라틸은 칼라인의 귀에서 손을 떼고 중얼거렸다.

"그래. 그런 거라면 그대가 뱀파이어건 아니건 상관은 없겠어. 그대가 뱀파이어로서 무언가 목적을 가지고 후궁이 된 건 아닐 테니."

칼라인은 표정이 급격히 어두워져서 라틸에게서 반걸음 물러나 돌아섰다. 라틸도 벽과 칼라인의 사이에서 벗어나 우두커니 주먹을 쥐고 섰다.

'칼라인이 도미스를 사랑해서 여기에 온 것이니 뱀파이어이건 아니건 차이는 없다'는 말은 자신이 한 건데. 그 말을 하고 나니 괜히 서러웠다. 그 애매한 기분을 떨치기 위해 라틸은 다시 표정을 가다듬으며 그에게 딱딱하게 요구했다.

"그럼 여기에 나쁜 목적을 가지고 온 건 아니라 치자."

"기뻐해야 하는 겁니까?"

"아직."

"!"

"네가 위험하지 않다는 증거를 보여줘."

칼라인은 라틸의 시선을 마주하더니 한쪽 입꼬리만 비틀듯 올렸다. 하지만 비웃는 표정 같진 않았다. 그는 오히려 쓸쓸해 보였다. 그래도 라틸이 말을 물리지 않자, 칼라인은 창가로 걸어가더니 자신이 물을 주던 선인장을 내려다보며 중얼거렸다.

"나는 주인을 좋아하니까 주인이 싫어하는 건 하고 싶지 않습니다."

라틸은 입을 열었다. 그가 위험하지 않단 증거만 보여준다면, 하렘에 머물러도 좋다고 말할 셈이었다. 어차피 칼라인이 다른 여자를 마음에 두고 후궁이 되었단 건 이미 알고 있었다. 칼라인이 알고 보니 뱀파이어였다고 해서 두 사람 사이가 달라질 필요는 없었다. 상대가 피를 마신단 걸 알았으니 앞으로 옆에 나란히 누워 자진 못하겠지만 말이다. 그러나 라틸이 '그럼 증거를 보여줘'라고 대답하기 전에 칼라인은 라틸이 예상하지 못한 말을 했다.

"그러니 주인이 안심할 때까지 사라져 있겠습니다."

칼라인을 쫓아낼 생각은 단 한 번도 하지 않았던 라틸은 그의 제안에 깜짝 놀라 눈을 커다랗게 떴다. 사라져 있겠다고?

"어디로?"

"그걸 알려드리면 안 되지요. 제가 어디 있는지 알면 불안하실 테니까요."

라틸은 당혹스러운 방향으로 전개되는 대화에 입을 다물지 못했으나, 칼라인은 말을 정정하지 않았다. 당당한 태도였으나, 라틸은 그 모습을 보자 더욱 화가 났다. 뱀파이어라도 위험하지 않다는 것만 알려주면 될 텐데. 그게 뭐가 어렵다고 저러지? 그래 놓고서 뭐? 사라져?

'내가 안심할 때까지?'

그는 라틸을 위한 것처럼 말하고 있었지만 라틸은 그렇게 받아들여지지 않았다. 그가 정말 라틸을 위한다면 자신이 위험하지 않다고 건성으로라도 둘러대야 했다. 그런데도 나가겠다고 하는 건 그냥…….

"아 그래. 마음대로 해라. 마음대로!"

차갑게 외친 라틸은 성큼성큼 방 밖으로 나가버렸다. 하지만 복도 문을 열고 나가기 전, 라틸은 설마 가란다고 진짜 간 건 아니겠지 싶어 다시 몸을 돌렸다.

"!"

그러나 창문을 등지고 서있던 칼라인은 이미 보이지 않았다.

'벌써 갔어?'

라틸은 황급히 다시 방 안으로 돌아갔다. 그래도 칼라인은 보이지 않았다. 침대 뒤라거나 옷장 옆이라거나, 아니, 욕실에라도 들어갔을 거야. 라틸은 이리저리 돌아다니며 칼라인을 찾았다. 갑자기 이렇게 가버리다니. 말도 안 된다. 그러나 온갖 곳을 돌아다녀도 칼라인은 없었다. 창틀 위에 선인장과 분무기만 그대로 남아있을 뿐이었다.

"돌아와. 이제 안심했어."

칼라인이 보이지 않자 라틸은 우두커니 서서 멍하니 중얼거렸다. 안심할 때까지 사라져 있겠다고 했으니 이러면 올 거야. 아니, 간 지 얼마 되지도 않았으니 아마 근처에 있을 거야. 무슨 수로 떠난 건지는 모르겠지만 그래도 근처에 있겠지. 어쩌면 보고 있을지도 모른다. 하지만 칼라인은 돌아오지 않았다.

"돌아오라고!"

초조하게 주위를 둘러보던 라틸이 소리를 질러보았으나 역시 반응은 없었다.

"칼라인!"

이름을 불러도 그는 오지 않았다. '달칵' 하고 문 열리는 소리가 나서 황급히 몸을 돌렸으나, 들어온 이는 복도에 서있던 호위였다.

"폐하. 괜찮으십니까?"

호위는 안쪽으로 더 들어오지도 못하고 문가에 서서 물었다. 라틸은 대답하지 못했으나, 호위는 질문을 던지고 혼자 답을 찾아냈다.

"폐하. 사람을 풀어 칼라인 님을 찾으라 할까요?"

하긴. 황제가 혼자서 칼라인에게 돌아오라 외치고 있는데, 후궁인 칼라인은 코빼기도 보이지 않으니 누구라도 알 수밖에 없을 상황이었다. 라틸은 창가에 덩그러니 놓인 선인장을 쏘아보다가 손을 들어 나가란 신호를 보냈다.

"이 일에 대해선 함구하라."

호위가 나가자 라틸은 창틀로 다가가 선인장 화분을 들어 올렸다. 선인장은 뿌린 지 얼마 안 된 분무기의 물방울로 촉촉했다. 이

물기가 다 마르기도 전에 칼라인이 사라진 것이다. 라틸은 화분을
내려놓고서 이를 갈았다.

라틸은 이 방에 오기 전 함께 있었던 타시르를 찾아갔다. 타시르
는 책상 앞에 앉아 숫자가 빼곡히 들어찬 문서를 읽는 중이었는데,
라틸이 다짜고짜 들어오자 서류를 내려놓고 일어났다.

"폐하. 괜찮으십니까?"

라틸이 말없이 다가와 허리를 끌어안고 가슴에 얼굴을 기대자,
타시르는 무슨 일인지 모르면서도 라틸의 등을 다독거렸다. 라틸
이 말없이 얼굴만 파묻고 있자, 타시르는 고개를 기울이다가 능글
맞게 웃었다.

"오늘은 말싸움에서 지셨나 봅니다. 이리 화를 내시고."

"……진 정도가 아냐."

"칼라인 님이 나쁘네요."

"무슨 일인지도 모르잖아."

"몰라도 칼라인 님이 나쁜 겁니다. 전 폐하 편이니까요."

라틸이 올려다보자 타시르가 눈웃음을 지었다. 장난스러운 얼
굴, 진지함이라고는 1그램도 없어 보이는 미소. 하지만 감정을 무
겁게 쏟고 나서 그런가. 그런 모습에 오히려 더 안심이 되었다. 라
틸은 타시르의 옷을 붙잡고 그를 침대로 데려갔다.

"씻고 올까요?"

타시르가 따라오면서 흐뭇하게 중얼거렸으나, 라틸은 대답하는 대신 그를 침대에 앉혀 놓고 책상다리를 하게 유도했다.

"?"

타시르가 책상다리를 하고 앉자마자 라틸은 그의 다리를 베고 타시르의 배가 있는 쪽으로 돌아누웠다.

"손잡아 줘."

라틸이 중얼거리자 바로 손이 다가왔다. 라틸은 그의 손을 꽉 쥐고서 눈을 감았다. 이러고 있으니 타시르가 뿌린 향수 냄새가 은은하게 풍겨왔다. 화려한 귀걸이 취향과 달리 그는 은은한 향수를 좋아하는 것 같았다.

머리 위로 부드러운 손길이 내려앉았다. 그가 라틸이 잡지 않은 손으로 머리 옆부분을 빗처럼 만들어 조심스럽게 쓸어주고 있었다. 그 손길을 받자 저절로 눈꺼풀이 내려왔다. 라틸은 잡은 손에 힘을 꽉 주며 중얼거렸다.

"너는 가벼워서 좋다. 부담스럽지 않아."

타시르는 말없이 계속 손빗으로 머리카락을 쓸어주었고, 라틸은 마침내 도피하듯 잠들고 말았다.

풀을 밟는 버석거리는 소리가 가까워지고 있다. 서넛은 반이 박살 난 침대에 걸터앉아 도마를 문지르길 멈추고 고개를 들었다. 발소리는 창가 쪽으로 오는가 싶더니 이윽고 익숙한 목소리가 들렸다.

"서넛."

"칼라인 님."

서넛이 대답하자 '끼이익' 소리를 내며 문이 열리더니 칼라인이 안으로 들어왔다. 키도 크고 덩치도 좋은 사내 두 명이 있기에는 버려진 오두막 안은 너무 좁았다. 칼라인이 들어오자 안 그래도 비좁던 오두막은 순식간에 더욱 갑갑해지고 말았다. 칼라인의 눈동자가 서넛이 든 도마와 마른 수건에 닿았다.

"긴 빵이랑 햄을 잘라 먹으려 했는데요. 너무 더러워서요."

서넛은 변명조로 중얼거리고서 도마를 옆에, 수건을 그 위에 내려놓고 일어섰다.

"폐하께서는요? 화가 좀 풀리신 것 같습니까?"

"나한테도 화가 나셨다. ……나를 무서워하시는 것 같아서. 당분간 자리를 피해 있으려고."

"아."

"넌 영지로 가있어. 여기엔 기르골 이야기를 마저 해주러 들른 거다."

기르골이라는 이름에 서넛이 주춤주춤 다시 침대에 앉았다. 칼라인은 곁에 앉는 대신 문을 도로 닫고 거기에 기대어 섰다. 부실한 문에서 '끼기긱' 위태로운 소리가 났으나, 칼라인은 비켜서지 않고 그 자세로 재차 입을 열었다.

"전에 말했던 대로 기르골이 수도에 나타났다. 내 상처는 그자에게 당한 거고."

"수도엔 왜 나타난 것 같습니까? 혹시 폐하……."

"아니. 그런 눈치는 아니었어. 로드의 위치를 알고 온 것 같진 않았다."

"사람을 붙여 추적해 볼까요?"

"발각당할 거다. 그 제멋대로인 성격으로 오랜 시간을 살아남았어. 단순히 강하기만 한 게 아니다. 눈치도 감도 좋다."

"대체 어떤 뱀파이어일지 짐작도 가지 않습니다."

"제대로 미쳤지. 가장 위험한 건 자기가 미쳤단 걸 숨길 줄도 안단 거고."

"……."

"추적을 붙이면 오히려 이쪽에 호기심을 가질 테니 놔두어라."

"네."

칼라인은 한숨을 내쉬다가, 서넛이 다시 도마를 무릎 위에 올려두고 마른 수건으로 싹싹 닦는 모습을 착잡하게 쳐다보았다. 기르골과 그의 목적에 관해 이야기하다 보니, 도미스와 같은 얼굴을 한 인간이 떠올랐다. 혹시 기르골이 그 도미스 얼굴을 한 여자 이야기를 듣고 이곳에 온 건 아닐까?

칼라인의 미간 사이가 점점 좁아졌다. 그 여자는 가짜였지만 그는 도미스의 얼굴에 죽음이 드리워지는 건 보고 싶지 않았다.

"칼라인 님?"

마침내 도마를 다 닦아낸 서넛은 움푹 팬 바닥만 내려다보고 있는 칼라인을 조심스럽게 불렀다. 칼라인은 그제야 눈을 들어 서넛을 보더니, 문가에 기댔던 몸을 일으키며 말했다.

"주인이 지금은 혼란스러운 것 같으니 잠시 거리를 두는 것도 좋겠지. 너는 멜로시 영지로 간다 했던가?"

"네. 칼라인 님은 어디로 가란 말씀이 없으셨습니까? 그런 거라면 같이 가시지요."

"아니. 나는 이참에 찾을 사람이 있다."

서넛은 도마를 내려놓고 일어섰다.

"혹시 또 기르골과……."

"아니. 직접 붙어보니 알겠어. 기르골을 상대하려면 각성한 로드 정도가 아니면 안 된다."

"그러면 누구를 찾으시려는 겁니까?"

"대적자."

칼라인의 눈이 가느스름해졌다.

"이 시기에 혼자 돌아다니는 걸 보니 그자도 아직 대적자를 찾아내지 못한 것 같거든."

아이니는 창틀에 턱을 괸 채 노랗고 동그란 달을 바라보았다. 용병단 건물에 딸린 3층 방에서 맡는 공기는 카리센에 있는 황후궁에서 맡는 공기와 조금도 다르지 않았다. 하지만 밤공기에는 사람을 괜히 감상적으로 만드는 묘한 마력이 있어서, 아이니는 기분이 좋으면서도 우울해졌다.

칼라인을 만났으나 그는 자신이 로드가 아니란 이유만으로 예전처럼 대해주지 않았다. 그를 만나고 싶어 환생해 찾아왔는데, 이미 그의 마음은 변해있었다. 게다가 도미스로서의 기억이 돌아왔다고 해서 아이니로서의 기억이 사라지는 것도 아닌지라 가족들이 보고 싶었다.

'헤움.'

한때 너무나 사랑했던 헤움과 좀비가 되어버린 친구 레들러도 보고 싶었다. 더는 버티기 힘들 만큼 슬퍼져서, 아이니는 달을 보길 그만두고 창문을 잡았다. 창문을 닫고 그만 잠들 생각이었다.

그때. 핏기 없는 새하얀 손이 바깥쪽에서 창문을 같이 덥석 잡았다.

"칼라인?"

그 손을 본 아이니는 기대감에 연인의 이름을 부르며 활짝 웃었다. 화답하듯 창문 뒤에서 다정한 목소리가 들려왔다.

"응, 나야."

아이니는 웃으면서 그에게 얼른 들어오라고 말하려다가 주춤 굳었다. 목소리는 얼추 비슷하긴 한데 말투가 칼라인과 전혀 달랐다. 칼라인은 좀 더 딱딱하게 말했다. 저렇게 격의 없고 다정한 말투를 쓰지 않았다. 게다가 아주 최근에 그는 아이니가 도미스의 환생이란 걸 부정하고 냉랭하게 가버리지 않았던가. 거기까지 떠올린 아이니는 기분이 이상해져서 조심스럽게 불러보았다.

"칼라인…… 맞아?"

다시 대답이 돌아왔다.

"맞아."

다시 들으니 목소리가 확실히 다른 것 같다. 아이니는 마른침을 삼켰다.

"그런데 왜 거기 뒤에 있어? 여긴 무슨 일로 온 건데?"

창문을 뒤에서 붙잡고 있던 손이 조금 더 안으로 들어왔다. 손가락이 춤을 추듯 검지, 중지, 약지, 새끼 순서로 창문을 짚었다. 거기에 지이익 끌려오듯 팔 반이 완전히 모습을 드러냈다. 곧이어 창문 뒤에 몸을 숨기고 있던 이의 얼굴도 조금씩 조금씩 드러났다.

"역시 죽이고 가려고 왔어."

칼라인이 아니었다. 새하얀 머리카락을 한 처음 보는 남자. 남자의 눈동자는 동공도 흰자위 부분도 모두 붉어서, 아이니는 비명을 지르며 뒤로 물러났다.

하얀 머리 남자는 몹시 아름다웠으나, 아이니가 본 것 중 가장 소름 돋는 분위기를 가지고 있었다. 심지어 도끼를 들고 나타난 레들러조차도 저러진 않았다. 상대의 새빨간 눈동자를 본 아이니는 그가 사람이 아니란 걸 알아차렸다. 흰자위가 붉게 변하는 건 뱀파이어들이 흥분할 때 나타나는 특징이었다.

"멈춰."

상대가 뱀파이어란 걸 깨닫자 아이니는 용기를 가지고 명령을 내렸다. 비록 지금은 뱀파이어 로드가 아니지만, 뱀파이어들은 수명이 길었다. 500년 안에 새로이 생겨난 뱀파이어라면 모를까, 그 이상 살아온 뱀파이어라면 도미스의 얼굴을 알아볼 확률이 높았다.

그리고 일단 얼굴만 알아본다면 명령을 들을 것이다. '뱀파이어 로드'의 존재는 그만큼 뱀파이어들에게 절대적이었으니까. 기대한 대로 하얀 머리 남자는 잠시 고개를 기우뚱하는 것 같더니, 아이니의 말에 그대로 따랐다.

그가 순순히 명령을 듣자 하얀 손과 새빨간 눈동자를 연이어 보았을 때의 충격이 조금 가라앉아서, 아이니는 아무렇지 않은 척 조심조심 뒷걸음질 쳤다.

그 방향의 끝에는 굳게 닫힌 문이 있었지만, 문 너머에는 뱀파이어 용병들이 가득했다. 일단 나가기만 한다면 그들이 그녀를 보호해 줄 것이다. 그러나 아이니가 문에 닿기 직전.

"재미없네."

잘 멈춰있던 하얀 머리 남자가 갑자기 중얼거리더니 눈 깜짝할 사이 아이니의 코앞으로 달려들었다. 바로 앞까지 다가온 새빨간 눈동자에 아이니는 비명을 질렀으나, 비명을 지르자마자 이미 그녀는 허공을 날아가고 있었다.

붕 뜬 몸이 그대로 바닥에 떨어지기 직전에 누군가 단단한 팔로 그녀를 받아들었다. 아이니는 자기 목이 반동으로 뒤로 밀려났는데 뒤통수에 느껴지는 충격이 없자 황급히 고개를 들었다. 머리를 들자마자 보인 건 칼라인이었다.

"칼라인!"

아이니는 반가워서 그를 불렀으나, 칼라인은 대답하지 않았다. 그는 아이니를 내려주자마자 하얀 머리 뱀파이어에게로 달려들었다. 하얀 머리 뱀파이어는 씩 웃더니 어디선가 기다란 하얀 창을 꺼내 휘둘렀고, 칼라인은 허리춤의 검을 대각선으로 베어갔다. 두 사람의 무기가 부딪칠 때마다 매서운 쇳소리가 퍼져갔다.

하지만 대결은 오래가지 않았다, 깡깡거리는 소리 사이로 누군가 문을 열고 들어오려 하자, 하얀 머리 남자가 웃음을 터트리더니 문짝을 걷어차고 창밖으로 나간 탓이었다. 도망치는 것처럼 보였지만 그런 기색은 아니었다. 아이니는 숨을 몰아쉬면서 뒤로 넘어간 의자를, 여기저기 조각난 이불을, 깨진 화병을, 방 한편에 선 칼라인을, 뒤로 넘어간 문짝을 둘러보았다. 그러다 뒤로 넘어간 문짝 아래에 누군가 깔려있는 걸 알아차린 그녀는 얼른 그쪽으로 다가갔다.

"괜찮아?"

넘어간 문을 조금 들어 올리며 묻자, 용병은 문짝 아래에서 빠져나오며 대답했다.

"무슨 일이야? 소란스러워서 달려왔는데, 웬 문짝이."

아무래도 용병은 안에서 무슨 일이 일어난 건지는 모르는 눈치였다.

"누가 왔다 갔어?"

용병은 질문을 하다가, 칼라인을 발견하고는 "어!" 하고 눈을 휘둥그레 떴다.

"단장?"

아이니는 얼른 나서서 용병이 오해하지 않게 했다.

"문을 걷어찬 건 칼라인이 아니다. 다른 사람이 나타나서 날 습격하려 했다. 그자의 짓이야. 칼라인은 날 구해준 거고."

용병은 애초에 칼라인을 의심하지도 않았다는 듯 자리에서 일어나 옷을 툭툭 털었다.

"당연히 그러겠지. 단장은 항상 널 챙기잖아?"

용병의 말에 아이니는 흐뭇하게 웃으며 칼라인을 보았다. 맞다. 그는 모든 기억 속에서 늘 자신을 위해 움직였다. 오늘도 역시 말은 '도미스로 인정할 수 없다'고 했지만, 위험에 빠지자마자 바로 달려와 구해주지 않았던가.

"나가봐라."

칼라인이 지시하자 용병은 아이니에게 '잘해봐' 하는 투로 웃어 보이고서 밖으로 나갔다. 아이니는 기대에 차 칼라인을 바라보았다. 자기를 구하러 왔다는 건 역시 그도 속으로는 자신을 환생한 도미스라고 인정하는 거겠지?

"구해줘서 고마워 칼라인. 지금은 내가 로드가 아닌데도 도와줄 줄 몰랐어. 넌 계속 날 부정했잖아."

하지만 돌아온 대답은 이전과 별로 다를 바가 없었다.

"어설프지만 기억을 받은 것 같기에 알아볼 거라 생각했는데 역시 못 알아보나 보군."

"무슨 소리야?"

"그 얼굴을 하고 있으면 그자에게 계속 습격을 받을 거다."

아이니는 눈을 반짝이며 그를 바라보다가, 난데없는 정보에 눈살을 찌푸렸다.

"그게 무슨? 그 뱀파이어가 누군데?"

"그게 네 얼굴이 아니라면 원래대로 돌아가라."

"!"

"네 얼굴이라면 여길 떠나 몸을 숨기고. 이걸 얘기해 주려 왔다."

칼라인은 제 할 말만 다 하더니 그대로 떠나버렸다. 아이니는 문짝이 부서진 방 안에 혼자 남아 어수선해진 방을 둘러보았다. 칼라인이 자신을 거부한 것도 괴롭지만 그가 남긴 말도 의아했다.

그 뱀파이어. 칼라인이 말하는 걸 들으면 분명 도미스의 정체에 대해서도 아는 것 같은데 왜 이 얼굴을 보고서도 노리는 거지? 칼라인은 왜 그자를 바로 쫓아가지 않은 거고?

칼라인이 기르골을 쫓아가지 않은 건 여기서 쫓아가 봐야 어차피 또 지리란 걸 알기 때문이었다. 그가 해야 할 건 승산 없는 싸움에 도전하다가 로드를 지키지 못하고 죽는 게 아니라, 먼저 대적자를 죽여 로드에게 도움이 되는 것이었으니까.

자존심이 상해도 인정할 건 인정해야 했다. 기르골은 그보다 강했다. 각성한 로드 정도가 아니면 상대하기 어려울 만큼. 동굴 안으로 들어간 칼라인은 필요 없는 모닥불을 굳이 만든 다음 타닥타닥 소리를 들으며 예언된 날짜에 태어난 아이들을 모았던 신전이 어디였는지 위치를 떠올렸다. 그러고 있자니 기분이 이상해졌다. 아주 옛날, 그때도 칼라인은 비슷한 고민을 하고 있었다. 옆에 기르골을 두고서.

"춥지도 않은데 모닥불은 왜 피우는 거지?"

"자네도 내 나이쯤 되면 알 거야, 칼라인. 필요는 없어도 운치는 느끼고 싶을 때가 있어."

"몇 살인데?"

"자네도 내 나이쯤 되면 알 거야. 안 세게 돼. 의미가 없어서."

기르골은 능숙하게 꼬챙이에 소시지와 감자, 당근을 끼워서 적당히 구워 칼라인에게 내밀었다.

"자. 자네에게 주는 내 마음."

"참 얄팍하군."

"없는 것보단 낫지. 안 그런가?"

칼라인은 꼬치를 받아 입에 넣고 씹었다.

"그 아가씨 진짜 웃기고 귀여웠는데. 안 그런가?"

기르골이 문득 생각난 것처럼 몇 시간 전 헤어진 도미스란 여자에 관한 이야기를 꺼냈지만, 칼라인은 간절하게 그를 바라보던 여자의 눈동자를 떠올리자 마음이 불편해져서 그 화제를 피해버렸다.

"전혀."

"쳐다보는 눈빛이 강아지 같았어."

"따지자면 개 쪽이었지."

"자네 정말 가차 없구먼."

식사를 마친 둘은 곧장 동굴을 나와 칼라인이 처음 도미스를 구했던 마을 쪽으로 걸어갔다. 그런데 숲을 얼마나 계속 걸어갔을까.

외길을 걸어가고 있는데 도망치듯 빠른 걸음으로 다가오는 사람 세 명이 보였다.

둘은 부부로 보였고 하나는 아이였다. 부부는 슬픈 얼굴이었으나 아이는 아무것도 모르는 얼굴로 제 엄마의 머리카락을 잡고 놀고 있었다.

부부는 칼라인과 기르골을 보자 잠시 흠칫했지만, 외지인이란 걸 알아차리자 오히려 안도한 얼굴로 그곳을 바삐 지나갔다. 칼라인은 그들이 잘 지나갈 수 있도록 길옆에 비켜서 있다가, 여자가 업고 있는 어린아이를 빤히 쳐다보았다.

"……."

그러다가 부부가 완전히 그들을 지나가는 순간.

"이봐."

칼라인이 갑자기 그들을 불렀다. 부부는 아이를 데리고 바삐 지나가다가 흠칫 놀라 돌아섰다. 얼마나 격하게 돌아서는지, 남자가 든 커다란 보따리에서 국자가 툭 바닥으로 떨어졌다.

"무, 무슨 일이요?"

자신이 너무 놀랐던 게 자존심 상했는지 남자가 날카롭게 되물었다.

"이 마을에 흑마법사가 있다는 소식을 들었는데."

남자는 칼라인의 말을 듣자 더욱 격하게 반응했다.

"그딴 거 없소! 있었는데 제 발로 이 마을을 떠났어! 가다가 뒈졌는지 알 게 뭐야!"

버럭 고함을 지른 남자는 한쪽 팔로 제 아내의 팔을 당겼다. 그들을 지나가기 전, 여자가 아주 이상한 눈으로 칼라인을 쳐다보았다. 칼라인 역시 그들을 계속 보고 있었다.

"우리도 그만 가지."

기르골이 칼라인을 당겼지만, 칼라인은 그 세 식구에게서 시선을 떼질 못했다.

"이봐."

기르골이 재차 팔을 흔들자, 칼라인은 그제야 작은 목소리로 대답했다.

"저 아이."

"아이?"

"불쾌한 기분이 드는데."

"전생에 자네 원수였나 보네. 가지."

기르골이 재차 잡아당기자 칼라인은 마지못해 그 자리를 벗어나 가던 길을 계속 갔다. 빠른 걸음으로 10분 정도를 걸어가자 뜻밖에도 웬 오두막 하나가 덩그러니 나타났다. 주위에 다른 집이 없는 외딴 오두막이었다.

"오호. 여기서 도망쳤나 보군."

기르골은 중얼거리면서 반쯤 내려앉은 문짝과 바닥에 틀어박힌 도끼를 보더니, 힘으로 문을 쥐어뜯듯 열고 오두막 안으로 머리를 들이밀었다.

"바리바리 짐을 다 싼 걸 보고 짐작은 했지만 도망친 게 확실하네."

아예 오두막 안으로 들어간 기르골은 집 안을 이리저리 살피고서 탄식했다.

"그 부부가 흑마법사라는 소문이 도는 부부였나 봐. 그래서 예민하게 굴었을 거야."

칼라인은 기르골을 따라 집 안에 들어오며 물었다.

"그들 중에 흑마법사가 있던 거 같나?"

"설마. 그 부랴부랴 떠나던 꼴 기억 안 나? 흑마법사라면 그럴 리가 없지. 이번에도 허탕이네."

아쉽다는 듯 투덜거린 기르골은 한 부분만 부자연스럽게 찢어둔 소파에 털썩 주저앉았다. 칼라인은 기르골이 그러는 동안 거실에 있는 커다란 요람을 계속 쏘아보았다.

"왜 그래?"

기르골은 하품을 하면서 그 뒷모습을 구경하다가 물었다.

"아까부터 자네 계속 그 아이를 신경 쓰더라?"

칼라인은 요람에서 목이 부러진 인형을 꺼내 들었다. 엉성한 바느질로 손수 만든 인형은 더럽고 꼬질꼬질했다.

"모르겠어. 자꾸 생각나는군. 좀 불쾌한 아이였다."

칼라인은 '좀 불쾌했다'고 말했지만, 표정은 '어마어마하게 불쾌했다' 쪽에 가까워 보였다. 칼라인은 주저하다가 기르골에게 물었다.

"혹시 그 애가 로드일까? 자네는 로드를 봤을 때 어땠지?"

"불쾌하진 않았는데."

"그럼 아닌가."

같은 세대의 뱀파이어 나이트는 본능적으로 자신이 누구인지 알며 로드를 찾아낼 수도 있었다. 하지만 칼라인은 자신이 나이트라는 걸 명백히 인지하면서도 아직 로드를 찾아내지 못하고 있었다. 다른 나이트들에게는 자연스러운 현상이 칼라인에겐 아니었다. 이 사실은 그를 한없이 초조하고 불안하게 만들었다.

"느껴지는 감정이 불쾌감이라니 좀 이상하긴 한데. 일단 자네가 누군가에게 반응한 건 이게 처음이니까. 그쪽으로 한번 다시 가볼까?"

"아니라면."

"아닌 거지. 위치나 이름을 확인해 둬서 나쁠 건 없잖아? 가보자. 얼마 못 갔을 것 같은데."

기르골이 앞서가자 칼라인은 요람에 인형을 도로 내려놓고 얼른 그 부부 뒤를 따라갔다. 이번에는 둘 다 속도를 내어서 보통 사람은 낼 수 없는 속도로 뛰어갔다. 그러다가 옆 마을까지 갔을 때, 부부를 발견했는데 웬 커다란 말 없는 짐마차가 그들을 향해 달려드는 게 보였다.

"어어! 저게 왜!"

마부가 잠시 옆에 내려선 사이 벌어진 일인 듯, 근처에서 마부로 보이는 사람이 펄쩍 뛰고 있었다. 마차가 코앞까지 오자 부부는 비명을 지르며 아이를 끌어안았다. 하지만 마차에 치이기 직전, 눈 깜짝할 사이 그들에게 간 칼라인이 셋을 옆으로 밀쳐냈다.

제멋대로 움직이던 마차는 그들이 비켜서자, 누군가 그들을 고의로 노렸던 것처럼 그 자리에 우뚝 멈춰 섰다. 마부가 허둥지둥 달려와 자기 마차를 살피는 사이. 부부는 칼라인에게 허리를 굽혀

가며 인사했다.

"감사합니다. 정말 감사합니다."

"덕분에 살았습니다."

제 부모가 인사하는 사이 아이는 까르르 웃으면서 칼라인을 향해 손을 휘적거렸다.

"안야, 안야도 인사해야지."

아이 엄마가 아이를 토닥거리자, 아이는 칼라인을 보면서 활짝 웃더니 "냠!" 하고 소리를 냈다.

"안야도 고맙대요."

"내 귀엔 '냠'으로 들렸는데."

기르골이 웃으면서 끼어들자, 아이 엄마가 어색하게 웃었다. 부부는 몇 번이나 연거푸 인사를 한 뒤 엎어진 짐을 챙겨 다시 어딘가로 걸어갔다. 기르골은 여전히 그들에게서 시선을 떼지 못하는 칼라인을 쳐다보다가, "그럼 이렇게 하지." 하고 말을 꺼냈다.

"저 어린애를 데리고 계속 저렇게 떠돌진 않을 거잖아? 숨어서 따라가다가 저 부부가 어디 정착하면 그 근처에서 살자. 자네가 저 아이에게 계속 신경 쓰는 걸 보면 저 애한테 뭐가 있긴 있어."

'그 하얀 머리 남자는 누구였을까.'

용병 단원들이 식사하는 건지 명상을 하는 건지 알 수 없는 분위기 속에서 음침하게 앉아있었다. 아이니는 그 사이에서 홀로 수프를 꾸역꾸역 떠 마시면서 어제 나타난 낯선 방문자를 떠올렸다.

섬세한 천사 같은 얼굴과 잔혹한 분위기, 원래도 붉은색의 눈동자라 흠칫했는데 흰자위가 빨갛게 변하자 더욱 무시무시해 보이던 눈, 그토록 강한 칼라인을 웃으며 상대하던 강함까지. 게다가 그녀가 도미스라는 걸 알아보면서도 개의치 않던 태도는 또 어떻고.

"괜찮아?"

그렇게 멍하니 있자, 어제 그녀의 비명을 듣고 올라왔던 뱀파이어 용병 하나가 앞자리 의자를 당겨 앉으며 물었다.

"어제 만난 그 사람. 아니, 뱀파이어. 그자 생각을 했어."

아이니가 무거운 분위기로 중얼거리자 뱀파이어 용병이 한숨을 내쉬었다.

"내가 누군지 봤더라면 좋았을걸."

비명을 듣고 올라오긴 했으나, 방 안에 들어오기도 전에 문짝째 깔려 뒤로 넘어가 버렸다. 그 탓에 용병은 하얀 머리를 보지 못했던 것이다.

"그러게."

아이니는 중얼거리면서 자신의 두 팔을 꽉 감싸안았다.

'그 눈빛.'

죽이러 찾아왔으나 분노도 원한도 보이지 않던 그 붉은 눈을 떠올리자 새삼 팔에 소름이 돋으며 몸이 떨렸다. 용병은 그 모습을 물끄러미 바라보다가 안타깝다는 투로 말했다.

"불편하겠다."

"어?"

"로드로 강했던 기억은 있는데 지금은 약하니까. 불편하겠다고."

"……그러게."

중얼거린 아이니는 자신의 두 손을 내려다보았다. 약하다. 어색하게 느껴지는 단어에 입안이 썼다. 칼라인은 그녀에게 도망가라고 했다. 하지만 도망가고 싶진 않다. 그렇지만 정말로 그 하얀 머리가 다시 돌아온다면? 그땐 어쩌지? 그리고 그 하얀 머리는 지금 어디에 있을까?

그 하얀 머리 기르골은 춤을 추면서 숲을 걸어가고 있었다. 한 손에는 개를 산책시키는 데 쓸법한 산책 줄을 쥔 채, 얼마나 신이 났는지 그는 흙과 나뭇잎으로 가득한 바닥이 매끄러운 대리석 바닥이라도 되는 양 움직이고 있었다.

나름대로 귀여운 모습이었다. 하지만 그 경쾌한 춤을 위해 동원된 마법사 자이오르는 그 모습을 보며 웃을 수 없었다. 기르골이 손에 쥔 산책 줄 끝에는 자이오르의 목이 연결되어 있었고, 기르골은 그에게 '오르골'이란 별명을 붙여주었다.

이 말은 기르골이 산책 줄을 당기면 자이오르는 휘파람을 불어서 기르골이 춤을 잘 추도록 배경음을 깔아주어야 한단 뜻이었다. 그러다 기르골이 산책 줄을 두 번 당기면 노래를 바꿔야 했고, 세 번 당기면 노래를 멈춰야 했다. 자이오르는 이를 갈았다. 난데없이 붙잡혀 끌려가는 것도 싫었지만, 감히 황자의 측근인 자신을 이런 식으로 다루는 것은 정말로 화가 났다.

"오르골!"

혼자 잘 노는가 싶던 기르골이 그를 세 번 당기며 부르자, 자이오르는 양 볼이 빠져라 휘파람 부르던 걸 멈추고 불만 가득한 눈으로 미친 뱀파이어를 쳐다보았다. 기르골은 그를 보고 있지 않았다. 그는 낭떠러지 가장 끄트머리에 서서 두 팔을 벌린 채 어딘가를 보고 있었다.

"저걸 봐."

기르골의 제안 같은 명령에 자이오르는 순순히 고개를 돌렸다. 그곳 아래, 안개 사이로 커다랗고 새까만 성이 보였다. 여기에 성이 있다고? 자이오르는 순간 놀라서 눈을 비볐다. 저 아래는 절벽이었다. 그런데 까마득한 절벽 사이로 성이 있다고? 놀란 마음이 가시기도 전에 기르골이 산책 줄을 한 번 당기며 웃었다.

"행진곡으로 연주해 봐!"

분무기에 물을 꽉 채운 라틸은 선인장을 향해 분노를 담아 물을 뿌려댔다. 물을 너무 많이 뿌려대서 선인장이 샤워한 모양새가 되자, 라틸은 그제야 물 주던 걸 멈추고 손수건을 꺼내 물기를 조금 닦아냈다. 작업을 마친 라틸은 축축해진 손수건을 바닥에 집어 던지고 벽에 기대어 쪼그려 앉았다. 기분이 너무 나빠서 견디기 힘들었다.

"내가 겁내지 않으면 올 거라고?"

일부러 소리를 내며 화난 티를 내보았으나 돌아오는 답은 없었다. 라틸은 주먹으로 벽을 쾅 내리쳤다.

"내가 겁내는 거 같아? 내가 무서워하는 거 같냐고."

하지만 중얼거려 봐야 대답해 주는 이는 여전히 없었다. 라틸은 씩씩거리면서 자신의 신발 끝만 초조하게 쳐다보았다. 자신이 대체 어떻게 해야 했던 걸까. 자신의 후궁이 뱀파이어란 걸 알게 된 상황에서 얼마나 더 침착해야 했던 걸까.

호위 한 명 없이 그와 독대하면서 정체를 추궁한 것만으로도, 라틸은 자신이 꽤 큰 인내심을 발휘했다고 믿었다. 어느 황제가 뱀파이어로 의심받는 후궁을 혼자 만나서 '너 뱀파이어니?'라고 물어볼까. 그때 머릿속에 좋지 못한 생각이 스쳐 지나갔다.

'혹시…… 내가 무서워서 자리를 비켜준다는 건 다 핑계고. 그냥 후궁에 자기 자리를 남겨두고서 자연스럽게 도미스를 찾아간 거 아니야?'

라틸은 벌떡 일어섰다. 칼라인과 서넛이 뱀파이어란 걸 알게 된 후, 라틸은 가짜 도미스이니 진짜 도미스이니 하는 문제에 완전히 질려버렸다. 진실이 궁금하지 않았다. 하지만 이렇게 되고 보니 그녀가 가짜인지 진짜인지 역시 확인하는 게 나을 것 같았다.

"폐하?"

라틸이 빠른 걸음으로 방에서 나오자, 방 앞에서 대기 중이던 부기사단장이 어리둥절한 얼굴로 라틸을 불렀다.

"어디 가십니까?"

"확인할 게 있다."

라틸은 나오면서 낚아채 온 재킷을 도로 걸치고서 회랑 밖으로 뛰듯이 나갔다. 그런데 돌길을 빠르게 걸어가고 있자니, 저만치 성기사들 무리에서 대신관이 라틸을 불렀다.

"폐하!"

라틸이 발길을 멈추자 대신관이 얼른 이쪽으로 달려왔다. 이 와중에 그는 아주 밝은 얼굴이었다. 바로 앞으로 온 대신관은 활짝 웃으면서 인사했다.

"오늘 날씨가 정말 좋지 않습니까?"

라틸은 아니라고 말하려다 대신관의 보라색 눈동자가 평소보다 연해 보인단 걸 발견하고 고개를 들었다. 정말이었다. 칼라인이 사라진 후 열이 받아서 날씨까지 우중충하다고 생각했는데 이제 보니 하늘은 쨍하니 참 맑았다.

"그러네."

그렇다고 여기서 같이 웃으면서 "날씨 좋다 날씨!" 하고 웃을 정신은 아니라, 라틸은 건조하게 중얼거렸다. 그러나 대답하고 보니 괜히 애꿎은 대신관한테 화풀이한 기분이라, 라틸은 억지로 웃으면서 그의 등을 두드렸다.

"운동해, 운동."

그러고서 돌아서는데, 대신관은 들고 있던 아령을 성기사에게 건네고는 라틸의 뒤를 졸졸 따라오면서 계속 말을 걸었다.

"폐하, 폐하. 곧 폐하 생일이지 않습니까."

"운동 안 하고 왜 따라와?"

"운동은 폐하가 가시고 하면 되죠."

"그건…… 그러네. 그런데 내 생일이 왜? 너도 선물 얘기하려고?"

"네!"

대신관은 밝게 외치더니 반쯤 장난스럽게 고자질했다.

"다른 사람들은 뭘 준비하나 알아보려 했는데요, 다들 안 가르쳐 주지 뭡니까. 타시르 님은 저더러 폐하 앞에서 헐벗고 운동하라는데 이게 말이 되나요."

"!"

"폐하?"

라틸은 순간 타시르 머릿속에 있던 대신관이 떠올라서, 큼큼 헛기침을 하고 충고했다.

"타시르 말은 반은 흘려들어. 그리고 혹시나 해서 하는 말인데 밖에서 운동할 때도 옷은 입고 하고."

"예?"

라틸은 다시 대신관의 어깨를 두드리고서 돌아섰다.

"폐하, 폐하."

하지만 대신관은 군이 라틸을 쫓아오며 계속 불러댔다. 대신관이 옆에서 계속해서 밝게 말을 걸어대자, 라틸은 차마 '마음이 복잡하니 나중에 얘기하자'라는 말은 못 하고 고개만 끄덕이다가 물었다.

"맞다, 자이신."

"네."

"네가 그린 부적 말이다. 정말 효과가 있는 거냐?"

"그럼요. 그러니 괴물이 나타나기 전에 제 부적을 전부 파낸 게 아니겠습니까."

"그렇지."

괴물이 혼자 들어온 건지 누군가 들여보내 준 건진 모르겠지만, 어쨌든 그 타이밍에 부적이 다 파헤쳐진 걸 보면 분명 누군가 일부러 파긴 했다. 우연이라고 말하려고 해도 한두 개가 사라져야지. 호숫가 주변의 부적을 죄다 다 파헤쳤으니, 절대로 우연일 리가 없었다.

그 질문을 하는 사이. 어느새 라틸은 하렘 밖으로 나가는 정문 앞까지 도착했다. 대신관은 여기까지만 배웅할 생각인지 정문 앞에 우뚝 멈춰 섰다. 그러나 이번에는 라틸 쪽에서 먼저 말을 걸었다.

"자이신, 혹시 너는 대신관으로서 나쁜, 아니, 나쁘진 않은데 사람은 아닌 존재가 곁에 있으면 정체를 알 수 있느냐?"

대신관은 정문과 이어진 벽에 팔을 기대고서 손 흔들 준비를 하다가, 라틸의 질문에 팔을 내리더니 고개를 기웃했다.

"글쎄요. 일일이 확인해 본 적은 없어서요. 하지만 감이 오는 이들은 있습니다. 많이 아는 편일 겁니다."

"확실해?"

서넛이랑 칼라인에 대해선 한마디도 한 적 없잖아. 라틸은 떨떠름해서 대신관의 굵고 탄탄한 팔 근육을 쳐다보았다. 대신관의 안목이 의심스러운 동시에 기대감도 들었다. 정말로 사악하고 나쁜 존재라면 대신관이 알아차렸을 건데 자이신이 알아차리지 못했단 건 서넷과 칼라인은 뱀파이어여도 나쁜 뱀파이어는 아니지 않을까?

'그런데 뱀파이어도 나쁜 뱀파이어와 착한 뱀파이어가 있나? 있다면 뭘 기준으로 구분하는 거야?'

라틸은 멍하니 대신관의 팔 근육을 엄지로 꾹꾹 눌렀다. 그래, 생각해 보니 대신관이 산책을 하다가 가끔 이상한 느낌이 난단 이야기를 하긴 했다.

"폐하. 혹시 호수에서 괴물이 나온 일 때문에 그러십니까?"

"어?"

"호수에 묻은 부적은 분명 사람이 파낸 거니까요. 혹시 제가 그자들을 찾아낼 수 있나 궁금하신 건지요?"

"아아. 그래."

'그걸 물으려던 건 아니지만 그것도 궁금한 건 맞지.'

"흑마법과 관련된 괴물들이 돌아다니는 것도 맞는데 사람이면서 그들과 손잡은 이들도 분명 있는 게 확실. 우리가 처음 만났을 때 말이다. 그때 너도 습격받지 않았더냐."

"그렇지요."

대신관이 심각한 얼굴로 고개를 끄덕이자, 라틸은 '칼라인 어디 갔어, 칼라인!' 하고 있던 자신이 좀 부끄러워졌다. 물론 조사에 관련된 사안은 계속 보고받고 진두지휘하고 있었다. 그 일을 다 제쳐 두고 넋 놓고 있진 않았다. 하지만 일을 하면서도 마음으로는 내내 '칼라인 어디 갔어!'를 외치고 있었다. 그게 새삼 민망했다. 어쩌면…… 칼라인에게 네가 위험하지 않단 증거를 보여주라고 요구할 게 아니라, 그를 제대로 감옥에 가두고 추궁해야 했던 건 아닐까?

'아니야. 칼라인은 날 구하기 위해 궁전에서 몸소 나가기까지 했다. 칼라인이 이 일과 관련 있는 뱀파이어라면 굳이 위험을 무릅쓰고 모험할 필요는 없어.'

그때였다.

"실은 정확한 건 아닌데요."

라틸의 어두운 얼굴을 물끄러미 바라보던 대신관이 웬일로 조금 자신감 없는 소리를 하면서 앞으로 다가왔다.

"사악한 존재가 만지면 색이 검게 변하면서 깨져버린단 돌이 있습니다."

그 말에 라틸은 흠칫했다.

"지금?"

"여러 개 있는데 다른 건 이쪽에 없고요. 지금은 두 개만 제가 가지고 있습니다. 혹시나 해서 가지고 다니고 있지요."

라틸이 놀라 쳐다보자 대신관은 더욱 자신 없어 하는 목소리로 중얼거렸다.

"그런데 이건 저처럼 확실한 게 아니어서요. 정말로 그냥 '이런 저런 이야기가 서려있다'면서 전해지는 전설 같은 겁니다. 온갖 사악한 데 가져다 대봤지만 깨지는 꼴을 못 봤어요."

말을 마친 대신관은 왼쪽 귀에서 작은 귀걸이를 떼서 라틸에게 내밀었다.

"이거요."

두 개를 가지고 다닌다 했지. 그럼 오른쪽 귀에 건 귀걸이가 또다른 돌인가? 라틸은 그렇게 생각하면서 귀걸이를 받아 들었다.

순간.

"!"

돌이 그대로 바스러졌다.

일순간 라틸과 대신관이 동시에 숨을 멈췄다. 라틸은 자신의 손바닥 위에 놓인 귀걸이를 내려다보았다. 정확히는 '귀걸이였던 것'을. 다른 장식 없이 동글동글한 돌로만 되어있던 귀걸이에서 돌이 바스러지자, 이제 남은 건 귀에 거는 바늘뿐이었다.

라틸은 연주에 실패한 바이올린의 환청을 들었다. 목이 바짝 타들어 갔다. 대신관이 방금 이걸 뭐라고 설명했더라? 머릿속이 빙글빙글 돌면서 어지러웠으나 라틸의 입은 저절로 변명을 뱉어내고 있었다.

"이거 너무 약한데."

그 목소리는 다행히 밝았으나, 지나칠 정도로 밝았다. 아까 라틸이 내내 건조하게 대답한 것과 완전히 반대되는 목소리였다. 라틸은 자책했으나, 내내 조용히 있던 대신관은 그 말에 퍼뜩 정신을 차리더니 아무렇지 않게 소리 내어 웃었다.

"거봐요. 엉터리라니까요."

혹시 일부러 내 편을 들어주는 건가. 라틸은 손바닥을 내리지도 가루를 털지도 못하고서 대신관을 살폈다. 이럴 땐 상대의 마음을 듣고 싶은데. 이 제멋대로인 능력은 꽉 막힌 서넛의 속마음을 들려주는 데 진이 다 빠지기라도 한 건지 지금은 나와주지 않았다.

대신관은 라틸의 손바닥 위, 가루가 된 돌을 빤히 보다가 시선을 느끼자 눈을 들었다. 눈이 마주치자 그의 눈동자가 따뜻하게 웃음기를 머금었다.

"검게 변하지 않지 않았잖습니까. 전설에 따르면 검게 변하면서 부서진다 했는데요."

라틸이 긴장한 걸 알고 좋게 말해주는 것 같았다. 하지만 맞는 말이기도 해서 라틸은 조금 안심했다.

'맞아. 검게 변하면서 부서진다며.'

그러나 라틸의 손바닥 위의 가루는 약간 노란빛을 띤 입자가 가는 모래처럼 보였다. 검게 변한 부분은 전혀 없었다.

"그렇지? 이거 그냥 약한 거지?"

라틸은 안도해서 되묻고는 긴장한 게 머쓱해 일부러 마구 웃어 댔다.

"와. 나 진짜 깜짝 놀랐잖아."

대신관도 같이 껄껄 웃어댔다.

"저도 순간 놀라서 뭐라고 말씀드려야 하나 열심히 생각하고 있었습니다."

라틸은 고개를 젓고서 손바닥에 놓인 가루를 툭툭 아래로 털어 버렸다. 가루가 발치로 떨어지자, 라틸은 귀걸이 바늘 부분만 대신관에게 도로 건넸다.

"이건 가져갈래?"

대신관이 바늘을 받아드는 순간, 라틸은 그의 반대쪽 귀를 보았다. 저것도 '사악한 존재'가 닿으면 검게 변하면서 부서진단 돌이겠지? 이 사실을 깨닫자마자 라틸은 얼른 돌아섰다.

"그럼 난 이만 가보마. 급한 일이 있어서."

혹시라도 대신관이 다른 쪽 귀걸이를 건네면서 '다시 시험해 보면 되지요'라고 말할까 봐 겁이 났다. 물론 라틸 자신은 사악한 존재가 아니니, 그 귀걸이를 쥐어도 이번엔 아무 변화가 없을 것이다. 아까도 부서지긴 했지만 검게 변하지 않지 않았는가. 하지만 또 부서진다면 어쩌지? 레안의 웃음소리가 귓가에서 들려오는 듯해 라틸은 주먹을 꽉 쥐었다.

'아니야. 검게 변하지 않았잖아. 진짜 쓸모 있는 물건이면 대신관이 미리 내밀었겠지. 그냥 우연이야.'

그런데 왜 대신관에게 다른 쪽 귀걸이도 내밀어 보라고 말하지 않았어? 심장 깊은 곳에서 희미한 목소리가 속삭였다.

"대신관님? 왜 그러십니까? 폐하와 대화가 잘되지 않았나요?"

황제가 가버리자 백화가 다가오면서 대신관을 불렀다. 대신관은 담벼락 뒤에 우두커니 서있다가 "어?" 하고 몸을 돌렸다.

"두 분이 대화하시라고 일부러 근처에도 안 가고 있었는데요."

백화는 대신관의 곁으로 오더니 기대에 찬 눈으로 그를 바라보았다. '폐하와의 사이가 좀 가까워졌나요?'라고 물어보는 눈빛이었다. 자신이 성기사란 걸 자각하여 대놓고 말을 꺼내진 않았으나 눈빛만은 노골적이었다.

"아아, 생일 선물로 뭘 가지고 싶으신지 물었는데."

대신관이 뒷말을 흐리더니 갑자기 하늘을 쳐다보면서 "맑군!" 하고 외치자, 백화는 말은 안 통하지만 사랑스러운 시베리아허스

키를 바라보듯 웃었다. 하지만 웃는 건 웃는 거고, 그는 자기가 말하고자 하는 화제에서 쉽게 빠져나가지 않았다.

"전 두 분이 귀걸이 이야기를 한 줄 알았는데요."

대신관은 맑은 하늘이 눈부시다는 듯 두 손으로 눈가를 가리다가, 백화의 말에 흠칫해 손을 내렸다.

"응? 귀걸이라니?"

백화는 손가락으로 자이신의 왼쪽 귀를 가리켰다.

"이쪽 귀걸이가 없으셔서요."

대신관은 눈가에서 손을 떼고 자기 왼쪽 귀를 따라 건드려보더니 "아, 떨어졌나?" 하고 중얼거렸다. 하지만 백화가 빙그레 웃고 있자, 그가 무언가를 보았단 걸 눈치채고서 얼른 말을 바꿨다.

"아아, 그래. 내가 폐하께 귀걸이를 보여드렸지. 이런 디자인으로 귀걸이를 만들어 드리면 어떨까, 이런 걸 물어봤거든."

"그랬군요. 폐하께서 좋아하시던가요?"

"자랑하다가 실수로 밟아서 내가 으깨버렸어."

밟아서 귀걸이를 으깼다는 대신관이 난데없이 자신의 탄탄한 팔근육을 증거로 보여주자, 백화는 눈썹을 치켜올렸으나 더는 대신관을 난처하게 만들고 싶지 않아 적당히 말을 맞춰 주었다.

"그렇군요. 대신관님은 강하시니까요."

"그렇지!"

가슴을 내밀며 흐뭇하게 대답한 대신관은 백화의 어깨 너머, 저만치 떨어진 곳에 옹기종기 모여선 성기사들을 보더니, 조사를 도와주겠다면서 그쪽으로 얼른 걸어갔다. 백화는 바로 대신관을 따라가는 대신 잠시 제자리에 서서 고개를 기우뚱했다. 돌로 만든 귀걸이 같은데 그걸 밟아서 으깼다고?

지하 성 중앙에 있는 커다란 도서관 안. 아낙차는 커다란 책상 앞에 있는 돌로 된 의자에 앉아 책 세 권을 동시에 펼쳐놓고 심각하게 바라보고 있었다. 가운데에 있는 건 흑마법에 관련된 책이고 오른쪽에 있는 건 고대어에 관한 책이고 왼쪽에 있는 건 고대어를 익히는 책이었다.

아낙차는 모르는 부분에 희미하게 밑줄을 그어 가면서, 이해하기 어려운 단어의 조합들을 억지로 머리에 밀어 넣었다. 그러나 23페이지에서 완전히 막혀서 두 시간을 허비하게 되자, 그녀는 결국 책을 덮고 일어나 조리실로 걸어갔다. 며칠 후면 아들의 생일이었다. 이런 외진 곳에 있으니 틀라가 황자인 시절처럼 화려한 파티를 열어주거나 귀한 선물을 주진 못하지만 생일 케이크라도 제대로 먹게 해주고 싶었다.

아낙차는 커다란 솥 안에 여러 종류의 밀가루 반죽을 붓고 설탕, 우유, 계란 등을 넣어 가면서 케이크 형태를 만들어보려 애썼다. 하지만 요리에 익숙하지 않다 보니 이것저것 넣어도 제대로 되지 않았다. 한참을 끙끙거리다가 결국 아낙차는 조리 도구를 내려놓고 의자에 주저앉아 밀가루가 덕지덕지 묻은 손으로 이마를 짚었다.

너무 서글펐다. 라틸 그것은 온 국민이 생일 축하할 준비를 하고 있을 텐데. 귀한 틀라는 이런 어두컴컴한 지하 성에서 케이크 하나 제대로 못 먹게 생겼다니……. 생일이 같은데 하나는 온 국민의 축하를 받고 하나는 케이크도 못 먹는 처지가 어찌 이리 비교될까.

'생일?'

그때. 그 '생일'이란 부분이 아낙차에게 꺼림칙하게 다가왔다. 그녀는 눈살을 찌푸리고서 팔을 내렸다.

'생일.'

이곳에 온 뒤 알게 된 몇 가지 정보가 있다. '대적자는 로드와 생일이 같다'거나 '대적자가 태어나는 날짜는 예언으로 알 수 있다' 같은. 물론 로드와 대적자의 싸움이 끝없이 이어지고 있다 보니, 이게 꼭 그대로는 아니라고 했다. 로드 쪽에서 예언 날짜를 바꿔치기 했던 적도 있고, 일부러 생일을 속여서 대적자 측을 교란한 적도 있다고 한다. 아낙차의 눈동자가 데굴 굴러갔다. 변칙이 있다지만 원칙은 원칙이었다.

'틀라가 로드라고 하는데 라틸도 틀라와 생일이 같다……. 틀라가 로드라면 라틸의 생일이 같은 건 우연일 것이다. 하지만 틀라가 자기 걱정처럼 진짜 로드가 아니라면? 라트라실 그것이 로드일 가능성도 있나?'

아낙차가 몸을 기대고 있던 탁자가 크게 흔들리는 바람에, 그녀의 머릿속에 잠시 떠올랐던 의심은 물벼락을 맞은 작은 모래처럼 뭉개졌다. 아낙차는 벌떡 일어서서 조리실 밖으로 나갔다.

키가 아낙차의 허리께밖에 오지 않는 다리 여덟 개 달린 괴물이 빠르게 뛰어가면서 외쳤다.

"무슨 일이야?"

"그놈이 또 왔어요! 그놈이 또 왔어요!"

"그놈?"

아낙차는 바로 알아듣지 못하고 되물었으나, 괴물은 이미 저만치 뛰어가고 있었다. 아낙차는 그 뒷모습을 우두커니 바라보았으나 벽에서 또다시 '쿵쿵' 하는 진동이 느껴지자 눈을 커다랗게 떴다.

'그 하얀 머리!'

황급히 몸을 돌린 아낙차도 틀라를 찾아 뛰기 시작했다.

이번에는 도망치지 않겠다. 굳게 마음을 먹은 틀라는 여우 가면이 또 자신을 기절시켜 숨기기 전에 계속해서 이동했다.

"틀라 님!"

토끼 가면이 지나가다가 그를 불렀으나 틀라는 대답도 하지 않고 속도를 내어 망루로 올라갔다. 그러나 망루로 다 올라가기도 전에 그는 누군가에게 옆구리를 강하게 맞고 잠깐 의식을 잃었다. 정신을 차리고 보니 그는 돌무더기 사이를 구르고 있었다.

틀라는 땅을 짚고 상체를 들어 올렸다. 박살이 난 성벽이 자연적으로 아치를 만든 그 사이에 하얀 머리 기르골이 서있었다. 먼발치서 보았을 때도 미쳤다고 생각했던 기르골은 코앞에서 보니 더욱 소름 돋았다. 흰자위와 동공이 구별되지 않을 정도로 새빨개진 눈동자를 한 기르골이 자기 입술을 혀로 핥자, 틀라는 등골이 오싹해져서 앉은 채 뒤로 주춤주춤 기어갔다.

그 모습을 빤히 내려다보던 기르골이 두 팔을 벌리며 웃었다.

"나의 도미스. 드디어 우리가 다시 만났어!"

상체를 지탱한 팔이 후들후들 떨리기 시작했다. 손가락까지 떨림이 전해지자 틀라는 서둘러 뒤로 물러났다. 무서웠다. 저 눈이 너무 무서웠다. 기르골이 휘파람을 불면서 한 걸음 한 걸음 다가오자, 틀라는 본능적으로 눈가에 열기가 올라왔다.

'이래선 안 된다.'

하지만 필사의 정신력을 쥐어짜 그는 자신을 다독였다. 상대는 지금 완전히 방심하고 있었다. 혼자 춤을 추며 오는 꼴을 보라지.

'지금! 목!'

판단을 마치자마자 틀라는 다리에 자신이 낼 수 있는 최고의 힘을 주고 기르골을 향해 달려들었다. 눈 깜짝할 사이 그가 쥔 검이 기르골의 목덜미에 닿았다.

그리고 그 검이 목에 닿는 순간.

'됐다!'

희열에 들뜬 틀라는 웃었고, 곧 무너졌다.

'어?'

틀라는 뭐가 어떻게 된 건지 모른 채 바닥을 굴렀다. 차갑고 따끔한 돌들이 양 뺨에 연달아 눌려왔다. 틀라는 눈을 끔뻑였다. 무슨 일인지 알아차리기도 전에 그는 강한 힘에 이끌려 허우적거렸다. 눈앞이 흔들린다 싶었는데. 정신을 차리고 보니 그의 코앞에 기르골이 있었다.

새빨간 눈동자를 바로 앞에서 마주한 틀라의 눈이 공포로 커다래졌다. 어떻게 된 거지? 분명 검이 목에 닿았는데. 왜 이쪽이 잡혀 있지? 아무것도 이해가 가지 않았다.

이해보다 먼저 기르골의 입술이 그의 목덜미로 다가왔다. 얼음 같은 숨결이 목덜미에 닿자 틀라는 등골이 오싹해졌다.

"하아……."

기르골이 숨을 빨아들이는 게 바로 옆에서 느껴졌다. 단두대에서 목이 잘릴 때의 그 감각이 떠올라 틀라의 표정이 엉망으로 구겨졌다. 눈에서 눈물이 주룩 한 방울 흘러내렸다.

"도미스으."

충족감에 가득 찬 목소리가 바로 옆에서 들려왔다. 그 순간. 틀라는 또다시 돌무더기 사이를 구르는 자신의 상황을 알아차렸다. 고통은 없었으나 고통보다 더한 공포가 찾아왔다.

저 앞, 기르골의 옆에 그의 몸이 있었다. 기르골은 틀라의 몸을 옆으로 휙 밀쳐버리더니 느릿하게 다가와 틀라의 머리카락을 쥐고 들어 올려 자신과 눈이 마주치게 했다. 바로 앞에 새빨간 눈동자를 들이민 채 기르골이 황당한 얼굴로 항의했다.

"넌 누구니?"

멋대로 쳐들어와서 멋대로 때리고 멋대로 목을 떼고서는 마치 자기가 사기당해 이상한 물건을 구매했단 얼굴이었다. 한껏 기대했던 물건에서 불량을 발견한 표정.

틀라는 입술을 후들후들 떨다가 어떻게든 몸을 움직이려 애써보
았다. 의식적으로 몸을 움직이려 하자 방향감각을 잃은 몸이 엉뚱
한 방향으로 더듬더듬 나아가는 게 보였다. 기르골은 '웩' 하는 표
정으로 틀라의 머리를 자기 무릎에 두더니, 거기에 팔을 괴면서 중
얼거렸다.

"날이 갈수록 머리 굴리는 방법만 좋아지는군."

정확히 누구를 겨냥한 말인지는 모르겠으나, 틀라를 로드라고
추켜세운 이들을 지칭하는 것 같았다. 그 말을 듣자 틀라는 두려움
을 느끼는 동시에 여우 가면과 토끼 가면 등 이 지하 성 패거리들
에게 분노가 치솟았다. 자신이 진짜 로드라면 이 상황이 억울해도
어느 정도 받아들이긴 했을 것이다. 전생에서부터 대대로 적이었
다고 하니까.

하지만 자신이 로드가 아니란 걸 알게 되자 이 상황이 이전보다
훨씬 끔찍하게 여겨졌다. 자신이 로드라 생각했을 때도 환생하는
로드를 쫓아다니며 죽인단 배신자가 이해가 안 갔는데. 심지어 자
신이 로드도 아니라니. 그럼 자신은 이 미친 뱀파이어와 아무 이해
관계도 없는데 내내 쫓겼단 거 아닌가? 쫓기고 숨고 머리가 이놈의
전용 쿠션처럼 쓰이고 있다.

'여우 가면……!'

틀라는 이를 갈았다. 그는 전에는 여우 가면이 '실수'로 그를 로
드라 착각했다고 여겼다. 그러나 지금 기르골의 말을 들어보니 실
수가 아닐 가능성이 농후했다. 여우 가면이 진짜 로드를 이 미친

뱀파이어로부터 보호하기 위해 그를 방패처럼 세운 게 분명했다.

전쟁터에서 적들의 시선을 분산시킬 가짜 장군이나 가짜 왕처럼 말이다. 자존심이 밀가루 반죽처럼 완전히 짓뭉개져 버렸다. 너무 화가 나 눈가에 눈물이 고였다. 이런 식으로 사람을 가지고 놀다니……. 이런 식으로!

그를 부활시킨 것도 다 계책이었을까? 틀라는 입술을 꾹 깨물었다. 어쩌면 그는 서글픈 죽음을 마지막으로 평안을 찾았을지도 몰랐다. 원치 않는 죽음이었으나 그걸로 끝일 수도 있었다. 그러나 여우 가면 패거리들은 죽은 그를 살려내 더한 괴로움과 수치심을 주었다.

라틸과 그는 황좌를 놓고 서로의 목을 노린 것이었다. 같은 목표가 있기에 싸운 거였다. 그러나 여우 가면 패거리들은 그조차 아니었다. 그저 필요를 위해 그를 이용했다. 머리를 잃은 그의 몸뚱어리가 무릎을 꿇고서 어깨를 들썩였다.

"음?"

기르골은 그게 흥미로운지 머리와 몸을 번갈아 바라보다 고개를 기울였다. 그때마다 팔에 눌린 머리에 무게감이 느껴졌다. 틀라는 이를 느끼며 소리 없이 끅끅거리다 충동적으로 입을 열었다.

"진짜 로드의 정체. 내가 가르쳐줄게."

미세하게 꼬무락거리던 기르골이 움직임을 멈췄다. 틀라는 숨을 들이쉬었다. 그가 어떤 표정인지, 자신의 말에 무슨 반응을 보이는지 알고 싶었으나 방향이 맞지 않아 볼 수가 없었다. 틀라는 입술을 깨물고 기르골의 반응을 기다리다가 다급하게 부탁했다.

"나와 손을 잡자."

이번에는 바로 대답이 돌아왔다.

"내가 왜?"

웃음기 섞인 목소리였다. 짧은 질문이었으나, 틀라에겐 그게 '약해 빠진 가짜 로드 따위를 내가 왜 거두어들여야 하느냐'로 들렸다. 틀라는 황급히 설명을 이어갔다.

"나도 이용당했으니까. 나는 그렇게 약하지도 않아. 당신이 지나치게 강한 거지."

"……."

"나도 복수하고 싶다. 진짜 로드와…… 날 이용한 그 동물 대가리들에게."

말을 할수록 틀라의 목소리에 힘이 실리면서 원한이 느껴졌다. 그저 이 위기를 빠져나가기 위해서가 아니라, 진심으로 그들에게 복수하고 싶었다. 자신을 로드라고 추켜세워주면서 이 모든 상황을 옆에서 즐겁게 구경했을 이들에게 자신이 느낀 이 모욕감을 그대로 돌려주고 싶었다.

그러나 기르골은 아무 대답도 하지 않았다. 그렇다고 움직임을 보인 것도 아니어서, 틀라는 조마조마하며 그가 무어라 말하길 기다렸다. 얼마나 그러고 있었을까. 마침내 기르골이 웃음 섞인 목소리로 물었다.

"여우 가면에게조차 이용당한 놈이 내게 도움이 될까?"

"없는 것보단 나을지도 몰라. 나는…… 나는 황자였다. 단 두 개뿐인 제국의 황자. 타리움의 황자! 어떻게든 도움을 줄 수 있어."

"황자라."

황자란 소리에 기르골이 조금 호기심을 보이는 듯하자, 틀라는 다시 간절하게 자신의 쓸모를 내세우기 시작했다. 그는 자신이 뭐라고 말하는지도 모른 채 계속 입을 열었다.

개중 헛소리가 섞여있다는 생각도 들었으나 말을 멈출 수가 없었다. 말을 하면 할수록 그런 불안감은 더욱 강해졌다. 생각해 보니 이제 그는 여우 가면에게도 쓸모없어지지 않았던가. 기르골이 그의 손을 잡아주지 않는다면, 이제는 여우 가면이 어떻게 나올지도 짐작할 수 없었다.

필요 없으니 가라고 내쫓으면 그나마 낫지. 어쩌면 '너무 많은 걸 알았다'라면서 그와 어머니를 죽이려 들 수도 있었다. 틀라는 이런 이야기까지 기르골에게 전부 내뱉었다.

"그래. 그럼 우리 황자님은, 진짜 로드가 누구라 생각하지?"

그의 말을 가만히 들어주던 기르골이 마침내 말을 끊으며 물었다. '대답만 듣고 나를 버릴지도 모른다'는 생각이 들었으나, 대답하지 않을 수도 없기에 틀라는 바로 외쳤다.

"라나문!"

"라나문?"

"아트락시 공작가의 라나문."

이렇게 말하고 나니 오래 산 뱀파이어는 못 알아들을 수도 있을 것 같아서, 틀라는 굳이 덧붙였다.

"타리움의 귀족이다. 타리움에서 아트락시 공작가라면 모르는 사람이 없어. 라나문은 그 집 장남이다."

그런데 뭐가 그리 웃긴 걸까. 틀라의 말이 끝나자마자 기르골이 갑자기 웃음을 터트렸다. 왜 웃지? 왜 웃어? 틀라는 당황했다. 이 상황에서 저렇게 재밌어 죽겠단 웃음을 흘릴 일이 있나? 의아해하고 있으니, 다 웃은 기르골이 조롱했다.

"넌 아는 게 하나도 없구나."

"뭐?"

그게 무슨 소리냐고 물으려는 순간. 기르골이 들어왔던 그 무너진 벽 뒤에서 익숙한 목소리가 외쳤다.

"라트라실 황제다!"

'어머니?'

틀라는 눈동자를 최대한 위로 끌어올려 목소리를 낸 사람이 정말 자신의 어머니가 맞는지 확인하려 애썼다. 처음에는 눈 근육만 아플 뿐 아무것도 보이지 않았다.

그러나 신발 굽과 돌이 부딪치는 소리가 점점 가까워지더니 마침내 어머니가 이곳에 온 후 자주 신고 다니는 신발 굽이 보였다. 틀라는 소리친 게 자신의 어머니란 걸 확신하고 절규했다.

"어머니! 가세요!"

기르골 이 미친놈이 어머니에게까지 해를 입힐까 두려웠다. 그는 이미 한 번 죽었던 몸이라 목이 떨어져도 죽지 않지만 어머니는 아니었다.

"어머니! 피하세요! 당장!"

틀라는 울면서 외쳤으나 구두 굽 소리는 더 들려오지 않았다. 대신 기르골이 시끄럽다는 듯 그의 입을 막아버렸다. 틀라는 더 외치려 했으나, 차가운 손이 그의 입을 조금의 틈도 없이 막아버리자 이상한 소리밖에 나오지 않았다. 그 괴로운 소리를 뚫고 기르골의 목소리가 들려왔다.

"라트라실 황제가 누구지?"

"지금 타리움의 황제. 네가 안고 있는 아이의…… 이복동생. 내 아들의 왕좌를 훔쳐 간 년."

"아."

아낙차의 목소리는 덤덤하고 침착했다. 기르골을 앞에 두고 제대로 말하지 못했던 그와 달랐다. 틀라는 울면서 '어머니, 어머니' 하고 속으로 불렀으나, 기르골은 그에게 말할 기회를 주지 않았다.

"왕좌니 뭐니 하는 건 상관없다, 인간. 내게 중요한 건 왜 로드가 라트라실 황제라 주장하는지야. 이 식시귀와 너는 왜 말이 다를까?"

"생일."

"생일?"

"이 애와 라트라실의 생일이 같아."

기르골의 표정이 구겨졌다. '고작 그런 이유만으로?'라는 표정이었다. 그 표정을 본 아낙차는 심장이 섬뜩해 왔다. 사실 그녀도 라틸이 로드인지 아닌지 따위 몰랐다. 잠깐 생일이 같단 점을 의심했을 뿐이다. 하지만 이 상황에서 아들을 구하기 위해서는 무조건 저 하얀 머리 뱀파이어를 설득해야 했다. 무슨 거짓말을 더 해서라도.

저 뱀파이어를 설득한다면 아들을 구할 수 있다. 게다가 저 괴물 같은 걸 라트라실 그년에게 보내 죽일 수도 있다. 파란 호수 같은 눈동자 안쪽에서 어두운 증오와 애달픈 애정이 동시에 끓어올랐다.

"이게 가장 중요하지. 여우 가면이 내 아들을 이용하려 로드 행세를 시킨 거라 해도, 뭔가 로드와 겹치는 부분이 있으니 시켰을 거잖으냐."

"……."

"생일도 같고 나고 자란 곳도 같으니 저 애를 고른 게 분명해. 헷갈리게 하기 쉬우니까. 또……."

그래도 기르골의 표정이 그리 탐탁지 않자 아낙차는 머리를 빠르게 굴렸다. 다행히 라트라실에 대한 모든 건 그녀에게 증오스러웠기에, 쓸만한 정보 하나가 더 떠올랐다.

"선대 황제. 내 남편이 라트라실을 뒷조사한 적이 있다. 내 아들이 아니라 그년을 조사했어. 이유가 뭘까? 수상한 점이 있으니 그런 거지. 안 그래?"

기르골은 여전히 탐탁지 않은 표정이었으나 틀라가 로드가 아니란 말을 한 후로 가장 큰 반응을 보였다. 기르골은 틀라의 머리를 안고서 몸을 일으켰다. 아낙차는 아슬아슬하게 기르골이 던진 아들의 머리를 받아 안았다.

"네가 쓸모가 있다고? 난 대가리가 쏙쏙 빠지는 놈들은 별로야."

"그건!"

"엉뚱한 놈을 로드라 주장하는 걸 봐선 별로 쓸모가 있어 보이지도 않고."

빙그레 웃은 기르골은 아낙차와 틀라의 곁으로 다가가더니, 손가락 끝으로 틀라의 머리를 콕 찍었다.

"하지만 네 어머니는 그나마 쓸모 있어 보이는군. 날 찾아와라.
그 정돈 할 수 있겠지."

말을 마친 그는 눈 깜짝할 사이 사라졌다.

"어, 어머니. 어머니."

아낙차는 아들의 머리를 꽉 안고서 몇 번이나 숨을 몰아쉬다가,
틀라가 부르자 황급히 아들의 몸을 찾아 머리를 얹었다. 머리는 몸
에 닿자 자연스럽게 제자리를 찾았다. 틀라는 제 손을 한 번 움직
여 보더니, 아낙차를 황급히 안아 들었다.

"어머니. 여기서 일단 나가야겠습니다. 어머니 말처럼 라트라실
이 로드라면…… 우리가 대적자 편에 서서 황위를 되찾을 수도 있
어요!"

"너, 폐하의 마음은 제대로 얻고 있는 게 맞아?"

잠시 하렘을 나가 아버지의 상단에 들른 타시르는 아버지가 인
사도 생략한 채 잔소리부터 퍼붓자 웃으면서 손을 내저었다.

"이 아버지, 성격 진짜 급하시네. 사람 마음이 그리 빠르게 움직
이나요?"

그 태연한 태도에 상단주의 얼굴이 일그러졌다.

"폐하께서 그 용병왕이란 자를 제일 자주 찾아가신다며. 신분에
밀린 것도 아니고 너랑 제일 처지가 비슷한 게 그자인데. 네가 뭐

가 부족해서 밀리는 거야? 얼굴? 네가 더 잘났다! 눈 밑이 좀 퀭하긴 하지만…… 그건 용병왕도 마찬가지 아니냐!"

타시르는 칼라인과 싸우고 온 뒤 그를 찾아와 '너는 가벼워서 좋다'고 말했던 황제를 떠올리고서 어깨를 으쓱했다. 상단주는 '어유어유' 소리를 내면서 가슴을 두드리다가, 미리 챙겨두었던 커다란 선물 상자를 내밀었다.

"뭡니까?"

"곧 폐하의 생일이지 않으냐. 폐하께 드리는 선물이다. 연회를 안 하신다니 네가 전해드려라."

"뭔데요?"

"뇌물이다!"

아버지의 깔끔한 대답에 타시르는 웃으면서 상자를 안고 돌아섰다. 그 태연한 모습을 본 상단주는 '쟤가 아니라 차남을 보냈어야 했나' 싶어 한숨을 내쉬었다.

상인으로서는 타시르 쪽이 우세했으나, 차남의 이미지가 용병왕과 가장 비슷했기 때문이다. 차남은 덩치가 커다랗고 무뚝뚝했다. 아버지가 무슨 생각을 하는지 모른 채, 타시르는 선물을 한쪽 팔에 끼고 거리를 빠르게 걸어갔다.

그러던 중 코너를 돌면서 누군가 그의 어깨에 퍽 부딪혔다. 살짝 부딪힌 것 치고는 어깨가 꽤 아파서, 타시르는 미간을 찡그리고 자신과 부딪힌 여자를 쳐다보았다. 부딪힌 여자도 얼굴을 구기고 그를 쳐다보았다. 그런데 그의 얼굴을 본 여자가 갑자기 눈이 커다래지더니 빠른 걸음으로 가버리는 게 아닌가.

"?"

그 표정이 단순히 길거리에서 부딪힌 사람을 향한 게 아닌지라, 타시르는 흥미를 느끼고 얼른 그 사람을 쫓아가기 시작했다.

'아니, 도미스 만나서 가짜인가 진짜인가 따져야 하는데. 타시르 쟤는 왜 날 따라오는 거야? 사과하라고 쫓아오는 거야?'

'기분 나쁘지만 도미스는 칼라인의 위치를 알지도 몰라.'

이런 생각을 하고 도미스를 찾아 나선 라틸은 뜬금없이 마주친 타시르가 자신을 졸졸 따라오자 눈살을 찡그렸다. 혹시 오해일지도 몰라 커다란 유리가 앞에 달린 가게를 지나가며 뒤쪽을 살펴보기를 몇 번, 라틸은 타시르가 자신을 쫓아오는 게 맞다고 확신했다. 이유는 모르겠지만 말이다.

혀를 찬 라틸은 커다란 기둥 뒤를 지나가며 힐긋 뒤를 확인하다가, 미로처럼 꼬여있는 골목길 안으로 빠르게 들어갔다.

라틸이 타시르를 따돌리는 그 시각.

그들로부터 멀리 떨어진 곳에 있는 어느 깊은 지하 성안에서도 쫓고 쫓기는 추격이 벌어지고 있었다. 쫓는 이는 기르골이었고, 쫓기는 이들은 동물 가면을 쓴 이들이었다. 목숨을 건 이 술래잡기에서 승기를 쥔 쪽은 동물 가면들 쪽이었다. 평소에 동물 가면들이 기르골에게 은신처를 들킬 경우를 미리 대비하고 착실하게 연습한 덕이었다.

개중에서도 여우 가면은 가장 안전하게 대피한 편이었는데, 그가 만들어 낼 수 있는 여우굴 덕분이었다. 여우 가면은 연습을 했는데도 제대로 탈출하지 못한 동작 굼뜬 몇몇을 자기 대피소에 밀어 넣은 후, 토끼 가면과 입구에 나란히 서서 귀찮다는 듯 중얼거렸다.

"아직 새 거처를 못 지었는데 귀찮게 됐네."

여우 가면의 구시렁거림에 토끼 가면은 단호하게 반박했다.

"귀찮은 게 문제가 아닐 텐데."

"제일 큰 문제야. 여긴 위치도 좋고 방어막도 튼튼하다고. 이런 곳을 또 구하기 쉬울 거 같아?"

"이 정도로 방어가 철저한 곳을 만들 필요가 있나, 이제? 또 가짜를 만들 수도 없잖아?"

토끼 가면은 잠시 말을 멈추고서 돌벽을 뚫어져라 쳐다보다가 확신했다.

"우리가 데리고 있던 로드가 가짜란 걸 들켰을 거다. 이젠 가짜를 또 만들어도 소용없어. 기르골은 바보가 아니야. 두 번 속지 않아."

여우 가면은 한숨을 내쉬었다.

"역시 식시귀를 뱀파이어 로드로 위장한 건 무리였나."

"식시귀는 식시귀 냄새가 나니까. 그러게 내가 식시귀는 별로라 했잖아."

"아주 가까이 오지 않으면 냄새가 나는지 안 나는지 알 게 뭐야. 조금 날 뿐이잖나. 후각이 둔한 녀석들은 모를 정도로."

"하지만 기르골은 후각이 둔하지도 않고 가까이 왔단 게 문제지. 틀라가 가짜 로드란 걸 지금쯤 알아냈을 거다."

토끼 가면이 혀를 차면서 말하자, 여우 가면은 팔짱을 끼고서 고개를 설레설레 저었다.

"바보 같은 황자. 내가 도망치자고 했을 때 같이 갔더라면 서로서로 좋았을 것을."

틀라가 아낙차를 데리고 지하 성을 탈출하기 위해 고군분투하고, 기르골은 여우 가면을 찾아내려 지하 성 내부를 뒤져대고, 지하 성의 동물 가면들은 기르골을 피해 자리를 옮겨가는 그때.

라틸은 타시르를 따돌리는 데 성공하고 마침내 아이도미스를 목전에 두고 있었다. 막상 찾아낸 아이도미스가 용병들 사이에 둘러싸여 있어서 처음에는 말을 걸기가 힘들었지만, 다행히 15분 정도가 지나자 용병들은 어딘가로 가버리고 아이도미스는 노천카페에 홀로 남았다. 라틸은 그녀가 혼자가 되자마자 다가가서 불렀다.

"저기요."

커피잔을 만지작거리면서 무언가를 읽고 있던 아이도미스는, 라틸이 부르자 고개를 들고서 이쪽을 쳐다보았다.

"사디 양?"

이런 곳에서 사디와 마주칠 줄 몰랐단 얼굴이었다. 나도 우리 둘이 다시 만날 일을 만들고 싶진 않았어. 라틸은 속으로 생각하면서 재차 말을 걸었다.

"시간 돼요? 뭐 하나 물어보고 싶은 게 있는데."

아이도미스는 대답 대신 되물었다.

"날 어떻게 찾았어요?"

"전에도 이 부근에 있길래. 계속 이 부근에만 있네요?"

라틸은 저벅저벅 걸어가 의자를 끌어다 맞은편에 앉았다. 아이도미스는 눈썹을 치켜올리긴 했으나 꺼지라고 하진 않았다. 라틸이 의자에 앉자마자 점원이 메뉴판을 들고 나타났다. 라틸은 그것을 받아 훑어보는 척하다가, 점원이 천천히 고르라며 자리를 비켜주자마자 물었다.

"전에 내가 라트라실 황제의 명령으로 그쪽이랑 칼라인을 염탐한다고 쏘아붙였죠?"

라틸은 여기까지 오는 내내 아이도미스를 어떻게 떠보아야 할지 많이 고민했다. 다짜고짜 말을 꺼내야 할지, 돌려서 슬쩍슬쩍 찔러보아야 할지. 처음 라틸은 '칼라인과 도미스의 첫 만남'에 관해 물어서 그녀가 진짜 도미스인지 확인하려 했다.

하지만 첫 만남 때 미묘하게 신경전을 벌였던 사디가 칼라인과 도미스의 첫 만남에 관해 물어보는 건 영 뜬금없고 부자연스럽게 느껴졌다. 결국 라틸은 이런저런 생각 끝에, 현재까지 이어진 과거의 인연을 이용해 보기로 했다.

"염탐은 내가 하는 게 아니라 다른 사람이 하는 거 같던데?"

라틸이 일부러 좀 기분 나빠하는 내색을 보이자, 아이도미스가 눈썹을 찌푸렸다.

"다른 사람이 날 염탐하다니?"

"그쪽 친구가. 이름이 기르…… 뭐라더라? 그 사람이 그쪽을 계속 쫓아다니던데 그쪽한테는 뭐라고 안 해요?"

점원이 이쪽을 계속 힐긋거리자, 라틸은 아무거나 주문한 다음 메뉴판을 돌려주고서 다시 아이도미스를 보았다. 그녀는 자기 찻잔을 손에 쥔 채 눈썹을 찡그리고 있었다. 알아들은 얼굴이 아니었다.

"기르?"

라틸은 아이도미스가 '기르골?'이라 대답할 거라 생각했는데 그 눈빛을 보자 덩달아 '어라?' 싶어졌다. 왜 저러고 있지? '기르'까지 나왔으면 당장 알아들어야 할 이름 아닌가? '기르골 말하는 거야?' 라고 물어봐야 하잖아?

그렇게 두 사람이 잠시 서로를 빤히 쳐다보며 멀뚱히 있을 때. 점원이 라틸이 주문한 커피를 가져와 앞에 내려놓고 가자, 라틸은 떨떠름해서 물었다.

"당신 친구 아니에요? 왜, 머리 하얗고 눈 빨갛고."

라틸의 설명에 아이도미스의 눈과 입이 커다래졌다. 이제야 누군지 알아듣겠단 것처럼. 실제로 그녀는 아주 작게 "설마." 하고 중얼거리기까지 했다. 그 모습을 라틸은 물끄러미 바라보고 있다가, 아이도미스가 무언가를 더 묻기 위해 자신을 보는 순간 빙그레 웃었다.

"그쪽. 가짜구나?"

"뭐?"

"도미스인 줄 알았는데 도미스가 아니네."

라틸은 도미스가 환생한 사람이란 걸 알지 못했다. 자신과 동시대에 살아가는, 나이 차이가 그리 많이 나지 않는 사람이라 생각했다. 당연히 '상대가 환생을 했기 때문에 기억이 불완전하다'는 전제 따위는 라틸에겐 없었다. 자기 친구인 기르골을 전혀 모른다는 것. 그것만으로도 라틸에겐 눈앞의 저 도미스 얼굴을 한 사람이 도미스가 아니란 충분한 증거였다.

아이니는 찻잔을 꽉 움켜쥐었다. 칼라인에게 내내 도미스의 환생이란 걸 부정당했는데 이젠 자신과 별 사이도 아닌 여자가 자신을 부정한다. 심지어 그 여자는 아이니가 도미스로 모습을 바꾸기 전에도 칼라인과 관련된 주제넘은 이야기를 한 전적이 있다 보니, 아이니는 더욱 화가 났다.

그러나 화나는 와중에도 그 '하얀 머리에 붉은 눈' 이야기는 신경이 쓰였다. 하얀 머리에 붉은 눈. 그녀를 추적했다는 자. 분명 갑자기 나타나 그녀를 공격하다가 칼라인이 막아줘서 달아난 그 뱀파이어 이야기일 것이다.

새삼 그 하얀 머리가 두렵거나 한 건 아니었다. 아이니가 거기에 신경을 쓰는 이유는, 라트라실 황제의 특사일 뿐인 저 여자가 어떻게 하얀 머리 뱀파이어의 이름을 알고, 그 이름을 상대가 진짜 도미스인지 아닌지 구분하는 데 사용했느냐는 점이었다.

"내 말이 틀렸어요?"

아이니가 입을 다물고 대답하지 않자, 맞은편에서 사디가 놀리는 투로 되묻더니 자기 커피를 입으로 가져갔다. 아이니는 그 모습을 지켜보다가, 멀지 않은 좌석에서 이쪽을 지켜보고 있는 뱀파이어 용병 하나에게 눈으로 신호를 보냈다.

사실 아이니는 아까 함께 있던 뱀파이어 용병들에게 '갈색 머리 여자가 자꾸 이쪽을 쳐다본다'는 이야기를 들었고, 그 갈색 머리 여자가 사디일 거란 생각을 했다.

이 때문에 아이니는 한 명만 제외하고 친구 뱀파이어들을 모두 물리고서, 그녀가 자신에게 말을 걸기를 기다리고 있었다. 그리고 근처에 남으라 한 뱀파이어 하나에게는, 나중에 자신이 신호를 보내면 자신과 대화를 나누는 갈색 머리 여자를 공격하라고 미리 언질도 해두었다.

아이니는 여전히 사디가 대적자일지도 모른다고 의심하고 있었다. 이렇게 해두면 사디가 정말로 뱀파이어와 겨룰 수 있는지 확인할 수 있을 것 같았다. 설마 사디가 다가와서 하는 말이 그녀를 공격한 하얀 머리 뱀파이어에 관한 내용일 줄은 몰랐지만 말이다.

'지금 공격해 봐.'

아이니가 눈짓하자, 약속했던 뱀파이어는 희미하게 고개를 끄덕였다.

"사람이 없는 곳에 가서 얘기하죠."

아이니는 이렇게 둘러대고서 노천카페를 벗어나 인적이 거의 드문 골목길 안으로 들어갔다.

"나도 물어볼 게 하나 더 있어요."

사디는 이렇게 말하면서 순순히 그녀를 따라왔다. 그러다 마침내 사람들이 아무도 오가지 않는 골목길, 그중에서도 조금 넓은 곳에 도착한 순간. 아이니의 눈짓을 받고서 미리 이곳에 도착해 있던 뱀파이어가 곧장 사디를 공격했다.

아이니는 뒤로 물러나며, 사디가 눈 깜짝할 사이 코앞에 나타난 이를 놀라 쳐다보는 걸 구경했다. 상대가 대적자가 아닌 것 같으면 적당히 상대하고 그만두라고 당부해 두었기에 걱정되는 마음은 없었다.

'만약 대적자가 누구인지 내가 알아낸다면…… 칼라인에게 도움이 되겠지.'

지금은 계속 그녀를 부정하는 칼라인도, 나중에는 그녀의 진심을 알아줄지도 몰랐다. 그녀가 로드가 아니게 되어도 그와 한편이 될 거라는 사실도. 그렇게 생각하자마자, 놀라서 비틀하는가 싶던 사디가 몸을 아래로 숙이더니 달려든 이의 복부를 주먹으로 내려치고서 다른 손으로 턱을 가격했다.

일반적인 힘으로는 뱀파이어에겐 충격조차 주지 못할 터이나, 사디가 내려치자 제대로 타격을 주었는지 용병으로 위장한 뱀파이어가 뒤로 떠밀리듯 물러나는 게 보였다. 그 광경을 보며 아이니는 생각했다.

'역시 저 여자가 대적자 같은데.'

뱀파이어 용병이 아이니를 쳐다보자, 그녀는 '이제 됐으니 도망가'라는 신호를 보냈다. 상대가 대적자라면 뱀파이어에게 유효타를 먹이는 걸로도 모자라 정말 없앨 수 있을지도 몰랐다. 도망가게 해야 했다.

뱀파이어는 화난 얼굴로 사디를 보긴 했으나, 미리 약속한 대로 그 자리를 피했다. 뱀파이어가 사라지자 아이니는 사디를 쳐다보았다. 사디 역시 아이니를 보고 있었다. 잠시 커다란 비둘기가 다녀갔단 표정이었다.

"아까 그자. 그쪽이 시켜서 덤빈 건가?"

눈치 빠르게 물었으나, 아이니는 대답 대신 돌아섰다. 저 여자가 대적자일 확률은 이로써 더 올라갔다. 그거면 됐다. 당장 더 얽힐 필요는 없었다.

"이봐. 혹시 칼라인이 그쪽이랑 있어?"

뒤에서 사디가 물었으나, 아이니는 무시하고 걸어갔다. 다행히 사디는 더 쫓지 않았고, 아이니는 사디가 없는 곳에서 아까 자신의 지시로 사디와 겨룬 뱀파이어 용병을 만나 물어볼 수 있었다.

"어때? 그 애가 대적자가 맞는 거 같아?"

용병은 상의를 조금 들어, 그 짧은 사이에 시퍼렇게 멍이 든 자신의 배를 보여주었다.

"대적자가 맞는지는 모르겠지만 힘은 엄청나게 세."

"대적자니까 센 거 아니겠어?"

"그럴지도."

아이니는 용병에게 상의를 내리라 하고서 눈살을 찌푸렸다.

"칼라인이 나랑 있냐는 소린 또 무슨 소린지 모르겠다. 칼라인은 하렘에 있는 거 아니었나?"

그 순간, 용병이 아이니에게 '쉿' 하는 제스처를 취하면서 입을 다물었다. 아이니는 조용해져서 용병을 쳐다보았다. 왜 그래? 하고 눈으로 물었으나, 용병은 대답 대신 주위를 살피더니 눈을 가늘게 떴다. 한참 후, 용병은 입에서 손을 떼면서 중얼거렸다.

"무슨 소리가 들린 거 같았는데."

"소리라니?"

'감이 좋네.'

담벼락 뒤쪽에 있던 타시르는 얼른 그 자리를 벗어났다. 하지만 양 입꼬리는 주체할 수 없이 올라가 있었다.

'재밌네. 우리 귀족 도련님은 자기가 대적자인가 고민하고 있는데. 다른 쪽에선 다른 여자가 대적자라 그러고 있고. 이 와중에 용병왕이 사라졌다?'

'칼라인은 나한테 거짓말하지 않았어.'

궁전으로 돌아와 옷을 갈아입고 가면을 벗으며 라틸은 속으로 중얼거렸다.

'칼라인이 한 말은 사실이었어. 칼라인이 만난 도미스는 가짜 였어.'

치렁거리며 흘러내리는 머리카락을 대충 손으로 빗어 하나로 묶은 뒤, 라틸은 주위에 아무도 없단 걸 확인하고 산책로로 접어들었다. 그러고 있으니 심장이 미친 듯이 뛰었다. 칼라인이 거짓말을 하지 않았다고 해서 그가 갑자기 사람이 되는 건 아닌데도 말이다.

게다가 지금 나타난 도미스가 가짜라 한들, 칼라인이 도미스를 사랑한 것도, 그녀를 아직 잊지 못하는 것도 그대로인데 칼라인이 거짓말을 하지 않았단 걸 알게 되자마자 라틸은 미치도록 그가 보고 싶어졌다. 본궁으로 향하던 발걸음도 자연스럽게 방향을 바꾸었다.

이 세상에 남은 유일한 아이스크림이 녹아 흘러내리기 직전이란 사실을 알아버린 어린아이처럼, 라틸은 칼라인의 방을 향해 그대로 질주했다. 심장 안에서 커다랗게 풍선이 부푸는 기분이었다. 그곳에 가면 칼라인이 돌아와 있을 것 같았다. 아무렇지 않게 또 창가에 기대어 서있다가 "주인." 하고 웃으면서 돌아볼 것만 같았다.

그래, 칼라인은 거기에 있을 거야. 내가 무서워하지 않으면 돌아온다고 했잖아. 지금이 바로 무섭지 않은 순간이다. 공포가 사라진 순간. 문 앞에 서있던 호위가 인사를 올리기도 전에, 라틸은 방문을 활짝 열고 안으로 뛰어 들어갔다.

"!"

그러나 방 안에 들어와 있는 건 적막뿐이었다. 칼라인은 창가에 서있지 않았다. 침대 가로 다가가 캐노피를 들어 올려 보았으나, 그 안쪽에도 역시 보고 싶은 남자는 없었다.

"……."

라틸은 힘없이 캐노피를 손에서 내리고서 넓은 방 안을 둘러보았다. 칼라인이 있을 땐 그리 넓은 줄도 모르겠더니. 오늘따라 왜 이렇게 커 보이는 걸까.

"칼라인?"

혹시나 싶어 조심스레 목소리를 내보았으나 돌아오는 대답은 없었다. 라틸은 주저하다가 책상 앞으로 다가가 서랍 문을 열어 노트를 한 권 꺼냈다. 노트 앞부분에는 펜으로 눌린 자국은 남아있었지만, 내용물은 뜯어내서 보이지 않았다. 가장 뒷장을 펼친 라틸은 휴대용 펜을 꺼내 그 위에 흘리듯 글자를 적어넣었다.

칼라인. 이제 너 안 무서워. 돌아와.

하지만 다음날에도, 그다음 날에도 그는 돌아오지 않았다.

"무서운 건 가라앉았는데, 더 늦으면 내가 화낼 거다. 이젠 네가 날 무서워하게 될 거야. 이 나쁜 놈아."

라틸은 책상 위에 덩그러니 놓여있는 쪽지를 침울하게 내려다보다가 힘없이 방을 빠져나갔다.

얼마 뒤. 라틸이 바라보다 간 쪽지를 길쭉한 손가락이 집어 들었다.

"가엾어라."

쪽지를 집은 이는 타시르였다. 타시르는 반듯한 황제의 글씨를 바라보다가, 그 위에 입을 맞추고 다시 책상 위에 쪽지를 내려놓았다.

"역시. 황제가 용병왕을 내쫓은 건 아닌가 보네."

그럼 용병왕이 혼자서 나간 건가? 타시르는 시종을 대동하고 용병왕의 처소 앞을 지나갔을 때를 떠올렸다. 복도 앞에는 평소처럼 호위가 서있었고, 시종 역시 눈 하나 깜빡하지 않고서 뜨거운 물과 향 좋은 가루를 푼 대야를 들고 방 안으로 들어갔다. 다들 칼라인이 멀쩡히 방 안에 머무는 것처럼 행동하고 있었다.

'호위는 모를 수 있지. 하지만 시종은 모를 수 없다. 어쨌든 시종을 남겨두고 간 걸 보면 돌아올 마음은 있다는 건데…….'

타시르는 생활 물품과 가구가 전부 그대로인 방 안을 휙 둘러보며 뒷짐을 지었다. 하지만 왜? 황제가 쫓아낸 게 아닌데, 용병왕이 혼자 떠나야 할 일이 뭘까. 황제가 그리워하지 않고 있다면 밀명을 받아 임무를 나간 거라 생각할 텐데. 분명 그것도 아니지 않는가.

'대적자란 이들과 관련이 있어서 떠난 건가? 없는 쪽 같긴 한데.'

황제가 사람을 풀어 찾지 않는 걸 보면, 용병왕은 분명 황제에게 떠난단 말도 하고 갔을 테고……. 아무리 방 안에서 머리를 굴려봐도 칼라인이 보인 이상한 행보는 영 짐작 가는 바가 없어, 타시르는 자신의 머리에 휴식을 주기 위해 창문을 넘어 다시 밖으로 나갔다.

"아이고 소단주님! 얼른 오세요!"

창문 앞에 쪼그린 채 망을 보고 있던 시종 히얼란은, 타시르의 길쭉한 다리가 나타나자 얼른 딱따구리처럼 제 도련님을 쪼아댔다.

"누가 올까 봐 무서워 죽는 줄 알았어요. 얼른 가야 돼요!"

"누가 오면 다리에 쥐가 났다고 하면 되지. 뭘 그리 떨어?"

"누가 그런 말도 안 되는 말을 믿는다고요!"

타시르는 히얼란의 잔소리를 한 귀로 듣고 한 귀로 흘리면서 성큼성큼 걸어갔다. 히얼란은 상대의 그런 태도를 다 알면서도, '그래도 잔소리를 계속하다 보면 뭐라도 하나 고치겠지'란 생각을 하며 연신 뒤를 쫓아갔다.

"으악."

하지만 갑자기 타시르가 우뚝 멈춰 서는 바람에 히얼란은 그의 등에 이마를 부딪치고서 멈춰 섰다.

"왜요?"

히얼란이 묻자, 타시르는 '쉿' 하고 입술에 손을 가져다 대고서는 어딘가를 눈으로 가리켰다.

"폐하네요?"

그곳에 있는 건 라트라실 황제였다. 황제는 쪼그리고 앉아있었다. 무릎에 뺨을 대고 있는 바람에 볼살이 밀가루 반죽처럼 찌그러진 황제를 본 히얼란은 작게 감탄했다.

"저러고 계시니 평소보단 좀 덜 무서워 보이네요."

제복 차림을 하고서 신하들에게 둘러싸여 있는 모습을 보면 같은 공간에 있어도 너무 멀게 느껴졌는데, 저러고 있으니 그 또래의 청년 같아 히얼란은 연신 신기해했다.

"그러게. 귀여워라."

"예? 아니, 그건 아닌데요. 그냥 평소에 비해서 좀 덜 무서운 건데요."

히얼란은 단호하게 타시르의 평가에 반대하면서 고개를 돌리다가, 타시르가 갑자기 그쪽으로 걸어가려 하자 놀라서 옷자락을 잡았다.

"소단주님! 어디 가시려고요?"

"납작 가자미가 된 나의 아내에게."

타시르의 표현에 히얼란은 더욱 놀라 주위를 둘러보다가, 아무도 없다는 걸 확인하자 목소리를 낮추어 잔소리를 퍼부었다.

"지금요? 지금 가면 안 돼요. 폐하 좀 보세요. 딱 봐도 기분 나빠 보이시잖아요. 지금 갔다가 불똥 튀는 수 있어요!"

히얼란은 아직도 생생하게 기억하고 있었다. 라나문이 이상한 약을 먹었을 때 전부 다 불러내서 너희도 먹으라고 했던 황제, 게스타가 돌을 맞았을 때 궁인들까지 전원 불러 모아놓고 경고하던 황제…….

하지만 가장 충격적이었던 건 황제가 즉위하자마자 기다렸단 듯이 이복형제를 처형시킨 일이었다. 당시엔 궁전에서 지내지 않았지만, 그 소식을 듣는 것만으로도 얼마나 충격적이었는지 모른다. 그런데 저렇게 우울해하는 황제에게 소단주가 깝죽거리며 다가가려 하다니. 미움 사기 딱 좋은 상황 아닌가.

"행복한 사람에게는 비집고 들어갈 틈이 없지."

"네?"

"가려면 지금이야."

하지만 타시르는 아무렇지 않게 웃으며 말하고는, 옷자락을 쥔 히얼란의 손을 뚝 떼고서 지시했다.

"아버지가 폐하께 전하라 한 선물. 뛰어가서 그거 가져와. 빨리."

도미스가 진짜인지 가짜인지 하는 문제는 칼라인이 곁에 있지 않으면 아무 소용도 없었다. 도미스가 진짜인가 가짜인가 확인하고 싶었던 건 그녀가 가짜이길 바랐기 때문이었다.

자신의 마음을 조금 들여다본 라틸은 시무룩해져 무릎에 얼굴을 힘없이 비볐다. 생일에 선물을 준다더니. 그런 약속을 해놓고 도망가 버린 칼라인에게 화가 났다.

'그래. 그건 그냥 도망이야. 날 위한 게 아니라 달아난 거라고. 겁쟁이. 진짜 날 위해 떠난 거라면 부를 방법도 알려주고 갔어야지.'

시종을 닦달하는 것은 이미 해보았다. 하지만 시종은 자기가 더 당황해하며 칼라인이 어디로 갔는지 전혀 짐작도 하지 못했다. 혹시 거짓말을 하는 건가 싶어서 사람을 붙여 보아도 마찬가지였다. 시종은 칼라인이 방 안에 머무는 것처럼 제 할 일을 계속할 뿐, 그와 따로 연락을 주고받는 것 같진 않았다.

"후우……."

이 와중에 대신관의 귀걸이도 신경 쓰이긴 마찬가지였다. 왜 집자마자 부서졌던 걸까. 대신관이 그걸 뒤늦게라도 이상하게 여기진 않을까. 고개를 들면 호수 주위를 정찰 중인 성기사들이 보였고,

이 점 역시 라틸에겐 심란하긴 매한가지였다. 저들을 보고 있으면, 적들의 위치를 파악하기 위해서 성기사와 병사들을 사방에 보냈지만 아직 이렇다 할 보고가 없단 사실이 떠올랐다.

라틸은 흑마법사의 존재가 알려졌으니, 이제 그들이 온갖 기행과 악행을 저지를 거라 생각했다. 사방에서 사건이 터져서 몹시 바빠질 거라 각오했다. 그러나 호수에서 괴물이 두 번 튀어나온 일을 제외한다면 흑마법사들은 생각보다는 조용했다. 여기서만 그런 것도 아닌 게, 카리센에서도 마찬가지였다. 아이니 황후가 실종된 게 최근 가장 큰 일이었고, 또다시 좀비가 나타났단 이야기는 없었다.

'아이니 황후는 어디 갔나 몰라.'

그때. 누군가 가까이 다가오는 소리가 나서 라틸은 여전히 무릎에 얼굴을 댄 채 고개만 돌렸다.

"!"

커다란 선물 상자였다. 다리가 달린 커다란 선물 상자가 걸어오고 있었다. 당황해서 쳐다보고 있자니, 근처로 다가온 선물 상자에서 목소리가 들려왔다.

"폐하. 선물입니다."

"그건 누가 봐도 보이는……. 타시르?"

라틸이 목소리를 알아듣고 부르자, 선물 상자 뒤에서 삐죽 얼굴이 드러났다. 타시르가 맞았다. 선물 상자가 너무 커다랗다 보니 상체가 다 가려졌던 것이다.

"이거 무겁네요."

타시르가 끙 소리를 내며 상자를 바닥에 내려놓는 동안, 라틸은 몸을 일으키며 당황해 물었다.

"선물은 줬잖아."

"네. 이건 제 선물이 아니라 부모님이 폐하께 드리는 선물입니다. 전 전달하는 거고요."

'아, 며칠 전에 밖에서 마주쳤을 때. 그때도 뭘 들고 있었지. 저거 받으러 갔나 보다.'

라틸은 타시르가 갑자기 졸졸 쫓아오는 바람에 황당했던 며칠 전 일을 떠올리고서 고개를 끄덕였다.

"고맙네. 잊지 않고 챙겨주시고."

"폐하 생일을 기억하지 못하는 국민 숫자가 더 적을걸요."

라틸의 말에 빙그레 웃으며 농담한 타시르는, 자연스럽게 옆으로 와서 서더니 선물 상자의 리본 끄트머리를 집어 건네며 물었다.

"여기까지 들고 온 김에 뭐가 들었나 같이 확인해 볼까요?"

"뭐가 들었는데?"

"저도 봐야 압니다. 안 알려주시더라고요."

"어? 정말? 아무 말 안 하고 주셨어?"

"제 미남 동생이 들어있어요."

"어?"

놀란 라틸이 기겁해 쳐다보자, 타시르는 라틸의 볼에 대고 속삭였다.

"걱정하지 마세요. 잘생겼거든요."

"뭐, 아니, 아니, 잠시만. 진짜야?"

타시르 밑으로 남동생이 둘 있다는 이야기를 듣긴 했는데. 진짜 넣어서 보냈다고? 실제로도 몸을 잘 구겨 넣으면 사람이 숨을만한 크기인지라, 라틸은 당황해서 황급히 리본을 뜯었다.

아트락시 공작이나 재상이 보낸 선물이라면 타시르의 말이 농담 같을 텐데. 타시르의 아버지는 아들에게 '툭 치면 벗겨지는 옷을 입어라'는 조언을 한 적이 있고, 라틸은 그걸 현장에서 봐버렸다. 전적이 있는지라 몹시 수상했다.

마침내 리본을 당기자 선물 포장지가 아래로 떨어지면서 커다란 상자가 드러났다. 라틸은 상자를 힘으로 뜯어버렸다.

"!"

라틸은 내용물을 놀라서 쳐다보았다. 상자 안에서 나온 건 예상하지 못했던 것이었다. 커다란 곰 인형. 라틸은 당황해서 커다란 덩치를 내려다보다가 떨떠름하게 인형에게 물었다.

"아…… 네가 동생이니?"

옆에서 타시르가 웃음을 터트렸다.

"뭐 하시는 겁니까 폐하."

"동생이라며. 근데 얘가 나왔잖아."

"안을 보세요."

라틸은 곰 인형을 들어 올려 보았지만 곰 인형 아래에는 아무것도 없었다.

"인형 안이요."

그 모습을 보다가 타시르가 나서더니 곰 인형의 목덜미부터 엉덩이까지 달린 지퍼를 내렸다. 놀랍게도 그 안에는 보석이 수북하게 채워져 있었다. 라틸은 뭔가 싶어서 고개를 내밀다가 번쩍거리는 광채에 놀라 물었다.

"동생이 아닌데?"

타시르의 표정이 애매하게 일그러졌다.

"진짜로 동생 소개받고 싶으셨습니까?"

"아니. 그건 아닌데. 너라면 진짜 동생을 데려왔을지도 모른다 생각했다."

"제가 처음에 그랬잖아요. 이 안에 뭐가 있는진 저도 모른다고요."

아. 그랬지. 라틸이 고개를 끄덕이자 타시르는 괜히 서운한 척 인형의 귀를 잡아당겼다.

"동생 얘기를 뒤에 꺼냈으니 당연히 농담인지 아실 줄 알았습니다."

"그렇게까지 머리를 굴릴 정신이 아니어서."

말하고 나니 타시르가 무슨 일이냐고 물을까 봐 라틸은 괜히 주춤했다. 하지만 타시르는 무슨 일이 있냐고 묻는 대신 곰 인형 속에서 귀걸이를 찾아 꺼내더니, 라틸에게 보여주며 물었다.

"제가 걸어드릴까요?"

라틸이 가만히 있자 타시르는 귀걸이를 들고 성큼 한 걸음 앞으로 다가왔다. 멍하게 있는 사이. 타시르가 라틸의 한쪽 귀를 손으로 문질렀다. 갑자기 예민한 부위에 뜨겁고 커다란 손이 닿자 라틸은 반사적으로 몸을 움찔했다. 그러고는 손이 닿았을 뿐인데 과하게 반응한 게 부끄러워서 일부러 표정을 딱딱하게 굳혔다.

하지만 타시르는 라틸의 귀에 집중하고 있어서 라틸의 표정은 보지 못했다. 이를 눈치챈 라틸은 일부러 굳혔던 표정을 폈다. 그러는 동안에도 타시르는 목덜미에 손을 밀착하며 라틸의 귀에 귀걸이를 조심스레 달아주고 있었다.

"……아직 멀었어?"

"요즘 눈이 안 좋아서요."

"내가 할까?"

"여기 거울도 없는 걸요."

"그럼 들어가서 하면 되는데."

"거의 다 했습니다."

뜨거운 손이 귓가와 목덜미를 연신 왔다 갔다 이동하자 라틸은 발가락을 꼼지락거리며 시선을 내렸다. 타시르는 가벼운 사람이고 사랑의 말을 가볍게 뱉는다는 걸 알고 있다. 그는 후궁이라기보다는 후궁 역할에 심취한 마약상처럼 보였다.

하지만 다크서클이 짙고 퇴폐적인 데다 비열한 인상이긴 해도 타시르는 명실상부하게 아름다운 남자였다. 그런 남자가 옆에 딱 달라붙어서 귀를 조물조물 만지고 있으니 얼굴에 열기가 올라왔다. 손을 뻗으면 닿을 거리에 아름다운 남자들을 후궁으로 두고서 손끝 하나 대지 못하는 건 라틸에게도 괴로운 일이었다.

그러다 손가락이 귀 안쪽을 스치는 순간. 라틸은 놀라 등을 세웠다.

"다 됐습니다."

거의 동시에 타시르가 귀걸이를 걸어주더니 웃으면서 뒤로 물러났다. 라틸은 얼굴이 벌게져서 그가 만지작거리던 귓가에 자신의 손을 가져다 댔다. 달랑달랑한 무언가가 걸려있었다. 그런데 귀걸이 모양이 어땠더라? 순식간에 벌어진 일에 귀걸이 모양조차 확인하지 못한 게 이제야 떠올라서, 라틸은 한쪽 손으로 괜히 귀를 만지작거리며 다른 쪽 손을 내밀었다.

"다른 한쪽은 내가 달게."

그러나 타시르는 귀걸이를 내밀지 않았다. 웃고만 있을 뿐.

"왼쪽은?"

그게 이상해 묻자 그가 자기 귀걸이 한쪽을 빼내더니, 라틸에게 건네주어야 할 귀걸이를 자기 귀에 달아 버렸다.

"어?"

라틸이 황당해서 쳐다보자 타시르는 만족스럽게 웃더니, 자기가 달고 있던 귀걸이를 라틸의 손바닥 위에 내려놓고서 손수 손가락까지 접어주었다.

"결혼하면 이런 거 해보고 싶었습니다. 한 쌍이어야 할 물품을 둘이서 나눠 갖는 거요."

"타시르…… 너 진짜 바람둥이 같구나."

"죄다 숙맥이면 쓰잖아요. 하나라도 달아야지요."

실쭉 눈웃음을 지은 그가 라틸의 팔을 붙잡고서 손깍지를 끼어왔다. 별거 아닌 행동이지만 칼라인이 이제 오나 저제 오나 고민만 하던 라틸에겐 그가 자신을 손으로 단단하게 받쳐주는 것처럼 느껴졌다. 라틸은 그의 손을 같이 잡고서 어깨에 슬쩍 머리를 기댔다.

"오늘도 제가 가벼워서 좋으신 겁니까?"

타시르가 농담하듯 가볍게 묻는 말에 라틸은 희미하게 웃고서 고개를 끄덕였다.

"응. 옆에 있으면 같이 가벼워져서 좋아. 지금은 좀 가벼웠으면 싶거든."

칼라인은 너무 무거우니까. 사랑도 정체도 전부 다.

"이 정도가 딱 좋다."

"전혀 좋지 않아요."

"뭐?"

"아니, 그렇잖아요. 힘든 일이 있을 때마다 옆에서 위로해 주는 잘생긴 남자라니. 아무리 봐도 나중에 사랑하는 여자의 행복을 빌면서 떠나줄 역할 같다고요."

히얼란이 초조하게 뱉은 말에 타시르는 사탕을 빨아 먹다가 깨먹고 말았다.

"뭐? 진짜야? 누가 그래?"

타시르가 허망하게 뱉은 질문에 히얼란은 황급히 두 손을 싹싹 저었다.

"아니, 아니에요. 부정 탈라. 절대 아니에요. 그런 말 없어요!"

타시르는 막대 사탕을 잘근잘근 씹으면서 웃는 건지 화내는 건지 모를 표정을 지었다. 히얼란은 한숨을 폭 내쉬면서 타시르의 한 쪽 귀에서 반짝거리는 귀걸이에 대고 소원을 빌었다.

"제발 폐하께서 우리 소단주님을 사랑하게 해주세요."

그러다가 문득 타시르는 클라인 황자를 먼발치에서 발견하고 멈추어 섰다.

"왜 저러고 있을까요?"

늘 거만하고 당당하게 다니던 클라인 황자가 멀지 않은 곳에 시무룩하게 앉아있고, 곁에서 시종과 호위가 초조하게 발을 구르고 있으니 영 이상하게 보였다.

"그러게."

타시르도 흥미가 가는지 막대 사탕을 계속 씹어대면서 그쪽을 쳐다보았다. 히얼란은 아까 타시르가 한 말을 떠올리며 소단주를 돌아보았다. 이번에도 저 황자님을 위로하러 가실 건가?

타시르는 여기에 모인 후궁들 중 가장 인간관계를 신경 쓰고 있었다. 그러니 클라인 황자를 위로할지도 모른단 생각이 들었다. 하지만 타시르는 클라인 황자가 시무룩해하는 모습을 잠시 구경하더니, 곧 볼 거 다 봤단 표정으로 고개를 돌려버렸다.

"가자. 배고프네. 뭐 먹지?"

"황자님은요?"

"심기 불편해 보이는데 갔다가 싸움만 나지."

아까랑 말이 달라진 거 같은데? 히얼란이 의아해서 쳐다보았으나, 타시르는 앞으로 성큼성큼 걸어가기만 했다. 히얼란은 그 뒤를 쫓아가며 힐긋 황자 쪽을 쳐다보았다.

"왜 저렇게 힐긋거린대요? 기분 나쁘게."

바닐이 투덜거리는 소리에 악시안은 고개를 돌렸지만 클라인 황자는 아무래도 상관없단 얼굴로 바닥만 보고 있었다. 바닐은 타시르의 시종이 자꾸 이쪽을 쳐다보는 게 기분 나빠서 인상을 구기다가 이럴 때가 아니란 생각에 황자를 돌아보았다. 풀 죽은 클라인 황자를 본 바닐은 덩달아 기운이 빠졌다.

"황자님. 제발 기운 좀 차리세요."

거만한 모습만 보며 지내다가 이렇게 힘없는 시금치가 된 모습을 보니 마음이 불편했다. 라트라실 황제가 하이신스 황제와 연인 사이었단 이야기가 놀랍긴 했지만, 그래도 두 사람이 그 이야기를 진솔하게 나누고 이후로는 잘 지내는 것 같았기에, 바닐은 그 일이 잘 풀렸다고 생각했다.

하지만 착각이었나보다. 겉으로 보기엔 잘 풀린 것 같지만 그 일은 클라인 황자를 날카롭게 할퀴고 지나가 깊은 자국을 남긴 게 분명했다.

"폐하가 안 오시면 황자님이 폐하를 직접 뵈러 가면 되잖아요?"

바닐의 말에 악시안도 순순히 동의했다.

"한두 번도 아닌데, 갑자기 부끄러워하실 필요가 없지요."

하여튼 이 새끼 말하는 게 늘 조금씩 기분 나빠. 바닐은 악시안을 째려보면서 표현을 약간 바꾸려 했으나 그 전에 먼저 클라인이 고개를 저었다.

"그땐 폐하가 날 사랑한단 확신이 있었으니까. 하지만 지금 은……."

사람이 한순간에 이렇게까지 기가 죽어버릴 수도 있구나. 바닐은 시무룩해진 클라인을 보고 있자니 가슴이 갑갑해져 와 한숨을 내쉬었다. 다른 할 일이라도 있다면 거기에 열중할 텐데. 여기서는 딱히 할 일도 없다. 해야 할 일은 한 사람을 기다리는 것뿐인데, 그 사람이 오지 않는다면…….

내내 바닥만 내려다보던 클라인이 갑자기 고개를 확 들더니 얼굴이 환해져서 벌떡 일어났다. 덩달아 클라인과 똑같은 쪽을 바라본 바닐은 먼발치에서 이쪽으로 다가오는 황제를 보자 안도해서 한숨을 내쉬었다.

"클라인?"

타시르의 부모님이 챙겨줬다는, 속에 보석을 감춘 곰 인형을 업고서 돌아가는 길이었다. 클라인이 힘없이 벤치에 걸터앉아 있는 게 보였다.

"괜찮나?"

멀리서 보기에도 영 기운이 없어 보여서 라틸은 그쪽으로 다가갔다. 하지만 거대한 돌덩이에 짓눌린 것 같던 클라인은 라틸을 보자마자 햇빛을 반사한 유리판처럼 순간 반짝이며 빛을 냈다. 그 미소를 본 사람이 덩달아 기분이 좋아질 만한 그런 미소였다.

"넌 볼 때마다 즐거워 보이는구나?"

'아. 볼 때마다는 아닌가. 전엔 화낸 적도 있긴 하지.'

어쨌든 라틸은 클라인이 저렇게 반겨주니 괜히 자신이 소중한 사람이 된 기분이 들어서 흐뭇해졌다. 칼라인은 아무리 불러도 안 오지만 인형에 보석을 담아 주는 타시르도 있고 눈이 마주치면 햇살처럼 반짝거리는 클라인도 있고, 이 정도면 아주 좋았다.

라틸은 속으로 칼라인 따위가 없어도 자신은 잘만 지낸다고 생각하며 클라인의 옆에 앉았다.

"오늘은 뭐가 그렇게 즐거워?"

"폐하를 봤으니까요."

"그게 그렇게 즐거운 일이야?"

"폐하가 등에 뭘 업고 있는 걸 보는 것도 즐겁습니다."

라틸이 곰 인형을 앞으로 내밀자 클라인은 인형의 머리를 쓸면서 비실비실 웃었다.

"타시르 부모님이 준 건데. 마음에 들면 너도 인형 하나 사 줄까?"

퍽 마음에 드는 눈치라 라틸이 묻는 순간, 클라인이 곰 인형의 귀를 뽁 뽑아버렸다.

"여보세요. 왜 남의 인형 귀를 뽑아 가?"

"자세히 보니 이거 곰처럼 안 생겼습니다, 폐하."

"네가 방금 귀를 뽑았으니까."

전체적으로 클라인은 내내 밝고 붕 뜬 분위기였다.

'그래. 모두가 고민할 필요는 없지. 너라도 밝으면 됐다.'

라틸은 그런 클라인을 귀여운 듯 바라보다가 슬슬 돌아가야 할 시간이 되자 인사를 건네고 일어섰다.

"폐하."

그런데 떠나려는 라틸을 클라인이 갑자기 손을 뻗어 붙들었다.

"왜 그러느냐?"

라틸이 돌아보았으나, 먼저 불러놓고서 클라인은 몇 번 우물거리더니 고개를 젓고 손을 내렸다. 할 말이 있나? 그런 것 같은데. 무슨 말을 하고 싶기에 저렇게 망설이지?

라틸은 클라인에게 '왜 그래?'라고 물어보아야 할지 아니면 모른 척해주어야 할지 잠시 고민했으나, 꼭 할 말이라면 클라인이 진작 말했을 거라 생각하며 몸을 돌렸다.

클라인이 그 뒤에서 또 손을 뻗었으나 잡지는 못하고 도로 내렸다는 걸, 다른 방향을 향해 걸어가는 라틸은 끝까지 알지 못했다.

클라인은 잠시도 시선을 떼지 못하고 라틸의 뒷모습을 바라보았다. 그러나 라틸의 마음은 이미 그곳에서 벗어나 칼라인의 방문 앞을 기웃대고 있었다. 방 안이 아니라 앞을 말이다.

'칼라인 시종. 이름이 뭐였더라.'

칼라인의 존재감이 너무 강한 데다 본인도 입을 거의 열지 않다 보니 이름이 잘 기억나지 않았다. 하지만 그 시종은 이전에도 생각한 거지만, 다른 시종들과 다른 점이 많았다. 자기 주인이 황제의 총애를 받든지 말든지 별로 관심이 없어 보인단 점이라거나, 밤안 개처럼 걸어 다니는 점이라거나.

'칼라인하고 비슷한 점도 있지.'

얼굴이 창백하고 조용하고…… 라틸은 우뚝 멈추어 서서 뒤를 돌아보았다.

'혹시 그자도 뱀파이어인가?'

"폐하."

그러고 있자니 뒤를 따라오던 근위기사단 부단장이 눈으로 곰돌이 인형을 가리키며 조심스럽게 물었다.

"제가 들까요?"

라틸은 고개를 젓고서 다시 걸어가기 시작했다.

'시종뿐만이 아니야. 칼라인 용병단 사람들과 흑사신단 용병들도 다 이미지가 비슷해. 아, 그 시종도 원래는 용병이라 했지. 설마…… 혹시 그자들 전부 다 뱀파이어고 그런 거 아냐?'

뱀파이어들로 구성된 용병이라니. 너무 무서운 거 아닌가. 라틸이 또다시 멈추어 서자 근위기사단 부단장이 의아한 얼굴로 라틸을 바라보았다. 라틸은 다시 앞으로 걸어가면서 얼핏 들었던 무서운 생각을 애써 눌렀다.

'아닐 거야. 그 많은 용병이 다 뱀파이어인 게 가능해?'

햇빛을 볼 수 있는 뱀파이어가 있다지만 그건 소수였다. 그게 다수라면 '뱀파이어는 태양에 약하다' 같은 말이 돌았을 리가 없다. 그런데 그 소수의 뱀파이어가 모두 다 흑사신단 용병이 되어있다? 억측 같았다.

'게다가 그 가짜 도미스랑 같이 있던 용병들. 별로 강하지도 않았잖아? 뱀파이어라면 어마어마하게 강해야 하지 않나?'

역시 뱀파이어는 아닌 거 같아. 추측이 점차 확신이 되어서 라틸은 자기도 모르게 고개를 끄덕거렸다. 본궁 집무실 안으로 들어갈 때는 완전히 '그 사람들은 그냥 용병이야. 몇몇은 뱀파이어일 수도 있겠지만'으로 마음이 바뀌어 있었다.

하지만 막상 의자에 앉아 펜 뚜껑을 열고 있으려니 다시 초조해졌다. 후궁 한 명이 뱀파이어인 것도 놀라운 일이지만, 용병 전체가 뱀파이어라는 건 정말로 어마어마한 일이었다. 단순히 '에이, 아니겠지' 하고 넘어갈 만한 일이 아니었다. 그 정도로 거대한 뱀파이어 집단이라면 최근 일어나는 일련의 사건들과 관련이 있을 수도 있다.

'칼라인.'

때로는 알고 싶지 않은 진실도 있는 법이다. 라틸은 펜 뚜껑을 도로 닫았다. 라틸은 더 이상 아무것도 생각하고 싶지 않아졌다. 하지만 라틸은 황제였다. 이 점을 명확하게 해야 했다.

'대신관은 칼라인이 뱀파이어란 걸 알아차리지 못했지. 서넛이 뱀파이어란 것도. 낮에 햇빛을 볼 수 있는 뱀파이어는 대신관도 바로 정체를 알아볼 수 없는 걸까? 그러면 흑사신단이 뱀파이어란 걸 알아내려면 다치게 한 다음 대신관의 치료를 받게 하는 수밖에 없나? 아, 부적! 부적을 다 붙여볼까?'

"폐하."

한참 고민하던 라틸은 앞에서 자신을 부르는 소리에 무의식중에 펜 돌리던 걸 멈추고 고개를 들었다. 시종장이 라틸을 보고 있었다. 할 말이 있는데 라틸이 딴생각하는 게 눈에 보이니 말을 걸지 못하고 저러고 있는 눈치였다.

"사블레 후작."

라틸은 그 표정이 심각하단 걸 알아차리고서 펜을 내려놓고 얼른 말해보란 손짓을 했다. 그제야 시종장은 꾸벅 인사를 하고서 어두운 목소리로 입을 열었다.

"폐하. 다나산에 있는 작은 마을에 흉악한 누군가가 나타나 폭파 전문 마법사를 찾다가 사라졌다고 합니다."

라틸은 "응?" 하고 미간을 찌푸렸다.

"다나산이라면 우리나라가 아니잖아요?"

다나산은 카리센과 타리움 사이에 있는 나라 중 하나였다. 라틸은 고개를 기웃했다. 안타까운 소식이고, 자신이 그 나라 왕이었더라면 심각하게 들을 이야기이긴 하지만 외국 황제 입장에서 저렇게 심각하게 보고받을 일은 아닌 것 같았다.

"그렇지요. 그런데 다나산에서 이번에 우리 측에 성기사들을 보내 조사를 도와달라 청해서 말입니다."

"성기사를?"

부연 설명을 듣고서야 라틸의 표정도 굳었다.

"괴물들이 나타난 겁니까?"

"직접 본 건 아니랍니다. 하지만 싸움이 일어난 뒤 여관을 중심으로 마을의 반 정도가 사라졌다는군요. 이 때문에 사람의 짓이 아닌 것 같다고 의심하는 모양입니다."

"폭파 전문 마법사가 한 짓은 아니고요? 폭파 전문 마법사가
그…… 자신을 찾는다던 사람과 싸우다가 한 짓일지도 모르잖아요."

"싸움을 싫어하고 평화로운 사람이라 마을을 그렇게 망가뜨릴
사람 같진 않다고 하더군요."

'싸움을 싫어하는 사람도 싸우다 보면 자제가 안 될 수도 있지
않나? 하지만 기이한 일이 여기저기서 일어나는 시기이니 확실하
게 살펴서 나쁠 건 없지.'

라틸은 고개를 끄덕이고서 종이를 꺼내 그 위에 간단한 지시 사
항을 적고 인장을 찍은 다음 시종장에게 건넸다.

"성기사들을 보내주겠다고 해요."

"예, 폐하."

시종장은 보고를 다 듣자 밖으로 나갔다. 라틸은 문이 닫히는 걸
바라보며 그간 조용했던 흑마법사 무리가 슬슬 다시 활동을 시작
하는 걸까, 생각했다. 사실 '다시 활동을 시작한다'란 표현을 쓰기
도 민망할 정도로 아직 뭘 제대로 한 적도 없는 것 같지만 말이다.

'서넛이나 칼라인은 이 상황을 지켜보며 대체 무슨 생각을 했
을까.'

사람의 입장에선 이 상황이 날벼락인데. 뱀파이어들 입장에서도
그러려나? 아니겠지? 라틸은 고개를 저으면서 다시 펜 뚜껑을 열
어 손에 쥐었다. 하지만 이번에도 라틸은 뭔가를 하기도 전에 도로
펜 뚜껑을 닫아버렸다.

'내가 미쳤나 봐!'

'뱀파이어들의 입장'이란 말을 듣자마자 떠오른 사실 때문이었

다. 라틸은 자기 머리를 주먹으로 쿵쿵쿵 두드리고서 책상에 달린 종을 빠르게 흔들었다. 신호를 보내자마자 바로 대기하던 시종들이 뛰어왔다.

"부르셨습니까, 폐하."

라틸은 손가락으로 허공을 가리키며 지시했다.

"서넛을 데려와라."

"서넛 경이라면 지금 휴가……."

"데려와. 급한 일이 생겼다고."

공식적으로 서넛은 쫓겨난 게 아니라 휴가를 가있는 것이었다. 시종은 어리둥절한 얼굴이었으나 라틸이 다급하게 지시하자 알겠다면서 얼른 돌아섰다.

"잠시."

하지만 라틸은 시종이 막상 나가려 하자 도로 불러세우고서 몸소 일어났다.

"내가 직접 간다."

말을 타고 멜로시 영지로 가면서 라틸은 자신이 너무 멍청하다고 자책했다. 두 사람이 뱀파이어란 사실에 놀라서 중요한 일들을 죄다 놓쳐버렸다. 라틸은 그들이 이 일련의 상황들과 관련이 있는지 없는지, 없다면 혹시 관련된 이들을 아는지, 다른 뱀파이어나 그런 존재들은 이 상황에 연루되어 있는지 등을 먼저 물었어야 했다.

그게 이제야 떠오른 것이다.

이동하는 순간순간 '내가 직접 갈 필요는 있나?' 하는 생각이 들기도 했지만, 서넛의 정체가 뱀파이어란 걸 알아서인가. 다른 사람을 보내자니 찝찝한 구석이 있어 라틸은 말고삐만 힘차게 쥐었다.

다행히 멜로시 영지는 수도에서 멀지 않아 얼른 다녀올 수 있었다. 그로부터 몇 시간 후, 수도에서부터 멜로시 영지까지 나있는 노란 길을 따라 이동한 라틸은 마침내 영지를 둘러싼 성벽을 발견하고서 잠시 말을 멈추었다. 말 등을 쓰다듬으며 라틸은 언덕 위에서서 잘 정비된 영지를 바라보았다.

'서넛 경. 날 원망하고 있을까.'

뱀파이어가 되어서도 열심히 일했는데 바로 쫓아냈다고 원망하고 있을까? 거칠한 말의 털을 쓸다가 라틸은 다시 언덕 아래로 내려갔다. 놀라는 병사들을 입단속 시킨 다음 성벽 부근을 지나 성으로 달려가고 있을 때였다. 도로를 제외하면 사방이 풀뿐인 길을 지나가는데, 멀지 않은 곳에 서넛이 보였다.

라틸은 말을 멈추고 웃으면서 그쪽을 보다가 표정이 굳었다. 서넛은 혼자 있지 않았다.

딸랑 소리가 나며 문이 열리자, 점원은 그쪽을 쳐다보지 않고 "어서 오세요!"라고 외쳤다. 접시 세 개를 아슬아슬하게 찬장에 쑤셔 넣는 데 성공한 점원은 서랍장 문을 떠밀듯 닫은 뒤에야 문 쪽

을 쳐다보았다. 어느새 손님은 카운터 앞까지 도착해 있었다.

"!"

손님을 보는 순간. 점원은 자기도 모르게 힘이 빠져 팔을 떨구었다. 팔이 서랍장에 부딪히자 부실한 문이 도로 열리며 가까스로 집어넣은 접시들이 우르르 쏟아졌다. 난 죽었다. 점원은 속으로 생각하면서도 손님의 얼굴을 보며 수긍했다. 괜찮아, 지금 죽어도 여한은 없겠어. 그만큼 막 들어온 하얀 머리 손님의 얼굴은 기적이었다.

"괜찮아요?"

그 손님이 카운터 아래에 박살 난 접시의 안부까지 물어주자, 점원은 자기도 모르게 중얼거렸다.

"괜찮아요. 원래 다 금 가있었어요."

일주일 전 사장이 한정판 컬렉션으로 구입해 온 접시란 사실은 이미 머릿속에서 날아가 있었다.

"디자인도 구렸어요. 새로 사게 돼서 기뻐요……."

손님은 빙그레 웃으면서 커피 한 잔을 주문하고서 돌아섰다. 점원은 심장을 부여잡고 카운터 뒤에서 주르륵 미끄러져 쪼그리고 앉았다.

'와. 진짜 인간이 아닌 것처럼 생겼네.'

그리고 점원의 생각처럼 하얀 머리 손님은 인간이 아니었다. 그 손님은 여우 가면을 잡는 데 실패하고 돌아온 기르골이었다. 로드를 찾는 데 실패하자 방향을 바꿔서, 사디가 대적자가 맞는지부터 확인하기 위해 다시 수도로 돌아온 것이다.

기르골은 햇볕이 잘 드는 창가에 자리를 잡고 앉아 긴 다리를 꼬고서 옆에 있는 가판대에서 아무 잡지를 하나 꺼내 들었다. 조금 전 점원에게 지어 보였던 깃털처럼 포근한 미소는 이미 사라졌고, 얼굴엔 귀찮은 기색이 가득했다.

"괴물? 하렘 호수에? 진짜야?"

"쉬쉬하곤 있는데, 내 동생 친구 애인의 사촌이 그쪽에서 일하고 있거든. 나타난 거 맞대."

"네 동생 친구 애인의 사촌이면 너무 먼 사이 아냐? 말이 몇 번은 꼬여도 꼬였겠는데? 난 그런 얘기 못 들었어."

"대신관이 바로 쫓아냈나 봐. 대신관 보고 달아났대."

"와. 든든하네."

"근데 괴물 말이야. 쌀알처럼 생겼다는데?"

"그게 뭐야?"

하지만 주위에서 들려오는 이야기를 들은 기르골은 점차 흥미로운 표정을 지었다. 쌀알처럼 생긴 괴물? 생김새를 들으니 분명 다크리처 같은데. 다크리처는 흑마법사의 명령을 철저하게 따른다. 그런 다크리처가 도망쳤다?

'칼라인만 거기 숨어있는 줄 알았더니. 흑마법사도 있었나?'

기르골은 고개를 기웃했다. 그러면 후궁들 중에 칼라인과 흑마법사 둘 다 있다는 거다. 칼라인 하나만 있다면 단순 도피처일 수도 있지만, 숨은 이가 둘이라면…….

눈을 가늘게 뜬 기르골은 무의식중에 잡지를 팔랑팔랑 넘기다가 어느 한 페이지를 보고서 손을 멈추었다.

"……."

기르골의 눈이 한층 더 가늘어졌다. 황제가 가장 총애하는 후궁 랭킹. 최신판.

첫 번째 랭킹에 올라와 있는 칼라인. 그리고…… 대신관. 그뿐만이 아니었다.

'라나문까지 여기에 있다고?'

그는 대적자 후보로 생각한 아이가 아트락시 공작가 사람이란 걸 알게 된 후, 늘 그쪽으로 편지를 보냈을 뿐, 라나문의 현재 위치를 파악하고 있지 않았다. 대적자는 대적자로서밖에 가치가 없으니까. 하지만 그 대적자가 전대 뱀파이어 나이트와 같이 한 황제의 후궁으로 들어가 있다면 이야기가 달라졌다.

'칼라인이 그쪽에 들어간 게 다른 이유가 있나?'

혹시 흑마법사가 그쪽에 괴물을 보낸 게 라나문이 대적자라고 의심해서 아닌가? 생각에 잠겨있자니 점원이 커피를 가져와 앞에 내려놓고 갔다. 기르골은 잡지를 덮었다. 아까 수군거리던 이들은 이제 '무섭긴 하지만 대신관님도 있고, 카리센 연회장에서 좀비를 물리친 폐하의 특사 사디 경도 있으니 안심이다'라며 자신들을 위로하듯 말하고 있었다.

기르골은 커피잔을 들어 올리면서 히죽 웃었다.

'대신관과 뱀파이어 나이트, 대적자일지도 모르는 이를 후궁과 특사로 둔 황제라.'

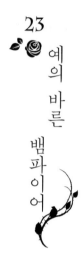

23
예의 바른 뱀파이어

흥미가 생기면 풀어야 한다. 기르골은 커피를 한 모금 더 마시고 일어났다. 예전에 두 번째 폭파 전문 마법사를 찾기 위해 황자를 찾아갔을 때, 그 황자가 그랬지. 자기는 누가 로드인지 안다고.

그 황자 이야기가 궁금해졌다.

이곳에서는 궁금한 게 있어도 해결할 방법이 없다. 스승인 대현자를 볼 수도, 필요한 책을 마음껏 구할 수도 없다. 레안은 붉게 물들어가는 하늘을 멍하니 바라보다가 의자에서 일어났다. 바깥에서 바람을 쐬면 쐴수록 초조한 마음만 더해갈 뿐이니 방 안에 들어가 잠이나 자는 수밖에 없었다.

그러나 복도를 걸어가던 레안의 발걸음은 모퉁이 너머로 길게 진 그림자를 발견하자 우뚝 멈추었다. 그림자의 실루엣이 이곳을 오가는 이들과 전혀 다른 탓이었다. 그림자야 다 거기서 거기지만, 지금 눈앞에 진 그림자는 형태가 유달랐다.

좀 더 길고 기괴한 느낌.

레안은 그 그림자를 물끄러미 보다가, 전에도 이상한 방법으로 찾아왔던 괴이한 하얀 머리 남자를 떠올렸다. 혹시 또 그자일까?

"안녕."

그렇게 생각하자마자 바닥에 진 그림자가 손을 들어 올려 인사하는 시늉을 했다. 레안은 작은 목소리로 물었다.

"전에 그자인가."

상대는 대답 대신 손가락을 한 번 튕겼다. 맞다는 신호 같았다. 하지만 이건 퀴즈가 아니기에 기꺼운 마음은 들지 않았다. 레안은 애써 침착함을 유지한 채 벽에 기대어 서서 물었다.

"이번엔 또 무슨 일로 온 거지?"

"물어보고 싶은 게 있어서."

"잘됐군. 나도 물어볼 게 있는데. 내 바이올린의 행방이라든가."

상대가 웃음을 터트리는 걸 듣고서 레안은 완전히 확신했다. 그때 그자가 맞았다. 그 괴물 같은 자.

"물어봐."

상대가 그자라면 버텨봐야 별수 없기에 레안은 순순히 응했다. 이번에는 무슨 일로 온 건지, 혹시 자신을 습격하러 온 건 아닌지,

그의 유용한 심복 마법사를 데려가 뭘 한 건지 궁금했으나 자신이 하고 싶은 질문은 죄다 참았다.

"전에 그랬지. 로드가 누군지 안다고."

하지만 그림자의 질문을 들었을 때는 레안의 표정도 흐트러지고 말았다. 그가 확실하게 한 말이지만, 상대는 거기에 '나도 안다'고 자신 있게 대답했다. 그걸로 끝인 줄 알았는데 왜 갑자기 저 이야기를 꺼내는 걸까?

"누군데?"

저 이상한 자가 혹시 라틸이 보낸 함정은 아닐까. 저 질문 자체가 함정일 가능성은 없나? 여기에서 라틸의 이름을 말하는 즉시, 황제에게 오명을 씌웠던 죄목으로 끌려가 감옥에 갇히진 않을까? 잠시 망설였으나 레안은 솔직하게 대답했다.

"라트라실 황제."

"이유는?"

"여러 가지가 있는데……."

"다 말해."

여전히 제멋대로인 말투는 황자를 대하는 태도가 아니었다. 하지만 레안은 무엄하다고 상대를 꾸짖는 대신 침착하게 입을 열었다. 그리고 그의 모든 추측을 다 들려준 후, 레안은 아무 말 없이 상대가 어떤 반응을 보일지 쳐다보았다.

잠시 뒤. 창밖으로 떠나는 까만 그림자가 보였다.

'간 건가.'

레안은 안도의 한숨을 내쉬었다.

안도? 웃기시네.

라틸은 미간을 찡그리고 숨을 들썩였다. 서넛이 잘 지내는 걸 보았지만 안도가 되는 게 아니라 떨떠름해졌다. 물론 영지에서 자신을 그리워하며 울고불고하길 기다린 건 아니다. 하지만 저렇게……

'여자들한테 둘러싸여서 시시덕거리고 있을 줄이야.'

사실 정확히 따지자면 서넛이 시시덕거리고 있는 건 아니었으나, 라틸의 눈에는 그렇게 보였다.

"이야. 서넛 경은 인기가 많으시군요."

이 와중에 데려온 기사는 눈치 없이 밝게 웃었다.

"하긴 서넛 경은 궁전 내에서도 인기가 많으니까요."

라틸은 미간을 찌푸렸다. 서넛이 인기가 많은 게 문제가 아니었다. 그를 신경 쓰고 걱정한 자신이 바보처럼 여겨졌다.

'괜히 직접 내려왔네. 저렇게 멀쩡한 걸 알면 그냥 다른 사람 보냈지.'

그가 기분이 너무 가라앉아서, 다른 사람이 찾아오면 홧김에 잡아먹어 버릴까 봐 직접 온 자신이 한심하게 느껴졌다. 라틸은 한숨을 내쉬고서 말고삐를 괜히 엄지로 긁었다.

'이제라도 돌아갈까?'

그 순간. 서넛이 이쪽으로 고개를 돌리는가 싶더니, 엄청난 속도로 빠르게 달려오기 시작했다. 좀 위험하다 싶을 정도로 빠르게 달려온 서넛은 눈 깜짝할 사이 라틸 앞으로 다가오더니, 따뜻한 적색 눈으로 이쪽을 올려다보며 활짝 웃었다.

"데리러 와주신 겁니까?"

그 눈과 마주친 순간, 라틸은 기분이 이상해졌다. 이건 정말로 괴상한 기분이었다. 만족스러운 듯도, 어색한 듯도, 불편한 듯도 한 기분. 라틸은 딱히 할 말을 찾을 수 없어서 고개만 끄덕였다. 서넛은 말고삐를 한 손으로 움켜잡고서 나지막한 목소리로 물었다.

"저도 같이 타도 되겠습니까?"

"네 말은?"

"말을 안 가지고 나와서요."

그럼 뛰든가. 아까 잘 뛰던데. 평소라면 장난스럽게 나왔을 말이 나오지 않았다. 이게 상대가 사람이 아니란 걸 알게 되었기 때문인지 아니면 그에게 홧김에 영지에 돌아가 있으라 했기 때문인지 모르겠다. 라틸은 혼란스러웠다.

"그러든가."

그래도 아무렇지 않은 척 시큰둥하게 대답하자, 서넛은 대번에 몸을 훌쩍 위로 올렸다. 덩치가 좋은데도 그는 가볍게 라틸의 뒷자리에 자리를 잡았다. 순식간에 허벅지와 팔 사이. 민감한 옆구리 옆으로 스치듯 팔이 들어와 고삐를 함께 쥐었다. 라틸은 그가 자기 손 위에 손을 겹치자 놀라서 뒤를 돌아보았다. 하지만 이런 자세로 뒤를 보아봤자 보이는 건 그의 가슴뿐이었다. 아주 어린 시절, 자신이 서넛에게 사주었던 목걸이가 눈앞에서 달랑거렸다.

"이거. 아직 하고 있네."

"빼는 걸 까먹어서요."

별 의미 없다는 듯 대답하는 목소리는 라틸이 알던 서넛과 같았다. 짓궂은 오빠의 친구. 무시무시한 뱀파이어로는 보이지 않는다. 라틸은 고개를 끄덕이고서 다시 정면을 보았다. 서넛을 둘러싸고 즐겁게 웃고 떠들던 아가씨들은 잠시 놀란 듯했으나, 상대가 황제란 걸 알아보자 얼른 인사를 올렸다.

몇몇은 서운한 기색이었으나 몇몇은 눈에 띄게 재밌어하는 기색이었다. 서운해하는 사람들이나 재밌어하는 사람들이나 다 비슷한 오해를 한 눈치였다. 하지만 여기서 '그런 게 아니다'라고 변명하는 것도 이상한지라, 라틸은 말없이 고삐를 한 번 흔들었다.

"가자."

서넛은 곧장 수도로 가도 된다고 했지만, 그래도 여기까지 왔는데 이대로 돌아가자니 미안해서 라틸은 영주 부부에게 인사를 하고 가기로 했다. 멜로시 영주 부부는 자신이 가장 힘들 때 도와준 이들이니만큼 라틸은 그들을 챙겨주고 싶었다.

"내가 경을 쫓아냈으니 이미 기분이 상했겠지만요."

"괜찮을 겁니다. 폐하께서 절 다시 데리러 와주셨으니까요. 제가 신부를 구하기 위해 내려왔단 헛소문도 사라질 테고요."

"그런 소문이 돌았습니까?"

"많이 돌았습니다."

라틸은 서넛을 둘러싸고 있던 매력적인 여자들을 떠올리고서 한

쪽 입술을 비틀어 올렸다.

"왜. 인기 좋던데. 연애도 하고 결혼도 해봐요."

"제가 인기가 좋아도 폐하만 하겠습니까."

"난 인기가 좋은 게 아니라 권력이 좋은 거죠. 내 후궁들이 날 사랑해서 온 게 아닌 거 알잖아요?"

라틸은 서넛이 이쯤에서 '아닙니다'라고 할 줄 알았으나 서넛은 아무 대답도 하지 않았다. 자신이 한 말이긴 하지만 여기서 다른 사람이 수긍해 주는 건 별로인지라, 라틸은 괜히 미간을 찡그리고 뒤를 돌아보다가, 그녀를 웃음기 어린 눈으로 바라보는 서넛과 눈이 마주치자 얼른 다시 고개를 돌렸다.

왜 저렇게 보는 거야? 라틸은 고삐의 거칠거칠한 부분을 손바닥으로 느끼면서 얼른 성에 도착하길 빌었다. 헤어지기 전, 날 선 대화 따위는 없었던 것처럼 구는 서넛이 싫지 않으면서도 미묘하게 찝찝했다. 라틸은 이 분위기를 환기하기 위해 얼른 화제를 돌렸다.

"다나산인가. 거기 마을에 이상한 일이 벌어졌다는데 혹시 아는 거 있습니까?"

간지러운 분위기가 사라지는 게 아쉽긴 했지만, 어차피 이 이야기를 묻기 위해 달려온 것이었기에 라틸은 괜히 붕 뜬 마음에 억지로 텁텁한 밀가루를 뿌려버렸다.

"처음 듣습니다."

"최근 몇 달 동안 말입니다. 괴이한 사건들이 많이 벌어졌잖아요."

"그랬지요."

라틸이 눈짓을 보내자 일정한 거리를 두고 따라오던 근위기사가 얼른 거리를 벌려 멀어졌다. 라틸은 목소리를 좀 더 낮추었다.

"경은 뱀파이어인데 혹시 그런 사건들하고 관련이 있습니까?"

"……알아보려고 하고 있습니다."

애매한 대답에 라틸은 눈썹을 찌푸렸으나, 서넛이 말고삐를 꽉 쥐는 바람에 돌아보지 못했다. 라틸은 정면에 계속 시선을 고정하고서 질문을 이었다.

"칼라인이 뱀파이어란 건 알고 있었습니까?"

"그건 알고 있었습니다."

"근데 나한테 비밀로 했다?"

"칼라인 님도 함부로 누군가를 해칠 사람이 아닙니다. 특히 상대가 폐하라면 더더욱요."

"그래서 말 안 한 겁니까?"

"네."

"그럼 그 칼라인의 시종은요? 그 시종은 사람이 맞습니까?"

"……잘 모르겠습니다."

"몰라서 모르겠다고 하는 겁니까, 그쪽도 날 해칠 것 같지 않아서 모르겠다고 하는 겁니까?"

"잘 모르겠습니다."

"평소에 다른 뱀파이어들하고는 얘기 안 하고 지냅니까?"

"네."

"서넛 경은 뱀파이어잖아요. 틀라가 뱀파이어 로드고. 근데 틀라 명령은 안 들어도 되는 겁니까? 로드는 정확히 뭘 하는 겁니까?"

"저는 잘 모르겠습니다."

간지러운 연한 녹색 분위기에서 시작한 두 사람의 대화는 성에 가까워질수록 냉담해져 갔다. 무슨 질문을 하건 서넛이 애매하게 대답하자 라틸은 점차 기분이 나빠졌다. 그가 뱀파이어란 걸 숨긴 채 자기 옆에 내내 있던 게 다시 떠올랐다.

"어디부터 어디까지 대답해 줄 수 있는 겁니까?"

"전 모르는 게 많습니다. 제가 아는 건 저와 칼라인 님은 폐하의 영원한 아군이란 것뿐입니다."

아무리 질문해도 서넛이 그 '모른다'는 대답 외에는 제대로 하질 않자, 라틸은 결국 말을 멈춰 세웠다. 자신의 손 위에 겹쳐져 있던 서넛의 손이 더 이상 따뜻하게 느껴지지 않았다. 칼라인의 손만큼은 아니지만 그 손은 차가웠다.

"화해하고 싶어도 할 수가 없네."

라틸이 작게 중얼거리는 소리에 서넛이 탄식하듯 불렀다.

"폐하."

하지만 이미 그 빌어먹을 '모르겠습니다'에 라틸은 학을 뗀 상태였다. 이쪽은 상대가 뱀파이어란 걸 어떻게 해서든 받아들이려 노력 중인데, 저렇게 '모른다'는 대답만 해대니 뭘 어떻게 할 수가 없었다.

"서넛 경."

"폐하. 저는…… 죄송합니다."

"거의 다 도착했으니까 내려요."

라틸의 차가운 명령에 서넛은 주저하다가 말에서 내렸다. 먼발치에서 근위기사가 눈을 휘둥그렇게 뜨고 이쪽을 쳐다보았다. 라틸은 서넛을 쳐다보지 않은 채 작게 지시했다.

"추방령은 끝났습니다."

"그러면……."

"하지만 당장 돌아오지 마요."

"!"

"내게 진실할 수 있을 때, 최소한 거짓말이라도 안 하게 될 때, 그때 돌아와요. 기다리고 있을 테니까."

라틸이 말머리를 돌리자 근위기사는 난처한 얼굴로 서넛을 보면서도 얼른 황제의 뒤를 따랐다. 서넛은 홀로 우두커니 선 채 멀어지는 망토 자락을 바라보다가 무겁게 고개를 떨구었다.

서넛이 위험하지 않다는 건 확실한데, 그가 무언가를 숨기고 있단 것도 확실하다. 수도로 돌아와 밤늦게까지 업무를 본 라틸은 최대한 몸을 피로하게 만든 다음, 따뜻한 물에 간단히 목욕을 하고 이불 안으로 빠르게 기어들어 가 눈을 감았다.

다시 화해하고 싶어서 간 건데 비밀이 있는 티를 한껏 내면서도 아무 말도 해주지 않는 서넛이 원망스러웠다. 차라리 확실히 거짓말을 해버리기라도 하던가. 그러면서도 서넛을 믿고 싶은 자신이 한심스러웠다. 라틸은 이불보를 꽉 움켜쥐고서 눈을 질끈 감았다.

'이런 기분으로 잠들 수 있을까?'

하지만 분노에 취하자 오히려 잠은 더 빠르게 찾아왔고, 라틸은 순식간에 의식이 가물가물해졌다.

그때. 누군가 창문을 노크했다.

라틸은 눈을 번쩍 떴다. 유리를 두드리는 소리를 듣자 잠이 한번에 달아났다. 황제의 침실은 아주 높은 곳에 있어서, 창문 앞은 까마득한 절벽이나 다름없었다. 누구도 저기로 드나들 수 없었다.

그런데…… 누가 노크하고 있는 거지?

머릿속에 오만가지 것들이 떠올랐다.

흑마법사, 괴물, 좀비, 뱀파이어, 식시귀, 암살자, 배신자, 복수.

라틸은 이불 아래 요를 움켜잡았다. 사람은 아닐 거야. 암살자나 배신자여도 확실하게 사람은 아니야. 이 높이를 사람이 올라올 수는 없다.

'그럼 누가 올라온 거지?'

방 안 곳곳 무기를 숨겨둔 위치가 그림 카드처럼 머릿속을 지나갔다. 각각의 무기를 쥐었을 경우, 동선도 지도처럼 그려졌다.

베개 밑, 가장 가깝다. 하지만 베개를 들추고 무기를 빼내는 데 시간이 걸린다. 침대 캐노피 위쪽, 달려가면서 지체 없이 빼내기 쉬운 위치지만 팔을 위로 올리는 동안 빈틈이 생긴다. 창틀 아래에 숨겨둔 비수, 타이밍이 안 맞으면 꺼내지도 못하고 습격을 받을지도 모른다.

그러다 라틸은 알아차렸다. 창문을 노크한 상대가 움직이지 않는다는 것을.

'어째서? 혹시 이쪽이 벌써 잠들었다고 생각하나? 그래서 사태를 더 지켜보려는 건가? 아니, 사태를 살피려는 자라면 창문을 노크하지도 않았을 텐데?'

고민은 짧았다. 라틸은 몸을 뒤척이는 척 옆으로 돌아눕다가 베개를 들추는 대신 베개 안으로 손을 넣었다. 단단한 손잡이가 손에 잡히는 순간, 라틸은 그것을 꽉 틀어쥐면서 발로 침대를 박찼다. 그러는 동안에도 두 눈은 기민하게 상황을 살피며 닥쳐올 공격에 대비했다.

'없다?'

하지만 방 안에도 창문 앞에도 심지어 창문 바깥쪽에도 인기척은 없었다.

'어디 갔지?'

경계를 늦추는 대신 라틸은 검을 들어 올린 채 한 손으로 퍽 내려치듯 창문을 열었다.

'없어.'

하지만 상대는 확실하게 사라진 상태였다. 그제야 라틸은 검을 내리고서 창틀 밖으로 머리를 내밀고 주위를 살폈다. 까마득한 어둠 아래로 성벽을 밝힌 희미한 노란 불이 들어왔다. 그 곳과 이곳 사이의 거리는 꽤 멀어서, 역시 사람이 드나들 만한 곳은 못되었다.

'꽃?'

그런데 창문을 다시 닫으면서 보니, 창틀 끄트머리에 식물 한 줄기가 눌려있었다. 라틸은 검을 들지 않은 손을 뻗어 그걸 집었다. 창문을 완전히 닫고 뒤로 물러나자 침실 조명 아래, 식물이 완전히 모습을 드러냈다. 통통한 가시 같은 이파리들과 옹기종기 모여 핀 보라색 꽃잎들. 로즈메리였다.

'지금 계절에 로즈메리가 핀다고?'

다시 창문을 열고 주위를 두리번거려 보았지만 역시 아무도 없었다. 라틸은 꽃을 움켜잡고 눈살을 찌푸렸다.

'꽃이 여기에 있단 건 분명 누군가 다녀가긴 했단 건데. 여기까지 올라와서 왜 꽃만 놓고?'

"오늘은 날이 왜 갑자기 춥냐……."

"날씨도 미쳐가나 보다."

경비를 서는 병사 둘이 작게 소곤거리는 사이. 그들의 머리 위로 새까만 그림자가 짧게 내쉬는 한숨처럼 지나갔다.

"응?"

감이 좋은 병사 한 명은 고개를 들었으나 다른 한 명은 아무것도 보지 못했다.

"왜 그래?"

"아니. 방금 뭐가 지나간 거 같아서."

"아 씨. 무섭게."

하지만 감이 좋은 병사도 고개만 갸웃할 뿐, 곧 동료 병사와 다시 날씨 이야기를 하기 시작했다. 그들의 머리 위쪽을 쑥스러움 많은 뱀파이어 하나가 지나갔단 사실은 짐작조차 하지 못했다.

"실례할 뻔했네."

그들의 머리 위를 지나간 뱀파이어, 기르골은 혼자 실실 웃으면서 높은 성벽을 손쉽게 훌쩍 넘어갔다. 궁전을 나온 기르골은 성벽에 기대어서 입에 물고 온 보라색 꽃잎을 얼른 먹은 다음, 혼자 소리를 죽여 웃어댔다.

"황제니까 예의 바른 뱀파이어를 좋아할 거야."

만약 황제가 진짜 로드라면…… 이번 로드는 정말 좋은 데서 태어났구나. 한 번도 황제인 모습은 본 적이 없는데. 기르골은 턱이 하늘을 향할 정도로 높게 고개를 들어 궁전 꼭대기를 쳐다보다 키득키득 또 웃어댔다.

"안 무섭게 찾아가야지. 이번엔 절대로 안 무섭게 다가가야지."

미소는 하늘 위로 부엉이 한 마리가 날개를 푸드덕거리며 날아가는 순간 뚝 멈췄다.

"아."

기르골은 고개를 원위치시키고서 방금 막 떠오른 생각에, 지나가던 사람을 내리쳤다.

"이봐!"

얼결에 이마를 맞고 엉덩방아를 찧은 사람이 욕을 하며 항의했으나, 기르골은 혼자 중얼거리느라 바빴다.

"온 김에 그 애나 보고 갈까."

"이거 진짜 비싸게 주고 산 거예요, 도련님."

책상 앞에 앉아 글씨를 연습하고 있는 라나문에게, 시종이 뚜껑 연 상자를 내밀었다. 라나문은 고개도 돌리지 않고서 손을 저었다. 평생을 풍족하게 살아왔기에, '비싸게 주고 산 물건이다'란 말로는 그의 흥미를 끌 수 없었다.

하지만 시종이 자리를 물리지 않고 버티고 있자, 라나문은 마지 못해 고개를 돌려 시종이 들고 선 상자 내부를 보았다. 금사로 문양 이 약간 새겨진 걸 제외하면, 전부 흑색이라 별다른 특색도 없는 망 토였다. 고급스러워 보이긴 하지만 평범하고 무난한 여름용 의상.

저런 걸 비싸게 주고 샀다면 사기당한 거 아닌가? 라나문은 이 런 생각이 들었으나 시종의 기분이 상할까 봐 적당히 고개를 끄덕 였다.

"그래. 잘 입거라."

하지만 시종 카르둔은 상자를 치우는 대신 책상 구석에 내려놓 으며 자랑했다.

"도련님. 이건 도련님 거예요. 그리고 평범한 옷도 아니에요. 제 가 앙제스 상단을 통해서 진짜 비밀리에 받아온 거란 말이에요."

"앙제스 상단? 타시르 그자의 상단 말이냐?"

"네. 타시르 님 동생한테 비싸게 주고 샀어요. 얼마나 열심히 설 득했는데요."

라나문의 시선이 다시 망토로 내려갔다. 표정이 미세하게 떨떠름하게 변화했다.

"이걸?"

라나문은 거기까지만 말했으나, 카르둔은 아마 라나문의 생각 뒤쪽으로 '고작 이거 때문에?'란 문장이 붙어있을 거라 확신했다.

"그냥 옷이 아니라니까요?"

카르둔은 답답해서 자기 가슴을 퍽퍽 두드리다가, 두 손으로 옷을 들어 펼쳐 보이며 웃었다.

"이 옷은요. 잘못 툭 치기만 해도 확 벗겨지는 옷이래요! 앙제스 상단주가 타시르 님에게 주려고 연구 중인 건데 거기 상단주 차남이 제 친구랑 아는 사이거든요."

카르둔은 방긋 웃으면서 옷 사이로 삐죽 고개를 내밀었다.

"한 번만 입어보세요. 밖에선 못 입겠지만 폐하가 오셨을 땐 입으면 좋잖아요."

그러나 돌아온 대답은 냉랭했다.

"나더러 타시르 그자와 같은 수준이 되란 건가."

냉랭하다 못해, 카르둔의 제안을 거의 모욕으로 여기는 투였다. 그 표정을 본 카르둔은 머뭇거리다가 옷을 도로 상자에 힘없이 내려놓았다.

"죄송해요. 이러면 도움이 될 줄 알았어요."

일단 상자는 두고 나갈게요. 아주 작게 중얼거린 카르둔이 몸을 돌려 밖으로 나가자, 라나문은 다시 펜을 들고 신중하게 한 글자 한 글자 글씨를 다듬기 시작했다.

그러기를 10여 분 정도나 지났을까. 멈추지 않고 손을 움직이던 라나문이 펜을 천천히 내려놓더니 자리에서 일어나 주위를 한번 살폈다. 스치듯 상자 안에 있는 옷을 본 라나문은, 물 흐르듯 문 앞으로 걸어가 잠겨있는 것까지 제대로 확인하더니 다시 책상 앞으로 돌아와 상자에서 옷을 꺼내 들었다.

이게 툭 치면 벗겨진다고? 겉으로 보기엔 평범해 보이는 옷인데 말이다. 라나문은 옷을 앞뒤로 살폈지만 정말 멀쩡해 보였다. 흑심을 품고 만든 옷으로 보이지 않을 만큼.

"⋯⋯."

라나문의 머릿속에 첫날밤, 그의 가슴에 머리를 대고서 부끄러워하던 황제가 떠올랐다. 당시엔 그러고 나서 아무 일도 하지 않고 가버렸다는 데 자존심이 상했는데 지금 생각해 보면 그때가 그나마 나은 편이었다. 이후에는 아주 깜찍하리만큼 그를 쏙쏙 피해 다니고 있으니 말이다.

하지만 황제가 그의 맨살에 반응했던 건 분명한 일. 그렇다면⋯⋯. 잠시 생각에 잠겨있던 라나문은 자기 옷을 벗고 그 옷을 입어보았다. 카르둔이 본다면 '저럴 거면서 왜 나한테는!' 하고 억울해하겠지만, 라나문은 괜찮다고 생각했다. 어차피 이 옷을 실제 입더라도 볼 사람은 황제뿐일 테니까. 카르둔은 못 볼 거니까.

그런데 옷을 다 갈아입고 전신 거울에 매무새를 비춰보고 있을 때였다. 정말 이렇게 봐선 흑심 가득한 옷 같지 않다고 생각하고 있는데, 누군가 창문 밖에서 똑똑 노크를 했다.

고개를 돌린 라나문은 창틀에 팔을 괴고 기대선 낯선 사람을 발견하고, 거울에 걸어둔 검을 바로 뽑아 쥐었다. 하지만 창틀에 기댄 낯선 사람은 검을 보고서도 두렵지 않은지, 물끄러미 보고 있다가 웃음을 터트렸다.

"내가 누군지 안 궁금한가. 바로 검부터 뽑네. 이쪽은 맨손인데."

낯선 사람이 두 손을 펼쳐 보이기까지 했으나, 기사도에 별 관심이 없는 라나문은 여전히 검을 겨눈 채 온기 없는 시선으로 침입자를 쳐다보기만 했다. 그 시선을 받은 낯선 사람은 씩 웃더니 손을 내렸다. 라나문은 그 모습을 바라보다가 처음으로 입을 열었다.

"신전에 있을 때. 꿈에서 당신을 닮은 사람을 본 적이 있는데. ……꿈이 아니었나 보군."

낯선 사람의 입가에 히죽 미소가 올라왔다.

"기억하는구나?"

기억하지 못할 리가 없다. 어린 그가 보기에도 저 하얀 머리의 모습은 충격적이었으니 말이다. 심지어 저 하얀 머리는 하늘에서 내려와 그에게 다가왔다. 현실적이었던 어린 라나문이 그를 꿈속에서 봤다고 기억하는 것도 무리가 아니었다.

라나문은 미간을 찡그렸다. 그 기억이 꿈이 아니란 걸 알게 되자 오히려 더욱 이상해졌다. 분명 당시에 저 하얀 머리는 하늘에서 내려왔으니까. 게다가 저 모습. 어린 시절 봤던 모습과 지금 눈앞에 선 그의 모습은 조금도 달라진 바가 없었다. 그런 수상쩍은 자가 한밤중에 창문을 두드리고 있다니. 평이한 상황은 아니다. 더욱 경계를 풀지 않으니, 하얀 머리가 신성한 표정을 지으며 말했다.

"네가 기억하고 있다니 말이 쉽겠군. 아이야, 악이 몰려오고 있다. 악을 처단해야 할 시기가 다가오고 있어."

상대는 표정뿐만 아니라 목소리까지 진지했다. 눈을 마주한 채 낮은 목소리로 말하는 태도는 마주 선 사람에게 자연스럽게 신뢰감을 일으켰다.

"맞설 준비를 해야지."

"혹시 그쪽이 계속 내게 편지를 보냈나?"

하지만 라나문은 상대의 신뢰 가득한 목소리나 표정이 아니라, 말의 내용에 집중했다. 그에게 주기적으로 편지를 보내는 익명의 사람이 자주 지껄이는 내용이었다. 고개를 끄덕인 하얀 머리는 창문을 붙잡더니 진지하게 라나문에게 제안했다.

"네가 답을 하지 않아 직접 왔단다, 아이야."

"답을 하지 않는 것도 나름의 대답이었는데."

"관심이 없단 얘긴가 본데, 아이야. 네가 대적자라면, 혼란스러운 세상을 누를 수 있는 건 너뿐이란다."

하얀 머리의 목소리에는 세상에 대한 염려와 걱정이 가득했다. 가히 영웅을 이끌만한 스승다운 태도였다. 사기 치는 사람으로는 보이지 않았다. 그러나 라나문은 상대가 사기를 치는 것이든 진짜로 저러는 것이든, 아예 관심 자체가 없었다. 라나문은 검 끝을 하얀 머리에게 겨누며 경고했다.

"관심 없다. 나가."

그 단호한 모습을 보던 하얀 머리의 입가에서 내내 떠올라 있던 자애로운 표정이 사라졌다.

"잘 컸나 보러 왔는데. 이걸 잘 컸다 해야 하나."

그 중얼거림이 끝나기도 전에 라나문은 앞으로 달려 나가 창문을 뛰어넘었다. 눈 깜짝할 사이 그는 하얀 머리가 허리춤에 찬 검을 뽑아 목에 겨누었다. 순식간에 벌어진 일에 하얀 머리의 눈에 감탄이 어렸다. 이윽고 하얀 머리는 눈을 휘둥그레 뜨며 놀랐다.

"이 정도로 다 보여줄 필요는 없는데."

"!"

하얀 머리가 나타난 이래 라나문의 표정이 처음으로 흔들렸다. 맨살에 닿는 여름밤 바람이 시원했다. 잘 벗겨지도록 제작된 옷이 창문을 넘으면서 훌렁 벗겨진 것이다. 그 흔들리는 눈동자를 본 하얀 머리가 만족스레 웃었다.

"훌륭하게 컸구나."

하얀 머리의 감탄을 조롱으로 받아들인 라나문의 표정이 서늘해졌다. 잠시 눈만 흔들렸을 뿐, 이런 상황에서도 라나문은 자세가 흔들리지 않았다. 하얀 머리 역시 상대가 목에 검을 겨누고 있는데도 태연자약하게 이런 말이나 계속했다.

"역시 네가 대적자가 맞는데."

"떠나라. 영웅 놀이는 다른 자를 찾아서 하든가."

"아이야. 지금 네가 쥔 검. 그 검이 바로 대적자만 뽑을 수 있는 검이란다."

내내 자신이 대적자임을 부정하던 라나문이 미간을 찡그렸다. 그의 시선이 하얀 머리의 눈동자에서 자신이 든 검으로 향했다. 이

건 창밖으로 달려 나오면서 하얀 머리가 허리춤에 차고 있던 검을 뽑아 든 것이다. 그런데 이 검이 대적자만 뽑을 수 있는 검이라고?

"허튼소리."

"아이야. 너 진짜 대적자 하기 싫구나?"

그 단호한 태도에 하얀 머리는 뭐가 그리 재미있는지 웃음을 터트렸다.

"여태 모든 대적자를 통틀어 네가 제일 정의감과 공명심이 없다. 신기하지?"

하얀 머리 기르골은 '황제가 로드라면, 대적자가 후궁으로 들어간 것도 처음이긴 하지'라고 생각했으나 그 말은 하지 않았다. 어쨌든 이 모든 상황이 그에게는 그저 즐겁고 재밌을 뿐이라, 굳은 표정의 라나문과 달리 기르골은 내내 웃기만 했다.

그렇지 않은가? 라나문이 일부러 로드 곁에 가기 위해 후궁으로 들어간 걸지도 모른다고 생각했는데 보아하니 모르고 들어간 눈치이니 말이다. 저 정도로 대적자이길 싫어하는데 일부러 로드 곁에 있고 싶어 하진 않을 테니.

"뭘 그렇게 웃는 거지?"

기르골이 혼자 실실 웃어대자 라나문이 불쾌한 듯 물었다.

"아이야. 넌 지금 이 평화가 좋아서 대적자이길 거부하는 거니?"

기르골은 웃음을 거두지 않은 채 상상을 멈추고 다시 라나문에게 물었다. 라나문은 대답하지 않았으나 기르골은 아마 맞을 거라 예상하고서 인자하게 조롱했다.

"네가 나서서 악을 처단하지 않는다면, 아이야 이 평화는 결국 깨질 거란다.”

“날 훈련해 주겠다는 걸 보면 그쪽도 꽤 강한 모양인데.”

“그렇지.”

“그럼 그쪽이 직접 악을 처단해. 그러면 되잖아?”

표정 변화조차 없는 라나문의 덤덤한 말에 기르골의 어깨가 시무룩 내려갔다.

“그게 되면 내가 이러고 있을까?”

“안 될 이유는 뭔데.”

“나도 모르지. 왜 세상에 대적자가 있고, 악이 500년마다 부활하는지 결국 아무도 모르듯.”

“!”

빙그레 웃은 기르골은 라나문의 어깨를 툭 두드리고서 엄지를 치켜세웠다.

“나중에 또 보자. 그때까지 마음은 한번 바꿔보고.”

난 한 명 더 확인해야 할 인간이 있어서. 뒷말을 생략한 기르골은 어둠에 스며들어 그 자리를 빠르게 벗어났다. 하지만 사람들은 볼 수 없는 그의 입술은 히죽 올라가 있었다. 대적자가 사용하는 검을 뽑은 걸 보면 분명 재수 없는 벌거숭이가 이번 대적자가 맞단 건데. 그러면 사디란 인간 여자는 대체 정체가 뭘까?

“요즘 흑마법사들이 난리잖아.”

클라인이 윗몸일으키기를 하다 말고서 뜬금없이 뱉은 말에, 그의 시종인 바닐은 곁에서 바느질하다 말고서 고개를 들었다.

"그렇죠."

악시안도 구석에 쪼그리고 앉아 검을 닦다가 클라인을 보았다. 클라인은 미리 악시안에게 '너는 닥치고 있어'라는 신호를 보낸 다음 바닐 쪽을 보며 중얼거렸다.

"흑마법 중에 말이야. 혹시 사랑에 빠지는 그런 마법은 없으려나?"

"사랑에 빠지는 마법이요?"

"어."

악시안이 "이상한 데 관심 가지지 마세요."라고 끼어들자, 클라인과 바닐이 동시에 눈을 치켜떴다. 소리 없는 압박을 받은 악시안이 입을 다물자, 바닐은 걱정스럽게 클라인을 보았다.

사실 악시안에게는 일단 조용히 하라 했는데. 바닐도 좀 걱정이 되긴 했다. 클라인은 남들이 생각하지 못한 방향으로 튀어 나간 전적이 원체 많지 않던가. 클라인이 창밖으로 걸어가 연거푸 한숨을 내쉬자 바닐의 불안함은 한층 더 강해졌다.

"밤바람이라도 쐬어야겠다."

중얼거리는 클라인을 따라나서며, 바닐은 시원한 밤공기가 클라인의 저 헛생각을 날려 보내주기를 기도했다. 물론 흑마법이 익히고 싶다고 다 익힐 수 있는 것도 아니겠지만 말이다.

그런데 정말로 밤 산책이 클라인의 헛생각을 날려주었다. 한참 산책로를 따라 걸어가고 있을 때였다. 클라인이 갑자기 우뚝 멈추어 서더니 어느 방향을 뚫어져라 쳐다보며 눈살을 찌푸렸다. 뭘 보는 건가 싶어 바닐도 고개를 옆으로 내밀어 클라인이 보는 방향을 보았다. 이윽고 클라인과 바닐의 입이 동시에 쩍 벌어졌다. 라나문이 벌거벗고 서있던 것이다.

"저게 미쳤나."

클라인은 기가 차 중얼거렸고 바닐은 자기도 모르게 고개를 끄덕여 수긍했다. 아무리 라나문이 시린 얼음처럼 아름다운 외모라지만, 달빛을 받은 몸 역시도 아름답다지만, 그래도 한밤중에 혼자 저러고 있으니 좀 미친 것 같았다.

"폐하를 그리워하다 미쳐버린 걸까요?"

바닐이 작게 속삭였다. 그 순간, 어딘가를 노려보던 라나문이 이쪽으로 확 고개를 돌렸다. 클라인은 어깨를 움찔했다. 라나문도 이쪽을 쳐다본 게 틀림없었다. 그가 갑자기 성큼성큼 다가오자, 클라인은 황급히 두 손을 내밀면서 비명을 질렀다.

"오지 마. 오지 마. 거리 유지해. 오지 마!"

원래도 라나문을 싫어했지만, 한밤중에 벌거벗고 다가오는 라나문은 클라인에겐 공포로 느껴지는 모양이었다. 그러나 라나문은 클라인의 말을 전부 무시하고 코앞까지 다가오더니, 한번에 클라인의 멱살을 잡아채며 물었다.

"어디부터 봤지?"

클라인은 몹시 부담스러워 시선을 하늘로 돌리며 이를 갈았다.

"다 봤다. 다 봤어. 처음부터 끝까지 다 봤어. 안 보이겠냐? 정원에서 이러고 있는데?"

그 말에 라나문의 표정이 한층 더 서늘해졌다. 잠시 입술을 깨무는가 싶던 라나문은 클라인을 퍽 밀쳤다.

"이 이야기는 아무에게도 하지 마라."

클라인은 바로 균형을 잡고 섰으나, 벌거벗은 라나문과는 손끝도 닿기 싫은지 웬일로 주먹을 날리지도 않고 순순히 대답했다.

"남사스럽단 걸 알긴 하니 다행이구나. 알면 꺼져. 내 눈 괴로워."

로즈메리 한 송이만 유리잔 안에 넣고 물을 받아둔 게 이상해 보였나. 다음 날 아침, 옷시중을 들기 위해 들어온 시녀들은 연신 그 꽃을 힐긋거리며 자기들끼리 눈짓을 주고받았다.

갑자기 없던 꽃이 생겼으니 뭔지 물어보고 싶긴 한데 못 묻는 눈치였다. 라틸은 굳이 설명해 주는 대신 오늘 입을 옷만 골랐다. 식당에 가서도 라틸은 창문을 노크한 이의 정체와 로즈메리의 의미를 떠올리며, 거의 맛이 느껴지지 않는 수프를 떠먹었다. 그런데 반 정도 접시를 비웠을 즈음이었다.

"폐하, 클라인 님께서 오셨습니다."

웬일로 클라인이 라틸을 먼저 찾아왔다. 라틸이 들여보내도 좋단 신호를 보내자, 얼마 가지 않아 클라인이 히죽히죽 웃는 얼굴로 들어와 인사를 올렸다. 몹시 밝은 얼굴이었다. 쟤는 진짜 볼 때마다 늘 표정이 밝구나. 그 미소를 본 라틸은 덩달아 웃으면서 클라인에게 맞은편에 앉으라 신호하며 물었다.

"오랜만에 왔구나. 오늘은 무슨 일로 왔느냐?"

진짜로 중요한 볼일이 있어서 왔을 거란 생각으로 한 질문은 아니었다. 그저 습관적으로 물었을 뿐이다. 그런데 진짜로 무슨 일이 있는지, 그 질문을 듣자마자 클라인의 표정이 한층 밝아졌다. 밝다 못해 혼자 다른 조명을 받는 것처럼 보였다.

"왜 그러느냐?"

그 모습에 호기심이 든 라틸이 재차 묻자, 클라인은 맞은편에 앉아 손깍지를 끼고서 히죽히죽 웃더니 머리를 라틸 쪽으로 살짝 숙이며 물었다.

"폐하. 제가 어젯밤에 뭘 봤는지 아십니까?"

"어젯밤?"

정체불명의 인간 아닌 침입자가 로즈메리를 놓고 간 그 어젯밤? 라틸은 어젯밤 이야기에 반사적으로 표정이 굳었다. 혹시 클라인이 뭔가 엄청난 장면을 본 걸까? 목격자인가? 그렇다면 클라인이 지금 뱉을 말은 아주 중요할 터. 라틸은 진지하게 물었다.

"무엇을 보았느냐?"

"라나문이요."

"라나문?"

어젯밤에 수상한 행동을 한 사람이 라나문이었다고? 뜻밖의 이름에 라틸은 더욱 놀랐다.

"뭘 했는데?"

라틸이 제대로 반응을 보여주자, 클라인은 히죽 웃으며 신이 났다. 라틸과 별개로, 시종장은 자기가 싫어하는 클라인이 슬쩍 라틸을 찾아와 라나문을 거론하자 불안해서 클라인의 정수리를 쏘아보았다. 클라인은 사람들의 이목이 자신에게 집중되자 흐뭇하게 웃고서, 거만하게 말했다.

"밤중에 벌거벗고 돌아다니고 있었습니다, 폐하."

라나문이 입 다물라 협박한 일은 이미 티끌만치도 그의 기억에 남아있지 않았다.

"남사스럽지 않습니까?"

클라인이 남사스럽긴커녕 행복해 죽겠단 얼굴로 말하는 동안, 라틸은 눈을 끔뻑거렸다.

'라나문이? 벌거벗고? 돌아다녀?'

전혀 어울리지 않는 단어의 조합이 제멋대로 둥실둥실 떠다니다가, 한 지점에서 부딪치면서 '빵' 소리를 내며 터졌다.

"어?"

라틸이 놀라 되묻자, 클라인이 손으로 머리부터 발끝까지 가리키며 재차 말했다.

"홀랑 벗고서 정원을 뛰어다니고 있었습니다. 미친 거 같아요. 내보내야 합니다. 이건 보통 일이 아닙니다, 폐하. 우리 애가 그걸 봤으면 얼마나 놀랐겠습니까?"

'아직 애 없잖아.'

라틸은 멍하게 생각하다가 곧 황당해서 손을 내저었다.

"거짓말 마라, 클라인. 라나문이 그럴 성격이냐?"

"아닙니다. 정말이에요. 제 시종도 봤습니다."

그 근거 없는 신뢰에 클라인은 기분이 상해서 재차 말했으나, 라틸은 웃으면서 하녀가 가져온 수프 그릇을 클라인의 앞에 밀어주었다.

"네가 뭘 잘못 보았겠지. 아니면 피부색이랑 비슷한 옷을 입고 있었을 거야."

"진짠데요."

"착한 사람 눈에만 보이는 옷을 입고 있던 건 아닐까?"

클라인은 라틸이 자기 말을 농담으로만 취급하자 눈살을 찡그렸으나, 시종장까지도 '저런 거짓말을'이란 표정을 하고 있자 곧 기분이 상해 아예 입을 다물어 버렸다.

'클라인 말이 진짜였을까? ……아냐. 라나문이 벌거벗고 돌아다닐 사람은 아니잖아. 대신관이라면 가능하겠지만.'

업무를 반 정도 마친 뒤, 라틸은 하렘에 들어와 칼라인의 방 선인장을 햇볕이 잘 드는 자리에 옮겨둔 다음 가면을 쓰고 궁전을 빠져나왔다. 이젠 가짜 도미스에게는 관심이 사라졌으나, 이렇게 아무도 자기를 알아보지 못하는 모습으로 돌아다니면서 길거리 음식을 사 먹고 사람들 사는 모습을 구경하는 건 이미 취미가 되어버렸다.

요즘 라틸에겐 이게 가장 마음 편한 휴식이었다. 궁전에서는 쉬려고 해도 눈길 닿는 곳마다 머리가 아파서 마음을 놓을 수 없었다. 길을 가다가 꽃집 앞에 멈춰 서서, 커다란 항아리에 담긴 한 무더기의 보라색 꽃을 멍하니 보고 있을 때였다. 뒤에서 "사디 양?"
하고 부르는 목소리가 났다.

기르골의 목소리 같았다. 대번에 목소리를 알아챈 라틸이 고개
를 돌리자, 역시나 요 며칠 보이지 않던 기르골이 방싯방싯 웃는
얼굴로 라틸을 보고 있었다. 눈이 마주치자 그가 라틸의 얼굴을 손
가락으로 가리키며 말했다.

"우리 어디서 만났는지 기억이 났어."

보라색 꽃을 보면서 정체불명의 침입자가 두고 간 로즈메리를
떠올리던 라틸은 얼결에 기르골을 따라 손가락으로 자신을 가리
켰다.

"정말?"

그럴 리가 없을 텐데. 만난 적이 없으니까. 라틸은 떨떠름한 표
정으로 손을 내렸으나 기르골은 자신 있어 보였다.

"그럼."

"어디서 만났는데?"

기르골의 눈이 초승달처럼 길고 시원하게 휘었다.

"우린 전생에 연인이었어."

"웃기시네."

그 헛소리에 라틸은 혀를 찼으나, 기르골은 개의치 않고 말을 계
속 이어갔다.

"내가 그댈 좋아했던 거 같아. 물론 현생에서도."

"이것저것 가져다 붙이긴."

"우리가 금단의 사랑을 했던가?"

"진짜 기억 하나도 안 나는구나. 죄다 엉터리네. 비슷한 구석이 없어."

라틸이 헛웃음을 터트리자, 아무 말이나 뱉고 보던 기르골이 드디어 건성으로 둘러대길 멈추고 졸랐다.

"말해주면 안 될까? 내가 오래 살아서 기억력이 안 좋아, 아가씨."

다 자라 키가 큰 남자가 귀엽게 조르는 모습은 나름대로 매력적이어서, 라틸은 저도 모르게 흐뭇하게 웃었다.

"그럼 알려줘도 또 까먹을 텐데. 뭐 하러 물어? 그냥 이대로 넘어가."

"사디 양은 냉정하네. 내가 이런 거 좋아하는지 어떻게 알고."

"냉정하긴. 내가 얼마나 열정적인 사람인데."

"냉정한 사람이 열정적이면 진짜 매력 있더라. 사디 양이 그런 사람이야?"

"정말 아무 말이나 다 갖다 붙이는구나."

고개를 저은 라틸이 몸을 돌려 걸어가자, 기르골이 그 뒤를 졸졸 쫓아오며 다시 온갖 가능성 있는 말을 다 던져보기 시작했다.

라틸은 "아니. 아닌데. 아니야." 같은 말을 반복하면서 기르골이 멋대로 던져대는 말을 즐겁게 흘려들었다.

그 모습을 먼발치에서 누군가 바라보고 있었다.

'저 여자?'

도미스의 모습을 한 아이니였다. 아이니는 사디와 그녀 곁에 선 하얀 머리 남자를 발견하고서 기가 차 헛웃음을 뱉었다.

"저 두 사람? 하⋯⋯."

"왜 그래?"

아이니가 연거푸 헛웃음을 뱉자, 곁에 서있던 흑사신단 용병이 고개를 돌리며 물었다. 그는 아이니의 대답을 듣기 전에 그녀가 보던 쪽을 같이 바라보았다. 갈색 머리 여자와 하얀 머리 남자. 시선 끝에서 낯익은 사람들을 발견한 용병도 빠르게 표정이 얼었다.

갈색 머리 여자는 최근에, 하얀 머리 남자는 아주 오래전에 본 적 있는 얼굴이었다. 그러나 나란히 서있어서 아이니는 용병의 표정 변화를 알아채지 못하고서 중얼거렸다.

"저 남자. 저 하얀 머리 남자가 전에 날 습격한 그자야. 저 옆에 있는 여자가 내가 말한 그 여자고. 대적자일지도 모른단 여자. 그런데 저 둘이 왜 같이 있지?"

중얼거린 아이니는 반응을 바라며 옆을 보았다가, 뒤늦게 용병의 분위기가 심상치 않단 걸 발견했다. 용병은 아이니 그녀보다 더 굳어있었다.

"왜 그래?"

그게 이상해 묻자, 용병은 사람들 틈으로 아이니를 끌어당기며 작게 중얼거렸다.

"저자. 대적자를 키워내는 배신자 뱀파이어야."

"뭐?"

아이니는 눈을 커다랗게 뜨고 다시 사디와 하얀 머리가 있는 방향을 보았으나, 자신들이 사람들 틈으로 숨은 탓에 두 사람의 모습은 더 이상 보이지 않았다.

"사디는 대적자일지도 모르는 여자잖아. 그런데 둘이 같이 있단 건……."

"기르골과 있는 걸 보니 저 여자가 대적자가 확실한 모양이네."

아이니와 용병은 동시에 서로를 다급히 쳐다보았다. 둘은 모두 칼라인을 떠올리고 있었다. 먼저 반응한 쪽은 아이니였다.

"칼라인은 내 말을 안 믿을 테니 네가 칼라인을 찾아가. 가서 전해. 대적자를 발견했다고."

아이니가 용병의 팔을 잡고 다급한 목소리로 부탁하자, 용병은 흐린 날의 구름처럼 표정이 애매해졌다. 그는 칼라인이 아이니가 도미스의 환생이라는 사실을 부정하는 걸 알고 있었다. 그런데도 칼라인을 위해 이렇게 나서주다니…….

"도미스. 언젠가는 칼라인 님도 네 진심을 알아주실 거야."

감동받은 용병의 말에 아이니는 무슨 소리냐며, 얼른 칼라인에게 다녀오라고 그의 등을 떠밀었다.

"응?"

기르골의 아무렇게나 뱉어대는 말에 적당히 대답해 주면서 걸어 가던 라틸이 갑자기 눈살을 찌푸리자, 기르골이 헛소리를 멈추고 물었다.

"왜 그래?"

'얼핏 가짜 도미스를 본 거 같은데.'

라틸은 눈을 가늘게 떴으나, 붉은 머리카락이 보였던 곳엔 이미 다른 사람들이 가득 차있었다.

"사디 양?"

"아냐. 아무것도."

라틸은 고개를 젓고서 다시 발걸음을 옮겼다. 자신이 본 게 가짜 도미스면 뭐 어쩌겠는가. 그녀는 가짜였고 칼라인도 그녀가 가짜 란 걸 알았다. 그러면 된 거였다. 라틸이 더 이상 그녀를 신경 쓸 일 은 없었다.

"가자."

라틸이 팔을 살짝 잡아당기자, 기르골은 고개를 갸웃하며 잡힌 자신의 팔을 내려다보았다.

"왜 그래?"

하지만 그것도 잠시.

"안 와?"

라틸이 재차 그를 잡아당기자, 기르골은 곧 함박웃음을 지으며 따라왔다.

"가야지. 갈게."

라틸은 수도를 헤집고 다니면서, 딱히 할 일도 없이 기르골과 제멋대로 놀았다. 분수대에 앉아 교대로 노래를 부르다가 서로를 음치라 구박하고, 샌드위치를 반씩 나눠 먹다가 상대 것이 더 크다고 항의하고, 내기를 해서 진 사람이 아이스크림을 사 오고, 소극장에 들어가 오래된 연극을 구경했다.

기르골은 시시때때로 자신과 사디의 관계에 대해 엉터리 추정을 해댔으나, 본인도 라틸이 자신의 말을 믿을 거라고는 생각하지 않는 눈치였다. 즐거운 시간은 눈 깜짝할 사이 지나갔고 하늘에는 붉은빛이 내려왔다. 라틸은 회중시계를 꺼내 시간을 확인했다. 생각보다 더 오래 나와있었다. 슬슬 돌아가야 할 시간이었다. 언덕에 올라가 샌드위치를 먹으면서 해 지는 걸 보자는 기르골을, 라틸은 툭툭 팔을 뻗어 두드렸다.

"나중에. 오늘은 헤어질 시간."

기르골은 양옆에 나란히 선 샌드위치 가게 중 어느 쪽을 갈지 고르고 있다가, 라틸의 말에 '벌써?' 하는 눈으로 바라보았다. 아쉬워하는 얼굴이었다.

"아직 해도 떠있는데. 벌써 들어가게? 더 있다 가지."

"밤 됐는데 좀비 나오면 어떡해."

"없애줄게."

기르골이 헤어지기 싫단 얼굴로 라틸의 옷자락 끝을 붙잡고 슬쩍 흔들었다. 어느새 과거 맞추기는 다 까먹고 그저 노는 게 즐겁다는 태도였다. 라틸도 오늘 그와 함께한 시간이 즐겁긴 마찬가지였기에, 아쉬운 마음을 누르며 자신의 옷자락을 그의 손에서 빼냈다.

"너무 늦게 들어가면 혼나서."

"하긴. 사디 양은 아직 아기지."

"뭐래."

라틸은 코웃음을 치면서 그의 팔을 두드리고 손을 흔들었다.

"잘 들어가. 석양은 다음에 보러 가자."

라틸은 그가 어디에서 지내는지 몰랐고, 그도 라틸이 어디에서 지내는지 몰랐지만, 어떻게든 그와는 또 만날 거란 생각이 들어서 하는 작별이었다. 기르골은 아쉬운 얼굴로 라틸을 보았으나 두 번 붙잡지는 않았다. 라틸은 다시 손을 흔들고서 몸을 돌렸다.

하지만 걸어가다가 다시 돌아서서 보니, 기르골은 제자리에 우두커니 선 채 라틸을 계속 지켜보고 있었다. 더 있다 가라고 붙잡지도 못하면서. 라틸이 재차 손을 흔들자 기르골이 따라서 손을 흔들었다. 라틸은 다시 몸을 돌려 걸어갔다.

"……."

얼마를 그렇게 걸었을까. 이제 돌아갔나 싶어서 슬쩍 돌아보니, 기르골은 여전히 제자리에 서서 라틸을 빤히 쳐다보고 있었다.

'아니, 쟤는 왜 안 가고 저러고 있어?'

기르골이 가야지 몰래 궁전에 돌아가든가 말든가 할 텐데. 저렇게 쳐다보면 어떻게 가라고. 게다가 쓸데없이 애달픈 모습이다. 라틸이 우두커니 멈춰 서자 기르골이 이번에는 먼저 손을 흔들어주었다. 어쩐지 그 모습이 외로워 보여서 라틸은 눈썹을 찌푸렸다.

'칼라인은 여전히 도미스를 잊지 못해 힘들어하지. 기르골은 도미스와 칼라인, 모두와 친구였고. 혹시 기르골도 아직 칼라인과 도미스 때문에 힘들어하나? 그래서 저러는 건가?'

기르골은 그냥 손을 흔들고 있을 뿐인데 머릿속에 한 편의 드라마가 그려졌다. 라틸은 이러지도 저러지도 못하고 머뭇거리다가 기르골이 허리춤에 찬 검을 보았다.

기르골이 자꾸 저러는 게 혹시 저 검 때문일까? 저 검을 뽑아 달라고, 오늘도 같이 어울리는 와중에도 한 번씩 부탁했지. 대체 저 검이 뭐길래? '칼라인과 도미스의 적이 차고 있던 검'이란 게 찝찝하긴 했으나, 라틸은 결국 마음을 바꿔 기르골 쪽으로 다가갔다.

"사디 양. 역시 놀다 가려고?"

기르골은 라틸이 자신과 놀아주기 위해 돌아온 거라 생각했는지, 라틸이 가까이 오자 활짝 웃으면서 오른쪽에 있는 샌드위치 가게를 가리켰다.

"샌드위치는 저쪽에서 사자. 저기가 맛있대."

라틸은 대답 대신 기르골의 검 손잡이를 쥐고 잡아당겼다. 약간 빡빡한 감이 있긴 했으나 힘을 주자 '스르릉' 소리를 내며 검은 쉽게 뽑혔다.

"!"

라틸이 뭘 하는가 싶어 쳐다보던 기르골은, 라틸이 뽑은 검을 손

위에서 한 바퀴 돌린 다음 손잡이가 그를 향하도록 건네주자 눈썹을 치켜 올리고서 검 손잡이를 뚫어져라 쳐다보았다.

"이건……."

"작별 인사."

그러니까 뒤에서 그렇게 그만 좀 쳐다봐. 신경 쓰이잖아. 라틸은 뒷말을 생략하고서 검을 쥔 손을 살짝 흔들었다. 안 받아 가?

기르골은 천천히 손을 들어 라틸이 건넨 검을 받았다. 검을 주고받으며 두 사람의 손이 살며시 스치는 순간, 정전기가 튀듯 짜릿한 느낌이 돌았다. 기르골은 두 손으로 검을 감싸안듯 받고서 라틸을 가만히 쳐다보았다. 그의 붉은 눈동자가 평소보다 좀 더 커다래져 있었다.

"잘 가. 샌드위치는 다음에."

'또 만나게 될지는 모르겠지만. 그래도 또 만나도 재밌을 것 같아.'

라틸은 그를 향해 웃어 보이고서, 돌아서서 그 자리를 빠르게 벗어났다. 여전히 뒤통수가 따끔거렸지만 이번에는 뒤를 돌아보지 않았다. 돌아보면 아직도 기르골이 자신을 보고 있을 게 뻔하기에.

라틸의 예상대로 기르골은 여전히 제자리에 서서 그녀의 뒷모습을 쳐다보고 있었다. 하지만 아까와 달리 쓸쓸해하는 표정은 아니었다. 그의 입꼬리는 부자연스럽게 양옆으로 올라가 있어서, 잘못 만들어진 정교한 조각상처럼 보였다.

기르골은 고개를 기우뚱하다가, 눈동자만 내려 품에 안은 검을 내려다보았다. 사디가 손쉽게 빼내 자신에게 건네준 검, 어젯밤에는 라나문이 손쉽게 빼내어 그의 목에 겨눈 검. 반듯한 미간이 점점 찡그려졌다.

'대적자가…… 두 명이라고?'

기르골의 머릿속에 어젯밤 라나문의 모습이 떠올랐다. 벌거벗은 모습이 아니라, 영웅 놀이가 싫다며 로드를 죽여야 한다면 직접 하라던 모습이. 로드니 악이니 하는 데는 관심도 없어 보이던 그 권태로운 표정도. 홀랑 벗은 주제에 말이다.

당시엔 '이번 대적자는 진짜 특이하구나' 하고 생각하고 말았는데 대적자가 둘일지도 모른단 걸 알게 되자 그것조차 이상하게 여겨졌다. 지금까지의 대적자들은 다들 최소한의 정의감은 있었으니까. 대부분은 정의감이 많은 편이었고 말이다.

'뭔가가 달라졌다.'

그 생각을 하자마자 기르골의 눈매가 천천히 만족스럽게 휘어졌다.

검도 빼줬으니 슬슬 돌아갔겠지. 어쩌면 목적이 다 끝났으니 이젠 이전처럼 자주 나타나지 않을지도 모른다. 아무리 봐도 평범한 검이었는데, 왜 그걸 운명의 여자만 뺄 수 있다느니 거짓말한 건지

는 모르…….

'어라. 이 검을 뽑으면 청혼해야 한다든가, 그런 말을 하지 않았던가.'

라틸은 궁전을 향해 털레털레 걸어가다가 우뚝 멈추어 섰다.

'그냥 한 말이었겠지? 진짜 청혼하러 오진 않겠지?'

치솟는 불안감을 라틸은 애써 누르며 다시 발을 내디뎠다. 그래. 청혼 얘기는 아마 거짓말일 거야. 세상에 그런 터무니없는 말이 어딨어? 게다가 최근에 다른 여자도 그 검을 들고 있었고……. 최근인가. 최근은 아닐지도 모르겠지만.

"사디 양."

아직 정리도 하지 못했는데 뒤에서 기르골이 부르는 소리가 들려왔다.

'진짜 청혼하러 왔나?'

라틸은 굳은 얼굴로 고개를 돌렸다. 라틸과 달리 기르골은 행복하게 웃고 있었다.

'진짜 청혼하러 왔나 봐!'

라틸은 난감해졌다. 평범한 사람이라면 고작 이런 일로 청혼하지 않을 게 뻔하지만, 상대는 꽃을 뜯어 먹는 남자였다. 같이 있으면 재밌고 즐거운 데다 보고만 있어도 황홀하게 아름답지만, 저 예쁜 머리통 안은 좀 뒤죽박죽인 게 분명하니 충분히 청혼하고도 남았다.

"왜 그래? 나 바쁘다니까."

그렇다고 상대가 말을 꺼내지도 않는데 다짜고짜 거절하긴 좀 그래서, 라틸은 일단 아까보다 차가운 목소리를 내보았다.

"급한 얘기가 아니라면 나중에."

"급한 얘기야."

아, 역시 청혼하려는 건가 봐! 라틸은 눈을 휘둥그렇게 뜨고 기르골을 쳐다보았다.

"세상을 구해보고 싶지 않아?"

'거봐! 청혼……이 아니네?'

"어?"

청혼도 아니고. 심지어 더 놀다 가란 말도 아니다. 뜬금없이 세상을 구하자니? 라틸은 당황해서 자기 귀를 툭툭 두드리고 요청했다.

"다시 말해봐. 내가 이상하게 들었어."

"아가씨. 세상을 구해볼래?"

"……."

역시 꽃 뜯어 먹는 놈 말은 진지하게 듣는 거 아니야. 라틸은 웃으면서 그를 향해 손을 흔든 다음 몸을 돌렸다. 청혼보다야 상대하기 쉬운 제안이었으나 청혼보다 더욱 괴상한 제안이었다. 세상을 구하자니.

"아가씨. 대적자라고 알아? 아가씨가 그거 같아서 그래."

그러나 대적자란 단어를 듣는 순간. 라틸은 걸음을 멈추고서 확 돌아섰다.

"대적자?"

"아나 보네."

기르골이 싱긋 웃었으나, 라틸은 그의 표정이 눈에 들어오지 않았다. 대적자는 500년 단위로 부활하는 로드를 막아내는 영웅 아닌가. 전설적인 영웅 같은 존재. 잘 알려진 전설은 아닌 것 같지만, 하여튼.

'내가 그런 존재라고?'

오빠에게 뒤통수 맞은 사건이 없었더라면, 라틸은 기르골의 대적자 이야기를 듣자마자 무시하고 가버렸을 것이다. 하지만 레안은 라틸을 로드라 의심해 가짜 황제를 만들었고, 엄마는 막판에 라틸을 도와주긴 했지만 그래도 처음엔 오빠 말을 믿고 거기에 합류했다.

대현자란 작자는…… 물론 이자도 레안의 스승이니 레안의 편이겠지만, 라틸을 위험한 황제처럼 표현했다. 이 와중에 기르골이 라틸에게 '네가 대적자'라고 하자 귀가 솔깃해졌다. 기르골이 꽃 뜯어 먹는 장면을 보지만 않았더라면 좀 더 솔깃했을 것이다.

"세상이 시끄러우니까. 로드라든가 대적자라든가, 그런 건 들었지."

사디는 황제의 특사이니 이런 정보에 대해 알아도 이상하지 않다. 카리센에서는 아예 모습을 드러내고 좀비와 싸우지 않았던가. 라틸은 사디의 설정을 떠올리며 순순히 대답했다.

"나 좀비랑 싸운 적도 있어. 믿기진 않겠지만."

"믿어."

라틸은 팔짱을 끼고서 고개를 기울였다.

"그거야 그렇다 치고. 왜 내가 대적자란 거야?"

"내가 대적자들을 훈련하는 스승이니까."

"……"

왜 자꾸 눈앞에 기르골이 꽃 뜯어 먹던 장면이 어른거리는 것인가.

"내가 그 말을 어떻게 믿어?"

라틸은 팔짱을 풀지 않고 되물었다. 로드란 소리보다야 대적자란 소리가 듣기엔 나았지만, 그렇다고 덥석 남의 말을 믿어버리기엔 최근에 배신당한 일이 많았다.

"사디 양, 혹시 생일이 8월 25일 아냐?"

"맞는데."

"그러면 확실해. 그 생일은 대적자가 태어날 거라고 예정된 날짜거든."

"……그래도 못 믿겠어."

기르골이 자신의 허리에 찬 검을 툭툭 두드리더니, 손잡이를 잡고 세게 잡아당겼다. 그러나 희미한 스파크만 잠시 튈 뿐. 검은 검집에서 뽑히지 않았다.

"!"

그 광경을 놀라서 보고 있자니 기르골이 검을 풀어 라틸에게 건넸다. 라틸이 얼결에 검을 받아들자, 그가 태연히 설명했다.

"그거 대대로 대적자가 사용하는 검이야. 고대의 마법이 걸려있어서 아무리 시간이 지나도 녹슬지 않아. 대적자가 아니면 뽑지도 못하지."

라틸은 기르골에게서 시선을 떼지 않은 채 검 손잡이를 꽉 쥐고 천천히 뽑아 보았다. 뻑뻑하지만 이번에도 분명 뽑히긴 했다. 라틸은 새하얀 검을 빤히 보았다. 이게 대적자의 검이라고? 그냥 하얀 검, 칼라인의 적이 사용하던 검 정도로만 여겼는데. 이게 대적자의 검이라니…….

"근데 이거 전설의 검치고는 예기가 없는데, 날은 따로 갈아줘야 해?"

라틸의 질문에 뭐가 그리 웃긴지 기르골이 크게 웃음을 터트리더니, 자신의 손에 검날을 주욱 그었다.

"!"

라틸은 놀라서 검을 든 채 뒤로 물러섰으나, 이미 그의 손에서는 피가 새어 나오고 있었다. 기르골은 피가 흐르는 엄지를 입에 물면서 웃었다.

"미쳤어?"

라틸이 놀라서 항의하자 기르골은 어깨를 으쓱하며 설명했다.

"대적자가 죽으면 예기를 잃어. 그래도 사용하는 덴 문제가 없어."

"첫 번째 대적자가 죽은 후로 늘 이 상태라고?"

"아니지. 새로운 대적자가 사용하면 다시 예기를 찾지."

기르골의 눈꼬리가 가늘게 휘어져 내려갔다.

"가장 날카롭게 만들었을 때 로드와 붙을 수 있고."

"로드……."

"가장 날카롭게 날을 세우는 방법은 내가 알려줄 거야, 아가씨. 염려 마."

아니, 그걸 염려하는 게 아니라……. 아니, 그러니까 이게 진짜 대적자의 검이라고? 그럼 내가 진짜 대적자야?

'근데 오빠는 왜 날 로드라 한 거지? 아니, 물론 난 절대 로드가 아니라고 부정하긴 했지만……'

갑자기 누군가의 속마음을 듣게 된 일, 피 냄새를 남들보다 잘 맡게 된 일, 죽은 사람의 기억을 꿈으로 꾼 일, 거울 속에서 어떤 여자를 본 일, 강해진 근력. 이것들은 뭐란 말인가?

'아니야. 생각해 보니 내가 대적자라서 이런 변화가 나타난 걸 수도 있어.'

사악한 자가 만지면 검게 변하며 부서진다는 돌. 내내 신경 쓰였는데, 생각해 보니 그 돌도 부서지긴 했으나 검게 변하진 않았다. 라틸의 가슴속에 내내 똬리를 틀고 있던 불안감. '내가 진짜 로드면 어쩌지?' 하는 불안감이 슬며시 움츠리기 시작했다.

'어쩌면 내가 대적자일지도 몰라. 로드가 아니라!'

기르골은 그런 라틸을 물끄러미 바라보다가 친절하게 물었다.

"내 말을 믿겠어, 아가씨?"

라틸은 멍하니 고개를 저었다. 희망이 솟긴 했으나 역시 이런 건 신중해야 했다. 기르골은 라틸이 계속 자신을 의심하는데도 기분 나쁘지 않은지, 그럴 만하다는 듯 웃으며 고개를 끄덕이다 물었다.

"하지만 아가씨. 내 말이 아니라 해도 나쁠 거 없잖아? 난 아가씨를 아주 강하게 만들어줄 거거든. 강해지는 건 좋은 거고."

기르골의 이번 말도 꽤 그럴듯했으나 여전히 라틸은 상대를 바로 믿지 않았다.

"네가 나보다 강하다고?"

"못 믿겠어, 아가씨?"

"어."

"대련해 볼래?"

"내가 왜?"

"아가씨가 지면 내 제자가 돼."

"!"

"내가 지면 내가 아가씨 제자가 될게."

"뭐야, 난 제자 필요 없어."

"그럼 결혼하자."

"뭐야 왜 다 너 좋은 거야?"

"우리가 결혼하면 나한테 좋은 일이야?"

"당연하지."

난 황제니까. 물론 쟤는 모르고 하는 말이겠지만. 라틸이 당당하게 턱을 치켜올리자, 기르골은 뭐가 그리 재미있는지 또다시 실실 웃다가 제안을 바꿨다.

"그러면 내가 아가씨 소원을 하나 들어줄게. 그게 무엇이든."

라틸은 가만히 고민해 보다가 승낙했다.

"좋아. 하지만 지금은 안 돼."

라틸이 검을 도로 내밀자 기르골이 받아서 다시 허리춤에 매인 검집에 집어넣었다.

"지금은 바빠서?"

"어. 벌써 돌아가야 했는데 너무 오래 끌었어. 대련은 다음에."

"다음에 언제?"

약속을 잡은 뒤, 큰 보폭으로 멀어지는 사디를 보며 기르골은 그제야 몸을 돌려 아까 들르려 했던 오른쪽 샌드위치 가게에 들렀다. 대적자가 둘인 게 이상하긴 하지만 일단 한 명이 격렬하게 대적자이길 거부하는 이상, 다른 하나라도 잘 꾀어서 제대로 가르쳐야 했다.

다행히 사디는 라나문보다는 대적자가 되는 걸 꺼리지 않는 눈치였다. 별개로 정의감은 저쪽도 역대 대적자들에 비해 적어 보였지만 말이다. 가게에 들러 샌드위치를 산 기르골은 가게 한쪽에 앉아 빵을 싼 종이 껍질을 벗기며 눈살을 찌푸렸다.

대적자가 둘이 된 것. 과연 이걸 좋아해야 하는 걸까? 대적자와 로드는 누군가 운명을 분배하기라도 한 것처럼, 누군가 조절하기라도 한 것처럼 늘 힘의 균형이 엇비슷했다. 그런데 대적자가 둘이 됐다?

기르골은 확신이 서지 않았다. 대적자가 두 명이 됐으니 힘이 두 배가 된 거라 좋아해야 하는 건지. 아니면…….

'대적자의 힘이 반씩 나누어져 두 명이 된 건지.'

혼란스럽기는 궁으로 돌아온 라틸 역시 마찬가지였다. 기르골이 거짓말을 한 거라면 차라리 가장 간단하다. 그가 그냥 꽃을 뜯어 먹는 이상한 거짓말쟁이인 것뿐이니까.

하지만 진실이라면…… 설탕과 소금, 후추, 바질을 뒤섞은 거나 다름없는 상황이었다. 딱히 정의감 넘치는 성격은 아니지만, 그래도 굳이 로드와 대적자 둘 중 하나를 고르라면 역시 대적자이고 싶다. 황제인 자신이 500년에 한 번씩 나타나는 악의 수장이라니. 끔찍하지 않은가.

자신이 로드가 아닐지도 모른단 가능성. 이건 설탕이다. 그러나 스스로 대적자의 스승이라 밝힌 기르골이 뱀파이어인 칼라인과 친구였단 점. 이건 후추였다. 이상했다.

'아. 친구였는데 칼라인은 뱀파이어가 되고 기르골은 반대편에 서게 되면서 틀어졌나? 그것도 가능한 이야기인데…….'

그럼 칼라인의 기억 속, 도미스와의 마지막 장면은 대체 뭐지? 뱀파이어인 칼라인은 도미스를 끌어안고 있고, 그들을 둘러싼 하얀 제복 차림의 기사들……. 그리고 홀로 모양이 다른 제복을 입고 있던 여자. 그 여자가 가지고 있던 게 대적자의 검.

대적자의 검으로 로드만 상대하는 게 아닌 것 같긴 한데 그래도 이상했다. 대적자의 검을 가진 여자가 도미스와 칼라인을 공격하다니. 마치…… 마치 그들이 퇴치해야 할 괴물이라도 된 것처럼 말이다. 궁전에 무사히 들어가 가면을 벗어 숨겨둔 라틸은 옷을 갈아입다 말고서 창문을 획 돌아보았다. 창문 속 라틸이 인상을 찌푸렸다.

'혹시 도미스도 뱀파이어였나?'

여기서 그치면 그나마 나았을 것이다.

'혹시 도미스가…… 로드였나?'

이건 가장 끔찍한 가정이었다. 그리고 더욱 끔찍한 가정은 로드는 500년에 한 번 부활한다는 것이다. 그렇다면 대적자도 어림잡아 비슷한 시기에 등장하겠지.

그러면 그들과 함께 있던 칼라인은?

옷을 갈아입고 정원을 산책하면서 라틸은 머리를 팽팽 굴려댔다.

'근데 칼라인과 도미스가 500년 전 사람이라면…… 그들과 친구인 기르골도 500년 전 사람인 건가?'

그럼 기르골도 사람은 아니겠네. 아니, 그보다 칼라인이 500년 묵은 뱀파이어라면 어떻게 되는 거지? 발걸음은 자연스럽게 하렘으로 향했다. 주인이 사라진 칼라인의 빈방으로 들어간 라틸은 창문 아래에 덩그러니 놓여있는 선인장을 멍하니 바라보았다.

어이가 없었다. 로드가 아닐지도 모른단 희망에 목을 축이자마자, 얼굴 보고 뽑은 후궁이 500년 연상일지도 모른단 걸 알게 되다니. 심지어 그 후궁의 전 애인은 뱀파이어. 그러면 둘은 뱀파이어 커플이었던 걸까?

이것보다 더 최악인 건…… 단순히 뱀파이어 커플이 아니라 로드와 뱀파이어 커플이었을지도 모른단 점이다. 라틸은 치를 떨고서 문밖으로 나와 복도를 달아나듯 빠르게 걸어갔다.

"폐하?"

만약 게스타가 부르지 않았더라면, 라틸은 아마 정신없이 성벽

끝으로 뛰어갔을지도 몰랐다.

"게스타."

수줍어하는 목소리를 듣자 가까스로 진정한 라틸은 그 자리에 멈추어 서서 억지로 웃었다. 여린 성품의 게스타를 마주하고 있으면 이쪽이 굳건한 모습을 보여야 한단 이상한 책임감이 생겼다. 그점 때문일까. 오히려 게스타를 보자 빠르게 제정신으로 돌아왔다.

"산책하고 있었느냐?"

라틸이 묻자, 게스타는 저만치서 가까이 다가오더니 조심스럽게 라틸의 얼굴을 살피며 되물었다.

"괜찮으십니까? 안색이 안 좋으십니다."

"아. 그냥 이것저것."

게스타의 시선이 칼라인의 방문 쪽을 힐긋 향했다. 칼라인의 방 창문은 커튼이 다 드리워져 있어서 아무것도 보이지 않는데도 라틸이 그 방에서 나오는 걸 본 모양이었다.

"칼라인 님이 많이 아파서 그러세요?"

"아아."

칼라인은 대외적으로 몸이 안 좋아서 두문불출하는 걸로 되어있지. 속도 모르고 게스타가 칼라인을 걱정해 주자, 라틸은 어이가 없기도 하고 맥이 빠지기도 해서 힘없이 웃으며 고개를 저었다.

"그건 아니고."

"하지만……."

"너는? 이 한밤중에 왜 이러고 다니느냐. 이상한 괴물이 나오기도 하는데."

라틸은 호수 주위를 둘러싼 성기사와 병사들을 힐긋 보고서 게스타의 어깨에서 흘러내리는 망토를 다시 끌어 올려 주었다.

"괜찮습니다. 이젠 성기사들이 밖에 있잖아요."

'그래도 그렇지. 궁인들도 요즘은 무서워서 해가 지면 안 돌아다니는데.'

게스타는 늘 오들오들 떠는 데 비하면 겁이 많이 없구나. 라틸은 속으로 생각하면서도 고개를 끄덕이고서 입을 열었다.

"그래도……."

그래도 슬슬 밤이 쌀쌀해지니, 감기 걸리면 안 되니까 얼른 들어가서 따뜻하게 자라고 할 생각이었다. 그런데 막상 말을 하려다 보니, 전에 클라인이 한 고자질이 떠올랐다. 라나문이 벌거벗고 정원을 돌아다닌다는 고자질이.

"폐하?"

그렇지만 게스타에게 '라나문이 혹시 나 없을 때 벗고 다녀?'라고 물을 수는 없는 노릇이라, 라틸은 살짝 말을 바꿔서 물어보았다.

"게스타. 혹시 클라인과 라나문이 사이가 많이 안 좋아?"

게스타는 잠시 머뭇거리더니 어색하게 웃으며 시선을 피했다.

"다른 후궁들에 대해 나쁜 이야기는 하고 싶지 않습니다, 폐하."

나쁜 이야기를 하고 싶지 않단 건 이 질문에 대한 답이 부정적이란 거네. 사이가 안 좋은 게 확실한가 봐.

'그럼 라나문이 벌거벗고 다닌 게 아니라는 말인데, 클라인이 뭘 잘못 보고 나한테 말을 전했을지도 모르겠네.'

라틸은 속으로 혀를 찼으나, 당장은 이게 중요한 게 아니기에 고개를 끄덕이고서 게스타의 어깨를 두드렸다.

"감기 걸리니까 조금만 더 다니다 들어가, 게스타."

"폐하께서도 산책하시는 거라면…… 같이 하면 안 될까요?"

"미안. 지금 좀 생각할 게 있어서. 나중에."

게스타의 이마에 입을 맞춘 라틸은 서둘러 몸을 돌려 본궁으로 빠르게 걸어갔다. 그 뒷모습을 게스타는 끝까지 바라보았으나, 황제가 완전히 보이지 않게 되자 결국 원래 가려던 곳으로 몸을 돌렸다.

'생각해 보니 전에 도미스 꿈에서 칼라인이 기르골한테 로드가 어쩌고 하는 걸 얼핏 들은 거 같아.'

문제는 너무 얼핏 들어서 기억이 잘 나지 않는단 거지만. 본궁으로 돌아온 라틸은 따뜻한 물을 받은 욕조에 들어가 물이 식을 때까지 자신의 꿈을 되짚어 떠올리려 했으나 역시 잘 기억나지 않았다. 식은 물에 너무 오래 있어서 오한이 들자 라틸은 더 버티지 못하고 욕실 밖으로 나가 시녀에게 약을 가져오라 지시했다.

"잠이 잘 안 오고 몸도 좀 으슬으슬 떨리고 머리도 아프고 그래. 잠 오는 성분이 있는 두통약을 가져와라."

"궁의를 부르지 않아도 괜찮을까요, 폐하?"

"궁의가 다녀가는 게 더 머리 아프다. 약만 가져와."

시녀는 '그래도 궁의가 다녀가는 게 낫지 않나' 하고 걱정하는 눈치였으나, 라틸이 눈을 감아버리자 결국 밖으로 나가 비상약과 물을 챙겨 들어왔다. 시녀가 약을 은쟁반에 내려놓자, 라틸은 쟁반에 함께 놓인 작은 칼을 들어 약을 반으로 쪼갰다.

라틸이 자른 약 반을 옆으로 밀자 시녀는 작은 절구로 약을 으깨 쟁반에 문질렀다. 은쟁반의 색이 변하지 않는 걸 확인한 시녀가 밖으로 나가자, 라틸은 남은 약 반쪽을 입에 털어놓고 물을 마셨다. 약기운이 바로 돌진 않았지만 라틸은 젖은 머리카락을 수건으로 감싸고서 침대로 가 누웠다.

칼라인에게 추궁하고 싶어도 곁에 없으니 할 수가 없고 서넛은 뭘 물어봐도 아예 대답을 하지 않고 기르골은 아직 신뢰하기 어렵다. 그러니 어쩔 수 없었다.

'내가 직접 도미스의 기억을 확인하는 수밖에.'

"뭐? 보증인이 없다고? 그럼 안 돼!"

정신을 차린 라틸이 가장 먼저 들은 소리는 누군가의 짜증 섞인 거절이었다. 눈앞에서, 귀걸이를 착용한 퉁퉁한 남자가 파리채 같은 걸 들고서 휘두르고 있었다.

이게 무슨 상황인가 판단을 내리기도 전에 도미스의 목소리가 가까이에서 들려오며 시야가 연신 내려갔다 올라갔다를 반복했다.

"부탁합니다. 일할 곳이 꼭 필요해요! 절대로 말썽부리지 않을게요. 저는……!"

"아 꺼지라고! 꺼져!"

"부탁해요! 진짜 열심히 할 수 있어요!"

"보증인도 없는 어린 여자애의 뭘 믿고 내가 일을 맡기란 거야?"

다시 파리채를 마구 휘둘더니 결국 '딱' 소리가 나게 머리를 때렸다. 라틸은 대번에 '개새끼! 감히 누굴 때려!'라고 욕을 뱉었으나, 도미스는 울음을 터트렸다. 그걸로도 그치지 않고 남자는 아예 벌떡 일어나 도미스를 파리채로 마구 때려댔다.

그러다 짤랑 소리가 나며 뒤에서 문이 열리자, 남자는 파리채를 내려놓고 싹싹하게 "어서 오세요, 손님!" 하고 외쳤다. 들어온 손님이 힐긋 훌쩍이고 선 도미스를 보자, 남자는 다시 파리채를 휘두르면서 언성을 높였다.

"꺼져! 도둑년 같으니라고!"

손님 중 하나는 나이가 어린 여자아이였는데, 제 아빠의 손을 꼭 쥔 채 신기하단 눈으로 도미스를 보고 있었다. 그러다 눈이 마주치자 아이가 아빠의 손을 흔들면서 물었다.

"아빠, 저거 거지야?"

"쉿. 저런 거 보는 거 아니다."

아빠가 한 손으로 아이의 눈을 가리자 아이가 까르르 웃었다. 라틸은 또 속으로 욕을 뱉었으나, 도미스는 그 자리를 도망치듯 벗어났다.

'뭐 하는 거야 도미스! 너 뱀파이어잖아! 죄다 물어버려!'

라틸은 순간 자신이 뭘 하려 꿈을 꾸려 했는지도 잊고 마구 소리를 질러댔다. 하지만 '뱀파이어 혹은 뱀파이어 로드'라 추측한 도미스는 라틸의 생각보다 더욱 여린 사람이었다. 그녀는 화를 내지도 않고 시무룩하게 돌아다니며 계속 일자리만 구하려 들었다.

하지만 여기서는 일자리를 구하려면 '보증인'이란 게 꼭 필요한 듯, 도미스는 일자리를 구하지 못했다. 라틸은 자신이 직접 애원하며 다니는 게 아닌데도 덩달아 기운이 없어 쭉쭉 말라갔다. 솔직한 마음으로는 도미스가 이러다가 타락해서 뱀파이어 로드가 된 거라 해도 이해할 수 있을 지경이었다.

'아니, 보증인이 있어야 일자리를 구할 수 있다면 친인척 없는 사람은 뭐 어쩌란 거야?'

얼마나 그러고 있었을까. 이러다가 도미스가 악해지기 전에 자신이 먼저 정신적으로 어두워질 것 같다고 라틸이 한탄하고 있을 무렵이었다.

"거기, 아가씨."

머리에 보송한 깃털이 달린 모자를 쓰고 길쭉한 우산을 든 우아한 귀부인이 도미스를 불렀다. 라틸은 그 귀부인을 기억해 냈다. 도미스가 가장 마지막으로 들른 옷 가게에 있던 여자였다. 계속 도미스를 물끄러미 쳐다보고 있었기에 기억이 났다. 도미스가 주춤거리며 쳐다보기만 할 뿐 다가가지 않자, 귀부인은 직접 코앞까지 다가오며 물었다.

"일자리를 구한다고?"

"네, 네, 마님."

일자리 이야기에 도미스가 두 손을 모으고 허둥지둥 대답하자, 귀부인은 고개를 끄덕이더니 턱으로 항구에 있는 커다란 배를 가리키며 물었다.

"혹시 꼭 여기서 일해야 하니? 배 안에서 내 하녀 생활을 해볼 마음은 없고?"

뜻밖의 제안에 도미스가 "네?" 하고 맹하니 되묻자, 귀부인은 조금 떨어진 곳에 그녀의 캐리어를 들고 선 여자를 가리켰다.

"내 하녀인데 뱃멀미가 심하다네. 이전엔 배를 탄 적이 없어서 본인도 몰랐나 봐."

"아……."

뱃멀미가 심하단 하녀가 얼굴을 붉히자 귀부인은 한숨을 내쉬면서 고개를 저었다.

"렝트르까지 갈 거야. 거기에 별장이 있거든."

"네……."

"거기에 가면 능숙한 하녀들이 많으니 괜찮아. 하지만 렝트르까지 하녀를 고작 두 명 데리고 갈 수는 없어. 그렇다고 집에서 다시 하녀를 데려오자니 시간이 너무 오래 걸리고."

라틸은 도미스의 심장이 희망으로 뛰는 걸 느낄 수 있었다.

"저 갈 수 있어요! 제가 갈게요! 저 뱃멀미 없어요!"

라틸은 도미스가 '사실은 나도 배를 타본 적이 없지만 정신력으로 이겨내야지'라고 생각하는 걸 느끼고서 혀를 찼다. 저러다 뱃멀미가 있으면 나중에 어쩌려고.

하지만 도미스는 이미 궁지에 몰려있기에 거기까진 신경 쓰지 않는 눈치였다. 다행히 귀부인은 그런 도미스의 태도가 마음에 드는지 입꼬리를 올리며 거만하지만 조금 따뜻하게 말했다.

"계속 널 보고 있었지. 정말 급해 보이더라. 만약에 네가 배 안에서 일을 싹싹하게 잘해준다면 계속 내가 데리고 있어줄 수도 있단다."

"마, 마님! 저 진짜 잘할게요!"

"세 시간쯤 있다가 배가 출발할 거야. 바로 결정하진 말고. 그때까지 부두로 오렴. '스모키 윙'을 타고 갈 거란다."

"네! 네! 감사합니다!"

귀부인이 눈짓하자, 뱃멀미가 심하다는 하녀가 다가와서 목에 걸고 있던 패를 도미스에게 건넸다.

"이건……?"

"배 안에 들어가는 표란다. 사람이 한꺼번에 몰려서 못 타게 되거든 그걸로 들어와서 특등실 3호로 오렴."

귀부인이 떠나자 도미스가 작게 비명을 질렀다. 라틸은 '이거 믿어도 되는 거야?'란 생각에 의심스러웠으나, 도미스는 처음 보는 사람인데도 철석같이 믿는 눈치였다.

심지어 도미스는 '세 시간 있다가 와라'는 말을 들었는데도 곧장 부두로 달려가서 커다란 배 앞에 아예 쪼그리고 앉아버렸다.

여기서 계속 기다리고 있어야지.

선원들이 무거운 짐을 옮기며 걸리적거린다고 화를 내도, 도미스는 웃으면서 옆으로 비켜설 뿐 화조차 내지 못했다. 라틸은 기분이 이상해졌다.

'이 맹탕이 진짜 뱀파이어가 된다고? 뱀파이어 로드일 수도 있다고?'

그때 뒤에서 누군가 도미스를 불렀다.

"야. 거기 빨강 머리."

비키란 소리인 줄 알고 도미스는 이번에도 벌떡 일어나 뒤로 물러섰다. 그러나 이번에 말을 건 사람은 선원이 아니었다. 낡은 옷이지만 반듯하게 차려입은 또래의 여자아이였다.

날 왜 불렀지?

도미스는 여자아이를 알아보지 못했으나, 라틸은 여자아이가 누구인지 알아보았다. 도미스가 귀부인에게 하녀 자리를 제안받을 때 근처 벽에 쪼그리고 앉아 내내 쳐다보던 아이였다.

"나 불렀어?"

이를 모른 채 도미스가 묻자, 여자아이가 고개를 끄덕이더니 한심하다는 듯 눈살을 찌푸리며 말했다.

"아까 잘 차려입은 귀부인이 '같이 배 타고 가자, 하녀 일 해봐라' 이랬잖아. 그 말 듣지 마. 그 사람 납치범이야. 널 납치하려는 거야."

"어……?"

"이런 것도 모르니? 너처럼 속아서 끌려간 애들, 나 많이 봤어."

"그게 무슨 소리야?"

"말 못 알아듣니?"

"어?"

"너 좀 멍청하구나. 처음 보는 사람한테 어느 귀족이 하녀 일을 주겠어?"

"그럼……."

"배에 태운 다음 팔아치우려는 거야. 노예로."

"!"

도미스가 당황했는지 몇 번이나 손을 움찔거렸다.

"그, 그럴 사람 같지 않았는데."

"그럼 난 뭐 거짓말할 사람 같단 거야?"

처음 보는 여자애가 화를 내자 도미스는 쩔쩔매면서 그런 게 아니라고 두서없이 변명해 댔다. 여자애는 혀를 차다가 도미스가 목에 건 목걸이를 보더니 깜짝 놀라 외쳤다.

"거봐. 맞네, 맞아. 그 목걸이가 그거야."

"그거?"

"표적이라고 확인해 두는 목걸이. 그 목걸이를 걸고 있는 사람을 납치하라고 미리 말해둔 다음, 네게 목걸이를 준 거야."

도미스는 목걸이를 손으로 꼭 움켜쥐면서 더듬거렸다.

"아니, 이거 분명 배표라고……."

"무슨 배표를 목걸이로 주는데? 이게 배표야."

여자애가 주머니에서 날카롭고 빳빳한 종이를 꺼내 보여주자, 도미스는 아까보다 더욱 허둥거렸다.

"그럼 어떡해야 해?"

"어떡하긴. 목걸이 빼서 버려. 그러면 되잖아."

여자아이는 시큰둥하게 말하고는 돌아서서 가버렸다. 도미스는 주저하다가 결국 목걸이를 빼더니 바닥에 내려놓고 그 자리를 달아나 버렸다. 그러고는 납치당할 게 무서운지 골목길 사이로 가 쪼그리고 앉아 오들오들 떨어댔다.

얼마나 그러고 있었을까. 배가 출발하기 전 내는 소음과 몰려드는 승객들로 항구가 시끄러워지자, '그래도 혹시' 하는 마음이 드는지, 도미스가 골목길 사이에서 빠져나와 항구 쪽으로 비척비척 걸어가기 시작했다.

도미스의 시선은 그 귀부인을 찾아 사방을 헤매었으나, 라틸은 그러는 동안 이곳 사람들의 차림새며 물품을 예리하게 살폈다. 도미스가 하도 시선을 한곳에 두지 않아 제대로 보긴 어려웠으나 확실히 이렇게 옷차림을 유의해서 보고 있으려니, 라틸이 현재 사는 때와 머리며 복장에서 유행하는 스타일이 완전히 달랐다.

그때.

"아!"

도미스가 탄식하면서 어딘가를 확 쳐다보는 바람에 라틸도 덩달아 그쪽을 보게 되었다.

저 애!

도미스는 배와 항구 사이의 다리를 커다란 캐리어를 끌고 올라가는 그 여자아이와 그 앞에 서서 가는 귀부인을 보고 있었다.

저 애가 왜?

'왜긴 왜겠냐, 네가 속았잖아!'

라틸은 보자마자 상황을 알아차렸으나 도미스는 상황을 보면서도 바로 알아차리지 못하고서 황급히 그쪽으로 뛰어갔다.

"잠시만!"

도미스가 사람들에게 마구 떠밀리는 사이, 귀부인은 이미 배 안에 들어갔다. 하지만 짐을 더 옮기기 위해서인지 그 여자아이는 다시 배에서 내렸는데, 다행히 도미스는 이번에는 힘을 내어서 그 애의 팔을 움켜잡았다.

"너!"

도미스가 버럭 외치자, 여자아이가 눈을 휘둥그렇게 뜨는가 싶더니 곧 빙그레 웃었다.

"야, 안녕."

그 여자아이의 목에는 '납치 목표물을 알리는 패'라고 말했던 목걸이가 걸려있었다.

"너, 네가 왜……."

도미스가 당황해서 덜덜 떨자, 여자아이는 힘을 주어 도미스의 팔을 뿌리치고는 '뱃멀미가 심한 귀부인의 하녀'에게서 짐가방을 하나 더 받아 든 다음 두 손으로 밀면서 자랑스럽게 말했다.

"네 일자리는 내가 잘 받을게. 그분 무척 친절한 분이더라."

그제야 도미스는 속았단 걸 알아차렸는지, 여자아이가 운반하려는 가방을 움켜잡고서 외쳤다.

"나한테 사기를 친 거야? 일부러 거짓말을 했어?"

여자아이는 도미스에게서 가방을 도로 뺏으려 했으나 생각보다 도미스의 힘이 센지 잘되지 않자 날카롭게 협박했다.

"당장 안 놔? 이거 그분 짐이야. 안 놓으면 도둑이라고 소리 지를 거야."

그 말에 도미스가 놀라서 손을 놓자, 여자아이는 턱을 올리더니 거들먹거리며 비웃었다.

"속은 게 멍청이지."

"패, 패 돌려줘! 내 일자리잖아!"

"네가 버리고 내가 주웠어. 그럼 내 거야."

"아니야!"

"내가 돌려주면? 네가 그 귀부인을 납치범이라 의심했단 거 내가 이미 다 말씀드렸는데. 자기를 납치범 사기꾼으로 의심한 사람을 누가 다시 써주겠냐?"

그 말이 정말인지, 뱃멀미가 심한 귀부인의 하녀가 실제로 다가오더니 차갑게 도미스를 쳐다보면서 꾸짖었다.

"배은망덕한 것. 당장 꺼지지 못해?"

여자아이가 도미스를 향해 혀를 빼꼼 내밀고 짐가방을 다시 옮기기 시작하자, 도미스는 허망하게 그 모습을 쳐다보았다. 그래도 미련이 남는지 도미스가 다시 쫓아갔으나, 여자아이는 도망치지도 않고 태연히 짐을 실었다.

"넌 사기꾼이야!"

거기에 화가 난 도미스가 울면서 버럭 외쳤으나 여자아이는 눈 하나 깜짝하지 않고서 웃었다.

"사람을 제대로 못 본 건 너야, 멍청아. 네가 무지해서 당한 거야."

그러고는 도미스를 향해 세 번째 손가락을 내밀면서 다시 혀를 내밀었다. 라틸은 도미스의 심장이 엄청난 속도로 뛰는 걸 느낄 수 있었다. 도미스의 꿈을 꾸며 그녀의 감각을 공유한 이래, 이렇게 빠르게 심장이 뛰는 건 '주워 온 자식'이란 소리를 들으며 쫓겨날 때 이후 처음이었다. 게다가 그때는 슬픔과 공포가 강했다면 이번에 는 순수한 분노로 가득했다.

'이러다 타락하는 건가? 이러다 뱀파이어가 되나?'

라틸은 도미스가 이제 뱀파이어 로드로 변할지도 모른다고 생각 했으나 그런 일은 일어나지 않았다. 도미스는 또 골목길로 가서 혼 자 쪼그려 앉아 울었다.

'그만 울고 쌍욕이라도 퍼부어! 신발이라도 던지라고! 아, 미치 겠네!'

라틸은 슬슬 짜증이 났다. 어차피 이 모든 건 과거에 일어난 일 이고 도미스는 결국 뱀파이어든 로드든 뭐로든 변하게 된다. 도미 스가 그런 존재로 안 변한다면 좋겠지만, 변하는 게 확실한 거라면 제발, 제발, 제발 자신이 보는 앞에서 복수를 해주었으면 싶었다.

뱀파이어가 된 다음, 파리채를 휘두르면서 쫓아낸 그 상인 남자 와 사기를 쳐서 하녀 일을 빼앗아간 저 여자애 둘만에게라도 좀. 아 니, 도끼를 내리쳐 양딸을 죽이려 한 그 의붓아버지까지 포함해서 세 명 다. 아니면 이쪽이 속이 뒤집힐 것 같았다.

'아니, 칼라인 그 새끼는 자기 미래 애인이 이 꼴을 당하는데 어 디 처박혀서 뭐 하는 거야?'

라틸이 도미스의 과거를 꿈으로 체험하며 씩씩거리는 그 시각.

영문도 모른 채 라틸에게 그 새끼란 소리를 들은 칼라인은 어느 영지의 관리소 기록실 책상에 앉아, 커다란 책을 펼친 다음 거기에 작은 종이를 대고서 무언가를 빠르게 옮겨적는 중이었다.

원래 그는 신전에 몰래 숨어들어 대적자 후보로 불려 왔던 아이들의 신상을 알아내려 했으나, 안타깝게도 신전 깊숙한 곳까지 들어갈 수가 없었다. 이 탓에 결국 각 신전이 있는 곳의 영주 관리소 기록실 자료를 하나하나 뒤지고 다니면서, 예언된 날짜에 태어난 아이들의 명단을 하나하나 옮겨 적고 있었다.

'라나문?'

그 과정에서 칼라인은 익숙한 이름을 발견했으나, 서넛이 라나문에 대해 별말을 하지 않았던 걸 떠올리고서 곧 크게 개의치 않고 이름만 적고 넘어갔다. 게다가 라나문은 다른 아이들보다 더 빨리 신전에서 퇴소했다고 되어있어서 더 신경 쓰이지 않았다.

마침내 명단을 다 옮겨 적은 칼라인은 쪽지를 주머니에 넣은 다음, 두꺼운 책을 가장 위쪽 원래 자리에 꽂아놓고 그곳을 은밀히 빠져나왔다. 이후 그는 흑사신단 지부로 향했다. 그곳 용병들에게 명단을 보여준 다음 여기 실린 아이들의 근황을 살피라 지시할 작정이었다.

"칼라인 님."

그런데 지부로 가 보니, 뜻밖에도 수도에 있어야 할 용병 하나가 빈약한 의자에 걸터앉아 그를 기다리다 벌떡 일어났다.

"네가 여긴 왜 왔지?"

칼라인이 명단을 꺼내며 묻자, 용병이 다급히 말했다.

"대적자를 찾았습니다."

"대적자를? 누구냐?"

정말이라면 이건 좋은 일이었다. 기르골이 대적자를 찾기 전에 먼저 찾아내 죽일 수 있단 거니까. 칼라인이 황급히 묻자 용병이 빠르게 대답했다.

"라트라실 황제의 특사인 사디란 인간 여자입니다."

"?"

"기르골이 그 여자와 같이 있는 걸 도미스가 보았습니다. 확실합니다."

칼라인은 입을 벌리고서 용병을 쳐다보았다. 너무 황당해서, 총체적 난국이어서. 하도 엉망이라 어디부터 어디까지 짚어줘야 할지 감이 잡히지 않을 정도였다.

"칼라인 님?"

그런 기색을 눈치챈 용병은 어리둥절해서 그를 불렀다. 이 소식을 전하면 칼라인이 당장 그 여자를 죽이러 가겠다고 할 줄 알았는데 저러고 있으니, 소식을 전한 용병이 덩달아 당황스러웠다.

"왜 그러십니까?"

하지만 용병이 얼마나 당황스럽다 한들, 사디가 라트라실 황제 본인이란 걸 알고 있는 칼라인만큼은 아닐 것이다. 칼라인은 한숨을 내쉬고서 입을 꾹 닫고 서있다가 한심해하는 기색을 억지로 누르며 대답했다.

"사디는 대적자가 아니다."

"예? 하지만 기르골이……."

"난 그녀와 며칠간 함께 지낸 적도 있어서 확실히 안다. 사디는 절대로 대적자가 아니다."

"하지만 칼라인 님 도미스가 분명……."

"그 여잔 '주인'이 아냐. 도미스의 기억과 외양을 가지고 있다 해서 무조건 믿지 마라."

"도미스의 기억을 갖고 있고 도미스의 얼굴을 하고 있으면 이미 도미스가 아닌가요?"

"아니다."

그러나 기르골이 사디와 함께 있던 건 확실히 신경이 쓰여서, 칼라인도 그 부분은 신중하게 생각했다. 이건 허튼소리라고 넘길 수가 없는 게, 실제로 그는 기르골이 사디에게 꽃다발을 건네는 장면을 보았던 것이다. 왜 꽃다발을 준 건지는 모르겠지만.

'혹시?'

고민에 잠겼던 칼라인의 눈썹이 갑자기 위로 치켜 올라갔다.

'기르골 그자도 사디가 대적자라 생각하나? 그래서 사디를 꾀기 위해 접근한 건가?'

칼라인이 이를 갈자 용병은 그의 눈치를 살피며, 자신이 뭔가 잘못한 건가 걱정했다.

"괜한 오해로 허튼 행동 하지 마라."

그 탓에 칼라인이 차갑게 지시했을 때 용병은 지체 없이 바로 대답했다.

"네. 다른 단원들에게도 그렇게 전하겠습니다."

"도미스를 그리워하는 마음은 알겠지만, 너희가 함께 지내는 그 여자는 도미스가 아니니 그 여자 말에 휩쓸리지도 말고."

"⋯⋯예."

지시를 내리자마자 칼라인은 휙 몸을 돌렸다.

"나도 수도로 돌아가겠다."

지금 확실히 충고해 두었으니 흑사신단의 용병 뱀파이어들은 허튼짓을 하진 않을 것이다. 오랫동안 그의 말을 잘 따라준 이들이니. 하지만 기르골 그자가 오해를 하고 있다면 일이 아주 복잡해진다. 아니, 복잡해지다 못해 일이 대체 어떤 방향으로 튈지도 짐작할 수 없었다.

게다가 기르골이 지금은 오해하고 있지만, 나중에는 사디가 라트라실 황제라는 걸, 라트라실 황제가 로드라는 걸 알게 될 수도 있지 않은가. 칼라인은 황급히 지부 밖을 빠져나가 어둠 속으로 스며들듯 사라졌다. 그녀에게 돌아가야 한다. 최대한 빨리.

기절한 건지 아니면 울다 지쳐 잠든 건지, 눈앞이 까맣게 변하는가 싶더니 눈을 떴을 때는 오랜 시간이 지난 후였다. 배가 쥐어짜듯 고통스러웠고 도미스는 가까스로 한 걸음 한 걸음 길거리를 걸어 다니고 있었다.

모락모락 김이 나는 커다란 빵을 발견한 도미스가 입가에 반사적으로 흘러내리려는 침을 닦을 때까지, 라틸은 이게 굶주림이란 것조차 바로 알아차리지 못했다.

배고파. 배고파서 죽을 거 같아. 진짜로 죽을 거 같아.

다리에 힘이 빠져서인지 도미스는 결국 쪼그리고 앉아 숨을 헐떡였다. 하지만 사람들은 아무도 그녀를 도와주지 않았다. 도와주기는커녕 다들 눈이라도 마주칠까 봐 정면만 쳐다보며 걸었다. 도미스가 있는 부근을 지날 때는 발걸음을 더욱 빨리했다.

'사람들은 생각보다 냉정하구나.'

그나마 관심을 보이는 거라곤 어린아이들 몇 명뿐. 하지만 그 어린아이들조차도 몇몇은 동정심을 품고 보았으나, 몇몇은 잔인한 호기심을 띠고 바라보고 있었다.

도미스가 바닥에 떨어진 빵조각을 먹고서 분수대에서 허겁지겁 목을 축이는 동안 라틸은 걱정이 되었다. 기르골의 말처럼 그 검이 '대적자의 검'이라면 도미스는 500년 전 사람이라는 건데 지금의 타리움은 괜찮은 걸까?

라틸이 자주 오가는 수도는 치안이 좋고 먹을거리가 풍부한 데다 경치도 좋고 화려했다. 최신 과학 기술이 적용되어 수로도 잘 정비되어 있었다. 적어도 라틸이 '사디'로 돌아다니는 내내 이 정도로 힘들어 보이는 아이들을 보진 못했다.

하지만 다른 곳은? 다른 곳은 괜찮은가?

"이봐, 흉하게 뭐 하는 거야! 누가 이걸 마시래!"

그 사이 도미스는 분수대 근처를 지나가던 경비들에게 뭉툭한 창끝으로 마구 찔리고 있었다. 라틸은 멍하게 생각하던 걸 멈추고서 욕설을 퍼부었다. 애가 굶어 죽어갈 때는 쳐다도 안 보더니, 분수대 물을 마시자마자 기가 막히게 나타나서 창을 휘두르다니.

물론 날카로운 창끝으로 휘두른 건 아니었으나 며칠을 굶은 건지 모를 도미스에게는 이 정도도 치명적이었다.

"목이, 목이 말라서……."

"꺼지지 못해?"

도미스를 찔러대던 경비병이 호통을 치자 도미스는 배를 부여잡고 그 자리를 벗어났다. 사람들이 이쪽을 힐긋거리는 걸 느끼며 라틸은 다시 괜히 칼라인을 탓했다.

'칼라인! 네 애인 지금 죽어간다! 빨리 와!'

그런데 도미스가 척추가 없는 것처럼 흐물흐물 걸어가고 있을 때, 누군가 뒤에서 그녀를 불렀다.

"거기. 너!"

돌아보자 아까 분수대에서 물을 마시지 말라고 화를 내던 경비 중 하나였다. 창으로 찔러댄 쪽은 아니고, 그 옆에 우두커니 서서 노려보던 쪽이었다. 도미스가 움찔해서 발걸음을 더 빨리하자 경비병이 황급히 쫓아오더니 뭔가를 내밀었다.

"이거 가져가."

도미스는 때리는 줄 알고 눈을 질끈 감았다가 실눈을 떴다. 경비병이 내민 건 물병이었다. 도미스가 얼결에 물병을 받아 들고 쳐다보자, 경비병은 큼큼 괜히 헛기침하며 둘러댔다.

"흑마법사들이 어떻게 위장하고 있는지 모르니까. 요즘 인심이 각박해."

라틸은 그 말이 변명이라 생각했으나 도미스는 따뜻한 말 한마디로도 기쁜지 코가 찡해지고 있었다. 그녀는 남들보다 훨씬 낮은 온기만으로도 따뜻함을 느낄 수 있는 사람 같았다.

"어차피 분수대 물은 마셔도 될 만큼 깨끗하지도 않아. 여기서 30분쯤 걸어가면 냇물이 나오는데…… 그걸 떠다 마셔라."

도미스가 물병을 받고 꾸벅 인사를 하자, 경비병이 착잡한 표정으로 바라보았다. 도미스는 물병을 끌어안고 뒤돌아 걸어갔다.

"저런 애들이 하나둘이야? 신경 쓰지 마."

"그래, 저런 거 하나 챙기는 게 문제가 아니라 한 명을 챙기면 비슷한 애들이 죄다 몰려든다고."

뒤에서 경비병의 동료가 소곤거리는 소리가 생생히 들려왔으나 그래도 도미스는 못 들은 척 꿋꿋하게 걸어갔다. 그때, 갑자기 뒤에서 발소리가 들려왔다. 돌아보니 아까 물병을 건넨 그 경비병이었다.

"왜요?"

도미스가 묻자 경비병은 잠시 머뭇거리다가 물었다.

"너 갈 데가 아예 없는 거지? 당장 일거리도 없고."

경비병이 말을 꺼내기도 전부터 라틸은 '안 돼. 듣지 마. 무시해'라고 외쳤으나, 도미스는 순순히 고개를 끄덕였다. 라틸은 조금 전에 속아놓고서 또다시 희미한 기대를 품는 도미스가 너무 답답해졌다. 바꿔 생각하자면 이렇게 여리고 착한 아이가 어쩌다가 뱀파이어 로드가 된 건지 기가 막혔다.

"실은 여기서 좀 떨어진 영지에서 말이야. 영주의 성에서 일할 하녀를 찾고 있어."

"전 보증인이 없어서 그런 자리엔 들어갈 수 없어요……."

"그곳에 하녀나 하인으로 들어가서 연락 끊긴 사람이 많아."

"!"

"흉흉하지. 그래서 사람이 잘 안 구해지나 봐. 하지만 넌……."

경비병은 뒷말을 생략했으나 라틸은 그가 말하고자 하는 바를 알아들었다. 보통 사람은 안 갈 자리긴 한데, 넌 이런 자리라도 급해 보여서. 역시나. 도미스는 주저하다가 고개를 끄덕였다.

"괜찮아요."

'안 괜찮아, 바보야!'

손을 움직일 수 있다면 라틸은 도미스의 이마를 딱 때렸을 것이다. 사람이 실종된다는 곳에 하녀로 가겠다니. 말을 꺼낸 경비병도 신경 쓰이긴 하는지, 자기가 말해놓고서 재차 물었다.

"진짜 괜찮겠어?"

"괜찮아요."

도미스가 다시 대답하자 경비병은 한숨을 내쉬고서 눈으로 성문 근처에 선 여자를 가리켰다.

"저 여자가 그쪽으로 일하러 간대. 널 데려가 달라고 부탁해 볼게."

그 위험한 성에 하녀로 자원할 거라는 여자 '안야'는 도미스의 피 안 섞인 동생과 이름이 같았다. 또한 이상한 사람이었다. 그녀는 자기도 그곳에 지원하면서도, 경비병이 도미스도 데려가 달라고 하자 '그런 위험한 데를 저런 애를 데려가라고?'라며 성질을 냈다.

"어차피 이대로 있어 봐야 전 굶어 죽어요."

하지만 도미스가 단호하게 말하자, 여자는 '무슨 일이 생겨도 내 책임 아냐!'라고 몇 번이나 외치면서도 결국 도미스를 자기가 빌린 마차에 태워 그 영지로 함께 데려가 주었다.

"절대로 내 발목 잡지 마라. 응?"

중간중간 이렇게 협박조로 당부하긴 했으나 툴툴거리는 말투와 달리 그녀는 꽤 착실하게 도미스를 챙겨주었다. 두 사람은 그 소문 흉흉한 영지에 무사히 도착했고, 일손이 부족하다는 말처럼 그곳 하녀장은 도미스의 신원을 묻지도 않고 하녀로 고용해 주었다.

'진짜 괜찮은가?'

아니, 오히려 하녀장은 신원이 확실한 안야 쪽을 더 탐탁지 않게 여기는 눈치였다. 그래서 더 수상했다.

"일 자체는 여기가 더 쉬워. 소문이 흉흉하지만 원래 남 말은 다들 쉽게 하지. 너희는 세 가지만 명심하면 된다."

하녀장은 안야와 도미스가 머물 방을 안내해 주며 온기라고는 일절 없는 목소리로 설명했다.

"1번. 해가 지면 돌아다니지 마라."

'아…… 안 좋은데.'

"2번. 들어가지 말라는 방엔 절대 들어가지 마. 어느 방이 출입 금지인지는 따로 알려주겠다."

'아…… 진짜로 안 좋은데. 수상한 점뿐이잖아.'

"3번. 영주님이 지나갈 땐 절대로 얼굴을 보지 마라. 멈춰 서서 고개를 숙여.”

‘영주가 사람이 아닌가 보다.’

라틸은 한숨을 내쉬었다. 아무리 봐도 여기 영주는 사람이 아닌 눈치인데, 도미스는 혹시 저 규칙 중 하나를 어겨서 뱀파이어가 되는 건가?

“이 규칙만 지키면 된다. 규칙을 어기지 않으면 아무 일도 일어나지 않아.”

하녀장이 눈을 빛내며 도미스가 아니라 안야를 쳐다보았다.

도미스는 안야와 다른 하녀 두 명과 한방을 쓰게 되었다. 많이 지쳤는지 도미스는 침대에 눕자마자 씻지도 못하고 바로 잠이 들었는데, 이후 까매졌던 시야가 다시 돌아왔을 때는 다음날이 아닌 것 같았다.

안야는 도미스와 마주 앉아 식사를 하고 있었는데, 안야를 대하는 도미스의 목소리가 편안하고 친근했다. 안야도 이제는 툴툴거리는 대신 도미스를 챙겨주는 눈치였다.

“무시무시한 소문이 도는 곳에서 그래도 우린 오래 버텼지.”

“켈리가 또 사라져서 분위기가 심각해요, 안야 씨.”

“규칙을 어겼을 거야. 그 간단한 규칙을 대체 왜 못 지키나 몰라.”

안야가 잘게 찢은 고기를 입에 넣는 걸 보며 도미스가 걱정스럽게 생각했다.

그러는 안야 씨도 밤중에 자주 사라지면서…….

아무래도 저 안야란 사람 역시 규칙을 잘 어기는 듯했으나, 라틸은 그것보다 다른 점이 신경 쓰였다.

'전에는 그냥 새로운 능력이라고만 생각했는데. 이거 좀 이상하지 않나?'

전에는 그냥 그러려니 했는데 시간이 갑자기 두 번이나 훌쩍 지나가 버리자, 대체 자신은 어떤 기준으로 도미스의 기억을 꿈꾸는 건지 의아해졌다. 시간대가 그대로 흘러가서 모든 장면을 볼 수 있다거나, 아예 일정한 규칙을 가지고 생략되며 흘러간다면 그러려니 할 텐데.

어떤 기억은 지금처럼 오랜 시간이 훌쩍 생략되어 버리고, 어떤 기억은 생생하게 체험할 수 있다. 라틸은 이 차이가 어디에서 온 건지 잘 이해가 가지 않았다. 도미스에게 유독 기억에 남는 순간인가? 그 순간만 꿈으로 보는 건가?

만약에 그렇다 하더라도 역시 이상하다. '도미스에게 기억에 남는 순간'은 대체 누가 어떤 기준으로 보여주고 있는 거란 말인가. 라틸 자신이 도미스의 기억을 멋대로 보는 거라면, 뭐가 유독 기억에 남는지 아닌지 어떻게 안다고. 이건 마치…….

'도미스가 나한테 자기 기억을 골라서 보여주는 거 같잖아.'

이미 죽은 사람인데. 죽은 뱀파이어인가? 하여튼 죽은 존재인데도 그게 가능한가? 소름이 돋으려는 순간.

"다음 월급을 받으면 넌 목표한 금액이 다 모이는 거지?"

안야의 목소리가 라틸의 상념을 깨웠다.

"어떻게 할 거야? 여기 계속 남아있을 거야? 하녀장님은 네가 오래 있었으면 하는 눈치던데. 널 제일 좋아하시잖아."

"작은 가게를 내고 싶어."

"무슨 가게?"

"아무거나 좋으니까 음식 파는 가게. 그래서 나 어릴 때처럼 배고픈 애들 있으면 먹을 것도 쥐어주고…… 그러고 싶어."

'도미스으!'

라틸은 울컥했고, 안야 역시 비슷한 기분을 느낀 눈치였다. 이후 두 사람은 식사를 계속했고, 도미스는 하녀장에게 이번 달까지만 일하고 나가겠단 이야기를 실제로 전달했다.

안야의 말처럼 하녀장은 도미스가 계속 남아주길 바라는 눈치로 아쉬워했지만, 그래도 도미스가 나가겠단 뜻을 굽히지 않자 이렇게 부탁했다.

"네가 나가겠단 날짜에 '귀한 손님'이 일주일 정도 머무를 텐데. 그동안만 도와주고 가면 안 될까?"

"손님이요?"

"일손 좋은 하녀 셋이 우르르 없어져서 손이 부족하거든."

도미스는 순순히 알겠다고 대답했다. 그러고서 꾸벅 인사를 한 다음 달칵 문을 여는 순간, 복도가 아니라 밖이 나타났다.

'어?'

도미스는 하녀장의 방에서 복도로 나간 게 아니라 하녀장의 방에서 바로 '밖'으로 나간 것이다. 하지만 주위 다른 사람들이 바쁘게 돌아다니며 일하는 분위기를 보니, 도미스가 이상한 능력을 사용한 게 아니라 도미스의 기억이 다시 중간에 편집된 것 같았다.

'아아. 그 귀한 손님이 오는 날인가.'

금색과 아이보리색이 뒤섞인 화려한 마차 두 대가 연달아 들어오는 걸 보니, 아무래도 중간에 있던 기억은 어떤 이유에서인지 또 생략된 모양이다. 도미스가 다른 하녀들과 줄지어 선 채 마차가 가까이 오길 기다리는 동안, 라틸은 옆에서 하녀들이 소곤거리는 소리를 들었다.

"웬일로 여기에 손님이 오지?"

"그러니까. 처음 아니야?"

"내가 알기론 처음이야. 몇 년 동안 아무도 온 적이 없었잖아. 새로 일하러 오는 사람이랑 생필품을 가져오는 마부 외에는."

"여기 영주님이 손님이라고 맞이할 사람이라면 그 사람도 좀……."

그 사이 마차는 아홉 걸음 떨어진 곳에 멈추었다. 마부가 마부석에서 내려 마차 문을 열어주자, 대기하던 하인과 하녀들이 짐을 받고 손님을 맞이하기 위해 우르르 다가갔다. 도미스도 그 사이에 끼어있었다.

하지만 도미스는 마차 근처로 가지도 못하고 멈추어 섰다. 마차에서 내린 사람 때문이었다.

'칼라인이랑 기르골이다.'

뜻밖에도 칼라인과 도미스는 여기서 재회했다.

두 사람도 도미스의 얼굴을 알아본 눈치였다. 기르골이 손가락으로 '어?' 하고 도미스를 가리키며 웃자, 도미스는 꾸벅 허리를 숙였다 폈다.

"여기서 또 만나네, 아가씨?"

라틸은 칼라인에게 얼른 오라고, 아무도 듣지 못하는 고함을 또 질러댔다. 그러나 칼라인은 기르골과 달리 반갑게 아는 척하지 않았다. 그는 무척이나 당혹스러운 표정으로 도미스를 가만히 쳐다보고만 있었다. 혼란스러운 얼굴이었다.

24 음악 소리가 들리지 않아

'왜 저렇게 쳐다보지?'

그 시선은 라틸이 보기에도 아주 이상할 정도였다. 호감이라 하기에도 적의라 하기에도 맞지 않았다. 삼자의 시선에서 보는 라틸에게도 그렇게 느껴졌는데, 당사자인 도미스가 그 시선을 받고 흠칫하지 않을 리 없었다.

"칼라인 씨……?"

도미스가 조심스럽게 중얼거렸고, 기르골은 웃으면서 도미스에게 다가오다가 칼라인의 표정을 뒤늦게 발견하고는 그의 눈앞에 대고 손을 흔들었다.

"아니, 자넨 왜 이러고 있어?"

칼라인이 대답하기 전, 두 번째 마차에서 연한 보라색 드레스를 입은 여자가 천천히 마차 밖으로 나왔다. 부축을 받아 마차 밖으로 나온 그녀는 내리자마자 고개를 두리번거리더니, 기르골과 칼라인을 발견하자 입가에 환한 미소를 띠며 다가왔다.

"칼라인, 기르골. 뭐 하고 있어?"

풍성한 치마에서 바삭거리는 소리를 내며 걸어온 그 여자는 친근하게 칼라인과 기르골에게 말을 걸고는, 도미스를 이제야 발견한 것처럼 고개를 갸웃하며 물었다.

"아는 하녀야? 왜 이러고 섰어?"

그 여자를 본 도미스는 순간 '엄마랑 비슷하게 생겼네'라고 생각했으나, 그 이상 여자에게서 자기 양모를 떠올리진 않았다. 도미스의 양부모는 라틸이 아주 잠깐 봤을 뿐이지만 영주에게 '귀한 손님' 대접을 받을 정도로 신분이 높거나 부유하지는 않아 보였다.

그렇기에 도미스도 양모를 닮은 여자를 보면서도 그 여자와 양모를 연관 지어 생각하진 못하는 눈치였다. 라틸 역시도 도미스처럼 저 여자가 도미스의 양부모와 관련이 있을 거란 생각은 하지 않았다. 그러나 칼라인과 기르골이 대답하기 전에 누군가 마차에서 내렸다.

"안야, 너 또 장갑을 두고 내렸잖아."

다정하게 잔소리를 하며 마차에서 뒤따라 내리는 한 여자의 모습이 도미스의 시선을 사로잡았다. 고귀해 보이는 여자를 힐긋거리던 도미스의 고개가 빠르게 마차 뒤편으로 돌아갔다.

우아한 초록색 드레스를 입은 귀부인이 진주가 박힌 하얀 장갑을 든 채 막 마차에서 내리고 있었다. 그리고 그 뒤를 따라 내리는 화려하게 차려입은 남자……. 라틸은 너무 변한 그들을 바로 알아보지 못했으나, 도미스는 두 사람을 한번에 알아보았다.

엄마? 아빠?

'그 도끼 휘두르던 아빠? 그 아빠 말하는 건가?'

라틸은 도미스의 생각을 들으면서도 저 두 사람이 도미스의 양부와 양모란 걸 의심했으나, 두 사람의 반응을 보고 도미스의 말이 맞단 걸 알아차렸다. 양부와 양모의 눈이 순간 커다래졌다가 다시 원래 크기로 줄어든 탓이다. 두 사람은 서둘러 도미스 쪽에서 시선을 돌리더니, 양딸을 못 본 척 다시 자기들의 친딸을 불렀다.

"안야. 장갑 가져가야지."

처음부터 제 부모의 표정을 보았더라면 이상한 점을 눈치챘을 테지만, 안야는 칼라인을 쳐다보느라 부모의 당황한 모습을 보지 못했다. 안야가 칼라인을 향해 웃어 보이고서 돌아섰을 때는 양부모 모두 아무렇지 않게 웃고 있었다.

"왜 꼭 장갑을 끼고 다녀야 하는지 모르겠어."

"안 끼잖아. 잘 챙기기라도 하란 거야."

"안 끼는데 왜 들고 다녀야 하는지 모르겠다고."

투덜거린 안야는 장갑을 한 쪽만 끼면서 가까스로 울음을 참고 서있는 도미스에게 지시했다.

"내 짐은 깨지기 쉬우니까 조심해서 옮기도록 해."

도미스가 바로 대답하지 못하고 있자 안야의 인상이 구겨졌다.

"뭐야. 나 하녀한테 지금 무시당한 건가?"

양부의 표정이 도끼를 휘두를 때처럼 험악해지자 도미스는 가까스로 끊어질 듯 말 듯 목소리를 쥐어짜 냈다.

"네…… 아가씨."

안야의 짐을 옮겨둔 도미스가 힘없이 복도를 걸어가고 있자니, 다른 일을 하고서 지나가던 하녀 안야가 다가와 물었다.

"왜 그래? 손님들이 너한테 뭐라고 그래?"

"양부모님이 왔어."

"양부모? 아, 전에 널 쫓아냈다는? 갑자기 그 사람들이 왜? 널 찾으러 왔대?"

"아니. 그 귀한 손님이 양부모였어. ……그 사람들 친딸이랑."

"친딸? 나랑 이름이 같다던?"

도미스가 고개를 끄덕이자 안야가 기가 막혀서 무어라 하려 했다. 하지만 복도 계단을 그 양부모와 안야가 올라오는 바람에 그들의 대화는 끊어졌다. 도미스는 하녀 안야가 그들을 차갑게 쳐다보자 팔을 잡고 고개를 저어 말렸다.

"그냥 가자."

도미스는 그 자리를 피할 생각뿐이었다.

"잠시만, 거기."

그러나 기껏 자리를 피해주었는데, 계단을 내려가려는 도미스를 양모가 따라 나왔다. 도미스는 희망을 품고 양모를 보았으나 양모는 무뚝뚝한 얼굴로 "심부름시킬 게 있는데."라며 물을 떠다

달라고 했을 뿐이었다. 기르골과 칼라인은 어디에 있는지 보이지 않았다.

"곧 가져다드리겠습니다, 마님."

도미스는 절망적으로 중얼거리고서 황급히 그 자리를 피했다. 그러고서 부엌으로 가 물을 뜨고 나오는데, 뜻밖에도 양모가 보였다. 놀란 도미스에게 양모가 '이쪽으로' 하고 손짓하더니, 인적 없는 곳으로 가 무뚝뚝한 표정을 풀었다.

"도미스. 내 딸."

심지어 양모는 슬픈 목소리로 중얼거리고는 도미스의 얼굴을 두 손으로 더듬어 보더니 사정을 설명했다.

"알고 보니 친척 중에 아주 부유한 사람이 있었나 봐. 그 사람의 가신들이 우리를 찾아냈어. 우리가 직계 친척이 아니어서 연락을 바로 할 수 없었대."

"……잘 지내시는 거 같아서 다행이에요."

"그래. 우리는 아주 잘 지내."

양모는 손수건을 꺼내 눈가를 닦고는 도미스를 보며 웃었다.

"너도 건강히 컸네. 잘 지내는 거 같아서 다행이다."

난 잘 지내고 있지 않아요. 같은 방을 쓰던 하녀들이, 같이 식사하던 하인들이 어느 순간 갑자기 실종될지 몰라요. 다음엔 내가 사라질 수도 있고요. 그런데 어떻게 잘 지내겠어요.

양모는 도미스의 문드러지는 마음은 읽지 못했다. 어쩌면 읽고 싶지 않았을지도 모르겠다. 그녀는 계속 도미스가 잘 지내서 마음이 놓인다고만 했다. 그러더니 도미스가 들고 있던 물잔을 집어 물을 한 모금 마시고는, 말하는 것만으로도 행복해 죽겠단 듯이 웃으며 말했다.

"안야도 참 잘 컸어. 누가 봐도 귀족 아가씨거든. 안야가 지나가면 모두 당연히 귀족인 것처럼 대해."

"……."

행복하게 웃은 양모는 다시 도미스를 보더니 슬픈 표정이 되어 말했다.

"너한텐 미안하지만…… 네가 한때 언니였단 이야기는 안야한테 혹시라도 하지 말아줬으면 좋겠다. 안야는 어렵게 자란 기억이 전혀 없거든. 네가 떠나고 얼마 지나지 않아 기르골과 칼라인이 우리를 찾아와서."

기르골, 칼라인. 두 사람의 이름에 도미스는 심장이 물기 하나 없이 쪽 빨리는 느낌을 받았다. 도미스가 그들에게 특별하지 않단 말을 남기고 떠난 이들이 찾아낸 '특별한 사람'이 동생인 안야였다니. 양부모도 칼라인도 기르골도 모두 안야에게 가버리다니. 동생은 아무 잘못이 없단 걸 알지만, 그런데도 너무 서글펐다.

두 사람 사이에는 정해진 양의 행운이 있어서, 안야가 그 모든 걸 가져가는 바람에 자신은 부스러기조차 가져가지 못하는 것 같았다. 양모는 다시 눈물을 찔끔 닦았다.

"네 아빠 몰래 다시 널 찾으려 했지만 잘되지 않았어. 마지막에 들은 소식은 네가 배를 타고 떠났단 거였단다."

"그 자리는……."

"자."

양모가 망토 사이로 손을 넣더니 한 움큼 되는 주머니를 꺼내 건넸다. 그녀는 도미스가 주머니를 받지 않자, 그녀가 든 쟁반 위에 주머니를 올리고서 안의 내용물을 조금 꺼내 보여주었다. 다양한 색상의 보석들이 차르르 쟁반 위로 굴러떨어졌다.

"안야는 귀족으로만 살아와서 프라이드가 강해. 우리 과거를 알면 자존심에 상처가 날 거야. 게다가, 이렇게 말해서 미안하지만, 어차피 너는 우리 핏줄이 아니니 유산을 상속받을 수도 없어."

"그런 거 생각하지도……."

"하지만 너도 내 딸이었어. 그렇지?"

"!"

"네가 안야에게 상처만 주지 않는다면 내가 조용히 널 도울게. 힘든 일이 있거든 내게 말하렴."

이윽고 양모는 자신의 새로운 집 주소를 알려주더니, 주위를 둘러보다가 목소리를 낮추어 재차 당부했다.

"네 아빠가 알면 화를 낼지 모르니까, 찾아와도 꼭 나만 찾아야 한다. 알았지?"

도미스는 고맙기도 하고 서럽기도 한 오묘한 마음에 끅끅 울기 시작했다. 양모가 그 눈물을 닦아주려는 순간, 뒤에서 부스럭거리는 소리가 났다. 소리가 난 쪽에는 칼라인이 서있었다.

칼라인을 발견한 양모는 잠시 당황한 듯하더니 웃으면서 "자네였나."라고 말했고, 칼라인은 도미스 쪽을 눈으로 가리키며 물었다.

"아는 사이인가 봅니다."

"아. 예전에 우리가 데리고 있던 하녀라네. 이 집에 와있을 줄은 몰랐어."

양모는 도미스의 눈물을 닦아주려 했던 손수건을 집어넣고 웃으면서 그 자리를 피했다. 양모가 가버리자 도미스는 더 슬퍼져서 칼라인을 멍하게 바라보았다.

'칼라인. 도미스 안아줘. 도미스 끌어안고서 힘내라고 해줘!'

라틸은 속으로 외쳤다. 그러나 칼라인은 도미스를 끌어안아 주는 대신, 아까 마차에서 내려 몇 년 만에 그녀를 처음 보았을 때와 비슷한 표정을 짓고 있었다. 혼란스러워하는 표정.

이윽고 그 표정은 '이 사람을 위로해 주고 싶다'는 표정으로 바뀌었다. 그걸 눈치챈 도미스는 웃으면서 괜찮다고 말하려 했다.

"전 괜⋯⋯."

"네가 우니 기분이 나쁜데."

하지만 괜찮다는 말은 칼라인의 차가운 목소리에 끊겨버렸다. 도미스가 멍하게 "네?" 하고 되묻자, 칼라인은 창백하고 긴 손가락을 뻗어 쟁반 위에 흐트러진 보석을 손가락으로 툭 굴리고서 중얼거렸다.

"너처럼 우는 모습이 기분 나쁜 사람은 처음이로군."

"주둥이, 주둥이, 요 주둥이!"

화난 라틸은 칼라인의 얼굴을 향해 두 손을 뻗어, 그의 양 볼을 밀가루 반죽처럼 꽉 눌렀다. 그러자 눈앞에서 초록색 눈동자가 연한 금색 속눈썹 사이로 나타났다 사라지길 반복했다.

"어. 손이 움직이네."

라틸은 당황해서 칼라인의 양 뺨을 이리저리 만져보다가 황급히 손을 내리고 외쳤다.

"칼라인?"

게다가 손만 움직일 수 있는 게 아니었다. 이곳은 도미스가 칼라인에게 심한 소리를 들은 정원 뒤편이 아니라 라틸의 침실이었다. 어느새 꿈에서 깨어난 것이다. 멋대로 얼굴을 매만져 놓고서는 본인이 더 놀라 고함을 지르자, 칼라인은 당혹스러워하며 물었다.

"방금 뭐였습니까, 주인?"

"아니, 난 손이 안 움직일 줄 알고. 현실이 아니니까."

"?"

"아니, 근데 넌 여기 어떻게 왔어?"

칼라인이 눈짓으로 창문을 가리켰다. 창문이 활짝 열려있어 바람이 들이쳐서 커튼이 펄럭이고 있었다. 어마어마하게 높아서 '사람'은 절대로 들어올 수 없는 그 창문이 말이다.

"이젠 사람 흉내 낼 생각도 없구나."

라틸이 허망하게 중얼거리고 있자니, 칼라인이 침대 가에 걸터앉으며 물었다.

"악몽을 꾸셨습니까?"

자신을 피해 제멋대로 사라져 놓고서는. 돌아오라고 몇 번이나 말해도 안 돌아와 놓고서는. 마치 어제도 보고 오늘도 본다는 듯, 자연스러운 태도였다. 그 태평한 모습을 잠시 노려보다가, 라틸은 대답 대신 칼라인의 양 뺨을 다시 감싸 잡고서 애원했다.

"칼라인. 이마 한 대만 때리게 해줘."

"!"

사실 만나면 다른 하고 싶은 얘기가 많았는데 지금은 다른 생각은 나지도 않았다. 그러다 칼라인이 영문을 몰라 하면서도 고개를 끄덕이는 순간, 과거의 기억에서 완전히 깨어난 라틸은 그의 멱살을 쥐고 잡아당겨 차가운 입술 위에 자신의 입술을 겹쳤다.

숨결이 오가는데도 그의 입안은 차가워서 마치 얼음에 혀를 대는 느낌이었다. 그가 커다란 손으로 라틸의 허리를 자신의 몸쪽으로 꽉 당기자, 얇은 잠옷 위로 그의 옷 감촉이 생생하게 전해졌다.

라틸은 그의 얼굴을 손에 단단히 쥐고서 입맞춤을 퍼붓다가, 칼라인이 흥분한 게 느껴지자마자 입을 떼고서 만족스럽게 웃었다.

"봐라. 난 이제 네가 무섭지 않다."

칼라인은 아직도 라틸의 허리를 자신의 팔로 감싸고 있었다. 라틸은 자신이 조금만 신호를 보내도 그가 대번에 자신의 몸을 꽉 끌어당겨 밀착시키고, 종국엔 그보다 더 가까워지려 시도할 걸 알았다.

그는 차가운 피부와 뜨거운 욕망이 함께했다. 그의 입술은 차가웠지만 구석구석 라틸을 헤집고 싶어 하는 숨결은 뜨거웠다. 너무 차가운 곳에 닿으면 화상 증세가 나타난다던데. 라틸에겐 칼라인이 그랬다. 그는 지독하게 차가워서 오히려 뜨겁게 여겨졌다.

라틸은 손을 들어 그의 입술을 만지작거렸다. 사실 어느 쪽이든 상관은 없었다. 위험하단 데는 차이가 없을 테니. 사람인 후궁이어도 나쁜 마음을 먹으면 위험할 텐데, 뱀파이어 후궁이라니. 그 위험성은 비교도 할 수 없을 것이다. 그가 흥분해서 피를 마시려 들기라도 하면 어쩐단 말인가.

무의식중에 칼라인의 입술을 계속 매만지던 손길은, 그가 직접 손을 뻗어 라틸의 손을 내리는 바람에 가로막혔다. 라틸이 불만스럽게 쳐다보자 칼라인이 라틸에게서 조금도 시선을 피하지 않고서 중얼거렸다.

"이젠 제가 주인을 무서워합니다."

나지막한 목소리는 작은데도 귓가에 솜 방울처럼 기어들어 왔다. 반사적으로 등이 쭈뼛해진 라틸은 괜히 자신의 팔을 문질렀다. 그러나 손에 잡힌 건 단단하고 커다란 근육이었고, 라틸은 자신이 칼라인의 팔을 문질렀단 걸 이미 문지른 후에야 알아차렸다.

"나를 왜?"

칼라인은 라틸의 허리를 좀 더 자신에게 붙이다가, 나중에는 라틸을 놓더니 베개에 이마를 대며 원망했다.

"이렇게 입 맞추시고. 이렇게 거두시고."

"고작 이 정도로 무서워?"

라틸은 그의 맨살을 간지러울 정도로만 꼬집었다 풀었다.

"그럼 난 네가 뱀파이어란 걸 알고 얼마나 무서웠을지 생각해 봤어?"

"주인의 '고작 이 정도'에 제가 얼마나 휘청이는지 보여드릴 수 있다면 좋을 텐데요."

라틸은 대답 대신 그의 가슴에 머리를 기대고 늘어졌다. 이러고 있으려니 '이래도 되나? 얘 뱀파이어잖아'라는 자괴감도 들긴 했으나, 내내 빈방을 오가며 느낀 쓸쓸한 기분은 점점 사라지고 있었다.

칼라인이 차가워서 그렇다고, 라틸은 속으로 확신했다. 추우면 아무 생각도 안 드니까. 그런데 이렇게 차가우니, 칼라인과 키스를 하다가 감기에 걸리면 어쩌지? 그게 가능한 일일까? 거의 15분 정도를 그러고 있고 난 뒤에야 라틸은 몸을 일으키고서 그에게 물었다.

"넌 어디 갔다가 이제 오는 거냐? 내가 안 무서워하면 오겠다더니. 안 무섭다고 네 방에 가서 허공에 몇 번이나 말한 줄 알아?"

"그러셨습니까?"

"당당하게 말하기에 나는 내 마음을 읽을 방도라도 있는 줄 알았다. 아니면 내 목소리를 들을 방도라거나. 근데 아냐. 아무것도 없더라."

"제가 뱀파이어라고 해서 이상한 능력을 전부 다 부릴 수 있는 건 아닙니다."

라틸이 코웃음 치자 칼라인은 라틸의 손을 가볍게 잡고, 엄지로 라틸의 손바닥을 문지르며 웃었다.

"그런 능력이 있다면 주인의 마음부터 잡았을 겁니다."

"말은 잘하는데."

왜 갑자기 칼라인이 도미스에게 한 말이 떠오르는 걸까. 칼라인이 지금은 이렇게 말하지만, 사실은 도미스를 사랑하는 걸 알아서? 아니면 도미스의 귀로 들은 칼라인의 차가운 말이 떠올라서? 이유는 모르겠으나 갑자기 무언가 욱 치밀어 올라, 라틸은 칼라인의 입술을 손으로 쥐었다.

"?"

칼라인이 창문을 넘어 하렘으로 돌아가자마자 라틸은 급격히 찾아온 후회에 시들시들해져서 머리를 감싸안고 끙끙거렸다.

"내가 거기서 좋다고 반가워할 게 아니었는데."

왜 거기서 입을 맞춰버린 거지? 칼라인이 나를 얼마나 우습게 알았겠어? 자기 얼굴을 보면 그냥 스르르 화도 풀리고 손도 풀리고 응어리까지 풀리는 황제라고 생각할 것이다.

라틸은 자기 이마를 찰싹찰싹 두드렸다. 반가운 마음이 가시자, 반갑다고 무작정 좋아할 게 아니었단 게 뒤늦게 떠올랐다. 라틸은 그에게 키스를 퍼붓고 좋아할 게 아니라, 몇 살이냐고 물어봤어야 했다. 몇 살이냐고 물어보는 과정에서 기르골 이야기를 해야 할지도 모르겠지만, 중간에 조금 오해가 있었단 걸 알리면 되지 않는가.

'아닌가? 기르골 얘기를 하려면 내가 가짜 아이니를 조사했단 이야기도 해야 하나?'

그건 분명 부끄러울 것이다. 마치 자신이 그에게 집착하는 것 같으니까. 라틸은 침대 가에 쪼그리고 앉아 발가락으로 카펫의 보풀을 움켜잡고 시근덕거렸다.

어쩌면 이건 도미스 탓인지도 모른다. 그녀의 신체 변화에 몰입해서 나타난 현상일지도 모른다. 아니면 그를 내내 기다리다가 갑자기 보니까, 그래서 생각 이상으로 반가워한 건지도 몰랐다.

"아. 선인장."

한참이 지나서야 라틸은 자신이 칼라인을 바로 방에 돌려보내선 안 됐단 걸 깨닫고 발을 굴렀다.

'선인장 화분에 멍청이라 써놨는데!'

며칠 동안 라틸은 칼라인의 주위를 슬금슬금 맴돌며 보냈다. 다음 날 새벽이 되자마자 칼라인을 찾아가서 그의 선인장에 쓴 '멍청이'를 지우려 시도했고, 점심때가 되었을 땐 칼라인이 또 사라지진 않았나 슬그머니 노크했다. 저녁 식사를 하다 보니 '이러다 또 도망갔을지 몰라!' 하는 생각이 들어 또 찾아가게 되었다.

라틸이 연거푸 세 번씩 칼라인을 찾아가자 궁인들도 그 방향을 향해 촉각을 내세웠다. 용병왕이 며칠 동안 몸이 아파 두문불출하더니, 모습을 드러내자마자 황제가 내내 찾아가니 다들 눈여겨볼 수밖에 없었다. 사람들은 '용병왕이 겉은 듬직한데 잔병치레가 너무 많다 보니, 황제가 걱정이 되어서 더욱 잘해주는 것'이라 수군거렸다.

"요즘은 칼라인 님이 가장 좋으신가 봅니다, 폐하."

이틀 뒤에는 시종장이 집무실에서 서류를 살피다가 대놓고 물어 볼 정도였다.

"설마요."

라틸은 단호하게 대답했으나, 말을 뱉고 나니 혹시 칼라인이 자신의 이 말을 어디선가 신묘한 수로 듣는 게 아닌가 불안해져서 슬그머니 덧붙였다.

"칼라인이 싫단 소리는 아닙니다."

시종장은 라틸이 펜 뚜껑을 괜히 뺐다 끼웠다 손안에서 돌리길 반복하는 걸 지켜보다가, 조금 욕심을 담아 제안했다.

"라나문 님도 좀 챙겨주세요, 폐하."

바쁘게 하루하루를 보내는 사이. 어느새 라틸의 생일 전날이 되었다. 평소처럼 업무를 마친 라틸은 저녁을 먹을 때까지도 생일에 대해 별생각 하지 않았다. 타시르는 이미 선물을 주었고, 타시르의 가족들도 타시르를 통해 선물을 보내왔다. 이틀 전에는 아트락시 공작과 재상이 경쟁하듯 가문에서 보내는 선물이라며 포장지까지 휘황찬란한 선물을 보냈다. 아직 게스타와 칼라인, 클라인, 대신관은 선물을 주지 않았지만 사실 라틸은 선물에는 큰 기대가 없었다.

가지고 싶은 건 갖고 싶을 때 바로바로 가질 수 있었고, 달리 필요한 물건도 없었으니까 말이다. 이런 사실을 잘 아는 후궁들이 자신에게 무엇을 선물할지 궁금하긴 하지만, 어디까지나 호기심이었지 기대는 아니었다. 실제로 라틸은 그들이 무엇을 주든 군말 없이 받을 각오도 했다.

'라나문!'

그러나 저녁 식사를 반쯤 마쳤을 즈음. 라틸은 빵 사이에 샐러드를 넣어 먹다가 라나문과 한 약속을 떠올렸다. 라틸은 라나문을 흐트러지게 하기로 했고, 라나문은 흐트러진 모습을 보여주기로 했다.

"미쳤어. 어떻게 이걸 까먹고 있었지?"

라틸은 포크까지 내려놓고서 중얼거렸다.

'아니, 까먹을 만했어. 어마어마한 일이 연달아 벌어졌잖아.'

기르골에게 '네가 대적자 같다'는 소리를 들었고, 그와 결투를 약속했다. 떠났던 칼라인이 돌아왔고, 꿈속에서 도미스가 당한 수모에 머리끝까지 화가 올라 씩씩거렸다. 심지어 과거의 칼라인이 여기에 정점을 찍었다. 이후엔 칼라인이 또 하렘을 떠날까 봐 시시때때로 찾아가느라 바빴고, 아트락시 공작과 재상이 어전회의에서 신경전을 벌이는 바람에 귀족들이 두 갈래로 갈라질까 봐 중간에서 교묘하게 간섭해야 했다.

그러니 까먹을 수밖에.

하지만 막상 라나문과의 약속을 떠올리고 나자, 라틸은 금세 그 일로 머릿속이 가득해져 입맛이 뚝 떨어졌다. 빵을 씹어도 고소한 향과 부드러운 맛은 느껴지지 않고 그저 말랑한 포장지를 씹는 느낌이라, 라틸은 먹던 걸 멈추고 침실로 돌아왔다.

입욕제를 풀어 파랗게 변한 욕조물 안에 들어가 몸을 웅크리고 있으려니 내일이 너무 막막했다. 어떻게 해야 라나문이 흐트러진 모습을 보일까? 그 말을 주고받을 때 두 사람 사이에는 희미한 열기가 감돌았다. 라틸은 라나문과 자신이 말한 '흐트러진 모습'에는 성적인 함의가 있다고 여겼다. 그래서 더욱 곤란했다. 라나문은 쉽게 흐트러지지 않을 게 뻔하니까.

라틸은 라나문이 감정적으로 변한 모습을 상상해 보려 했으나 잘되지 않았다. 그는 뜨거운 입맞춤을 나누면서도 차가울 것 같은 남자였다. 온도는 칼라인이 제일 차갑겠지만, 다른 의미로 말이다.

그런 라나문이 자신과 얽혀 흐트러진다고?

"덥네."

괜히 목덜미부터 귀까지 열기가 올라와서 라틸은 손부채질을 하며 '후후' 심호흡을 했다.

시간이 조금만. 아주 조금만 느리게 가주었으면.

'와. 빠르다 빨라.'

시간이 느리게 가길 바라며 고개를 돌리자마자 한 시간이 지나 있더니, 시간이 빨리 간다고 한탄하고 일어났더니 아침이다. 게다가 라나문과 뭘 해야 할지 걱정하느라, 내내 꾸던 그 도미스 꿈도 꾸지 않았다.

연회는 없으나 라틸은 평소보다 좀 더 화려하고 반짝이는 옷을 입으면서, 뒤늦게 기분이 좋아져 웃었다. 대신들은 공식적으로 모두가 놀고먹어야 할 황제의 생일날에 황제가 평소처럼 업무를 보고 있으니 덩달아 일을 해야 해서 시무룩해져 있었으나, 라틸은 그 부분은 모른 척 지나갔다. 대신들에겐 조금 미안하지만, 어쨌든 좀비와 괴물이 나오는 지금 같은 때 커다란 궁전 전체에 화려한 조명을 달고서 밤새워 놀 수는 없지 않은가.

그리고 그날 저녁.

라틸은 마지막 업무까지 확실하게 끝낸 다음 옷매무새를 정리하고서 하렘으로 걸어갔다. '간단히 식사'만 한다고 말했지만, 그래도 황제의 생일을 그냥 지나가긴 아쉬웠는지 하렘 내부는 평소보다 훨씬 아름답게 꾸며져 있었다.

수풀과 나무 사이사이에 노랗고 하얀 작은 조명이 걸려있고, 정원을 가로지르는 돌길 양옆에도 일정한 간격으로 작은 조명을 심어서, 걷고 있으면 빛무리 사이를 걸어가는 기분이 났다.

빛으로 된 그 길을 따라 걸어가니 정원의 넓은 잔디밭에 긴 테이블이 설치되어 있고, 그 주위에는 아름다운 여섯 후궁이 평소보다 잘 차려입고 앉아있었다. 원래도 아름다운 이들이 특별히 각도까지 잘 설계된 조명을 받으니 과장 없이 정말로 눈이 부셨다.

그러다 라틸을 발견한 여섯 남자가 웃으면서 일어나는데, 해가 저물어가는 그 시간대의 미묘한 바람까지 불어오자 라틸은 괜히 코끝이 찡해졌다.

황제가 된 게 행복했다.

그렇게 생각하고 나니 라틸은 좀 부끄러웠다. 이런 사소한 거로 황제가 된 걸 뿌듯해하다니. 물론 행복은 소소한 데서 찾는 거라지만, 그래도 황제가 된 행복은 이런 데서 찾으면 안 되는 거 아닌가.

'괜찮아. 나 혼자 생각하는 거잖아.'

그러다 정신을 차리고 보니 여섯 남자가 모두 라틸만 보고 있었다. 황제가 자기들을 보고 갑자기 멍하게 서있자 의아한 표정들이었다.

'저 남자들이 내 속마음을 못 읽어서 정말 다행이야.'

라틸은 안도하면서, 빠르게 표정을 가다듬고 가장 상석에 있는 자신의 자리로 걸어갔다.

"다들 나와있었네."

하지만 태연한 척 말을 꺼내자마자 라틸은 다시 침착함을 잃어버렸다.

'목소리가 너무 어색하잖아!'

자신이 듣기에도 평소와 목소리가 달랐다. 이를 인식하자마자 라틸은 얼굴에 열기가 밀려왔다.

'개개인으로 볼 때는 아무렇지 않은데. 왜 단체로 모여있으니 상대하기 민망해지는 거지?'

다행히 타시르가 자연스럽게 일어나 의자를 빼주었다.

"폐하를 빨리 보고 싶어서요."

그러고는 자연스럽게 말까지 받아주자, 라틸은 고마워서 그를 보며 웃었다. 그 고마운 마음은 라나문이 어색하게 팔을 내리는 걸 보자 또 다른 괴로움으로 변했지만 말이다.

'재도 내 의자를 빼주려 했나 봐.'

라틸은 자신이 실수한 게 아닌데도 덩달아 민망해졌다. 하지만 타시르는 아무렇지 않게 라나문의 의자까지 조금 빼내주고는 방긋 웃고서 자기 자리로 돌아갔다.

라틸은 라나문이 더 민망할까 봐 일부러 그에게서 시선을 돌리고 주위를 둘러보았다. 다른 후궁들도 라틸이 앉자 다들 착석했다. 다행히 라나문은 타시르 때문에 손이 허공을 저어도 그리 민망하지 않은 듯, 근처에 서있는 하인에게 음식을 가져오란 눈짓만 보내고 있었다.

미리 대기하던 하인들이 한가득 접시를 올린 왜건을 끌고 오자, 순식간에 주위가 침 고이는 향으로 가득 찼다. 평소보다 잘 차려입은 하인들이 길고 커다란 테이블에 접시를 올리는 사이, 라틸은 마침내 완전히 여유로워져서 흐뭇하게 웃을 수 있었다.

하인들이 공손하게 인사를 하고 물러나자 라틸은 자신이 가장 좋아하는 음식을 눈으로 확인하고서 포크를 쥐었다. 그런데 곁에서 도와주는 하녀에게 그 음식을 집어달라 말하려는데, 후궁들이 음식을 먹지 않고 이쪽을 뚫어져라 보고만 있었다.

'왜? 왜 안 먹고?'

노골적인 시선들이라, 라틸은 민망해져서 슬그머니 포크를 내렸다. 왜 저렇게들 쳐다보지? 알 수가 없었다.

'아. 혹시 내가 연설이라도 한마디 할 거라 생각하나?'

생각해 보니 선황제는 이런 자리가 생기면 꼭 짧은 연설을 하긴 했다. 모두 사이좋게 지내라던가, 다 같은 식구라던가 이런 식으로. 당연히 아무도 귀담아듣지 않았고, 라틸 역시도 흘려들었다. 자신의 경험을 떠올린 라틸은, 자신이 이 자리에서 무슨 말을 하든 듣는 사람은 지겨우리라 짐작하고서 후궁들을 향해 먹으란 손짓을 해 보였다.

"다들 식사하지."

그런데 게스타는 식사를 하는 대신 배시시 웃더니 뒤쪽에 서있는 자신의 시종에게 눈짓을 보냈다. 그 신호를 받은 게스타의 시종 트리가 손에 무언가를 들고 다가오자, 게스타는 그것을 받은 다음 라틸에게 다가와 내밀었다.

"폐하. 이거……."

'아. 아까는 선물을 주려고 다들 쳐다본 거구나.'

라틸은 그제야 몇몇이 아직 선물을 주지 않았단 걸 떠올리고 웃으면서 인사했다.

"고맙다, 게스타."

그러나 선물은 거기서 끝이 아니었다. 게스타는 라틸이 상자를 받자 작게 속삭였다.

"제가, 제가 끼워드리고 싶어요. 그래도 될까요?"

'선물이 장신구인가?'

"그래."

뭔지도 모르면서 고개를 끄덕인 라틸은 약간 딱딱한 포장을 끄르고 상자 뚜껑을 열었다. 옆에서 클라인이 "시키는 것도 많네."라고 빈정거렸다. 라틸이 째려보자 바로 입을 다물긴 했다. 라틸은 완전히 상자를 연 다음 안에서 나온 영롱한 목걸이를 보고 감탄했다.

"와. 정말 예쁘다, 게스타."

그러고서 활짝 웃는 얼굴로 게스타를 쳐다보자, 게스타가 두 손을 수줍게 뻗으며 물었다.

"제가 해드려도 될까요?"

"응."

고개를 끄덕인 라틸은 머리카락을 위로 올리면서 목뒤가 게스타를 향하게 몸을 돌렸다. 그러고 있자니 게스타가 상자에서 목걸이를 집는 게 희미하게 보였다.

이윽고 그의 길고 단단한 손가락이 목 부위에서 조심조심 움직이는 게 느껴져서 라틸은 희미하게 웃었다. 그의 손가락이 잔잔하게 떨리는 게 느껴져서 자신도 모르게 웃음이 나왔다.

그러다 라틸이 웃는 소리를 들은 게스타가 더욱 허둥지둥 손을 움직이다가 손가락이 목을 스치자, 라틸은 달콤한 전기가 목부터 허리를 빠르게 지나가는 느낌에 자신도 모르게 등을 움찔했다.

"폐, 폐하. 혹시 아프셨나요?"

거기에 놀란 게스타가 물었으나, 그의 손길이 짜릿해서 그랬단 말을 할 수 없어서 라틸은 고개만 저었다.

'칼라인 피부를 요 며칠 너무 많이 만졌나 봐.'

열기가 있는 손가락에 자신도 모르게 반응해 버리다니. 게다가 게스타 얘는 몸도 약한 순둥이면서 손은 왜 저렇게 크고, 손가락은 왜 저렇게 단단한지. 게스타가 아까보다 좀 더 빨리 목걸이를 걸어

주고 물러서자, 라틸은 어색한 기분을 감추기 위해 목걸이를 만지
작거리며 인사했다.

"고마워. 예쁘다, 게스타."

하지만 게스타가 자기 자리로 돌아가기도 전에 클라인이 재차
시비를 걸었다.

"고작 목걸이가 선물이라니."

'아니, 쟤는 왜 또?'

라틸은 눈썹을 구기고 클라인을 보았으나, 클라인은 게스타에게
시비를 거는 게 주목적이 아니었는지 일어서서 라틸에게 다가오고
있었다. 아, 쟤도 선물을 주려나 보다. 라틸은 그렇게 생각했으나,
성큼성큼 걸어온 그가 라틸의 곁으로 오자마자 한 건 겉옷을 벗는
거였다.

'옷은 왜?'

뜬금없는 탈의에 당황한 라틸은 옷깃에 가려져 있던 그의 목 부
근에 예쁜 리본이 매어져 있자 눈이 휘둥그레졌다.

'이건 뭐야?'

의아해서 쳐다보자, 클라인은 픽 웃더니 리본의 한쪽 끝을 라틸
에게 건네며 당당하게 말했다.

"제 선물은 접니다, 폐하."

"……."

'어떤 선물을 주어도 아주 기뻐하면서 받자고 생각하긴 했는데.
이건 좀.'

라틸은 당황해서 리본 끄트머리를 들고 있었으나, 클라인이 웃

으면서 계속 쳐다보자 어쩔 수 없이 리본 끝을 잡아당겼다.

'자, 해준다. 해줘.'

그런데 리본이 풀리는 순간.

"!"

클라인의 입술이 라틸의 뺨으로 다가오더니 쪽 소리를 내며 입을 맞추고 물러났다. 라틸은 놀라서 클라인의 눈을 보다가, 클라인이 눈웃음을 짓자 덩달아 웃음을 터트렸다.

'하여튼 웃긴 애라니까.'

"자요."

하지만 선물은 그게 끝이 아니었다. 클라인이 갑자기 품 안에서 리본이 달린 열쇠를 꺼내 내밀자, 라틸은 웃다가 얼결에 그걸 받아들었다.

"무엇이냐?"

뜬금없이 웬 열쇠? 설마 이번에는 이 열쇠로 자기 마음을 따고 들어오라 하는 거 아냐? 라틸은 떨떠름하게 생각했으나, 클라인의 말은 라틸이 예상한 범위와 전혀 달랐다.

"카리셴 유명 휴양지에 있는 별장 열쇠입니다."

"!"

"다음에 같이 가시지요."

라틸이 놀라 쳐다보자, 클라인은 자기 선물이 최고란 듯 뿌듯하게 자기 자리로 돌아갔다. 라틸은 자기도 모르게 게스타 쪽을 보게 되었다. 게스타는 클라인이 뭘 주든 상관없다는 듯 조용히 스테이크를 자르고 있었는데, 작은 나이프가 고기 위를 한 번 지나갈 때마다 고깃덩어리가 예리하게 잘려나갔다.

표정은 온화해 보이지만 손에 힘이 엄청나게 들어가 있단 뜻이
다. 라틸은 어색하게 웃다가 일단 열쇠를 옆에 내려놓았다. 다음으
로는 대신관이 다가와 라틸에게 손바닥보다 큰 상자를 내밀었는
데, 그 안에는 황금으로 된 카드가 들어있었다.

"……카드?"

"전설적인 딜러가 사용한 카드입니다, 폐하. 원하시면 제가 딜러
를 해드리겠습니다."

선물을 주고받는 시간이 끝나자, 라틸은 자신이 받은 선물들을
시종에게 맡겼고 본격적으로 식사가 시작되었다. 후궁들도 라틸을
빤히 쳐다보는 대신 이제야 제대로 음식을 먹기 시작했는데, 그러
는 사이에도 불편한 대화는 끊임없이 오갔다.

"대신관은 과거에 딜러였다더니. 선물도 카드로군. 딜러 일에 미
련이 남은 눈치인데, 원하면 계속해 보지 그래?"

"응? 해도 됩니까?"

"그럼."

"그렇군요. 하지만 저는 폐하 옆에 있고 싶습니다."

클라인은 대신관을 이상하게 꾀었고, 대신관은 전혀 개의치 않
고 흘려 넘겼다.

타시르는 라나문과 칼라인 사이에서 신이 나서 얘기를 해댔는

데, 신이 난 건 타시르뿐이고 라나문과 칼라인은 둘 다 얼굴에 표정이 드러나지 않았다. 게스타는 평소처럼 제대로 대화에 참여하지 못하고 오늘도 쭈뼛쭈뼛 식사에만 열중했다. 그래도 나름대로 평화롭다면 평화로운 광경을 바라보면서, 라틸은 처음 이들과 함께 식사하던 때를 떠올리며 웃을 수 있었다.

하지만 곧 그때와 달라진 점을 발견하고 표정이 어두워졌다.

서넛.

'진실을 말해줄 마음이 생기면 오라 했는데……'

제 발로 안 온다 이거지. 마음에 안 든다 이거지. 영지에서 지내는 게 아주 룰루랄라 신난다 이거지.

'그래, 거기 영지에 매력적인 아가씨들 많긴 하더라.'

라틸은 눈살을 구기고서 아스파라거스를 '와득' 씹었다.

'오기만 해봐라.'

겉으로는 평온한 식사 시간이 지난 후, 후궁들이 라틸에게 인사를 올리고 하나둘 물러나고 있을 때였다.

"라나문."

라틸은 게스타가 걸어준 목걸이를 만지작거리고 있다가, 좀 미적거리고 선 라나문을 불렀다. 부른 건 라나문뿐인데 후궁들이 동시에 멈춰 서서 고개를 돌렸다. 아니, 너희는 라나문이 아니잖아? 라틸은 그 시선에 부담스러워졌으나, 표정 관리하고서 말을 이었다.

"오늘은 너도 생일이지?"

라나문은 한 박자 느리게 대답했다.

"예, 폐하."

아까 홀로 미적거리던 것도 그렇고 지금도 그렇고. 라나문 역시 내색하진 않았으나 오늘 라틸과 한 약속을 떠올리고 있던 게 분명했다.

"네 생일이기도 하니 밤은 둘이서만 보내지."

라틸은 일부러 빠르게 말한 다음 테이블 위에 놓인 따지 않은 술병을 챙겨 걸어갔다. 라나문의 방이 있는 쪽으로 걸어가고 있으려니 뒤에서 다른 후궁들의 시선이 날개 달린 바늘처럼 쏟아졌다.

그 따끔거리는 시선들이 하나하나 생생하게 느껴졌으나, 라틸은 모른 척 계속 걸어갔다. 얼마나 긴장되던지 라나문이 따라오는 것도 뒤늦게 확인했다. 힐긋 눈동자만 옆으로 굴려 라나문이 따라오는 걸 확인한 라틸은 다시 정면을 쳐다보며 술병을 쥔 손에 힘을 꽉 주었다.

'긴장된다.'

심장이 얼마나 요란하게 뛰는지 술병을 잡은 손에서 심장 박동이 느껴질 정도였다. 또박또박 잘 걷기 위해 발목과 종아리에 힘을 주었으나 걸음걸이는 그럴수록 더 이상해졌다.

"폐하."

그러다 바로 곁에서 라나문의 나지막한 목소리가 들려오면서 그가 팔을 잡아주는 순간, 라틸은 결국 펄쩍 뛰고 말았다. 자신이 한 명청한 짓거리에 부끄러움이 밀려왔으나, 라틸은 그래도 태연한 척 "그래." 하고 중얼거렸다.

안타깝게도 목소리가 양의 울음소리 같아서, 전혀 태연하지 못하게 들렸다. 희미한 웃음소리에 괜히 목덜미에 열이 올라서 라틸은 이번엔 술병을 품에 꼭 끌어안았다. 바보 같아. 뒤늦게 후회하며 술병을 도로 내려놓는데, 라나문이 라틸과 달리 제법 차분한 목소리로 물어왔다.

"포도 향 좋아하십니까."

뜬금없는 포도 이야기에 라틸은 "어?" 하고 옆을 보았다. 혹시 내가 너무 긴장하고 있으니 긴장하지 말라고 이러는 걸까? 라나문은 정면을 보고 있었는데, 라틸이 자신을 쳐다보자 시선을 느낀 건지 힐긋 고개만 옆으로 돌리며 라틸을 마주 보았다.

"여기 오기 전에 포도주를 넣은 물에 목욕했습니다. 향을 좋아하실지."

"!"

차가운 얼굴로 태연히 뱉는 소리에 라틸은 놀라서 발을 헛디디고 말았다. 넘어지려는 라틸을 라나문이 손을 뻗어 잡아주었다. 딱 붙은 몸에서 정말로 취할 것 같은 향이 풍겨왔다.

술을 마시지도 않았는데 이렇게 머리가 어지러운 건 라나문이 포도주로 목욕했기 때문일까? 라틸은 한 손은 라나문을 쥐고 한 손은 술병을 끌어안고서 재빨리 균형을 잡았다.

"고맙다."

라틸은 손을 빼내려 했으나 라나문은 손에 힘을 준 채 라틸을 놓지 않았다. 사실 힘을 준다면 뿌리칠 수 있었고, 명령해서 물러나게 할 수 있었으나 라틸은 그러지 않았다.

노란 달빛과 백색 조명, 그 아래 서있는 라나문.

이 모든 게 라틸의 머릿속을 엉망으로 휘저었다. 라틸이 그를 거부하지 않고 서있자 라나문은 손에 약간 힘을 주어 꽉 잡더니, 라틸을 자신 쪽으로 끌었다. 나란히 걸어가고 있자니 아까보다는 한결 안정적이었다. 반대로 심장은 더욱 거세게 뛰었지만 말이다.

바닥에 깔린 돌을 밟을 때마다 나는 소리가 간지러웠다. 귀가 심장 안에 있고, 그 앞에 바스락거리는 머리카락이 있는 것 같았다. 라틸은 흐트러진 라나문을 떠올리고, 자신이 그런 라나문을 볼 수 있는 유일한 사람이라는 데 아찔해졌다.

방 안에 들어간 라틸은 한 번 더 술병을 꽉 끌어안았다. 식사 내내 라나문이 덤덤하게 있던 게 신기할 정도로 이곳은 이미 모든 준비가 끝나있었다. 따뜻한 주홍색으로 빛나는 은은한 조명은 평소보다 좀 덜 밝았고, 커튼은 꼼꼼하게 내려져 조금의 달빛도 들어오지 못하게 막고 있었다. 부드러운 캐노피가 침대를 잔 구름처럼 휘감고 있었다. 라틸은 술병을 더 꽉 끌어안았다. 라나문이 흐트러지기 전에 이쪽이 먼저 긴장해서 기절할 것 같았다.

'술. 술을 좀 마셔야겠다.'

라틸은 침대를 보고 숨을 크게 들이쉬다가, 라나문이 자신을 그쪽으로 이끌자 다리에 힘을 주고 서서 끌어안고 있던 술병을 내밀었다.

"술부터 마시자."

자연스러운 제안이었으나 라나문은 라틸을 꽤 많이 불신하고 있었다.

"설마 저를 술에 취하게 만들어 흐트러지게 하실 생각입니까?"

"아니. 그럴 리가."

라틸은 조금 골이 나서 퉁명스럽게 항의했다.

"넌 술에 취해도 안 흐트러지잖아."

라나문의 입꼬리가 눈에 보일 정도로 또렷하게 올라갔다. 라틸은 술병을 그에게 내밀고서 황급히 침대로 가 캐노피를 전투적으로 치우고 안에 털썩 주저앉았다.

"한 잔만 따라줘."

라틸의 말뜻은 코르크 마개를 딴 다음 저쪽 테이블 위에 있는 길쭉한 유리잔에 술을 따라서 한 잔 가져다 달란 뜻이었다. 지금 마음이 좀 심란하니까. 아무래도 알코올이 뒤에서 뻥뻥 걷어차 주는 용기가 필요한 듯하니까. 하지만 라나문에겐 라틸의 말이 잘 전달되지 않은 모양이다.

"네."

순순히 대답한 라나문은 코르크 마개를 따더니, 병을 자기 목 옆에 대고 기울였다.

"!"

라틸은 눈이 커다래졌다.

'술을 왜 거기 따라?'

불그스름한 액체가 라나문의 목덜미를 따라 흘러가더니, 깔끔한 하얀 셔츠를 안에서부터 물들이기 시작했다. 술에 젖은 셔츠는 그의 몸에 완전히 달라붙어 근육의 형태를 남김없이 드러냈다.

내 술. 라틸은 마른침을 삼켰다. 갈증이 심하게 났다. 용기를 줘야 할 술이 저기 가서 직접 용기를 부르고 있다니. 술이 더 이상 나오지 않자 라나문은 병을 아무렇게나 바닥에 툭 떨어뜨렸다. 카펫에 떨어진 빈 병은 소리조차 나지 않았으나, 라틸의 심장에선 쿵음이 났다.

"라나문."

이유도 없이 그의 이름을 부른 라틸은 침을 삼키고 싶은 걸 꾹 참느라 손가락에 힘을 꽉 줬다. 라나문이 가까이 올수록 아찔해졌다. 가만히 있어도 아름다운 라나문은 술에 젖으니 감당하기 어려울 정도로 색정적이었다.

"나는…… 그냥 잔에 따라 달라고 한 건데. 술."

중얼거리는 사이 어느새 코앞으로 다가온 라나문이 라틸의 앞으로 와 섰다. 바로 앞에 붉게 변한 셔츠와 그 아래로 반투명하게 보이는 그의 살결이 있었다. 그의 호흡마저 보이는 듯했다. 과일 향 섞인 술 냄새가 강하게 풍겨 왔으나, 라틸은 이게 술 냄새인지 라나문의 향인지도 구별할 수 없었다.

"오늘 폐하의 잔은 저입니다."

공부 많이 했구나, 라나문! 저런 말을 어떻게…… 어떻게 저렇게 대놓고 하지? 민망하지만 또 잘 어울리긴 해서, 라틸은 천천히 고개를 들어 라나문을 올려다보았다.

어둠 속에서도 그의 눈은 홀로 아름답게 빛나고 있었다. 그는 자신을 잔이라 했지만, 라틸이 보기에 그는 술 그 자체였다. 눈을 마주하고 있자니 풍겨 오는 향만으로도 취할 것 같아서 라틸은 다시 고개를 내렸다.

코앞에는 젖은 옷 탓에 훤히 드러나 보이는 그의 복부가 있었다. 포도 향이 나는 그곳은 딱 달라붙은 옷 때문에 적당히 자리 잡은 근육이 훤히 드러나 있었다.

만져도 될까? 만져도 되겠지. 내 남자니까. 그런데 만져도 될까? 만져도 되는 거 알잖아. 알면서 왜 그래? 그런데…… 진짜 만져도 되는 거야? 된다니까! 내가 아니면 누가 얠 만진다고? 우린 부부라고!

머릿속에서 야한 라틸과 겁 많은 라틸이 자꾸 소곤소곤 대화를 나누었다. 라틸은 주저하다가 천천히 라나문의 옷, 술에 젖어 축축해진 옷에 입술을 가까이 가져갔다.

혀를 내밀어 술에 흠뻑 젖은 셔츠를 슬쩍 핥아보자, 강한 주향에 코가 알싸해졌다. 순간 조각상처럼 미동도 없던 라나문의 복부가 크게 움직였다. 라틸은 놀라 고개를 들었다.

"젠장, 폐하."

무례한 말과 공손한 말을 동시에 뱉은 라나문은 표정을 일그러뜨리고 있었다. 인내심이 가늘어질 대로 가늘어져서 견디기 힘든 것처럼.

"어떻게 이런 짓을."

먼저 술을 자기 몸에 들이부은 라나문이 할 말은 아니었다. 라틸은 라나문처럼 '젠장' 하고 중얼거리고 싶어졌다. 솔직히 저런 얼굴은 반칙 아닌가? 그냥 그가 흐트러질 정도까지만 즐기다가 옆에 두고 한숨 자고 나올 생각이었는데, 시작부터 저렇게 술을 들이부어 버리다니.

"네가 먼저 했잖아."

작게 항의하자마자 라나문이 라틸을 안아 들더니 곧장 입을 맞춰왔다. 무겁지 않나, 아주 잠시 이런 생각이 들었으나 뜨거운 숨결이 입술과 치아를 누르자마자 그런 고민은 싹 날아갔다.

안 무거우니 들겠지. 라틸은 두 다리로 라나문의 허리를 감싸고 두 팔로는 라나문의 목을 감싸고서 그의 입술로 파고들려 했다. 하지만 먼저 라나문이 입안으로 들어왔다. 라틸은 그의 온몸에서 나는 달콤한 포도주 향에 머리가 어질어질해졌다.

입안에도 포도주를 머금고 있었나. 늘 차갑게 굴면서, 그의 혀와 숨결은 제 주인과 달리 뜨거웠다. 아예 한 손으로 라틸을 받친 라나문이 다른 한 손을 라틸의 셔츠 안쪽으로 넣어 등을 쓸자, 라틸은 그의 입에서 자신의 입을 떼고 머리를 뒤로 젖혔다.

손은 뜨겁고 커다랬으나 맨살에 닿자 순간 차갑게 느껴지며 오소소 소름이 돋았다. 약간 뜨거운 물 안에 들어갔을 때 춥다고 느끼는 것과 같았다. 그러나 곧 그런 감각이 가라앉으며 커다란 손의 온기가 느껴졌다. 그의 손은 라틸의 등을 한 번 크게 쓸고 가더니, 이번에는 라틸의 목덜미를 뒤에서부터 가볍게 쓸었다.

의도한 건 아니지만 그의 허리를 감은 다리에 저절로 힘이 들어갔다. 라나문은 캐노피를 걷고 침대 안으로 들어가 라틸이 자신의 위로 올라오도록 누웠다. 라틸은 그제야 그의 허리에서 다리를 풀었다.

어느새 자연스럽게 자신이 그를 깔고 앉은 모양새가 되었단 걸 알아차리자, 다시 얼굴과 목덜미에 열이 올라왔다. 그의 단단한 배가 조금씩 꿈틀거리는 게 허벅지와 맞닿아 그대로 생생하게 느껴졌다.

라틸을 위로 보내고 스스로 누웠으면서, 라나문은 주도권을 넘길 생각은 없는 모양이었다. 그는 라틸이 진정할 틈도 주지 않고 라틸의 셔츠 안으로 손을 넣어 등과 허리를 쓸고는, 자연스럽게 얇은 재킷을 벗겨냈다.

"전 폐하의 등이 좋습니다."

그가 재킷을 뒤로 젖혀 벗겨내며 속삭였다.

"처음 봤을 때부터 이 등이 좋았습니다."

"거짓말."

"정말입니다."

"처음 멜로시 영지에서 인사했을 때, 나도 기억하거든? 불만스러운 표정으로 인사했잖아."

"등이 참 곧네라고 생각했습니다. 할 필요 없는 이야기니 안 했을 뿐."

"취향이…… 이상한데."

그가 재킷을 뒤로 넘겨 벗기는 바람에, 라틸은 라나문의 배에 대고 있던 손을 떼야 했다. 재킷이 뒤로 넘어가자 자연스럽게 라틸의 팔도 조금 뒤로 넘어갔다.

"여기서 보는 폐하가 얼마나 자극적인지 폐하는 평생 모르시 겠죠."

"난 나르시시즘은 없어."

라나문은 재킷을 벗겨줄 것처럼 굴더니, 재킷이 라틸의 팔꿈치 부위까지 내려가자 손을 떼고서 짓궂게 웃었다. 어라, 생각하는 찰 나 라나문의 손이……

"라나문 님과 폐하가 생일이 같아서 정말 다행이야."

카르둔이 흐뭇하게 중얼거리자 라나문을 담당하는 다른 하인들 도 신이 나서 고개를 끄덕였다. 하인 하나는 엄지 두 개를 치켜세 우고서 자랑스럽게 춤을 췄다.

"우리 라나문 님 얼굴을 보세요. 생일이 달랐어도 결국 총애는 우리 라나문 님이 받았을 겁니다."

"그럼요. 생일이 같아서 함께 밤을 지낸단 건 다 핑계죠."

"폐하는 그냥 라나문 님과 함께 있고 싶으신 거예요."

하인들이 연달아 퍼붓는 덕담에 카르둔은 연신 고개를 끄덕였 다. 어쩌면 저들은 아부하느라 빈말을 던지는 걸지도 모르지만, 그 빈말이 죄다 진실인 걸 어쩐단 말인가.

하지만 밝디밝은 이쪽과 달리 다른 후궁들의 방은 그리 좋은 분 위기가 아니었다. 게스타는 옷도 갈아입지 않고서 침대에 엎드려 울었다. 트리는 그 주위에서 마음 여린 도련님을 어떻게 달래야 하나, 연신 초조하게 왔다 갔다 이동했으나 좋은 방법이 떠오르지 않았다. 후궁의 시종인 그가 다른 후궁을 데리고 자러 들어간 황제를 불러올 수는 없었으니까.

"도련님……."

트리는 게스타의 떨리는 등을 바라보다가 주먹을 꽉 쥐고서 다짐했다.

"도련님. 제가 진짜, 무슨 수를 써서라도 라나문 그자를 폐하 눈앞에서 치워드릴게요. 꼭 말입니다."

게스타는 우느라 그 말을 듣지 못했는지 아무 대답도 하지 않고 계속 흐느끼기만 했다. 그러다가 이불에 머리를 파묻은 채 손만 뒤로 뻗더니, 평소보다 훨씬 가라앉은 목소리로 부탁했다.

"트리. 내가 전에 만든 카드. 그거 좀 가져다줄래?"

그 엉성한 수제 카드를 말씀하시는 건가? 왜 갑자기 그걸 가져오라 하는진 알 수 없으나, 트리는 작고 사소한 것이라도 게스타에게 위로가 된다면 모두 가져올 수 있었다.

"네, 잠시만요!"

트리가 카드를 찾기 위해 잠시 방을 나간 사이. 얼굴을 묻고 내내 훌쩍이던 게스타가 천천히 고개를 들어 올렸다. 눈가가 젖어있긴 했으나 그의 표정은 방금 막 갈아낸 검처럼 서늘했다.

"라나문."

이전에도 라틸이 라나문 방에 몇 번 가긴 했지만, 갔다는 소식을 들은 것과 눈앞에서 그를 데려가는 걸 보는 건 기분이 전혀 달랐다.

"라나문."

재차 라나문의 이름을 읊은 게스타의 입가에서 빠드득 돌 부서지는 소리가 들려왔다.

"라나문."

세 번 그의 이름을 읊은 게스타는 '죽인다'고 말할 뻔했으나, 곧 눈을 감고 심호흡했다. 아직. 아직은 안 된다. 아트락시 공작은 라틸의 황위에 도움이 되는 자였다. 아직 죽이는 건 안 된다. 하지만……

"폐하를 본 눈, 폐하와 입 맞춘 혀, 폐하를 느낀 피부, 폐하에게 닿은 손, 전부 다 가만두지 않을 거다."

그 시각, 클라인은 카리센에서 가져온 독주를 마시고 있었다. 바닐은 클라인의 눈치를 보면서 몰래몰래 병에 물을 탔다. 평소라면 이런 짓은 하지 않겠지만, 지금 클라인은 술에 취할 때가 아니었다.

술로 아픈 마음을 누르고 싶은 마음이야 이해하지만, 술에 취해 라나문 방으로 뛰어 들어가 해코지라도 하려 들면 어쩐단 말인가. 그랬다간 황제에게 밉보여서 쫓겨나고 말 것이다. 아무리 클라인이 카리센의 황자라지만, 잠자리에 쳐들어와 행패를 부린다면 하이신스 황제도 항의할 수 없을 테니.

"폐하는…… 대체 그 족제비 같은 놈이 어디가 예쁜 거지?"

"족제비 같아서 예뻐하시는 게 아닐까요? 족제비는 정말로 예쁘니까요."

눈치 없는 악시안이 옆에서 중얼거리자마자 바닐은 들고 있던 얼음통으로 그의 등을 쳐버렸다. 악시안이 '네가 날 쳤어?' 하는 눈으로 보았으나, 바닐은 화가 나서 무섭지도 않았다.

"좀 닥치세요. 꼭 전하 앞에서 말을 고따위로 해야 합니까?"

바닐이 목소리를 낮추어 으르렁거리자 악시안은 불만스레 입을 닫았다. 바닐은 술에 얼른 얼음이랑 물이나 타라면서 악시안을 닦달하다가, 클라인이 재차 술을 또 한 병 비우자 결국 참지 못하고 말했다.

"전하. 차라리 하이신스 폐하께 부탁하면 어떨까요?"

클라인이 새 술병을 뜯다 말고 눈을 가늘게 뜨고 고개를 돌렸다.

"형님한테 뭘. 폐하의 마음을 사로잡을 비법을 전수해 달라고?"

말도 안 되는 말을 한 클라인은 곧 차가운 비웃음을 지었다.

"하긴. 라나문 그놈이 뭘 어째도 폐하의 진짜 사랑은 그자도 나도 아냐. 우리 형님이지."

비웃음은 곧 슬프고 처연한 표정으로 변했다. 자신이 휘두른 창에 자신이 찔린 게 분명했다. 공격 상대인 라나문은 애초에 여기 있지도 않았다.

"……."

잠시 멍하게 허공을 보던 클라인은 한숨을 내쉬고서 술병을 마저 뜯은 다음 잔에 콸콸 쏟듯이 따르더니, 바닐이 물을 섞기도 전에 마셔버렸다. 바닐은 방금 뜯은 술병을 얼른 가져가 황급히 몸을 뒤로 돌려 거기에 물을 넣으며 말을 이었다.

"그런 걸 부탁하잔 게 아니고요. 하이신스 폐하께서 라트라실 폐하게 '내 동생 좀 신경 써줬으면 좋겠다'고 좀 언질을 주십사 하는 거죠."

악시안도 가만히 있다가 거기에 말을 보탰다.

"좋은 생각 같습니다. 카리센도 타리움만큼 강대한 나라입니다. 부탁을 받으면 라트라실 황제도 무시할 순 없을 겁니다."

"네, 전하. 하이신스 폐하도 타리움에서 온 후궁을 총애하지 않지만 예의는 갖추어서 대해요. 타리움 출신이니까요."

귀가 솔깃한지 클라인이 술을 위장에 들이붓길 멈추고 잠시 컵을 내려놓았다. 이 틈을 타서 둘은 재차 클라인을 설득했다. 하이신스가 나서준다면 효과가 있을 거다, 이건 절대로 이상한 게 아니다, 원래 강대국에서는 정략적으로 후궁을 보내더라도 사후 관리는 확실하게 해준다, 클라인은 하이신스가 가장 아끼는 동생이니 부탁한다면 당연히 해줄 거다 등등의 말을 건넸다.

"……."

그러는 동안 클라인은 입을 다물고서 그들의 말을 경청했다. 하지만 그들이 말을 멈추고 기대에 찬 눈으로 클라인을 보는 순간.

"별로."

클라인은 단호하게 말하고서 다시 술잔을 쥐었다. 이미 술에 취해 불그스름해진 얼굴이 조금 일그러졌다. 평소엔 화가 나면 성질을 부릴 텐데 지금은 자존심이 상해서, 이런 제안을 한 부하들에게 성질도 부릴 수 없는 상태였다. 그는 바닐과 악시안의 멱살을 한쪽씩 잡고 묻고 싶었다.

형님은 폐하가 진짜로 사랑하는 남자인데. 어떻게 형님에게 그런 부탁을 하겠냐고. 그러면 자신이 너무…… 너무 비참해지지 않냐고. 그러다 밖에서 들려오는 "헛헛헛!" 하는 요상한 소리에 클라인은 눈썹을 찡그리고서 창가로 다가갔다.

소리를 낸 사람은 상의를 탈의한 대신관이었다. 그는 편한 바지 차림으로 산책로를 뛰고 있었는데, 뒤에는 성기사들이 다 비슷한 차림으로 뒤를 따르고 있었다.

"구령을 맞춰서 하나!"

"위대한!"

"박자를 맞춰 둘!"

"신!"

"하나!"

"신을!"

"둘!"

"찬양한다!"

대신관은 성기사들을 지휘하면서 연무장을 향해 열심히 뛰어갔다. 이게 다 조금 전 본 것 때문이다. 황제가 눈앞에서 술병을 끌어안고 라나문을 데려가는 걸 본 순간, 그의 머릿속에 불순한 것이 들어와 버렸다. 황제가 그자를 데려가지 않았으면 싶은 마음이.

자신이 황제를 세속적으로 사랑하기 때문이냐, 스스로에게 질문을 던지면 또 그건 아니었다. 그는 분명 황제를 좋아했지만 그건 세속적인 사랑과는 다른 느낌이었다. 그런데도 왜 황제가 눈앞에서 다른 남자를 데려가는 게 싫은 걸까? 이건 어떤 감정인 걸까?

'질투를 없애야 한다. 좋지 않다.'

연무장에 도착한 그는 목각 인형 앞으로 다가가, 거칠거칠한 천을 주먹에 대고서 자세를 잡았다.

"괜찮으십니까?"

하지만 목각 인형을 제대로 내려치기 전, 가장 뒤쪽에서 따라오던 백화가 곁으로 다가와 물었다.

"혼란스럽다. 질투란 게 생기고 있어."

대신관은 솔직하게 털어놓고서 커다란 주먹을 쥐고 인형을 빠르게 내리쳤다. 머리 위주로 몇 번 공격하자 목각 인형은 맥없이 '빠각' 소리를 내며 부러졌다. 백화는 그 모습을 지켜보다가 재차 말을 걸었다.

"후궁으로 들어온 이상 그런 감정도 각오해야죠. 질투는 사람이 가진 자연스러운 감정입니다. 뭐 하러 그리 없애려 하십니까."

"다른 사람을 해치는 감정은 좋지 않다. 스스로에게도 상대에게도."

"그 마음을 잘 간직해 두었다가 동력으로 쓰면 됩니다."

"동력이라니?"

"명색이 대신관인데, 설마 후궁 자리로 만족하실 건지요?"

"!"

"이젠 완전히 돌아오신 겁니까?"

둘만 남게 되었을 때 라틸에게 따로 생일 선물을 주려 했던 칼라인은, 결국 주지 못하고 다시 가져온 선물을 손바닥 위에서 굴리다가 고개를 들었다. 창밖에 타시르가 보였다. 눈이 마주치자 타시르는 자연스럽게 창문으로 걸어오더니, 창틀에 꽃받침을 하고서 활짝 웃었다.

"또 뵈니 기쁩니다, 칼라인 님."

"내가 떠난 걸 알고 있었나?"

"칼라인 님이 자리를 비운 사이 폐하가 많이 속상해하셨거든요."

"……."

"폐하는 칼라인 님 방을 늘 쓸쓸한 얼굴로 다니시고. 저는 폐하를 늘 간절한 눈으로 좇고. 그러니 모를 수가 없지요."

이윽고 타시르가 작게 '못 알아보면 바보들이죠'라고 덧붙이며 눈웃음을 짓자, 칼라인은 덩달아 헛웃음을 터트렸다. 돌려서 다른 후궁들은 모두 바보라 말한 게 아닌가.

"왜 떠나셨던 겁니까?"

"네게 말할 필요 없는 이유로."

더 캐묻는 대신 타시르는 들고 온 까만 술병을 내밀었다.

"짠. 그럼 말하지 말고. 이거나 같이 마실까요?"

칼라인은 생글생글 웃고 있는 타시르를 빤히 쳐다보다가 눈썹을 찡그리며 중얼거렸다.

“넌 잘 웃고, 머리는 좋지. 그래서 속을 더 알기가 힘들어.”

“칭찬이죠?”

“내 친구가 너 같은 성격을 흉내 낸 적이 있었다.”

“애정이네요!”

“알고 보니 그냥 사이코였지. 널 보니 그자 생각이 나는군.”

“아. 애증.”

“‘애’자를 억지로 끼워 넣지 마라.”

칼라인은 차갑게 말했지만, 방 안을 눈으로 가리키며 허락해 주었다.

“들어와.”

라틸은 어떤 게 자신의 머리카락이고 어떤 게 라나문의 머리카락인지 구분할 수 없었다. 술에 젖은 라나문의 셔츠는 이미 침대 모서리 위로 올라가 있었고, 단정한 그의 바지도 지퍼가 내려가 있었다.

두 사람은 한 치의 틈도 없이 맞물려 있었기에, 라틸은 라나문의 몸에도 포도주가 배어서, 그의 피부가 아주 촉촉하고 좋은 맛이 난단 걸 알 수 있었다. 라틸은 부드러우면서도 단단한 그의 피부가 좋았다. 그리고 라나문 역시 그런 게 분명했다.

“입술이 부은 거 같아.”

라틸은 라나문의 가슴에 뺨을 댄 채 숨을 죽이며 쉬다가 중얼거렸다. 키스도 많이 하면 지치는구나. 새로운 사실을 알게 되었다. 라나문은 말없이 라틸의 등을 감싸 몸이 자신에게 꼭 붙도록 했다. 라틸의 다리에 그가 몹시 흥분했단 증거가 닿았다.

"넌 괜찮아?"

"입술보다 다른 데가 더 신경 쓰입니다."

라틸이 손을 올려 자신과 마찬가지로 팅팅 부은 라나문의 입술가를 만지작거리자, 그가 쓰린지 눈썹을 찌푸렸다. 라틸은 그의 입술을 쓸다가 귓가를, 뺨을 쓸어보았다.

라나문의 머리카락은 사방으로 흩어져 검은 비단실처럼 보였다. 그 머리 중간중간에 라틸 자신의 머리카락도 섞여있었다. 그건 정말 이상한 기분이어서, 라틸은 손빗으로 자신의 머리카락만 모은 다음에 돌돌 말아 옆으로 늘어뜨렸다. 그러나 라나문은 얼마나 예민해져 있는 건지, 이런 사소한 동작에도 흥분했다. 그는 입술을 짓씹더니, '젠장' 소리를 내며 상체를 일으켰다.

"대체 폐하는 왜……."

그가 머리카락을 감싸지 않은 쪽 목덜미를 입에 머금자, 라틸은 간지러운 느낌과 말랑한 느낌을 동시에 받고서 어깨를 움츠렸다. 목에서 다시 입술로 올라온 그가 이마를 붙인 채 라틸의 눈을 간절하게 바라보았다. 이 이상 나가고 싶다고, 완전히 라틸의 남자가 되고 싶다고 온몸으로 허락을 구하는 눈빛이었다.

"폐하."

그가 속삭이자 귓가에 대고 숨결을 불어 넣는 것처럼 목덜미가 간지러워졌다. 허락이 목구멍 끝까지 올라왔다. 라틸도 그를 원했다. 하지만 라틸은 흥분을 가라앉히기 위해 그의 위에서 내려와 물을 찾았다.

"목이 좀 마른데."

"제가⋯⋯."

"직접 마실게."

아니면 또 너한테 부을 거잖아? 라틸은 근처에서 길쭉한 손잡이를 가진 주전자와 작은 물잔을 찾은 다음 목을 축였다. 라나문이 자신의 몸에 와인을 부을 때부터 시작된 갈증은 최고조로 달해있었다. 그 탓에 분위기가 아찔한 걸 알지만 물을 찾아 침대에서 나온 것이다. 라틸은 다시 물 한 잔을 따라 마시면서 시계를 보았다. 들어온 지⋯⋯ 두 시간 정도가 지났다.

'와.'

속으로 탄식이 나왔다. 들어와서 두 시간 내내 라나문과 키스하고 서로의 몸을 매만진 것이다. 입술이 아픈 게 당연했다. 물을 마시자 한껏 달아올랐던 몸이 조금 괜찮아졌다.

"넌 목 안 말라?"

라틸은 두 시간이나 입을 맞출 수 있다는 걸 새삼 신기하게 여기며 라나문을 보았다. 라나문은 한쪽 팔로 상체를 받치고 옆으로 길게 누운 채 입을 꾹 다물고 라틸을 바라보고 있었다. 그러다 라틸이 묻자 팔에 힘을 풀고 완전히 몸을 옆으로 뉘면서 차갑게 대답했다.

"괜찮습니다."

그러나 전혀 괜찮지 않은 목소리여서, 라틸은 잔을 내려놓고 라나문의 곁으로 다가갔다.

"진짜 괜찮겠어?"

"제가 지금 원하는 건 물이 아니라 폐합니다."

그가 눈동자 가득 열망을 품고서 바라보자, 라틸은 얼굴에 열이 올라와서 시선을 피했다. 실제로도 그의 온몸이 지금 얼마나 달아올라있는지 내내 만지작거렸던 라틸이 누구보다 더 잘 알았다. 쟤는 진짜…… 안 그럴 것 같은데 저런 말을 은근히 잘한다니까. 게다가 눈 하나 깜빡하지 않고.

"전 법으로 공인된 폐하의 남자인데, 왜 폐하께선 자발적으로 금욕하시는 건지 모르겠습니다."

내가 원해서 이러겠어? 라틸은 속으로 항의했다. 하지만…… 오늘 라나문과 만든 끈적한 분위기를 도로 거두어들여 말린 건 분명 라틸 본인이었다. 억울하긴 하지만 어쨌든.

라틸은 속으로 역시 칼라인에게 '아직 임신하고 싶지 않을 때 그런 걱정 없이 즐기는 방법이 무엇인지' 물어봐야겠다고 생각했다. 칼라인에게 이런 질문을 하는 데에도 아마 어마어마한 용기가 필요할 테지만, 어쨌든 알아둬서 나쁠 건 없겠지.

그리고 다음 날 아침, 라틸이 돌아간 후. 라나문 역시 밤새 라틸을 끌어안고서 고민한 자신의 결심을 시종인 카르둔에게 알렸다.

"할까. 대적자."

카르둔은 어제 다른 후궁을 모시는 궁정인들 표정이 얼마나 별로였는지 신이 나서 떠들다가 "네?" 하고 새된 목소리를 냈다.

"안 하신다더니. 갑자기 왜요?"

이제 일이 잘 풀려가는데, 왜 갑자기 또 대적자인지 뭔지를 하려는 건지…… 하는 불안이 들어간 목소리였다. 이윽고 카르둔의 표정이 알싸해졌다.

"혹시 도련님, 오늘도 베개 하셨나요?"

라나문이 고개를 끄덕이자 카르둔은 울먹이는 얼굴로 괜히 수건만 힘주어 퍽퍽 털어댔다. 뭐라고 위로를 해야 할지, 저 자존심이 얼마나 구겨졌을지 짐작이 가서 곤란했다. 아니, 폐하는 어떻게 저 얼굴을 보고 매번 구경만 하다 가시나. 연인이면 몰라, 부부 아닌가 부부? 하지만 라나문은 지난번과 달리 이번에는 태연했다.

"베개까진 아니었다."

그 자신만만한 목소리에 카르둔이 감탄해 쳐다보자, 라나문은 거울에 비친 자신의 얼굴을 물끄러미 보더니 희미하게 웃었다. 뭔가 추억이 가득한 표정. 밤새 서사를 쌓은 표정이었다.

뭐지. 말하는 베개 취급으로 상향한 걸까? 아니면 폐하가 뭔가 미래가 기대되는 그런 약속을 해주셨나? 카르둔은 뒷말이 궁금했으나, 라나문은 그와 관련된 이야기는 더 하지 않았다. 대신 그는 물기를 흠뻑 머금어 축축한 머리카락을 올백으로 넘기며 말을 돌려버렸다.

"폐하께서 주무시는 모습을 보고 밤새 생각했는데."

주무셨군요……. 폐하는 주무시고 도련님은 못 주무셨어요. 카르둔은 튀어나올 뻔한 말을 꾹 삼키고서 고개를 끄덕였다.

"네."

"잘 주무시더라."

"네?"

"하지만 세상이 여기서 더 어지러워지면 못 주무시겠지."

"!"

카르둔은 놀라서 라나문을 쳐다보았다.

"그 말씀은 혹시…… 대적자가 되어서 폐하를 지키고 싶으시단 말씀인가요?"

"잘 모르겠다."

눈살을 찌푸린 라나문은 침대로 걸어가 긴 다리를 꼬고 앉더니, 침대 안쪽 자리를 뚫어져라 쳐다보았다. '대적자가 되어서 라트라실 황제를 지켜야겠다'라는 생각이 확고하게 들었다기보다는, '절대로 대적자는 안 해야지'라는 생각이 약간 흐려진 눈치였다.

이게 좋은 건가? 그런데 대적자란 거, 위험한 거 아닌가? 막상 나태한 도련님이 영웅 놀이를 해본다고 하자, 카르둔은 덩달아 걱정이 되어 라나문의 수려한 옆모습을 초조하게 지켜보았다.

"생각을 좀 해보지."

"생각이 끝나더라도…… 저희 측에서는 먼저 그 하얀 머리를 만나자 청할 방도가 없지 않나요, 도련님?"

"내가 진짜 대적자고 그쪽이 진짜 대적자의 스승이라면 또 설득하러 오겠지. 네 말대로 내가 먼저 그자를 부를 수는 없으니, 어차피 생각할 시간은 있어."

"도련님!"

"그편이 국서 자리에 오르기 더 빠른 것도 같고."

"네?"

"대적자가 되면 국민들이 좋아하겠지. 귀족들은 이미 상당수가 나를 지지하고. 국민들까지 나를 지지하게 되었을 때, 폐하께서 과연 다른 사람을 국서로 삼을 수 있을까?"

"!"

"바삭하게 튀긴 빵. 크림 없고 잼 빼서. 버터는 조금. 수프는 브로콜리."

아침 메뉴를 고르듯 잔잔하게 중얼거린 라나문이 진짜로 아침 메뉴까지 즉석에서 부르자, 카르둔은 조물조물하던 수건을 내려놓고 후다닥 복도로 나갔다. 하지만 심장이 매우 빠르게 뛰고 있었다.

"어제는 재밌게 보냈겠지."

하이신스 황제가 갑자기 중얼거린 소리에, 맞은편에 선 비서가 "네?" 하고 어리둥절해 되묻다가 다급히 대답했다.

"예, 예. 어제는 외삼촌의 생일이라 가문 사람들이 다 같이 모였습니다. 또 좀비 같은 게 나올까 봐 병사들이 손님보다 더 많았지만요."

하이신스 황제는 '무슨 소리냐'는 듯 비서를 보았다가 곧 고개를 끄덕였다.

"그래. 잘됐군."

어제가 라틸의 생일이었다는 걸 떠올리다가 나간 혼잣말이지만, 굳이 이 사실을 비서에게 알릴 필요는 없었다. 하이신스는 후궁 여섯 명 사이에 둘러싸여 행복해했을 라틸을 떠올리자 기분이 나빠져서 서류를 책상 위에 '탕' 소리가 나게 내려놓았다. 별개로 서류 내용도 좋은 소식이 아니었다.

"좀비들에겐 이성이 없다는군."

이미 짐작한 바이긴 했지만 말이다.

"예. 전설이 정말이었습니다."

비서는 심각한 목소리로 동의했다.

"이성이 조금이라도 있거나 원래 상태로 돌릴 수 있다면 좋을 텐데요. 지금 가둬둔 좀비 중엔 귀족들이 많다 보니 좀 그렇잖아요."

처음 등장한 좀비인 레들러부터가 귀족 영애였고, 두 번째 희생자인 남자 역시 귀족이었다. 이후 희생자들 역시 평민 출신 관리와 귀족들이 섞여있었다. 문제 되는 건 귀족 좀비들이었다. 그들 가문 사람들은 좀비가 되어도 귀족은 귀족이라며, 좀비가 된 귀족들을 죽이지 않길 원했다. 데려가지도 않으면서.

이런 상황이다 보니 하이신스도 학자들을 동원해 좀비들을 원래대로 되돌릴 수 있을지, 혹시 조금이라도 이성이 남아있진 않은지를 시험했다. 그러나 지금 도착한 연구 결과는 좀비는 이성이 없단 사실을 확실하게 알리고 있었다. 하이신스는 새 종이를 꺼내 그 위에 지시 사항을 적고 사인을 한 다음, 기존에 올라온 서류를 클립으로 함께 집어 건넸다.

"더 이상 위험을 감수하고 그들을 감옥에 둘 수는 없다. 조금이라도 잘못된다면 대참사가 일어날 테니…… 모두 죽여라.”

“예.”

“하지만 그 전에.”

“네.”

“타리움에 사절을 보내 성기사를 보내달라 청해라. 혹시 처리 과정에 실수가 생겼다간 일이 복잡해질 테니.”

말이 좋아 ‘실수’지, 좀비를 죽이는 과정에서 발생하는 실수라면 평범한 실수가 아니었다. 주위에 있던 다른 사람들까지 전부 좀비로 변한다는 건데. 상상만으로도 끔찍한 일 아닌가.

“얼른 전하겠습니다.”

긴장한 비서가 얼른 돌아섰다.

“잠시.”

하지만 하이신스는 비서가 문을 열고 나가기 전, 그를 재차 불렀다. 비서가 돌아오자 하이신스는 잠시 주저하다가 품 안에서 작은 선물 상자를 꺼내 내밀었다.

“어제가 라트라실 황제의 생일이었지. 선물이라고…… 함께 보내라.”

비서는 어리둥절해서 작은 상자를 받아들었다. 라트라실 황제의 생일 선물은 이미 생일 전에 도착하도록 기한에 맞추어 사절단을 따로 보냈다. 그런데 갑자기 이건 왜? 이해가 가지 않았다.

하지만 그 시선을 받은 하이신스가 미간을 찌푸리자, 비서는 ‘아, 클라인 황자 때문에 그렇구나!’ 하고 스스로 납득하고 꾸벅 인사를 올리고 얼른 복도로 나갔다. 비서가 나가자 하이신스는 괜히 어색하게 책상을 두드리다가 서랍 문을 이유 없이 열었다가 도로 닫고서 헛기침했다.

현재 감옥에 가둬둔 연회장 습격 사건 당시 좀비들을 전부 죽일 거란 소식은 얼마 가지 않아 다가 공작의 귀로도 들어갔다. 사라진 딸의 행방을 아직도 발견하지 못해 몹시 날카로워진 다가 공작은 좀비들을 죽인단 소식에 또렷한 이유도 없으면서 화를 냈다.

"뭐? 좀비를 죽이다니. 하이신스 그 황제가 드디어 미쳤군!"

하이신스 황제가 어떤 명령을 내리건 다가 공작에겐 그저 화가 날 뿐이었다. 원래도 사이가 좋지 않았던 사위였는데, 딸이 실종되어 버리자 그에 대한 분노와 걱정까지 모두 다 하이신스에게 향한 탓이었다.

"그놈은 하는 행동 하나하나가 다 마음에 들지 않아!"

그의 측근 귀족은 어리둥절해 물었다.

"그러면 공작께선 좀비들을 살려둬야 한단 뜻이오?"

다가 공작은 대답할 말이 없자 한 번 더 성질을 내고서 괜히 아이니에 관한 이야기로 화살을 돌렸다.

"제 부인이 사라졌는데. 일국의 황후가 사라졌는데, 좀비나 죽이고 있다니!"

"……."

소식 없는 딸을 떠올리자 재차 괴로워져서, 다가 공작은 두 손으로 이마를 감싸 쥐고서 힘없이 끙끙댔다. 하지만 곁에 있던 동료 귀족이 가버리자마자, 다가 공작은 손을 내리고서 집사에게 감옥에서 근무하는 '끈'을 데려오라 지시했다.

"부르셨습니까, 공작님."

몇 시간 뒤 '끈'이 찾아오자 다가 공작은 차갑게 물었다.

"황제가 좀비들을 전부 처리할 거란 소식은 들었느냐."

기밀이 아니기에 '끈'은 자신도 들었다고 바로 대답했다. 대답을 듣자마자 다가 공작은 소파에서 일어나 뒷짐을 지고 지시했다.

"만약을 대비해야겠다. 황제가 좀비들을 다 없애기 전에, 그 좀비들에게서 혈액을 빼내 가져와라."

뜻밖의 지시에 '끈'은 눈을 커다랗게 떴다.

"좀비 혈액을요? 그걸 어디에 쓰시려고……."

다가 공작은 대답 대신 입꼬리를 위험하게 비틀어 올렸다.

"쓸 데야 많지."

다른 곳에 유출한 다음 황제의 무능이라 해도 좋고. 유출했다 자체적으로 해결한 다음 아이니의 공으로 돌려도 좋고. 아니면…….

'황제를 감염시킨 다음 아이니만 통제할 수 있다고 해도 괜찮고.'

생일이 지난 라틸은 자신의 세상이 이전과 조금 달라졌단 걸 인정해야 했다. 잔을 보면 자기 목덜미로 포도주를 붓던 라나문이 떠올랐고, 평범한 셔츠를 봐도 붉게 젖어 축축하던 라나문의 셔츠가 떠올랐다.

라틸은 남자의 살이 그렇게 단단하면서도 부드럽다는 걸 처음 알게 되었다. 물론 이전에도 하이신스와 키스는 했다. 데이트도 했고 가벼운 입맞춤부터 깊은 입맞춤까지 모두 나누었다. 손을 잡기도 했고 그의 어깨에 머리를 기대어 잠들기도 했다. 하지만 라틸은 아직 하이신스의 온몸을 만져보진 못했다. 라틸이 건드려 본 하이신스의 몸은 손과 목덜미, 머리, 단단한 팔, 허벅지 정도였다.

그러나 라나문은······.

"후."

라틸은 라나문의 살짝 찡그린 이마와 부드러운 머리카락, 촉촉한 이마, 야한 눈동자를 떠올리고서 부채를 꺼내 빠르게 얼굴을 부쳤다. 그렇게 단단한 근육과 부드러운 살결이 공존할 수 있다니.

물론 라나문의 온몸을 다 건드려 본 건 아니었다. 상체는 다 건드려 봤지만, 바지는 차마 벗기지 못하고 그 위로만 더듬거렸다. 용기를 가지고 손을 넣어보았다가, 눈이 휘둥그레져서 도로 빼는 바람에. 게다가 라나문의 그 커다란 손. 부드럽고 조심스럽게 다가와 심장 가까운 곳을 감싸던 손을 떠올린 라틸은 괜히 발가락이 오그라들어서 더욱 빠르게 부채질했다. 잠만 봐도 이렇게 좋은데. 끝까지 가면 대체······ 대체 어떤 느낌일까. 묘한 기대감과 흥분 그리고 약간의 긴장에 눈앞의 글자가 어수선했다.

"폐하?"

그 모습이 이상해 보였는지 시종장이 어리둥절해 불렀지만, 평소와 달리 라틸은 후궁들에 관해 시종장에게 구구절절 이야기할 수 없어서 그냥 씩 웃기만 했다.

"얼굴이 붉습니다, 폐하. 열이 나는 게 아닐까요?"

그래도 얼굴색까지는 통제할 수 없었지만 말이다.

"아닙니다."

라틸은 얼른 고개를 저은 다음 시계를 확인하고서 부탁했다.

"국무회의가 끝난 다음에 칼라인을 불러 줘요. 같이 식사하자고."

"예."

그리고 오전 업무를 모두 마친 뒤 식당으로 가자 칼라인과 식사
가 모두 준비되어 있었다. 라틸은 칼라인에게 웃으면서 다가가려
다가, 단추 세 개를 풀어헤친 그의 셔츠를 보고 시선을 내리깐 채
상석으로 휘청휘청 걸어갔다.

"주인?"

칼라인은 라틸이 평소와 다르게 행동하자 의아해서 상체를 라틸
쪽으로 숙였는데, 그 바람에 라틸은 아예 눈동자를 옆으로 굴려야
했다. 칼라인은 대번에 라틸이 왜 저러는지를 눈치챘기에, 굳이 놀
리거나 '왜 그러시냐'면서 장난스럽게 캐묻는 대신 라틸이 고개를
돌린 틈에 단추를 두 개 더 풀었다.

어제의 기억과 칼라인의 옷차림이 합쳐지는 바람에 잠시 당황해
버렸다. 뒤늦게 마음을 가다듬은 라틸은 피했던 눈을 다시 돌리다
가, 칼라인의 윗옷이 더 벌어져 있자 놀라서 테이블에 가지런하게

놓인 포크를 툭 치고 말했다. 떨어질 뻔한 포크를 칼라인은 재빠르게 받아 원래 자리에 놓았다.

"조심해야지요."

너야말로 네 단추 좀 조심해라. 라틸은 억울해서 항의할 뻔했으나, 칼라인의 무뚝뚝한 얼굴을 보자 질문이 쏙 들어갔다. 건조한 그의 표정을 보니 '처음부터 옷은 저만큼 벌어져 있었는데 내가 뭘 잘못 봤나?' 싶었다. 칼라인이 포크를 라틸의 앞에 원래 있던 대로 내려주자, 라틸은 헛기침을 두어 번 하고서 스푼을 들었다.

"먹지. 배고프다."

그러나 식사를 시작하자 두 번째 위기가 찾아왔다.

'뭐라고 말을 꺼내야 하지?'

그 이유는 칼라인을 여기에 부른 목적 때문이었다.

'전에 말한 그거. 아직 임신할 마음이 없을 때, 그런 걱정 없이 즐기는 방법이 있다고 했잖아. 그거 뭐였더라?' 하고 자연스럽게 물으면 되나? 그런데 이 질문을 과연 자연스럽게 할 수 있을까?

라틸은 자신의 목소리를 잘 알았다. 분명 말하는 도중에 희한하게 떨리기 시작할 것이다. 수백 명의 관리 앞에서 말하는 건 어렵지 않은데, 왜 단 한 명의 후궁 앞에서 잠자리 이야기를 하는 건 이렇게 곤혹스러운지. 시간이 지나야 해결될 일일까? 그런 생각을 하다가 라틸은 자기 이마를 짚었다. 아니, 아까부터 생각이 엉뚱한 방향으로 가고 있잖아?

"주인?"

"호박. 맛있네."

의아한 얼굴로 쳐다보는 칼라인에게, 라틸은 있지도 않은 호박 이야기를 하고서 괜히 물 세 잔을 연거푸 비웠다.

"칼라인. 전에 네가……."

그러다가 가까스로 라틸이 어렵게 입을 여는 순간.

"선물이 있습니다."

하필 칼라인도 할 말이 있었는지 거의 동시에 입을 열었다.

"먼저 말씀하시지요."

칼라인은 라틸에게 순서를 양보하려 했지만, 라틸은 고개를 빠르게 저었다.

"아니. 네가 먼저 말해라."

이제부터 자신이 하려는 질문은 호기심 수치는 높지만 중요성은 낮은 질문이었다. 그러니 칼라인이 먼저 말하는 게 나았다.

"그럼 제가 먼저 말하겠습니다."

다행스럽게도 칼라인은 순순히 라틸의 제안을 받아들였다.

'뭐 하는 거지?'

칼라인이 품 안에 손을 넣자 라틸은 고개를 조금 내밀었다.

'뭘 주려고 저러나?'

칼라인이 꺼낸 건 별을 엮어서 만든 것처럼 아름다운 팔찌였다.

"와……."

라틸은 팔찌를 보자마자 탄성을 뱉었다.

"정말 예뻐."

팔찌 같은 것이야 넘치도록 많았지만, 이건 그중에서도 유난히 아름다웠다. 영롱하기가 이루 말할 데 없으며, 실제로 팔찌에서는 희미하게 빛도 났다.

"드디어 이걸 드리게 됐군요."

"드디어? 예전부터 준비했던 선물이야?"

"오래전부터."

오래전이면 언제? 라틸은 궁금해졌으나 칼라인은 더 설명하는 대신 팔찌의 고리를 풀어 내밀었다. 라틸이 손을 뻗자 그는 직접 섬세하게 손을 움직여 팔찌를 걸어주고는 어쩐지 슬프게 웃었다.

'사연이 있는 선물인가 보다.'

그 표정을 본 라틸은 이 팔찌에 얽힌 슬픈 이야기가 있으리라 짐작했다. 아니면 저런 표정을 할 리가 없었다. 별개로 곤란해졌다.

'이 상황에서 잠자리 질문을 하기가 좀 그러네.'

무슨 사연인지는 모르겠지만, 저렇게 촉촉한 표정을 하고 있는데 잠자리 질문을 해선 안 될 것 같았다.

"주인은 무슨 말을 하려 했습니까?"

칼라인이 먼저 라틸도 무슨 말을 하려다 멈추었단 걸 기억해 내고 물어보았으나 라틸은 쉬이 대답하지 못했다.

"주인?"

역시 나중에 말할까? 라틸은 몇 번이나 망설였다.

"어, 전에 네가 하려다 만 얘기. 물어볼 게 있어서."

하지만 고민 끝에 라틸은 그냥 묻기로 했다. 이런 식으로 시기를 놓치다 보면 결국 또 못 묻게 될지도 모르지 않는가.

"제가 하려다 만 얘기라면……."

무슨 얘기를 상상했는지 칼라인의 표정이 어두워졌다.

"찔리는 게 많은 얼굴인데 그런 부류의 질문은 아니야."

"?"

칼라인이 의아한 얼굴로 쳐다보는데, 라틸은 말을 하기도 전에 얼굴에 열기부터 올라왔다. 라틸은 일부러 시선을 내리고 포크와 나이프를 들어 양배추를 썰었다.

"전에 말한 그, 아직 임신할 마음이 없을 때. 그런 걱정 없이 즐기는 방법이 있다고 했잖아."

양배추 써는 소리와 섞여 최대한 자연스럽게, 정말로 아무렇지 않은 척 말을 뱉은 라틸은 양배추를 써는 게 더 이상하단 생각을 하자마자 이번에는 컵을 들면서 물었다.

"그 방법. 알고 싶어서."

미지근한 물이 식도를 내려가자마자 갈증이 밀려왔다. 라틸은 컵을 내려놓으면서 칼라인의 눈치를 살폈다. 질문을 한 지 몇 초 되지도 않은 걸 알지만, 그가 바로 대답하지 않으니 불안했다. 라틸은 그가 속눈썹을 깜빡거릴 때마다 초록색 눈동자가 어두워졌다 밝아지는 걸 뚫어져라 들여다보았다.

"왜 그러느냐?"

칼라인은 한참 만에야 입을 열었다.

"라나문과 밤을 보내고 이런 질문을 한다는 건, 혹시 라나문 때문에 하는 질문이란 뜻일까요?"

정곡을 찌르는 질문에 라틸은 난처해졌다. 라나문과만 즐거운 밤을 보내려 묻는 건 아니지만, 계기는 분명 라나문이 맞긴 했으니까. 라틸은 칼라인이 빵을 아주 조금 잘라 입안에 넣고 씹는 걸 구경했다. 그가 그림책에 나올 것 같은 태도로 물을 마시는 것까지도.

솔직하게 말해야 할까? 아니면 아니라고 둘러대야 할까? 칼라인의 행동을 하나하나 지켜보다가 그도 자신을 쳐다보는 순간, 라틸은 마침내 대답했다.

"과거를 묻지 않는 건 연인 사이 예의 아닌가."

"!"

칼라인이 허를 찔렸단 얼굴로 쳐다보았다. 그 표정을 보자 아까보다는 한결 기분이 풀려서 라틸은 히죽 웃었다. 자신을 난처하게 만든 질문에 제대로 대답한 것 같아 뿌듯했다. 거기서 멈추지 않고 라틸은 칼라인의 풀어 헤쳐진 셔츠 단추 선을 손가락으로 쭉 따라 내려가다가, 칼라인이 풀지 않은 단추 하나를 한 손으로 천천히 풀면서 물었다.

"너야말로. 위에 다섯 개는 누가 풀었어?"

그를 놀리려 한 말이었으나 칼라인은 조금도 부끄럽지 않은 얼굴로 라틸의 손가락만 내려다보았다. 500년을 묵어서 그런가. 굉장한 얼굴 두께구나. 대범하게 굴면서도 라틸의 행동에 일일이 반응하던 라나문과는 달랐다. 역시 500살은 노련하구나, 생각하며 혀를 차고 있자니, 칼라인이 덤덤한 목소리로 물었다.

"주인에겐 어젯밤의 남자도 과거의 남자입니까?"

"미래의 남자는 아니지."

시계처럼 다시 돌아오긴 하겠지만.

"몇 시간 후엔 다른 후궁에게 이런 말씀을 하실 수도 있겠군요. 그땐 제가 과거의 남자가 되겠지요."

"싫어?"

칼라인은 싫다는 말 대신 긴 다리를 뻗더니 라틸의 의자 다리에 자신의 발을 걸었다. 그가 그 자세로 의자 다리에 건 발에 힘을 주자, 라틸은 눈 깜짝할 사이 의자째 그의 코앞까지 다가오게 되었다. 서로의 숨결이 느껴질 만큼 가까워지자 라틸은 숨 쉬는 걸 멈추었다. 칼라인은 어느새 웃고 있었다.

"하루를 보내고 과거가 되어버리다니. 애송이 도련님은 이런 데서 티가 나는군요."

'라나문한테 애송이 도련님이래.'

"제 수업 기간은 긴데. 괜찮으시겠습니까, 주인?"

뱀파이어는 눈으로 마법이라도 걸 수 있는 걸까. 그의 눈동자를 마주하자 라틸은 어젯밤 라나문이 자신의 목덜미에 와인을 부었을 때와 같은 충격을 받았다. 눈동자를 마주했을 뿐인데도.

라틸의 손을 천천히 들어 올린 칼라인이 손목 위에 입을 맞추었다. 교묘하게도 파랗게 핏줄이 지나가는 바로 그 위에. 두 가지 반대되는 의미로 라틸은 오싹해졌다. 이건 뭐야. 뱀파이어식 위험한 농담, 이런 건가?

'나도 좀 그래. 상대가 500년 묵은 뱀파이어라면 좀 더 경계해야 하는 게 아닐까?'

저렇게 핏줄 위에 입을 맞추면서 교태롭게 웃는 뱀파이어라면 더? 라틸은 칼라인이 뱀파이어라는 데 충격을 받은 지 얼마나 됐다고, 그의 눈동자에 열기가 오르는 자신을 깨닫고 당혹스러워졌다.

하지만 가짜 황제 사건 때, 카리센으로 향하는 그 위험한 길을 내내 그가 동행하며 지켜주었단 걸 알기 때문일까. 그가 뱀파이어란 걸 깨닫는 순간순간 위험하단 경계심이 들긴 해도 아주 무섭진 않았다. 어쩌면 도미스의 꿈에서 그의 과거를 보았기 때문일 수도……

'아. 도미스.'

도미스 생각을 하자 이번에는 찝찝해졌다. 칼라인에게 사랑하는 죽은 연인이 있다는 점 때문에. 게다가 그 상대는 자신이 꿈에서 열심히 응원하던 도미스 아니던가.

'젠장, 도미스가 그 양부랑 사기 친 여자랑 남자 상인한테 복수하는 건 보고 깼어야 했는데! 생각하니 다시 열 받네!'

"무슨 생각을 하고 있습니까, 주인?"

"네 생각."

"좋은 쪽입니까?"

"글쎄."

"눈빛에 열기가 사라졌습니다. 좋은 생각은 아닌 모양인데요."

"……네가 사랑한단 여자가 생각났어."

칼라인의 입꼬리가 못된 표범처럼 올라갔다.

"과거를 묻지 않는 건 연인 사이 예의라고 방금 그 입으로 말하지 않았습니까, 주인?"

"아직도 사랑한다면 과거가 아니지 않나?"

"주인은 그럼 라나문 그자를 사랑하지 않으신단 거군요."

"한마디도 안 지지."

기가 막혀서 볼을 슬쩍 꼬집어 보다가, 라틸은 괜히 호기심이 들어서 볼을 좀 더 길게 잡아당겨 보았다. 송곳니가 슬쩍 드러날 만큼. 그러고서 슬그머니 고개를 내밀어 이를 살피자, 칼라인은 기가 막힌지 불편한 자세로도 헛웃음을 터트렸다.

"그게 그리 궁금하십니까."

"입을 맞추다가 내 혀에 구멍이 나면 안 되잖아."

"……."

라틸이 손을 내리면서 머쓱하게 웃자, 칼라인은 잠시 라틸의 손가락을 만지작거리다 털어놓았다.

"내가 뱀파이어란 걸 알게 된 사람들의 반응이라면 질리도록 봐 왔지만…… 송곳니를 직접 확인한 사람은 주인이 처음입니다."

좋은 뜻인가 나쁜 뜻인가. 라틸은 차가운 돌, 하지만 아주 부드러운 돌 같은 칼라인의 손 감촉을 느끼면서 '그래서 알려준단 거야 만단 거야?'라고 재촉할까 말까 망설였다.

그러다가 문득 자신이 칼라인에게 해야 하는 질문이 이것뿐만이 아니란 게 떠올랐다. 너무 가쁘게 추궁하면 또 도망갈까 봐, 선인장 글씨를 얼른 지우기 위해서, 질책하느라 등 하여튼 여러 가지 사유로 밀리고 밀린 질문이 있지 않던가. 그것도 꽤 중요한 질문.

"칼라인. 네게 물어볼 게 또 있는데. 물어봐도 돼?"

"아직 앞 질문에 대답하지 않았습니다, 주인."

"그건 이따 밤에 가르쳐 줘야지. 여기서 어떻게 배워."

"!"

라틸이 최대한 대범한 척 대답하자 효과가 있는지, 칼라인이 조금 놀란 표정을 지었다. 하지만 곧 그는 묘한 미소를 지으면서 너

그렇게 권했다.

"뭐든 물어보시지요."

그러나 라틸은 쉬이 묻지 못하고 내내 그의 손만 꼬물꼬물 만져 댔다. 그러다 칼라인이 힐긋 시계를 확인하자, 곧 업무 시간이 다가 오고 있단 걸 떠올리고서 그의 손을 놓고 빠르게 물었다.

"솔직히 너. 후궁 지원서에 나이 사기 쳤지?"

"!"

여유롭던 칼라인의 눈동자가 처음으로 흔들렸다. 라틸은 포크로 으깬 감자를 뭉개면서 그의 표정을 살살이 살폈다.

"진짜 몇 살이야?"

다행히 거짓말할 마음은 없는 듯 칼라인은 라틸의 눈치를 보며 심각하게 물었다.

"연상은 싫으십니까."

"연상은 괜찮은데. 조상이면……."

칼라인이 갑자기 혼자 빵 터져서 웃어대자, 라틸은 머쓱해져서 그의 입을 막고서 재차 물었다.

"진짜 내 조상님이랑 동갑이야?"

입을 막은 손바닥 위쪽으로 칼라인의 눈매가 휘어졌다.

"손을 치워줘야 대답할 텐데."

"왜. 지금도 잘하는 거 같은데."

라틸이 중얼거리자마자 칼라인이 라틸의 손을 자신의 손으로 덮더니, 손바닥에 입을 맞췄다. 손바닥에 닿는 간지러운 감촉과 예상하지 못한 행동에 라틸은 괜히 등이 간지러워졌다. 라틸이 손을 빼자 칼라인은 웃으면서 놓아주더니, 포크를 들면서 쓸데없이 우아하게 대답했다.

"거북이 열 살과 개 열 살이 같은 나이입니까."

"나더러 개라고?"

"단순히 숫자로 계산하지 말란 겁니다."

"숫자로 계산하면 불리하단 거네. 어마어마하게 나이가 많단 거야. 그렇지?"

칼라인은 예법을 모르는 게 아니라 무시하고 있던 게 틀림없다. 평소에는 음식을 앞에 두고 깨작거리던 그가 예법 선생이 시범을 보이는 것처럼 격식에 맞추어 식사를 시작하자, 라틸은 그 모습을 잠시 홀린 듯 쳐다보았다.

'그러고 보니 도미스의 기억 속에서 칼라인은 귀족의 가신으로 위장하고 있었지. 기르골이랑 같이.'

무슨 수를 쓴 건진 모르겠으나 실제로 당시의 영주에게 '귀한 손님' 소리를 들으며 초대받았을 정도였다. 숨겨둔 신분이라도 있는 걸까?

"500살…… 맞아?"

칼라인의 기품 있는 손짓은 라틸이 500살 이야기를 꺼내자마자 사라졌다.

"뭔가 알고 계시는군요."

'알고 있지. 네 생각보다 더 많이. 하지만 중요한 건 몰라.'

라틸은 칼라인에게 기르골에 관해 이야기해도 될지 망설였다.

"사실 네 친구를 만났어."

하지만 '500살'이란 구체적인 숫자를 알게 된 경위는 두루뭉술하게라도 털어놓아야 할 듯해서, 라틸은 어렵게 입을 열었다.

"기르골이라고. 왜, 머리카락이 하얀."

"……."

"아, 이 모습으로는 아니고. '사디' 모습으로 만났어."

라틸은 칼라인의 표정 변화를 유심히 살폈다.

"네 친구가 맞지?"

칼라인은 포크를 내려놓고서 쓸쓸하게 웃었다.

"지금은 아닙니다."

'칼라인한테 대적자 이야기를 해도 되나? 근데 칼라인이 뱀파이어라면 대적자와도 반대편 아닌가? 말해도 되나?'

그는 뱀파이어인데, 뱀파이어 로드니 어쩌니 하는 거랑은 관련이 없는지도 묻고 싶다. 라틸은 이 질문을 해도 될지 몰라 망설였다. 질문하는 건 문제가 아닌데 하고 난 다음 대답이 돌아올까?

"묻고 싶은 게 있다면 전부 물으십시오, 주인."

다행히 칼라인이 먼저 눈치 빠르게 말해주어서, 라틸은 그러면 일단 물어보기로 했다. 무엇이든 다.

"뱀파이어들은 모두 흑마법사들이랑 한패야? 다른 괴, 아니, 좀비라거나 그런 거랑도?"

"모두 그렇진 않습니다. 인간들이 상대가 같은 인간이란 이유만으로 한편이 아니듯이요."

"아. 그럼 너는? 너는 어때?"

"저는 주인의 편입니다."

"로드가 나타나서 자기편 하라 하면?"

라틸의 질문에 칼라인의 입술이 아주 웃긴 이야기를 들었단 것처럼 뒤틀렸다.

"그래도 저는 주인 편입니다."

라틸은 로드가 나타났을 때 칼라인이 진짜로 자신을 편들 거란 생각은 들지 않았다. 그런 선택은 그 상황이 되어봐야 아는 거니까. 하지만 저렇게까지 말하는 걸 보니, 최소한 지금은 그가 로드보다 자신을 편드는 건 확실한 듯했다. 그러면 기르골 이야기도 좀 더 물어봐도 되겠지.

"기르골도 뱀파이어지?"

"네."

"근데 기르골은 자기가 그거…… 로드를 무찌르는 대적자 있잖아. 자기가 그런 자들을 키워내는 스승이래. 맞아?"

"그런 역할을 자처하고 있습니다. 하지만 로드나 대적자처럼 운명이 이끄는 역할은 아닙니다."

"취미?"

"글쎄요."

칼라인의 입꼬리가 다시 올라갔다.

"워낙 이상한 자라. 취미일 수도 있겠네요."

"저……."

내내 잘 질문하던 라틸은 '기르골이 나더러 대적자래'라는 부분에서는 말을 꺼내지 못했다. 칼라인은 로드 편이 아니라고는 했지만, '로드 편이 아니다'와 '대적자를 지지한다'는 전혀 다른 의미이지 않은가. 그래도 뱀파이어니, 뱀파이어들을 없애려 드는 대적자는 좋아할 수 없지 않을까? 결국 라틸은 다른 질문을 했다.

"둘은 왜 싸운 거야?"

칼라인의 표정이 미묘하게 변했다. 대답하기 싫단 얼굴. 말하고 싶지 않단 얼굴이었다. 한참 만에야 태연한 척 대답을 해주긴 했다.

"그 일은 뱀파이어나 로드 같은 것과는 관련이 없는 문제입니다. 꼭 말해야 할까요?"

거절이었다.

"됐어. 이건 말하기 싫으면 안 해도 돼."

라틸이 칼라인과 식사를 마치고 헤어지려는 그 시각, 라나문은 대적자가 될지 말지를 두고 진지하게 고민하며 걸어가다가 먼발치에 있는 클라인을 발견하고 그쪽으로 다가갔다.

대적자가 될 가능성도 염두에 둔 건 맞지만, 그래도 결정을 내리기 전에는 입조심을 시켜줘야 한다. 클라인은 그가 하얀 머리와 대화 나누는 걸 다 봤다고 하지 않았던가.

"뭐야."

클라인은 제 시종에게 무어라고 말하다가, 라나문을 발견하자마자 일단 표정부터 구겼다.

"네가 여길 왜 와."

라나문을 마주하는 것만으로도 몹시 불쾌하단 내색이었으나, 라나문은 클라인이 불쾌하건 말건 신경 쓰지 않기에 코앞까지 다가가 본론을 꺼냈다.

"생각보다 입이 가볍지 않던데. 아직 입을 다물고 있는 걸 보면."

클라인은 라나문이 무슨 이야기를 하는지 바로 알아들었다. 며칠 전 그는 라나문이 벌거벗고 정원을 돌아다니는 걸 보았다. 그일에 관해 얘기하는 것이다. 그걸 목격한 다음 날 클라인은 곧장 황제를 찾아가 이미 그 일을 털어놓았으나, 그는 조금도 개의치 않고 당당하게 수긍했다.

"내가 입이 무거운 편이란 데 감사해라."

"다행이군. 장점이 하나라도 있어서."

"그러게. 그쪽은 하나도 없잖아."

"계속 그 입을 무겁게 하고 있어라."

클라인과 라나문이 말다툼하자 덩달아 뒤에 선 시종들도 서로를 마땅치 않게 쳐다보았다. 클라인은 코웃음을 쳤다.

"내가 입을 무겁게 할지 말지는 내 선택이고 내 자유지. 왜 멋대로 명령일까, 일개 귀족이?"

"그날 봤으니 알 텐데?"

"봤는데 모르겠던데."

"그날 본 걸 잘 떠올려보지 그래?"

라나문이 차갑게 웃자 클라인은 그에게서 두 걸음 물러섰다. 그

날도 그렇지만 오늘도 그렇고 저 새긴 홀딱 벗고 돌아다니던 놈이 뭐가 저리 당당해? 심지어 그걸 또 떠올려보라니?

"머리가 나쁘지 않다면 그날 봐서 알게 됐을 텐데. 내가 국서 자리에 오를 수밖에 없는 이유를? 그러니 미리 입을 조심하란 거다."

라나문의 말에 클라인은 더욱 기가 차서 헛웃음을 연달아 뱉었다. 자기 나체를 보았으면 자기가 국서가 될 거란 걸 알 수밖에 없다고? 참으로 오만하지 않은가.

"하. 자신감 하나는 넘치는구나."

"현실이니까."

"이봐, 족제비. 우물에서만 지내서 뭘 모르나 본데, 내가 당신보다 더 대단해. 그렇게 자신감 가지지 마."

클라인이 이죽거리자, 이번에는 라나문이 인상을 조금 찌푸렸다.

"나보다 대단하다? 그럴 리가 없을 텐데?"

그 하얀 머리는 라나문에게 대적자가 둘이란 소리는 하지도 않았다. 그런데 모든 이야기를 다 들었으면서도 클라인이 자기가 더 대단하다고 큰소리를 쳐대니 의아했다. 그러나 클라인은 여전히 당당했다.

"왜 확신하지? 그쪽은 날 못 봤잖아? 나만 그쪽 걸 봤지."

두 사람의 대화가 좀 이상하단 걸 먼저 알아차린 건 라나문이었다. 보다니? 뭘? 라나문은 눈살을 구기고서 클라인을 쳐다보다가, 혹시 클라인이 지금 다른 얘기를 하는 건가 싶어 '하얀 머리'라고 언급해 보았다.

"내 머리는 은발이다, 족제비야."

예상대로 클라인은 전혀 알아듣지 못했다. 라나문은 그제야 클라인이 뭘 자꾸 봤니 못 봤니 해대었는지 떠올리고서 한숨을 내쉬었다.

"못 봤군. 괜한 대화를 했어."

"무슨 소리야?"

"멍청이와 내가 무슨 말을 한 건지. 한심하단 뜻이다."

"아니, 그 족제비는 자기가 뭐가 그리 잘났다고 다짜고짜 시비야?"

라나문이 자기 시종을 데리고 물러나자 클라인은 기가 막혀서 헛웃음을 뱉었다. 그러나 라나문은 이미 가버린 뒤였고 이곳엔 클라인과 그의 시종인 바닐, 호위인 악시안만 남았다.

클라인은 혼자서 계속 구시렁거리다가 곧 그것도 지루해졌는지 라나문과 정반대 방향으로 몸을 돌렸다. 그런데 걸어가는 그의 눈에 이상한 장면이 보였다.

"뭐야 저건?"

"왜 그러십니까?"

클라인이 멍하게 앞을 보다가 눈을 비비고 재차 쳐다보자, 옆에 있던 악시안이 물었다.

"어?"

클라인은 눈을 깜빡이다가 손가락으로 어느 방향을 가리켰다.

"아니, 방금 게스타 창문에 꼬리가 긴 독수리가 붙어있었어."

"공작새였습니까?"

"아니, 왜 그런 꼬리가 아니라 사자 꼬리 같은 거 말이다. 낙타인가? 그런 거."

악시안은 클라인이 가리키는 방향을 보았으나 아무것도 없었다. 그저 멀쩡한 창문만 있을 뿐.

"없는데요."

"그러게. 지금은 없네. 근데 아깐 분명 있었어."

클라인은 자신이 말해놓고도 이상한지, 고개를 갸웃거리다가 괜히 몇 번이나 괴물을 뱉어낸 호수를 돌아보았다.

"혹시 모르니 폐하께 말씀드려야겠다. 가자."

하지만 클라인이 본궁에 갔을 때, 라틸은 회의에 들어간 후였다.

"언제 마치지?"

기다릴까 싶어서 물어보았으나, 라틸의 시종은 잠시 생각하더니 사과하며 말했다.

"죄송합니다, 황자님. 아마 시간이 오래 걸릴 겁니다. 폭파 전문 마법사 두 명이 행방불명됐다고 해서요."

시종은 클라인의 눈치를 살피다가 '할 말이 있으면 대신 전해주겠다'고 했지만, 클라인은 나중에 다시 오겠다며 돌아섰다.

라틸이 클라인의 소식을 전해 들은 건 클라인을 부른 다음 미리

와인을 조금 마시면서 용기를 다듬고 있을 때였다. 지난번 라나문 때는 라틸의 위장에 들어가 용기를 줬어야 할 와인을 라나문이 자기한테 다 부어버려서 엉뚱한 힘을 발휘했다. 설마 칼라인도 그런 행동을 하진 않겠지만 그래도 사태를 미연에 방지하기 위해 먼저 마셔두는 것이었다.

"클라인이 다녀갔다고? 그걸 왜 지금 말하느냐."

"죄송합니다, 폐하. 회의가 길어진 데다, 그때쯤 다른 일이 있어서 잠시 잊어버렸습니다."

시종이 다급히 사과하자 라틸은 고개를 젓고서 나가라고 손을 저었다. 그가 나가자, 라틸은 다시 방문을 닫으라 손짓한 다음 빈 잔에 와인을 더 채웠다. 차라리 자신이 하렘으로 가는 길이었다면 중간에 클라인에게 들르기라도 하지. 칼라인을 방으로 불러 놓고서 클라인까지 오라 하는 건 좀…… 그랬다. 하나는 남고 하나는 가라 해야 할 테니.

'클라인한텐 내일 점심을 같이 먹자고 해야겠다. 그때 들으면 되겠지.'

그때 침대 끄트머리에 달아둔 종이 맑게 울리며 문 너머에서 시녀의 목소리가 들렸다.

"폐하. 칼라인 님께서 오셨습니다."

라틸은 '들어와'라고 말하려다가 목소리가 턱 막혀 나가지 않자, 대신 테이블 위에 설치된 작은 종을 흔들었다. 화답하듯 그쪽에서도 맑은 종소리가 나고 잠시 뒤, 문이 열리며 칼라인이 들어왔다.

라틸은 지나치게 긴장한 티를 내지 않으려 와인을 한 모금 더 마신 다음 그를 쳐다보았다.

뱀파이어기 때문일까. 밤에 보는 칼라인은 낮보다 좀 더 위험한 분위기를 풍겼다. 그의 긴 목은 사냥꾼이 아니라 사냥감처럼 보였으나, 그 아래로 쭉 뻗은 넓은 어깨와 단단한 가슴은 몹시 강인해 보였다.

씻고 온 건지 머리카락은 아직 젖어있었고, 그는 두상까지 완벽하단 걸 감추지 않고 자랑스럽게 드러냈다. 라틸은 그의 눈길이 자신의 목덜미에 닿은 걸 알고서 반사적으로 손으로 목을 숨겼다. 저 목덜미 귀신. 또 시작이다.

"오늘은 창문으로 안 왔네."

라틸은 어색한 분위기를 풀기 위해 일부러 가벼운 농담을 던지다가, 그가 평소보다 좀 더 꼼꼼하게 단추를 채운 걸 알아차렸다. 라틸의 시선이 자신의 옷자락에 닿자 칼라인의 입술 끝이 위로 올라갔다.

"직접 푸는 걸 좋아하시는 눈치기에."

라틸은 항의하려다가 칼라인이 무언가 들고 있는 걸 알아차렸다.

"뭐야?"

동그란 무대 위에서 춤을 추는 새 두 마리 조각이었다.

"음악상자입니다."

"음악상자는 왜?"

칼라인은 대답 대신 새 두 마리를 떨어뜨려 놓았다. 그러자 꼭 붙어 춤을 추던 새들이 손을 잡고 나란히 춤을 추는 모습으로 바뀌면서, 거기에서 똥땅대는 하프 소리가 흘러나오기 시작했다.

"듣기 싫으십니까?"

"괜찮긴 한데…… 지금 왜 음악을 트는지 모르겠어."

음악상자를 테이블 가운데 놓은 칼라인은 어리둥절해 있는 라틸 앞으로 다가오더니, 라틸의 팔을 보고 만족스레 웃었다.

"했군."

라틸의 손목에는 그가 생일 선물로 준 팔찌가 걸려있었다. 자연스럽게 손목을 건드린 칼라인은 엄지만으로 라틸의 소매를 좀 더 위로 올리고는 팔찌 부근의 살을 눅진하게 문질렀다. 얘는 왜 팔찌만 만져도 야해. 라틸이 당황해서 손을 빼려 하자, 칼라인은 다른 손으로 라틸의 머리카락을 귀 뒤로 넘겨주며 충고했다.

"부끄러우면 음악에 집중해요."

그의 차가운 손이 귓바퀴를 부드럽게 긁자 라틸은 등이 쭈뼛해졌다.

"내가 주는 감각과."

"!"

그 소리를 듣자마자 음악상자에서 흘러나오는 하프 소리가 좀 더 크게 느껴졌다. 귓가를 간질이는 느낌과 음악이 뒤섞여서, 라틸은 머리가 어질해졌다.

"과연 500살……."

"나이 얘기는 그만하면 안 됩니까."

한숨을 섞어 중얼거린 입에 벌을 주듯, 칼라인이 귀에서 손을 떼더니 강하게 입을 맞추어왔다. 그의 손과 입이 닿는 모든 부분이 차가워서 라틸은 그에게 꽉 매달렸으나, 매달리면 매달릴수록 더 차가울 뿐이었다. 그런데도 입에서는 뜨거운 느낌이 드니, 대체 이게 무슨 조화일까.

"주인. 당신은…… 정말 뜨겁습니다."

라틸이 그를 차갑다고 느끼는 만큼 칼라인에겐 라틸이 뜨거운 모양인지, 그가 입을 맞추다 말고서 이마를 맞대고 속삭였다. 어쩐지 그게 웃겨서 라틸은 소리 죽여 웃었다. 뱀파이어도 사람의 체온을 이상하게 여기긴 하는구나.

"새로운 정보네."

"내가 녹아버리면 다시 얼려줘야 합니다."

칼라인이 재차 진지하게 농담하자 술기운과 더해져서 긴장이 조금 풀렸다. 라틸이 고개를 끄덕이자 칼라인은 라틸을 안아 들더니 침대로 걸어가 자연스레 눕혔다. 침대에 등이 닿자 다시 움츠러들려는 라틸에게, 칼라인이 자신의 얼굴을 보여주며 충고했다.

"음악에 집중해요."

"음악이…… 너무 잔잔해."

차라리 네 얼굴을 보는 게 낫겠다. 라틸은 뒷말을 삼키고서 칼라인의 얼굴을 물끄러미 바라보다 조금씩 어루만져 보았다. 처음부터 이 얼굴이 좋았다. 이상할 정도로. 칼라인은 서두르지 않았다. 눈가에는 열이 가득했으나, 그는 조급하게 구는 대신 라틸이 자신의 얼굴을 마음껏 만지도록 반쯤 눈을 감은 채 기다려주었다.

"그거 알아, 칼라인? 넌 내가 얼굴을 보고 뽑은 유일한 후궁이 란 거."

칼라인은 감았던 눈을 뜨더니, 자신의 뺨을 감싼 라틸의 손을 자 신의 손으로 덮고 고개를 돌려 손바닥에 입을 맞추고 웃었다.

"모를 리가."

아는구나.

"어떻게 알았어?"

제 입으로 말하긴 했지만 모를 거라 여겼던 라틸이 발끈해 묻자, 칼라인은 미묘하게 웃더니 라틸의 눈가를 문질렀다.

'눈에서 티가 났단 건가. 대체 내가 칼라인을 어떻게 쳐다봤기 에?'

뜻밖의 대답에 당혹감을 느끼자마자 칼라인이 또 라틸의 목덜미 에 입을 가져다 댔다. 그가 뱀파이어란 걸 몰랐을 때도 당혹스러웠 던 행동인데. 그가 뱀파이어란 걸 알아서인가. 라틸은 놀라서 그의 머리카락을 뒤로 잡아당겼다. 칼라인은 웃으면서 라틸이 이끄는 대로 순순히 목덜미에서 입을 뗐다.

"무섭습니까, 주인?"

"난 여기서 즐거운 시간을 보내고 싶은 거지, 먹이가 되고 싶은 게 아니야."

"그러면 목에는 입 대지 말까요?"

라틸이 고개를 끄덕이자, 칼라인은 알겠다더니 순순히 더 아래 로 입을 댔다. 심장 위에. 얇은 옷 위로 느껴지는 감각에 깜짝 놀란 라틸은 눈을 커다랗게 뜨고 칼라인의 머리카락을 더 잡아당겼다.

"역시 목으로 할까요?"

칼라인이 장난스럽게 묻자 라틸은 놀란 마음보다 발끈한 마음이 더 강해져서 그의 머리를 두 손으로 꽉 쥐었다. 그러자마자 칼라인은 마치 라틸의 손에 떠밀리기라도 한 듯 좀 더 아래로 내려갔고, 어느새 그의 차가운 숨결은 배 부근으로 가 있었다.

그가 라틸의 옷 단추를 이로 물더니, 마치 송곳니를 자랑이라도 하는 양 손쉽게 툭 뜯어 뱉었다. 아래 단추까지도 그렇게 뜯어내자, 그의 차가운 입술이 배꼽 아래에서 느껴지면서 나는 냉기에 소름이 올라왔다. 그의 혀가 라틸의 배 위를 지나가자 얼음이 미끄러지는 기분에 저절로 발가락이 말렸다.

"너…… 진짜 차가워."

라틸이 속삭이자 칼라인은 배 부근에 가볍게 입을 맞추더니, 이번에는 라틸의 바지 지퍼를 입으로 물었다. 바지는 좀 더 두꺼운 재질이라, 라틸은 그가 뭘 하는지 바로 알아차리지 못했다. 그러다 아래에서 바스락거리는 이상한 느낌에 고개를 들었고, 지퍼를 입으로 내리는 칼라인을 발견하고 놀라 눈을 커다랗게 떴다.

칼라인은 지퍼를 내리면서도 라틸을 쳐다보고 있었는데, 눈이 마주쳤는데도 태연히 웃으면서 아주 느리게 지퍼를 끝까지 내렸다. 좀 더 아래쪽에서 차가운 기운이 올라오자 라틸은 기겁해서 상체를 일으키려 했으나, 그새 위로 올라온 칼라인이 다시 라틸을 눕혔다. 라틸이 떨리는 눈으로 쳐다보고 있자니, 칼라인은 자신이 선물한 팔찌를 찬 라틸의 손목을 들어 그 위에 입을 맞추고서 눈꺼풀을 감겨주었다.

"음악 소리 들립니까, 주인?"

"들려."

"제 목소리도 들립니까?"

라틸이 눈을 감고 고개를 끄덕이자, 그가 라틸의 귓가에 입을 맞추며 속삭였다.

"제가 주인에게 주려는 건 전부 다 좋은 것뿐입니다. 음악을 감상하면서, 제가 주는 감각을 받아들여요."

"긴장돼."

"긴장을 거두면 즐거울 겁니다."

"네가 그걸 어떻게 알아?"

"500년 살면 알게 됩니다."

웃음기 섞인 목소리에 라틸이 실눈을 뜨자 그의 얼굴이 코앞에 보였다. 그의 눈동자는 맑고 아름다웠으나, 눈에는 음욕이 가득해서 라틸은 그의 말을 신뢰하기 어려웠다.

"확실해?"

그가 웃더니 다시 라틸의 눈꺼풀을 감겨주었다.

"숨을 쉬고…… 음악을 들으세요."

라틸은 그가 시키는 대로 했다. 눈을 감고 긴장한 채 음악을 들으려 하자, 음악 소리가 좀 더 섬세하게 들려왔다. 음악상자로 재현한 하프 소리는 여전히 뚱땅대는 것처럼 들렸으나 잔잔하고 풍요로웠다. 긴장을 풀라는 듯 그는 한 손으로 목덜미와 어깨를 부드럽게 문질렀다.

'그럼 다른 한 손은?'

다시 실눈을 뜨자 그가 자신의 셔츠 단추를 한 손으로 푸는 게 보였다. 금세 매끈한 살결이 드러났으나, 칼라인은 셔츠를 입은 채 라틸의 쇄골 부근으로 입을 가져갔다.

아주 미세한 온기를 가진 얼음이 미끄러지는 느낌에 라틸은 눈을 질끈 감고 턱을 들어 올렸다. 덩달아 목이 위로 올라가자, 차가운 손이 목 위를 부드럽게 쓸면서 계속해서 어깨죽지를 문질렀다. 긴장 풀라는 손길이었다.

'그 손 때문에 더 긴장되는 거야, 이 500살아.'

라틸은 속으로 구시렁거리면서, 자신도 조금 경험이 쌓이면 칼라인에게 똑같이 복수하리라 작정했다. 무슨 수를 쓰든 저 500살 묵은 뱀파이어를 손가락 하나에 심장이 들썩이게 해줘야지.

하지만 그 생각을 하자마자 좀 더 가까이에서 느껴지는 그의 숨결에 라틸은 등을 반사적으로 폈다가 도로 수그렸다. 라틸은 그의 머리카락 사이에 두 손을 파묻었다.

"칼, 칼라인."

당황해서 칼라인을 부르며 눈을 떴으나, 이번에는 상체를 들어 올릴 수가 없었다. 차마 아래쪽에서 무슨 일이 벌어지는지 볼 수가 없어서. 칼라인의 손이 능숙하게 라틸의 바지를 뒤에서 감싸더니, 반 정도 아래로 내리는 게 느껴졌다.

이윽고 그가 옷으로 꽁꽁 감춰둔 부위에 입을 맞추자, 라틸은 손으로 얼굴을 감쌌다. 음악? 음악을 듣고 있으라고? 음악은 무슨, 아무 소리도 들리지 않았다. 자신의 심장 소리 외에는 아무것도.

"칼라인은? 칼라인은 만나봤어?"

없는 입맛을 억지로 돋우며 식사하던 아이니는 칼라인에게 '사디가 대적자 같다'는 정보를 전하기 위해 떠났던 용병이 홀 안으로 들어오자 포크를 내려놓고 황급히 다가가 물었다. 용병은 코트를 벗어 한쪽 팔에 걸며 고개를 끄덕였다.

"어. 칼라인 님을 만나서 얘기했어."

"뭐라고 해? 자기가 없애겠대?"

"그 여자가 아니래."

"아니라고? 확실하게 말했어? 우리가 왜 그런 생각을 하게 됐는지, 또박또박 말했어?"

"말했는데 아니래. 칼라인 님도 아는 여자래."

물론 아는 사이겠지. 둘이 같이 카리센에 왔었으니까. 아이니는 속으로 생각하면서 한숨을 내쉬었다.

"기르골 이야기도 했어?"

"그래도 아니래."

아이니는 답답해졌다. 지금 자신은 로드가 아니니, 사실 사디가 대적자이건 말건 죽건 살건 큰 관련은 없다. 그녀가 이러는 건 칼라인을 지키기 위해서였다. 칼라인은 로드를 따르고, 대적자는 로드와 싸우니까. 언젠가 미래의 대적자가 그를 죽일지도 모르니까. 그런데 칼라인은 무작정 말을 들으려 하지 않으니⋯⋯.

"아마 아닐 거야. 칼라인 님이 아니라고 할 땐 이유가 있겠지."

용병이 칼라인을 신뢰하듯 말하자 아이니는 입을 다물고 테이블 앞으로 돌아가 앉았다. 하지만 아이니는 여전히 그녀가 대적자라고 확신했다. 자신이 본 것들이 있으니까.

"도미스. 칼라인 님이 쓸데없는 행동을 하지 말라 그랬어. 괜히 오해해서 나서지 말라고."

그 심상치 않은 표정을 본 용병은 아이니의 맞은편으로 다가와 탁자에 걸터앉으며 말했다.

"쓸데없이 나서진 않을 거야."

그러나 아이니는 단호하게 딱 자르고서 눈을 가느스름하게 떴다.

"그럼? 뭘 어쩌려고?"

"칼라인에게 다른 증거를 보여주겠어. 그러면 되겠지."

"무슨 증거? 칼라인 님은 기르골이 그 여자 곁에 있다 했는데도 대적자가 아니라 했는데. 그거보다 더 큰 증거가 어디 있다고?"

"대적자의 적이 뱀파이어만 있는 건 아니잖아."

아이니의 영리한 목소리에 용병이 고개를 기우뚱했다.

"좀비를 보내보려고? 하지만 흑마법사가 어디 있는지 우리는 몰라."

아이니는 고개를 저었다.

"아니. 식시귀."

머릿속에 떠오른 건 헤윰이었다. 그러면 가장 정확한 질문을 해 줄 수 있을 것이다.

25 네 창문에도 있어

다음 날 눈을 떴을 때. 라틸은 정신이 들었지만 깨어나고 싶지 않았다. 라틸은 눈을 감고 칼라인의 품 안으로 파고들었다. 그에게서는 좋은 향이 났고 그의 품은 느낌이 아주 좋았지만, 그와 나란히 누워있는 이 순간을 오래 누리고 싶단 이유에서는 아니었다.

'부끄러워서 죽을 거 같아!'

라틸이 일어나고 싶지 않은 이유는 눈을 뜨고 칼라인을 볼 용기가 나지 않아서였다. 왜 정신이 들자마자 어젯밤 생각부터 나는 걸까.

"주인."

"······."

"주인?"

"……."

눈치 빠른 칼라인이 라틸이 깨어난 걸 눈치채고 라틸을 불렀지만, 라틸은 못 들은 척 대답하지 않았다.

"주인에게서 좋은 향이 납니다."

하지만 칼라인이 라틸의 목덜미에 대고 입을 맞추는 순간, 라틸은 더 자는 척하지 못하고 마지못해 눈을 떠야 했다.

"내 목 좀 노리지 말라니까."

"주인의 목을 노린 건 아닙니다."

"누가 봐도 목만 노리잖아."

"정확히 말하자면 피를 노린 거죠."

"!"

칼라인이 웃음을 터트리자 라틸은 인상을 구겼다. 빌어먹을 뱀파이어식 농담이었다. 라틸이 쩨려보자 칼라인은 라틸의 이마에 입을 맞추고서 라틸을 자신의 품 안으로 힘껏 끌어당겼다.

"내 피가 그렇게 탐이 나?"

"주인께서는 자신에게 어떤 향이 나는지, 평생 모르시겠지요."

"어떤 향이 나는데?"

"주인의 향이 납니다."

"그렇게 말하면 못 알아들어. 그게 무슨 향인데?"

말로 표현하기 어려운지 칼라인은 대답 대신 라틸의 머리카락에 코를 가져다 댔다. 자고 일어나서 아직 씻지도 못했는데, 땀도 흘렸을 텐데. 라틸은 당황했으나 칼라인은 아무렇지 않아 보였다.

"제가 좋아하는 향입니다."

"그렇게 말해도 나는 몰라."

"안 가르쳐 줄 겁니다. 나만 알고 있을 겁니다."

과연 너만 알고 있을 수 있을까. 라틸은 너무 완벽한데 차갑기까지 해서 조각 같은 그의 가슴에 이마를 대고서 속으로 중얼거렸다. 물론 이 상황에 이런 말을 해서 칼라인을 기분 나쁘게 만들진 않았다. 그보다 언제까지 이 상태로 있어야 하지? 말도 나누었는데, 밤에 일어난 일은 생각나지 않는 척 낯을 두껍게 해볼까?

"주인. 제 수업은 마음에 드셨습니까?"

'모른 척할 새를 안 주는구나.'

"모르겠어."

"좀 더 분발해 보란 뜻일까요?"

거기서 어떻게 더 분발하려고. 라틸은 그의 가슴에 대고 이마를 비볐다. 얼굴이 화끈거리는 걸 자신도 알 수 있었다.

"그 정도면 됐어."

"즐거우셨습니까?"

"……안 물어봤으면 좋겠는데."

라틸은 완전히 칼라인에게 머리를 파묻어 버렸다. 귀도 가리고 싶었다. 그냥 밤의 일은 밤의 일로 넘기면 안 되는 걸까? 밤에 일어났던 일은 되새기면 되새길수록 민망했다.

"별로였습니까?"

"아니……."

아주 기분 좋기는 했다. 칼라인이 아니라 자신이 녹아버릴지도 모른단 생각이 들 정도로. 눈앞이 핑글핑글 돌고 어떻게 이런 감각이 존재할 수 있는 건지 의아할 정도였다.

하지만 당시엔 그 감각에 빠져 허우적대느라 부끄러운 마음이 덜했는데, 자고 일어나 그 무시무시한 쾌락이 잦아들고 나니 이성이 연신 베개를 두드려댔다. 라틸이 자꾸 자신의 품으로 파고들자, 칼라인은 라틸의 어깨를 문지르며 속삭였다.

"주인의 반응을 보고 어디를 좋아하는지, 어떤 걸 가장 기뻐하는지 짐작할 수는 있습니다."

"그럼 묻지 마. 알아서 짐작하고."

"하지만 주인이 제게 말해주는 게 가장 정확합니다."

"대충하면 안 돼?"

"말했잖아요. 난 주인에게 좋은 것만 하고 싶습니다."

라틸은 칼라인의 팔을 어루만지다가 주섬주섬 몸을 아래로 내려 이불 안으로 파고들어 가버렸다. 그곳에서 몸을 웅크리고 아무것도 안 들리는 척하고 있자니, 칼라인은 기어코 따라 들어와 라틸의 목덜미에 입을 맞추었다.

"이불 속까지 따라 들어오지 마!"

라틸이 항의하자 그는 어쩔 수 없다는 듯 다시 나갔으나, 이불 안에서 몸을 웅크리고 있는 건 몹시 답답한 일이었다. 라틸은 얼마 버티지 못하고 다시 나오다가, 칼라인이 자신을 귀여워 죽겠단 눈으로 보고 있자 다시 그의 배에 얼굴을 파묻어 버렸다.

라틸의 요구에 칼라인은 먼저 씻은 다음 라틸의 이마에 입을 맞추고 나갔다. 그는 라틸과 아침 식사를 함께 하고 싶어 하는 눈치였으나, 라틸은 어젯밤 내내 자신에게 붙어있던 입으로 그가 식사하는 모습을 보고 싶지 않았다. 그랬다간 정말로 테이블을 뒤집어 엎고 달아나 버릴지도 몰랐으니까. 칼라인이 완전히 사라진 뒤에야 라틸은 칼라인이 남기고 간 냉기 묻은 이불에 괜히 코를 대고 킁킁거리다가 웃음을 터트렸다.

'남기고 간 온기도 아니고. 남기고 간 냉기라니.'

5년 전만 해도 '넌 커서 뱀파이어를 후궁으로 맞이할 거야'라고 누군가 말했다면 미쳤냐고 되물었을 텐데. 라틸은 침대에서 조금 더 뒹굴다가 시계를 확인하고서야 다급히 일어섰다. 9시까지 공개 집무실로 가야 하는데, 어느새 8시 30분이었다.

식사할 시간도 없고, 어차피 입맛이 있지도 않기에 라틸은 빠르게 씻은 후 옷을 입고서 집무실까지 서둘러 걸어갔다. 그런데도 집무실 안으로 들어갔을 땐 20분이나 늦은 상황이었다. 라틸이 안으로 걸어가자 대기하던 시종들이 품에 안고 있던 서류들을 차례로 내밀었다.

"어제의 그 폭파 전문 마법사 두 명이 행방불명된 건에 대한 서류입니다, 폐하."

"풀로드 영주가 갑자기 죽으면서 쌍둥이 간에 영주 자리를 두고 싸움이 벌어졌다고 합니다, 폐하."

"밀로에서 왕의 폭정이 계속되어 반란이 일어났다 합니다. 반란을 일으킨 대공과 현재 도피해 있는 왕의 셋째가 동시에 도움을 청해왔습니다, 폐하."

시종장이 라틸의 뒤를 따라가며 그 서류를 챙겼다가 라틸이 책상 앞에 앉자 중요한 순서대로 쌓았다. 황제의 업무 대다수가 그렇듯 이번에 올라온 서류 역시 뭐가 답이라고 확실히 말하기 어려운 애매한 사안들뿐이었다.

밀로 건만 해도 그랬다. 대공과 왕의 셋째는 둘 다 평판이 좋고 영민하단 평가를 받았으나, 라틸 입장에선 누가 왕위에 등극하든 골치가 아팠다. 왕의 셋째가 집권한다면 복수극이 벌어질 확률이 높으니 그 나라에 피바람이 불 테고, 대공이 집권하면 자신이 황제가 되었을 때 지지를 보내준 밀로 왕가를 팽개치는 모양새가 된다.

그래도 지지한 쪽이 등극하면 그나마 낫지. 지지하지 않은 쪽이 등극하면? 당장 나라 간 사이가 틀어진다. 그렇다고 군사를 보내 대놓고 도와주자니, 남의 나라 일에 지나치게 간섭하는 것 같기도 하고 병사들이 중요하지 않은 일에 다치거나 죽는 건 싫었다.

그렇게 골치 아픈 일들을 의논하면서 라틸은 이걸 자신의 선에서 처리할지 보류할지 국무회의로 가져갈지를 결정했다. 이후에는 회의실로 가 대신들과 전문가, 시종들과 각 안건에 대해 토론하고 의견을 받았다. 바쁜 오전 업무가 끝나자 라틸은 진이 빠져서 방으로 돌아가려다가, 시종 하나가 "폐하. 클라인 님이요. 클라인 님." 하고 입 모양으로 알려주자, 그제야 어제 클라인이 자신을 찾아왔던 일을 떠올렸다.

'정신이 없어서 까먹었네. 바쁘다 바빠.'

"이거 내 방에 가져다 두고, 이건 내 개인 집무실로."

라틸은 식사하면서 따로 보기 위해 챙겼던 서류를 시종 두 명에게 나누어 맡기고서 하렘 쪽으로 방향을 돌렸다.

"아, 왜 이렇게 하렘을 먼 데 지었어?"

괜히 건축가 탓까지 하며 클라인의 방으로 찾아가니, 마침 하인들이 클라인 방으로 음식을 가득 담은 왜건을 끌고 들어가는 중이었다.

"폐하를 뵙습니다."

라틸을 발견한 하인들은 동시에 수레를 놓고 무릎을 굽혔다. 라틸은 고개를 끄덕이고서 방 안으로 들어갔다. 방에는 이미 하인 한 명이 들어가서 먼저 가져온 음식을 차리고 있었는데, 이 때문인지 클라인은 라틸이 들어와도 알아차리지 못하고 거울 앞에 앉아 신경질을 부리고 있었다.

"밝은색 없어? 이 색은 나랑 전혀 안 맞잖아. 난 뭘 해도 다 어울리는데 개중에서 안 어울리는 거만 찾아오다니. 그것도 재주다 재주."

라틸을 먼저 발견한 클라인의 시종이 무어라 말하려 했으나, 라틸은 '쉿' 하고 조용히 하란 신호를 보내고서 슬그머니 클라인의 옆으로 가 볼을 쿡 찔렀다. 클라인은 성질을 내려 돌아보다가 라틸을 발견하자 대번에 안색이 환해져서는 두 팔을 벌렸다.

"폐하!"

15년 만에 만난 대형견처럼 그가 기뻐하자, 라틸은 덩달아 기분이 좋아져서 그가 머리에 꽂은 얇은 관을 손가락으로 툭 건드렸다.

"잘 어울리는데 왜."

"뭘 해도 영 마음에 안 차더니. 폐하가 오시려고 그랬나 봅니다."

"같이 식사하자."

클라인은 관을 아예 벗어서 바닐에게 건네고는 얼른 의자를 빼주었다. 그러고서 만족해하는 모습을 보니, 연회 때 타시르가 라틸의 의자를 빼주었던 모습을 나름대로 유심히 보았던 게 분명했다.

'귀여워라.'

라틸은 해맑게 웃고 있는 클라인을 보자 괜히 웃음이 나와서 마주 보고 같이 웃었다. 야하고 매력적인 칼라인이나 아찔하고 권태로운 라나문도 좋지만, 솔직하게 감정을 드러내는 클라인도 좋았다.

하인들이 식사를 차리고 물러나자 바닐이 식사 시중을 들지 말지 고민되는 듯 라틸과 클라인의 눈치를 살폈다. 클라인은 손을 저어 바닐까지 나가게 하고는, 문 닫히는 소리가 나자 의자째 자리를 옮겨 라틸과 가까이 앉고서 또 웃었다.

"이렇게 둘이 붙어있을까요, 폐하?"

"팔이 부딪히지 않을까."

"제가 음식을 집어서 폐하 입으로 드리면 되지요. 그러면 팔이 부딪히지 않을 겁니다."

"좋은 생각이긴 한데. 내 손으로 먹고 싶다."

"……"

"네가 싫어서가 아니라 입이 두 개인데 손이 하나면 불편하잖아."

"전 손이 두 개인데요."

"포크 두 개 쥐고 동시에 휘두를 건 아니잖느냐."

클라인이 시무룩해져서 다시 원래 자리로 돌아가자, 라틸은 소리 죽여 웃고서 물었다.

"어제 날 찾아왔다면서? 회의가 늦게 끝나서 좀 늦게 들었다."

클라인은 새콤한 냄새가 강하게 나는 샐러드 소스를 포크로 떠먹다가 "아." 하고 고개를 끄덕였다.

"네. 어제 제가 수상한 걸 봐서요. 폐하께 알려드리러 갔습니다."

"수상한 거라니?"

"제가 걸어가고 있었는데요. 게스타 방 창문에 이상한 게 보였습니다."

"게스타 방?"

"네. 작은 독수리처럼 생겼는데, 사자 꼬리 같은 게 붙어있었어요."

"그게 뭐지?"

"그러니까요."

클라인은 포크를 내려놓더니 눈을 빛내며 간교하게 속삭였다.

"창문에 그런 걸 붙여놓고 있다니. 참으로 수상하지 않습니까?"

"그런가?"

"네. 그런 게 창문에 있다니. 어쩌면 게스타 그 무말랭이가 대신관 부적을 파낸 범인일지도 모릅니다. 그렇죠?"

"글쎄······."

라틸은 중얼거리면서 클라인의 어깨 너머를 쳐다보았다. 클라인의 뒤쪽 창문 창틀 위, 사자 꼬리가 달린 작은 독수리가 앉아서 이쪽을 보고 있었다.

"네 창문에도 있는 거 같은데, 클라인."

라틸이 떨떠름하게 중얼거리자 클라인은 놀랐는지 확 고개를 돌렸다. 하지만 클라인은 곧 고개를 기울이더니 라틸을 보며 물었다.

"날아갔습니까, 폐하?"

아니. 지금도 있다. 창틀 위에. 거기서 엉덩이를 씰룩이며 사자 꼬리로 창문을 두드리고 있다.

"······안 보여?"

다시 고개를 돌린 클라인은 어리둥절해서 되물었다.

"아무것도 없는데요? 그런데 무슨 소리가 나지 않습니까?"

'안 보이는 건가? 저기 저 창틀에 있는데? 속마음을 듣거나 남의 기억을 꿈으로 꾸는 것처럼 이것도 내 고유한 능력인가?'

라틸은 잠시 그렇게 생각했으나, 이게 자신의 고유 능력이라 하기엔 애매한 구석이 있었다. 클라인도 처음엔 그 독수리 머리에 사자 꼬리 새를 보았으니 라틸에게 말한 게 아닌가.

그럼 이게 무슨 상황인가 당황하고 있으니, 그 독수리 머리에 사자 꼬리를 가진 희한한 새가 라틸을 보고 부리를 쩍 벌렸다. 마치

'네가 날 보고 있어?' 하고 놀란 듯이.

새의 표정이 사람의 표정과 똑같은지 모르겠으나, 라틸이 자신을 본다는 데 몹시 당황한 것처럼 보였다. 얼마나 당황했는지 새가 부리를 벌린 채 덩실덩실 춤을 추기 시작하자 라틸은 더욱 황당해졌다.

'춤은 갑자기 왜?'

클라인 역시 클라인대로 라틸이 창틀을 멍하니 보고 있는데 제 눈에는 아무것도 보이지 않자, 어리둥절해서 연신 창문과 라틸을 번갈아 보았다. 새는 춤을 다 추고 나자 이번에는 날개로 부리를 감추며 감격한 척하더니, 꾸벅 절을 하고서 날아가 버렸다.

'괴물……이라고 하기엔 좀 이상한데.'

라틸은 멍하니 그 뒷모습을 보다가 클라인을 쳐다보았다. 클라인은 여전히 창문과 라틸을 번갈아 보고 있었는데, 라틸과 시선이 마주치자 창문을 힐긋거리길 멈추고 걱정스레 물었다.

"폐하. 혹시 제 말이 거짓말이라 생각하십니까? 그래서 절 놀리시는 건가요?"

"그럴 리가."

라틸은 안 그래도 없던 입맛이 더욱 사라져서 냅킨으로 입가를 닦으며 중얼거렸다.

"네가 한 말은 다 믿는다."

"게스타……."

"부분은 빼고."

게스타 방 창문에 그 새가 붙어있어서 게스타가 수상한 거라면,

클라인 역시 수상해야 하니까.

"폐하는 게스타 그놈을 너무 챙기십니다."

"네가 게스타를 너무 싫어하는 건 아니고?"

"예뻐할 구석이 없잖아요."

'하긴. 너는 게스타를 안 예뻐해도 되지. 게스타는 내가 예뻐해야 할 상대지, 네가 예뻐해야 할 상대는 아니니까.'

아낙차도 다른 후궁들과 사이가 나빴다. 아니, 사실 후궁끼리 사이가 아주 좋은 게 더 어렵단 걸 알기에 라틸은 클라인에게 억지로 게스타와 잘 지내란 이야기는 하지 않았다. 애초에 후궁들을 데려온 이유도 자기들끼리 싸워서 사람들 이목을 끌어주길 바라서가 아니던가.

'물론 선은 넘지 말아야 할 테지만.'

식사를 마친 라틸은 방 안을 둘러보다가, 클라인이 가지고 있는 황제 인형이 너무 꾀죄죄해진 걸 보고 좀 좋은 옷을 입히라고 잔소리를 퍼부은 후, 그의 머리에 얹을 장신구까지 같이 골라주고서 밖으로 나왔다. 클라인은 함께 더 있고 싶어 하는 눈치였으나 방으로 돌아가 국민들의 알현을 받아줄 준비를 하려면 여유 시간이 필요했다. 게다가…….

"백화. 얘기 좀 하지."

클라인에게 새 이야기를 들었으니, 성기사단장 백화를 찾아가 그 이야기도 해야 했다. 괴물이라고 하기엔 새가 너무 작고 귀엽고 멍청한 것 같았지만, 그래도 혹시 모르지 않는가.

"네, 폐하."

백화는 호수 주변을 돌면서 성기사들에게 이런저런 지시를 내리다가, 라틸이 부르자 얼른 곁으로 다가왔다.

"부르셨습니까, 폐하."

"고생이 많군."

"당연히 해야 할 일인걸요. 다만 부적을 파낸 범인이 누구인지 아직 알아내지 못해 그게 신경 쓰입니다."

라틸 역시 내내 그 부분이 신경 쓰였기에, 백화에게 고생하라며 어깨를 두드렸다.

"감사합니다, 폐하. 그런데 무슨 일로 부르신 건지요?"

"아. 묻고 싶은 게 있어서."

"예."

"혹시 머리는 독수리인데 사자 꼬리가 달린 게 뭔지 아나?"

"예?"

"클라인이 보았다 해서. 나도 보았고. 이 근방에서."

춤을 추고 있었지. 질문을 하면서도 라틸은 백화가 그게 무엇인지 알 거란 생각은 하지 않았다. 그러나 백화는 뜻밖에도 라틸의 말을 바로 알아듣고 되물었다.

"혹시 그리핀을 말씀하시는 겁니까?"

"아는가?"

"예. 뱀파이어 로드의 부하 괴물입니다."

"!"

로드의 부하라고. 로드의 부하가 하렘 안에 와있다고? 라틸의 표정이 굳자, 백화는 덩달아 심각한 표정을 지었다.

"전설에 따르면 뱀파이어 로드가 그 새를 타고 다닌다고 하지요."

하지만 백화의 부연 설명을 듣자, 라틸의 심각한 표정은 조금 흐트러졌다. 그 쥐방울만 한 새를 타고 다닌다고? 탈 수가 있긴 한가? 그 새에 올라타려면 새끼 쥐는 되어야 할 텐데?

"무시무시한 요괴라 들었습니다. 사람의 세 배나 되는 커다란 발톱이 있어서, 그걸로 사람들을 마구 낚아채 던져 버린다지요."

라틸의 머릿속에 궁둥이를 흔들던 새가 재차 떠올랐다. 무시무시? 사람의 세 배나 되는 커다란 발톱?

"사람들에게 큰 해를 끼치는 괴물인데 정말로 그걸 보신 겁니까?"

백화가 재차 묻자 라틸은 "어……." 하고 말을 끌다가 솔직하게 대답했다.

"내가 본 건 손바닥 정도 되는 크기였는데. 아니, 그보다 좀 더 작았나?"

"그럼 새끼일 수도 있겠군요!"

백화의 융통성 있는 해석에 라틸은 '그런가?' 하고 고개를 기울였다. 하지만 라틸과 달리, 백화는 새 크기가 손바닥만 하다는 이야기를 듣고서도 여전히 심각했다.

"그리핀의 새끼든 그리핀이든, 하여튼 그런 게 나타난 건 좋지 않은 징조입니다. 로드와 함께 다니는 괴물이니까요."

고개를 주억거린 백화는 곧 몹시 진지한 얼굴로 라틸에게 물었다.

"호수 주위를 위주로 살폈는데. 앞으로는 그런 새도 잘 찾아봐야겠습니다. 혹시 어디에서 보셨는지, 구체적인 장소를 알려주실 수 있겠습니까?"

"음. 여기저기 창문을 날아다니는 것 같았네."

"그러면 창문도 잘 살피겠습니다."

백화가 굳게 맹세하고서 성기사들에게 돌아가는 뒷모습을, 라틸은 잠시 미간을 찡그리고 바라보았다. 뭔가 좀 이상했다. 도미스는 흑마법사들과 손을 잡고 세상에 어둠을 불러오는 무시무시한 로드라는데, 남들보다 더 마음 약하고 소심한 여자애처럼 보이고. 로드가 데리고 다니는 무시무시한 그리핀이란 존재는 궁둥이를 씰룩씰룩 흔들던 그 작은 새라고?

'진짜 로드가 악한 존재가 맞는 건가?'

가만히 서서 생각하던 라틸은 곧 고개를 젓고 돌아섰다.

'원치 않아도 도미스의 기억을 꿈으로 꾸고 있으니, 곧 답을 알게 되겠지.'

이후 며칠 동안 그리핀은 목격되지 않았고 그리핀을 봤다는 소문만 퍼져갔다. 클라인은 자신이 본 그 괴상한 새가 그리핀의 새끼

란 말을 듣자 다시 한번 게스타가 나쁜 놈이라고 주장해서, 기껏 라틸이 감춰준 게스타 이름을 끄집어내고 말았다.

하지만 게스타는 거기에 별 반응을 보이지 않았고, 사람들도 게스타가 정말로 그리핀과 관련이 있으리란 생각은 하지 않았다. 이런 상황에서 라틸에게는 한 가지 더 신경 쓰이는 날이 다가왔다.

'오늘이다. 기르골과 싸우기로 약속한 날.'

기르골은 라틸이 대적자라고 했고, 라틸은 그 말을 반쯤은 믿으면서도 온전히 믿진 않았다. 그러나 칼라인을 통해, 기르골이 실제로 대적자들의 스승이긴 했단 이야기를 듣게 되었다. 그러니 약속대로 그와 겨루어야 했다. 문제는······.

'모르겠어. 내가 진짜 대적자가 맞나? 오빠랑 대현자는 날 로드라 의심했지. 전에 그 수상한 패거리를 쫓다가 만난 여우 가면 그자도 날 로드라 불렀어. 틀라한테서 날 숨겨주기도 했고.'

최근에는 로드가 타고 다닌다는 그리핀도 봤다. 물론 절대로 사람이 타고 다닐 크기가 아니긴 했지만, 클라인이 못 볼 때 라틸의 눈엔 그 새가 춤추는 게 제대로 보였다.

그러나 대신관이 가진 그 돌은 까맣게 변하지 않았다. 부서지긴 했어도. 라틸은 자신의 비밀 장소로 가 옷을 갈아입고 가면을 쓰다가 연신 멈추어 서서 입술을 깨물었다.

자신이 로드일지도 모른단 가능성을 라틸은 내내 필사적으로 부정해 왔다. 자신이 로드라면 오빠가 옳은 게 되니까. 뭘 한 것도 없는데, 갑자기 절대 악의 존재가 되어 온 세상으로부터 배척당해야 한다니. 그건 말도 안 되니까. 그러나 막상 기르골이 자신을 대적자라고 하자, 이제 더는 귀를 막고 생각을 막을 수도 없게 되어 버렸다.

'기르골은 뱀파이어니까 굉장히 강하겠지. 뱀파이어도 그냥 뱀 파이어가 아니라 대적자들을 가르친 뱀파이어라잖아.'

지난번 로드는 패배했고, 대적자가 승리했다. 그 대적자를 가르친 게 기르골이었다. 만약 기르골과 겨루어서 진다면…… 라틸은 내기한 대로 대적자가 되어 그에게 무술을 배워야 한다.

그런데 기르골이 뭘 잘못 안 거라면? 사실은 내가 로드가 맞았다면? 그러면 어떻게 되는 거지?

'모르겠어. 하나도 모르겠어.'

대적자가 맞다면 기르골이 하자는 대로 하면 되지만, 로드라면 어떻게 되는 걸까. 틀라는? 틀라가 지금 대의 로드 아닌가? 틀라는 뭐지? 로드가 두 명일 수도 있나? 그냥 로드도 대적자도 아닌 라트라실 황제로 있을 수는 없는 건가?

아니, 대적자여도 문제다. 대적자라면 로드와 싸워야 하는데 황제 일은 지금도 눈코 뜰 새 없이 바빴다. 그런데 대적자이면서 황제 일을 할 수는 있을까? 그렇다고 황제 일을 해야 하니까 대적자가 되지 않겠다고 하면? 기르골이 '대적자가 대적자를 안 한대요' 하고 소문이라도 내려나? 소문이 나도 지금은 괜찮다. 흉흉한 분위기 속에서 아주 간혹 괴물이 나올 뿐이니 말이다.

그러나 전설처럼 전 세계에 좀비와 흑마법사들이 들끓으면? 평민과 귀족들이 반란을 일으켜서라도 로드와 싸우라고 쫓아내지 않을까? 평민과 귀족이 뭐야. 전 세계 사람들이 달려드는 거 아닌가?

게다가 라틸에게는 레안이라는 아주 적당한 대타도 있지 않은가.

'내가 대적자가 맞다면…… 국서가 필요해. 내가 바빠도 중앙에서 내 자리를 지켜줄 수 있는 사람이.'

준비를 마친 라틸은 심호흡하고서 궁전 출입구로 걸어갔다. 통행증을 제시하고 궁전 밖으로 나가자 긴장감에 손바닥이 간지러워졌다.

"후우."

한숨을 내쉬고서 라틸은 마른침을 삼켰다. 전혀 마음의 준비는 되지 않았지만, 일단은 기르골과 붙어야 했다. 대적자가 될지 말지 고민하는 건 기르골에게 패배한 뒤에 할 일이다. 내기대로 자신이 기르골을 이긴다면, 당장 대적자가 되라며 몰아가진 않을 거다.

즉, 시간을 벌려면…….

'기르골을 이기겠어.'

그러려면 어떻게 해야 하는가? 검술 연습은 늘 해왔고 지금도 틈틈이 훈련하고 있다. 알 수 없는 힘도 생겼다. 그러나 이것만으로 기르골을 이길 수 있을까?

머리를 굴리는 사이, 어느새 라틸은 약속 장소에 도착한 걸 알아차렸다. 전에 기르골과 함께 샌드위치를 먹었던 그 커다란 언덕 나무 아래, 기르골이 먼저 도착해 라틸을 기다리고 있었다.

"사디 양."

손에는 커다란 꽃다발을 들고 서있었다. 라틸이 다가가자 기르골은 들고 있던 꽃다발을 건네면서 싱그럽게 웃었다. 누가 보면 곧 싸우려는 사람이 아니라 청혼하려는 사람처럼 보였다.

"내 제자가 될 준비는 하고 왔어?"

한참을 망설이던 기르골은 가게 주인에게 꽃다발을 가리키며 요구했다.

"두 개 포장해 줘요."

자기 품보다 더 큰 망토로 온몸을 덮어 햇빛을 피하고 있던 자이오르는, 그 요구가 이상한지 가게 주인이 꽃을 포장하는 사이 물었다.

"왜 두 개를 사십니까? 하나는 곧 만날 제자에게 준다고 하시더니. 다른 하나는 누구에게 주려고요?"

가게 주인이 여러 송이의 꽃을 하나로 모으고 끝을 다듬고 바스락거리는 재질의 종이로 포장하는 모습을 보며, 기르골은 흐뭇하게 대답했다.

"로드일 가능성이 가장 높은 사람."

그게 누군데? 자이오르는 의아한 생각이 들었으나 구체적으로 묻진 않았다. 대신 그는 주위를 둘러보며 작게 말했다.

"곧 대적자와 대결하러 가실 거죠? 그동안 저는 제가 무사하단 소식을 마법사 관리 부서에 전하고 오겠습니다. 전 2등급이라 위치를 주기적으로 보고해야 하거든요. 제가 갑자기 사라져서 난리가 났을 겁니다."

"안 돌아와도 돼."

"전 뱀파이어가 되고 싶습니다."

"……."

"제가 따른 황자는 황제가 되지 못했죠. 권력욕은 그때 틀어졌습니다. 권력을 가질 수 없다면, 기르골 님을 따라서 강한 힘과 영생이라도 얻을 겁니다."

자이오르가 현실적인 계산을 대놓고 드러내는 사이, 가게 주인이 꽃다발 두 개를 완성해 밖으로 나왔다.

"다음에 또 오세요."

계산을 마친 가게 주인이 들어가자 기르골은 꽃다발을 들고 궁전 쪽으로 걸어갔다. 하나는 황제의 창문에 놓고 다른 하나는 미래의 제자에게 줄 생각이었다. 그런데 걸어가다 보니 뒤에서 자이오르가 계속 따라왔다.

"왜 따라와? 어디 갈 거라며?"

데이트를 방해받은 기르골이 미간을 찌푸리고서 묻자, 자이오르는 갈 거라고 웅얼거리고서는 좀 걱정된단 듯 물었다.

"근데 대적자라면 무척 강한 거 아닙니까? 기르골 님이 지면 어쩌죠?"

기르골을 걱정한다기보다는, 기르골이 졌을 시 자신의 새로운 야망이 꺾일까 염려하는 태도였다.

그러나 기르골은 조금도 걱정 없다는 듯 자신만만하게 웃었다.

"로드는 절대적으로 강하지만 대적자는 상대적으로 강하거든."

"?"

"로드를 죽일 수 있는 건 대적자뿐이지만, 그 상대가 서로가 아니라면 더 강한 건 로드 쪽이지."

남몰래 궁전에 들러 창틀에 꽃다발을 두고 온 기르골은 예비 제
자에게 줄 꽃다발도 잘 챙겨서 약속 장소인 언덕으로 갔다. 기르골
은 흥얼흥얼 콧노래를 부르고 꽃을 뜯어 먹으면서 사디가 오기를
기다렸다. 다행히 꽃봉오리가 많이 남아있을 때 사디가 나타났고,
기르골은 아직 풍성한 꽃다발을 건넬 수 있었다.

"사디 양. 내 제자가 될 준비는 하고 왔어?"

질문을 던진 그는 사디의 꼭 쥔 주먹과 딱 다물린 입술, 결연한
눈동자를 보며 흐뭇하게 웃었다.

'귀여워라.'

그는 역대 모든 대적자들을 다 싫어했으나, 사디는 제법 느낌이
좋았다. 임무를 마치더라도 이 대적자 하나 정도는 고통 없이 죽
여주고 싶을 정도로. 사디가 불만스럽게 쳐다보는 것조차 귀엽게
여길 정도였다. 원래 약하고 소중한 것들은 화를 내도 귀여운 법
이니까.

"꽃다발은 뭐야. 그쪽 간식이야? 도시락?"

"미래의 제자에게 주는 선물인데."

"그런 사람도 여기 왔어? 어딨어?"

사디가 주위를 두리번거리자 기르골은 그 모습을 지켜보다가 픽
웃고서 제안했다.

"이렇게 할까?"

"일단 말해봐. 나한테 불리한 거라면 안 들을 거니까."

"내가 우리 제자님 기를 좀 살려줄까 싶어."

"기?"

무슨 뜬금없는 소리냐는 듯 사디가 인상을 찌푸렸다.

"웬 기?"

"내가 너무 손쉽게 이기면 우리 제자님 자존감이 꺾일 거 아냐."

"내 자존감은 그 정도로 안 꺾여."

"그래도."

기르골은 꽃다발을 사디에게 다시 한번 들이밀었다. 이번에는 사디도 거절하지 않고 꽃을 받아 안았다. 기르골은 사디가 안은 꽃다발에서 꽃잎 하나를 똑 떼어내면서 웃었다.

"세 번 봐줄게, 예비 제자님."

그러고서 꽃잎을 입에 넣고 우물우물 씹자, 사디는 떨떠름하게 그를 쳐다보았다. 아마 자존심이 상해서 저러는 걸 거라고, 기르골은 속으로 웃었다. 대적자들은 대대로 자존심이 강했으니까. 봐줄 필요 없다고 거절하겠지. 기르골은 '그래도 봐줘야지'라고 생각하며 웃었다. 하지만 돌아온 대답은 기르골의 예상과 조금 달랐다.

"좋아."

"응?"

심지어 사디는 그걸로도 모자란지, 잠시 생각해 보다가 부가적인 부분을 제안하기까지 했다.

"봐준다고 해놓고서 안 봐줄 수도 있으니 조건을 하나 더 걸자.

그쪽이 세 번 봐주지 않으면 약속을 어긴 거니까, 내가 승리하는 거라고."

"……."

이번 대적자들은…… 하나여야 하는데 둘인 것도 이상하고, 정의감이 없는 것도 이상하고, 자존심도 강하지 않네. 왜 그렇지? 사디의 야무진 제안에 기르골은 의아했으나, 곧 흔쾌히 허락했다.

"그러지."

몇 개의 나라들이 사라지길 반복하는 아주 오랜 시간 동안 대적자들을 보아 왔기에 흔쾌히 허락할 수 있는 조건이었다. 기르골은 훈련을 받지 않은 대적자들이 어느 정도의 힘을 가졌는지 누구보다 잘 알고 있었으니까. 훈련받지 않은 대적자는 그가 방심할지언정 절대 이길 수 없었다.

"그렇게 하지."

기르골은 자신 있게 웃으며 대답했다. 그리고 말이 끝나자마자 그는 나무둥치에서 눈을 떴다.

"어?"

라틸은 기절한 기르골이 깨어나기를 기다리면서, 그가 준 꽃다발의 향을 맡았다. 그러면서도 연신 기르골의 얼굴을 힐긋거렸다.

'기르골은 왜 뱀파이어인데 대적자의 스승 같은 일을 하고 있을까? 그래서 칼라인과 틀어진 건가?'

게다가 서넛은 자기가 한 번밖에 안 물려서 밖을 돌아다닐 수 있는 거라 했는데. 왜 만나는 뱀파이어들은 죄다 낮에도 멀쩡한 거지? 그때, 기르골이 눈꺼풀을 한번에 들어 올리더니 옆을 보았다. 라틸은 꽃잎을 만지작거리다가 그가 깨어나자 가슴 위에 꽃다발을 얹어주었다.

"기절했으니까 내가 이긴 거네."

미리 준비한 주장을 하면서.

"잠시, 아가씨."

기르골은 꽃다발을 한 손으로 잡고 상체를 일으키면서 한쪽 눈만 찡그렸다.

"방심했어."

알아. 라틸은 기르골이 변명처럼 하는 말에 속으로 대답했다. 라틸 자신도 알고 있었다. 기르골이 진짜로 방심해서 졌단 걸.

"다시 해, 아가씨."

하지만 애초에 라틸은 일부러 쓸데없는 말을 하면서 주위를 흐트러트리다가, 기르골이 방심한 것 같아 바로 공격한 거였다. 설마 저쪽에서 대놓고 봐주겠다고 나올 줄은 몰랐지만 말이다. 어쨌든 원하는 대로 되었는데 굳이 다시 할 이유가 없었다.

"이긴 건 이긴 거지."

라틸이 물러나지 않자 기르골이 입을 쩍 벌렸다. 그래도 라틸은 턱을 괴고서 웃기만 했다. 상황이 급했다면, 기르골은 내기건 뭐건 없던 거로 하자며, 무작정 대적자로서의 의무를 강요했을 것이다.

그러나 기르골은 라틸과의 내기를 받아들였다. 물론 자기가 질

거란 생각 따위는 염두에 두지 않은 내기였겠지만 어쨌든 시간 여유가 아예 없지 않다는 뜻이었다. 나중에 상황이 급해질 때까지는 내기를 이어가 줄 것이다.

"아가씨 사기꾼이야."

항의는 하겠지만.

"응, 근데 그쪽은 약골."

"나한테 그런 말 한 사람 처음이야, 아가씨."

'그야 뱀파이어한테 약골이라 하는 미친 인간은 없을 테니까.'

"더 해봐. 꽤 듣기 좋은 거 같아."

라틸은 꽃다발로 기르골의 손바닥을 퉁 치고서 다시 그에게 맡긴 다음 쪼그렸던 다리를 일으켰다. 그러나 기르골은 바로 일어나지 않았다. 그는 누운 자세로 꽃다발을 품 한쪽에 끼고서 잠시 생각에 잠겨 하늘만 올려다보았다.

저 위에서 천사라도 내려오나? 덩달아 위를 쳐다보니, 그가 나지막하게 웃음을 터트렸다. 라틸은 그가 약속을 엎을까 봐 염려했으나, 기르골은 그러는 대신 꽃다발을 도로 라틸에게 건네며 물었다.

"좋아. 약속은 약속이니까. 그래, 아가씨. 내가 무슨 소원을 들어주면 되지?"

'이건 생각해 둔 게 있어.'

"내가 최근에 배신을 몇 번 당해서 사람을 못 믿게 됐거든."

"배신한 사람들을 대신 죽여줄까?"

"아니."

"그럼?"

"그쪽은 어떤 상황이 와도 내 편이 돼줘."

"!"

"이게 내 소원이야."

혹시 내가 대적자가 아니라 로드라도 날 죽이려 들지 마. 사실 라틸이 정확하게 표현하고 싶은 말은 이쪽이었다. 하지만 이 정도로 구체적으로 말하면 그가 오히려 의심할 수도 있었다.

"이건 또 예상 못 한 소원인데."

기르골은 한쪽 입꼬리를 올렸다.

"사디 양은 이상한 소릴 자주 하네."

"싫어?"

"싫진 않은데."

"그럼 그걸로."

"내가 약속을 깨면 어떡하려고?"

어떡하긴 어떡해. 화나겠지.

"못 지킬 약속이라면 지금 말해줘. 다른 소원으로 바꿀래."

고민이 되는지 기르골이 팔짱을 끼고서 심각한 표정이 되었다. 아니, 이게 저렇게까지 고민할 일인가? 조만간 배신할 계획이라도 세우고 계셨나요? 라틸은 황당했지만, 기르골에겐 나름 진지한 일이었다.

기르골에겐 나름대로 자기만의 계획이 있었으니까. 그리고 사디의 요구는 기르골의 계획 중 하나를 틀어버리는 것이었다. 의외로 상대가 진지하게 고민하기 시작하자, 라틸은 괜히 초조해져서 그가 준 꽃잎을 뜯어 입에 넣어보았다.

별생각은 없었다. 고민하는 걸 기다려야 하는데, 딱히 할 일도 없으니 기르골이 하던 행동을 따라 해보았을 뿐이다. 하지만 그 행동에 동질감이라도 느낀 걸까. 기르골이 이쪽을 희한하단 듯 쳐다보더니 곧 활짝 웃으면서 말했다.

"그래. 그러자."

라틸은 고개를 끄덕이고서 우물우물 씹던 꽃잎을 퉤 뱉었다.

"!"

"아. 맛없어서⋯⋯."

이후 라틸은 언덕을 내려가 기르골과 함께 식사하며 몇 마디 이야기를 나누었고, 결국 기르골에게 본격적인 수업은 받지 않겠지만 '강해지는 법'은 배우기로 했다. '강한 대적자가 되어서 로드를 무찔러야지'라는 각오 때문은 아니었다. 오히려 '혹시 내가 대적자가 아니라 로드라면 기르골의 강함을 배워두는 게 방어할 때 유용할지도 몰라' 하는 계산 때문이었다.

"우리 제자님한테 꿍꿍이가 보이네."

기르골은 라틸이 머리 굴리는 걸 눈치챈 듯했으나, 다행히 무슨 생각을 하는지 캐내려 들진 않았다. 대신 정확히 실력이 어느 정도인지 기초 테스트를 해보고 싶다며, 식사를 마치자 어딘가를 향해 앞서 걸어갔다. 어디를 가나 했더니 수도 외곽에 있는 평범한 저택이었는데, 놀랍게도 저택 문을 열고 들어가자 전혀 평범하지 않은 내부가 튀어나왔다.

'꼬여있어?'

착시 효과를 이용해서 어디가 위층이고 어디가 아래층이고 어디가 바닥이고 어디가 천장인지 알 수 없게 만든 그림처럼, 저택 내부가 꼬여있었던 것이다. 당황해서 이리저리 둘러보고 있자니 기르골이 라틸을 등 뒤에서 밀고 문을 쾅 닫았다.

"기르골!"

라틸이 놀라서 외치자, 문 바로 뒤에서 기르골의 목소리가 들려왔다.

"시간 재고 있을게. 길 찾아서 도로 나와봐. 참고로 알려주자면 바로 전 대적자는 3일 걸려서 올라왔어. 꽤 빠른 편이었지. 역대 최단 기록은……."

라틸은 기르골의 말이 다 끝나기 전에 3일 소리에 기겁해서, 방금 들어온 문을 그대로 발로 걷어차 버렸다. 아주 세게. 문짝이 박살 나는 소리가 나며 실제로 문짝이 박살 나자, 그 앞에 서있던 기르골이 눈을 휘둥그렇게 떴다. 기르골은 부서진 문과 라틸을 번갈아 보며 눈을 깜빡이다가 어정쩡하게 말을 마쳤다.

"아가씨네."

관리 부서에 들러 자신이 무사하단 사실을 알리고 그간의 행적을 거짓으로 적어낸 자이오르는, 기르골이 머무는 숙소로 돌아왔

다가 깜짝 놀랐다.

"누가 이런 겁니까?"

분명 마지막으로 보았을 때만 해도 멀쩡하던 문짝이 박살 나있었다. 아주 제대로 반쪽으로. 누군가 문의 중앙부에 강한 힘을 가해 내려친 게 분명했다.

"적인가요?"

"나한테 적이 어딨어. 없어."

"그럼…… 스스로 하셨나요?"

"제자님이 하고 갔지."

"제자님. 아. 그 대적자 후보!"

자이오르는 더욱 어리둥절해졌다. '제자님'이라 부르는 걸 보면 제자로 받아들인 모양인데. 그 제자가 왜 문짝을 부수고 갔단 거지?

"애가 세더라."

하지만 기르골은 긴 설명을 해주는 대신 히죽 웃으면서 쪼그리고 앉았던 몸을 일으켰다.

"이미 강해. 더 강해지면 어떻게 될지 신경 쓰일 정도로."

"좋은 거 아닌가요? 로드를 이길 수 있을 테니까요."

"로드를 이길 만큼은 강해야 하는데. 내가 통제할 만큼은 덜 강해야 하거든."

"아……."

"그러면서 자기편이 되어달라고 요구하다니."

걱정한다면서 기르골이 안색이 환해져서 입가를 쓸자, 자이오르는 눈썹을 치켜올려 이마에 주름을 가득 만들어냈다.

"걱정하는 거 맞으시죠? 기분 좋아 보이시는데요."

"걱정하는 거 맞아. 근데 걔가 말을 너무 이쁘게 해."

이쁘게 하는 말은 무슨 말인가. 아부를 잘한단 건가. 아부 잘하는 사람이 문짝을 박살 낼 것 같진 않지만. 여전히 자이오르의 머리 위로는 물음표가 떠다녔다.

대부분의 사람이 다 그렇겠지만, 이전에 그는 뱀파이어니 뭐니 하는 데 관심이 없었다. 당연히 기르골이 하는 말의 반 이상은 알아듣기 어려웠다. 사전 정보가 없기에.

"걔는 나랑 입맛도 같아지고 싶은가 봐. 꽃도 따라서 먹어. 난 그런 애 진짜 처음 봤어."

"저도 먹자 하면 먹을 수 있습니다, 기르골 님. 보여드릴까요?"

"네가 꽃 먹는 게 나와 무슨 상관인데?"

기르골이 정색하고서 묻자, 자이오르는 시무룩해져서 쓰러진 문짝을 들어 올렸다.

기르골이 사디가 박살 낸 문짝을 보며 좋아해야 할지 걱정해야 할지 갈피를 못 잡는 사이. 궁전으로 돌아와 가면을 벗고 옷을 갈아입은 라틸은 서둘러 공개 집무실로 걸어가 아무 일도 없었던 것처럼 펜을 쥐었다. 하지만 의자에 앉기도 전부터 심장 소리가 너무 커서 손가락에 고동이 느껴질 정도였다. 검은 펜촉이 촛불처럼 보였다.

'난 생각보다 더 강한가 봐.'

라틸은 괜히 쇄골 아래를 툭툭 주먹으로 두드렸다.

그러는 사이, 시종장은 라틸이 자리를 비운 동안 새로 들어온 서류를 정리해 책상 위에 내려놓았다.

"여기 위쪽부터 보시면 됩니다, 폐하. 여기 표시해 둔 부분까지는 꼭 오늘 내로 봐주셔야 하는 거고 그 아래부터는 여유가 될 때 보시면 됩니다."

"고마워요."

라틸은 그중 맨 위에 있는 서류를 책상에 깔고 펜에 잉크를 묻히면서 입술을 연거푸 씹었다. 아니면 웃음이 새어 나올 것 같았다.

'기르골에게 잘 배우면 여기서 더 강해질지도 몰라.'

기르골보다는 자기 자신이 더 믿음직하다. 기르골이 꼭 사디의 편이 되어주겠단 약속을 했다지만, 그런 약속은 어기려 들면 얼마든지 어길 수 있지 않은가. 어기면 욕하겠지만 뭐 대가를 치르게 할 수도 없으니. 하지만 직접 길러낸 힘은 라틸을 배신하지 않을 터.

'내 정체가 대적자든 로드든, 강해져서 나쁠 건 없어. 안전을 도모하기에 훨씬 나아.'

"아참. 폐하."

그러고 있자니 라틸의 옆에 서서 중요한 순서대로 서류를 쌓던 시종장이 무언가 떠오른 것처럼 입을 열었다.

"왜 그럽니까?"

라틸은 자꾸만 자신이 부순 문짝과 미로 같던 저택으로 쏠리려는 신경을 억지로 회수해서 시종장에게 질문했다. 지금은 황제로

서의 일이 먼저니까.

"사라졌다던 폭파 전문 마법사 말입니다."

"아, 그래요. 뭐 다른 소식이라도 들어왔어요?"

"네. 한 명은 아직 연락이 없는데요. '자이오르'라는 마법사는 보고가 들어왔습니다."

"다행이네요. 폭파 전문 마법사들은 위험한 힘을 가지고 있으니까요. 하나라도 행적이 파악되면 좋죠."

"네. 본인이 직접 부서로 찾아왔다는군요. 수련을 위해 잠시 여행을 떠났는데, 다쳐서 연락하지 못했답니다."

"그럼 자이오르에 대한 수사는 거두고, 다른 쪽을 집중하는 게 낫겠네요."

"예."

시종장은 다시 서류를 정리하기 시작했고, 라틸은 펜 끄트머리를 흔들면서 신중하게 글자를 한 자 한 자 살폈다. 그런데 한참 업무에 몰두해 있으니, 서류 사이에서 아예 뜯어보지도 않은 서신이 나왔다.

'뭐야?'

라틸은 뭔가 싶어 봉투를 집었다. 연한 파란색에 테두리에는 잔잔한 보석 알갱이까지 박아두고, 리본을 붙여 금색 잉크로 서명한 휘황찬란한 봉투였다.

"윌랑에서 온 거네요?"

게다가 그 봉투 뒷면에는, 타리움의 황제에게 바로 전달해 달란 기호와 왕의 인장이 함께 찍혀있었다.

"급하단 표시가 없기에 따로 분류해 두진 않았습니다, 폐하."

"그쪽에서 나한테 이렇게 편지 보낼 일이 있나?"

라틸은 고개를 기웃했다. 사이 좋은 나라들과도 이런 편지는 잘 주고받지 않는다. 조금 의아하긴 했다. 라틸이 황제 대 황제로 편지를 주고받는 건 하이신스뿐이었다.

"뭘까요."

라틸은 중얼거리고서 칼로 밀랍 봉인을 뜯었다. 반으로 접힌 서신을 꺼내 펼치자 빳빳한 종이 안에 물 흐르듯 수려한 글씨체가 보였다.

"……."

서신을 펼친 라틸의 표정이 그리 좋지 않자, 시종장은 곁에 서있다가 걱정스럽게 물었다.

"왜 그러십니까, 폐하?"

"윌랑에서…… 특이한 제안을 했네요. 이러려고 전에 그 희한한 사절단을 보냈나?"

"특이한 제안이요?"

게스타는 도서관을 좋아했다. 그곳에서 나는 책 냄새와 책장을 넘길 때 나는 종이의 바스락거리는 소리, 고요한 가운데 조심조심 나는 책 꽂는 소리까지 모두 다.

"게스타 님, 안녕하세요."

하도 자주 오갔기에 사서 역시 게스타가 황실 도서관 안으로 들어서자마자 웃으면서 얼른 인사했다. 게스타는 고개를 끄덕여주고서 최근에 읽던 책을 빼낸 다음 자주 앉는 자리로 가 앉았다.

책을 펼치고서 몇 줄을 읽었을 무렵. 누군가 들어오는 소리가 났지만, 굳이 누가 온 건지 확인하진 않았다. 도서관을 오가는 사람이야 많았다. 문소리가 들릴 때마다 매번 확인할 수는 없는 노릇이었다. 하지만 발소리가 점점 가까워지더니 자신의 바로 지척에서 멈추자, 게스타도 책에서 집중을 끊어야 했다.

"야, 무말랭이."

특히 저런 목소리가 들려온다면. 아니꼬움이 잔뜩 묻어나는 목소리에, 게스타는 책 모서리에 손가락을 대고 책장을 넘기다가 천천히 시선을 들었다. 테이블 앞에 평소처럼 특이하고 화려한 옷을 입은 클라인 황자가 팔짱을 끼고 뻐딱하게 서있었다.

뒤편에서 사서가 걱정스럽게 이쪽을 쳐다보았다. 클라인 황자가 게스타를 잡아먹을 듯이 괴롭힌단 이야기를 이미 아는 듯했다. 게스타는 눈살을 조금 찌푸렸으나 곧 어색하게 웃으면서 물었다.

"절 부르셨어요?"

"긴급회의다. 빨리 와."

그런데 돌아온 대답이 아주 희한했다. 긴급회의라고? 게스타는 클라인 황자와 자신이 긴급하게 회의할 일이 뭐가 있는지 생각해보았다. 없었다. 클라인의 시체라면 자신과 회의할 일이 있을지도 모르겠지만.

"안 와?"

하지만 빈말이 아닌지, 클라인은 앞서서 도서관 출구로 걸어가다가 게스타가 따라오지 않자 다시 돌아서서 짜증스럽게 불렀다. 투덜대는 모습은 분명 장난질을 치는 건 아니었다. 클라인 본인도 게스타와 회의하기 싫어 죽겠단 얼굴이었으니.

"……."

그럼 정말로 회의할 게 있단 말이다. 게스타는 신중하게 그 뒷모습을 쳐다보다가 책을 덮고 일어났다. 초조하게 입 모양으로 "괜찮을까요?"라고 묻는 사서에게 고개를 끄덕여 보인 게스타는, 읽던 책을 그녀에게 건네며 부탁했다.

"대신 꽂아주겠어요?"

클라인은 게스타가 따라오는 걸 확인하자 잠시 멈추었던 걸음을 옮겼다. 그가 가는 방향은 하렘이었다.

"무슨 일인데요?"

게스타는 말없이 그를 따라가다가 인적이 드문 회랑을 지나갈 때쯤 참지 못하고 질문했다. 그를 무시하고 말 거는 것도 싫어하는 클라인이 '긴급' 회의를 하자고 부를 일이라는 게, 아무리 생각해도 뭔지 알 수 없었다.

주위에 사람들이 아무도 없자, 클라인이 '게스타가 대신관의 부적을 팠을 거다. 저놈 창문에 그리핀이 붙어있었다'고 주장한 일이 떠올라 잠시 섬뜩한 마음이 들었다. 하지만 게스타는 그런 충동을 간단하게 통제하며 발소리를 죽였다.

'아직. 나중에.'

이를 모르는 클라인은 퉁명스럽게 대답했다.

"후궁들 다 모여있다. 너 빼고."

"왜요?"

"월랑에서 편지가 와서."

"편지요?"

월랑에서 편지가 왔는데 왜 후궁들이 긴급회의를 해야 한단 거지?

"자기네 나라 왕자 하나를 후궁으로 받아달라는 편지거든."

"그게……. 왜 갑자기요?"

"후계자 싸움이 벌어져서 형제자매 몇끼리 편을 먹고 싸워댔나 봐. 그러다가 한 명이 여기로 튕겨온 거지."

"진짠가요?"

"아니. 편 먹고 싸웠다는 이야기까진 확실한데. 뒤는 내 추측."

말을 뱉는 것만으로도 화가 나는지, 클라인은 이를 부득 갈았다.

"안 그래도 좁아 죽겠는데 뭘 또 더 보낸단 거야?"

"좁은 곳은 아니죠……. 방도 많이 남아있고요."

"그래서? 방 남으니까 남는 방에 다른 놈들도 다 채워 넣자고? 넌 그러고 싶으냐?"

"그건 아니에요……."

"그건 아니어야지. 후궁이 여섯인데도 폐하 얼굴 한 번 보기가 힘든데. 여기서 하나가 더 끼면……. 젠장, 어떤 새끼야?"

일국의 왕자를 향해 거친 발언을 퍼부으면서도 클라인은 당당했다. 실제로 그는 어느 왕자든 후궁으로 오기만 하면 칼라인이나 타시르에게 망을 보라고 한 다음 제대로 협박해 쫓아낼 생각까지 하고 있었다.

"이쪽."

멈추지 않고 걸어간 덕택에 두 사람은 곧 하렘 내부에 있는 회의실에 도착했다. 문을 열자 커다란 타원형 탁자에 앉은 후궁들이 보였다. 상석은 비워두었고, 다른 자리에 다들 두 칸씩 떠어 앉아있었다. 타시르만이 실실 웃고 있을 뿐 다들 표정이 좋지 않았다.

"데려왔다."

클라인은 그들을 향해 퉁명스럽게 말하고는 타시르 옆에 자신도 두 칸 떠우고 앉았다. 게스타도 우물우물 눈치를 보다가 칼라인 옆에 두 칸 떠우고 앉았다. 칼라인은 힐긋 게스타를 보았지만 아는 체하지 않고 다시 정면으로 시선을 돌렸다.

모두가 모인 듯하자 오만하게 눈을 감고 있던 라나문이 천천히 눈꺼풀을 들어 올리며 입을 열었다.

"다 모인 것 같군. 회의를 시작하지."

말 한마디로 자연스럽게 주도권을 가져간 라나문은 손깍지 낀 채 테이블 위에 올리고서 다른 후궁들을 둘러보며 물었다.

"지금 상황에 대해 제대로 모르는 사람이 있나?"

말이 끝나자마자 게스타가 조심스럽게 손을 올렸다. 얼핏 클라인에게 듣긴 했지만 역시 아직 부족했다. 그가 아는 건 난데없이 월랑에서 후궁이 올 거란 얘기뿐이었는데, 혹시 설레발일 수도 있지 않은가.

"난 잘 모르겠어요. 확실한 건가요……?"

게스타가 자신 없는 목소리로 묻자, 라나문은 평소와 달리 그를 무시하는 대신 고개를 끄덕이며 설명해 주었다.

"왕이 직접 폐하께 편지를 보냈다."

그러고서 말을 멈추자, 타시르가 삼단으로 쌓은 붉은색 체리 케이크를 반으로 자르면서 재밌다는 듯 말을 이었다.

"월랑에선 최근 후계자 다툼이 치열했답니다. 일시적으로 승기를 잡은 쪽이 아마 패배한 쪽을 멀리 보내려 하는 거겠지요. 거기 왕이 자식들 사랑이 상당한지라, 확실한 승기를 잡을 수 없는 상황이거든요."

"아……."

왕이 자식들을 사랑한다는 건, 후계자 다툼에서 밀려났다고 해서 당장 큰 벌을 받을 일은 없단 뜻. 승자 쪽에서는 패배한 경쟁자에게 벌을 내릴 수도 없고, 언제 또 힘을 길러 뒤를 칠지도 모르는데 곁에 둘 수도 없으니, 차라리 먼 나라에 후궁으로 보내버리려는 계산을 충분히 할 수도 있었다.

국서라면 모를까 후궁이지 않은가. 그 왕자보다 더욱 신분 높고 유리한 후궁들이 수두룩하게 있는 곳.

"사실상 볼모를 받아달란 거네요."

중얼거린 게스타는 배시시 웃으면서 클라인을 보았다.

"그럼 클라인 님처럼 '임시 후궁'으로 오겠지요?"

"무말랭이. 네가 남은 물기까지 쪽 빨리고 싶구나?"

클라인이 목소리를 내리깔며 이를 드러내자, 게스타는 그런 뜻이 아니었다고 웅얼거리면서 앞에 놓인 연한 녹색 찻잔을 두 손으로 꼭 잡았다.

"일이 해결될 때까진 우리끼리 싸워선 안 된다. 나중에 싸워라."

라나문은 그런 두 사람에게 차갑게 경고를 하고, 다시 타시르에게 '마저 설명하라'는 눈짓을 보냈다. 타시르는 '왜 내가 이걸 설명하고 있지?' 생각하면서도 일단 다시 입을 열었다.

"뭐, 다들 후궁 하나가 더 늘어나는 것도 싫으시겠지만 문제는 그쪽에서 들이밀려는 왕자가 절대로 폐하께 도움이 될 사람이 아니란 데 있습니다."

"타시르 님은 누가 올지 알고 있어요……?"

"후계자 다툼에서 밀려난 쪽 파벌에 미혼인 왕자는 하나뿐이거든요. 설마 이혼한 왕자를 후궁으로 보내진 않을 테니, 온다면 그 왕자뿐이겠죠."

말을 마친 타시르는 히죽 웃더니 케이크를 떠서 입에 넣고 오물오물 씹다가 다시 재밌다는 듯 웃음을 터트렸다.

"문제는 그 왕자에게 사랑해 마지않는 약혼녀가 있단 거고요."

"그럼……?"

"사랑하는 여자를 두고 억지로 후궁 자리로 떠밀려 온 왕자. 딱 봐도 도움 안 되겠지요."

사실 도움 되는 사람이 오더라도 다들 반대했을 것이지만, 도움 안 되는 사람이 올 것 같으니 반대할 명분은 충분했다. 라나문은 타시르가 설명을 마치자 고개를 끄덕인 다음 게스타 쪽을 보며 지시했다.

"게스타. 우리 가문과 네 가문 그리고 우리와 친한 귀족들을 움직여 폐하께 반대 의견을 넣지. 무조건 반대하면 폐하께서 기분이 상하실 테니, 타시르가 말해준 것을 핑계로 삼아라."

'월랑에서 올 왕자는 황제에게 도움이 되지 않는다'는 게 약혼을 반대할 '핑계'라고 표현하면서도 라나문은 자신이 무슨 말을 했는지 모르는 눈치였다.

"그리고 아직 기존 후궁들끼리도 화목하지 않는데, 새 후궁을 받아들일 때가 아니란 말도 덧붙여."

클라인이 "아직? 그럼 나중엔 된단 거냐?" 하고 중간에 항의하자, 라나문은 "일단 그렇게 말해두는 거다." 하고 차갑게 그를 누르고서 말했다.

"클라인 황자. 그쪽은……."

클라인은 라나문의 지시를 받는 게 기분이 나쁜지, 그가 무어라 말하기도 전에 나서서 말을 이어버렸다.

"카리센을 통해 월랑 쪽에 대놓고 말하지. 내가 여기 후궁으로 와있는데, 월랑 왕자가 지금 나랑 같은 자리에 오려는 게 기분이 나쁘다고."

대놓고 저런 식으로 말했다간 카리센과 월랑의 사이가 멀어질 텐데. 라나문은 클라인의 표현이 너무 거칠다고 생각했으나, 어쨌든 말하고자 하는 요지는 비슷했기에 고개를 끄덕였다.

"그러지."

클라인이 저렇게 말해서 카리센과 월랑의 사이가 멀어지건 말건 타리움과는 관련 없는 일이었다. 앞에 차려진 음식이며 차에는 손도 대지 않고 상황을 지켜보던 칼라인은, 잠시 대화가 끊어지자 무겁게 입을 열었다.

"흑사신단 쪽에, 월랑에서 들어오는 의뢰를 한시적으로 받지 말라고 하겠다."

이제 말을 하지 않은 건 대신관과 타시르뿐이었다. 그러나 다들 대신관은 이런 데 힘을 보탤 것 같지 않은지, 자연스럽게 타시르만 쳐다보았다. 넌 어떻게 할 건데, 라는 눈으로. 타시르는 케이크를 먹으면서 상황을 지켜보기만 하다가, 사람들의 시선이 자신에게 몰리자 화사하게 웃으면서 당당히 말했다.

"사실 난 후궁이 하나 더 들어와도 상관없는데요."

그러나 말을 꺼내자마자 후궁들의 눈빛이 서늘해졌고, 눈칫밥을 먹은 타시르는 얼른 말을 바꾸었다.

"전 미인계를 펼쳐서 폐하를 설득하도록 하지요."

하지만 타시르가 말을 끝내자마자 또 칼라인이 나섰다.

"아니. 그건 내가 한다."

요즘 가장 총애받는 후궁인 칼라인이 나서자 다른 후궁들의 표정이 좋지 않았지만, 일단 라나문의 말처럼 '지금'은 그걸로 서운한 기색을 드러낼 때가 아니었다.

내가 들어왔을 때도 다들 이랬으려나. 대신관만이 그가 입궁한 후 얼마 동안 계속되었던 날카로운 분위기가 떠올라 머쓱하게 웃었다. 물론 그는 의논할 새도 없이 들어왔으니 이런 회의까지 열리진 못했겠지만. 그래도 상당히 배척하던 분위기였지 않은가. 그렇다고 대신관은 이들을 비난할 수도 없었다. 그 역시 새로운 후궁이 더 들어오길 바라지 않으니까.

"저는 뭔가 하지 않아도 될까요?"

그래도 혼자 가만히 있긴 뭐해서 대신관이 묻자, 클라인이 대번에 눈을 빛내며 제안했다.

"후궁을 더 받지 말란 신탁이 내려왔다고 해. 사실 그게 제일 좋아."

"신 이름을 팔라고요? 그건 좀⋯⋯."

"그거 말고 네가 뭘 할 건데. 고지식해서 아무것도 못 하잖아."

"!"

클라인의 날 선 소리에 대신관이 움찔했고, 대신관의 뒤에 선 수행사제 구벨도 덩달아 움찔했다.

칼라인은 자신이 나설 거라 했지만, 타시르는 긴급회의가 끝나자마자 지체 없이 하렘을 나가 본궁으로 걸어갔다.

"칼라인 님이 나설 거라 했는데. 직접 가도 괜찮을까요?"

히얼란은 그 뒤를 쫓아가며 걱정했지만, 타시르는 눈 하나 깜빡하지 않고 당당하게 웃었다.

"칼라인 님은 폐하가 후궁을 맞지 못하게 미인계를 펼친다 했고. 나는 한 명 더 들어와도 좋다고 찬성하러 가는 거다. 목적이 다른데 무슨 상관이겠어?"

히얼란은 "아. 그러네요." 하고 수긍하다가, 뒤늦게 타시르가 한 말을 제대로 알아듣고 눈을 희번덕거렸다.

"네? 찬성하러 가신다고요? 왜요?"

히얼란은 자기가 뭘 잘못 들은 게 분명하다고 생각했다. 아무리 그의 소단주가 황제를 진심으로 연모하지 않는다지만, 후궁 숫자가 많아봐야 타시르에게도 좋을 건 없으니까. 연모하건 하지 않건 어쨌든 후궁 아닌가.

"모두가 반대를 외칠 때 홀로 찬성하는 후궁. 폐하가 원하면 뭐든 따르겠다는 후궁. 눈에 띄잖아."

그러나 타시르가 아주 뻔뻔하게 대답하자 히얼란은 더욱 입이 벌어졌다. 그는 속으로 감탄했다. 이런 사람들 때문에 의견이 하나로 안 모이는구나. 아무리 눈에 띄는 게 중요해도 이런 심각한 일에 혼자 반대표를 내고서 눈에 띌 거라 하다니. 타시르는 제 시종이 무슨 생각을 하는지 바로 알아채고는 눈웃음을 지었다.

"농담이다."

"아아. 놀랐어요. 역시 반대하러 가시는 거죠?"

"아니. 찬성하러 가는 건 맞는데."

"왜, 왜요?"

히얼란은 타시르가 기분이 상할 걸 알면서도 충격을 주기 위해 진심으로 물었다.

"소단주님은 폐하와 동침 한번 해본 적 없으면서, 대체 무슨 배짱이세요?"

일반적인 시종과 도련님 관계라면 하기 어려운 말일 수도 있으나, 히얼란은 원래는 앙제스 상단에 고용된 사람이었다. 심지어 상단에서 꽤 밀어주던 인재였기에 이 정도 자극적인 말도 할 수 있는 것이었다. 물론 타시르부터가 히얼란이 무슨 말을 하건 신경 쓰지 않고 웃으면서 넘어가는 성격이기도 했고 말이다.

"게스타, 라나문, 클라인 이 셋이 수시로 싸워대잖아. 여기에 하나 더 끼면 딱 짝이 맞지 않을까? 게스타랑 라나문이 싸우고. 클라인 황자와 왕자가 싸우고."

"와…… 이상해요. 그럼 대신관님이랑 용병왕은요?"

"대신관은 누가 오든 안 싸울 거고. 용병왕은 무섭잖아. 누가 오든 용병왕하고는 무서워서 안 싸우려 드니 예외지. 너, '그' 라나문이 고고하게 굴면서도 용병왕이랑은 최대한 안 부딪히는 거 보면 모르겠어?"

타시르가 짓궂게 속삭이는 말에도 히얼란은 여전히 눈이 팽팽 돌아갔다. 진짜로 우리 소단주는 황제를 황제로만 보는구나 싶어서. 어떤 의미로는 대단하긴 했다. 원래 사람은 사랑이 섞이면 쉽게 이성을 잃지 않는가. 하지만 이 정도로 선을 확실하게 긋는다면, 나중에 후궁들끼리 싸우게 되어도 타시르는 잘 살아남을 수 있을 게 분명하다.

"도착했네."

그러는 사이 두 사람은 황제의 공개 집무실 앞에 도착했다. 타시르는 제자리에 멈춰 서서 아치문 너머를 보았다. 황제가 커다란 책상 앞에 꼿꼿한 자세로 앉은 채 눈을 내리깔고 서류에 몰두해 있었다. 그 모습을 잠시 보고 있자니, 타시르의 얼굴을 알아본 경비가 꾸벅 인사를 하고서 알려주었다.

"폐하를 뵈러 오신 거라면 나중에 오시는 게 나을 것 같습니다, 타시르 님. 바쁘셔서 점심도 거르셨거든요."

"아아. 기다리지."

하지만 타시르는 순순히 그렇게 말하고는 아치문 틀에 기대어 서서 황제를 계속 쳐다보았다. 공개 집무실이기에 그 안에는 각자의 안건을 가져온 이들부터 다른 비서들까지 그 수가 많았다.

이 때문에 가장 뒤쪽에 타시르가 끼어있어도 황제는 시선을 눈치채지 못하고 업무에만 몰두해 있었다. 덕분에 타시르는 마음 놓고 황제가 일하는 모습을 구경했다.

뭔가 잘 풀리지 않는지 미간을 찌푸리고서 고개를 기울이다가 서류를 뒤적이는 모습, 시종장을 불러서 뭔가를 묻는 모습, 고개를 갸웃하다가 아까 옆으로 치워둔 서류를 도로 가져와 살피는 모습, 한 번씩 한숨을 내쉬기도 웃기도 하는 모습…….

그러다가 눈이 아픈지 눈두덩이를 문지르던 황제가 고개를 들었다가 타시르를 발견하고는 씩 웃으면서 허공에 키스를 날리는 시늉을 해주었다. 그 모습에 주위에 있던 시종과 비서들이 동시에 뒤를 돌아보더니, 타시르를 알아보고서 자연스럽게 자리를 비켜주었다.

자리를 비켜주었다고 해도 집무실에서 나간 건 아니고, 다들 물러서서 그가 들어올 수 있게 길을 터준 정도였지만 말이다. 타시르는 씩 웃고서 황제의 곁으로 다가갔다.

"무슨 일로 왔느냐, 타시르?"

황제가 펜을 내려놓으며 묻는 사이. 히얼란은 심장이 조마조마해서 타시르의 눈치를 살폈다. 이제 우리 도련님이 후궁을 하나 더받으란 말을 하겠구나. 자기도 후궁이면서! 사람들이 우리 도련님을 보고 깜짝 놀라겠지. 후궁인데 후궁을 받으라 하는 모습을 보고계산적이라고 생각할까, 대범하다고 생각할까.

좀 기대가 되기도 하고 걱정이 되기도 해서, 히얼란은 저도 모르게 손으로 입을 가리고 있었다. 사람들은 히얼란만큼 많은 걸 알진못했으나, 새 후궁 이야기가 도는 와중에 황제의 기존 후궁이 집무실에 찾아온 상황에 흥미가 돋는지, 모두 타시르를 쳐다보았다. 그래도 타시르는 눈 하나 깜짝하지 않고 황제를 감싸 안으며 입을 열었다.

'으악, 말씀하신다!'

히얼란은 눈을 질끈 감았다.

"폐하. 타시르는 폐하 옆에 일곱 번째 남자가 오지 않길 바랍니다."

'이 냉정하고 사랑스러운…… 사랑스러운?'

히얼란은 눈을 도로 떴다. 후궁을 받으라 권할 거라며 들어온 그의 도련님이, 황제를 자기 품에 감싸고서 살갑게 웃고 있었다.

'아니……. 소단주, 말이 완전히 달라졌는데요?'

타시르의 아양에 당황한 시종과 비서들이 동시에 고개를 돌리거

나 시선을 다른 곳으로 보냈다. 단 한 명. 팔짱을 낀 채 못마땅한 표
정으로 타시르를 보고 있는 시종장을 제외하고 말이다. 라틸은 얼
결에 들어와서는 공개 집무실 안을 초토화한 타시르의 팔을 보듬
으면서 웃음을 참느라 입술을 깨물었다.

'아니, 얘는 왜 갑자기 여기 와서 이래. 요즘 너무 안 찾아갔나?
물론 귀엽긴 한데. 아니, 그보다 후궁 얘기는 어디서 들은 거야? 비
밀리에 얘기 나눈 게 아니라지만 너무 빨리 퍼진 거 아닌가?'

"폐하?"

그러고 있자니 타시르가 꿀 칠을 한 것 같은 나른하고 낮은 목소
리로 부르며 라틸의 뺨에 자신의 얼굴을 가볍게 비볐다. 마치 몸을
최대한 웅크리고 발톱을 감춘 채 작은 고양이를 흉내 내는 표범 같
았다. 용기를 내어 다시 이쪽을 보려던 비서들이 동시에 도로 고개
를 돌리자, 라틸은 그게 너무 웃겼다.

"타시르. 진정해라."

어쨌든 오해는 풀어야 하기에 라틸은 웃음을 참느라 조금 떨리
는 목소리로 입을 열었다.

"거절할 생각이니까."

타시르는 책상에 걸터앉아 라틸의 손을 만지작거리다가, 뜻밖인
지 눈썹을 추켜세웠다.

"거절하신다고요?"

"어."

객관적으로 따지면, 타리움에서는 이제 와 굳이 외국 출신 후궁
을 받을 이유가 없었다. 흑마법사가 등장한 어수선한 분위기 속에

서 라틸이 대신관을 후궁으로 두고, 성기사들이 대신관을 따라 이곳에 대거 오면서 타리움의 위상이 한층 더 올라갔기 때문이다.

그 전에 카리센에 후궁을 보내라 요구한 것도 하이신스를 물먹이려는 의도였지, 필요해서는 아니었다. 가만히 있어도 다른 나라가 타리움에게 잘 보이고 싶어 눈치를 보는 상황인데, 굳이 외국에서 후궁을 데려올 필요는 없었다. 라틸이 온갖 미남이란 미남은 손안에 넣고 싶어 한다면 이야기는 달라질 테지만, 아직은 여섯 명으로도 충분했다.

"난 순정적인 사람이니까."

"그러시군요."

타시르가 영혼 없이 웃으면서 수긍하자, 라틸은 소리를 죽여 키득거렸다.

황제가 다시 업무를 보기 시작하고 타시르가 밖으로 나오자, 히얼란은 주위에 아무도 없어질 때까지 말없이 따라 걷다가 인적이 드물어지자마자 얼른 물었다.

"저, 정말 깜짝 놀랐습니다. 소단주. 왜 갑자기 말을 바꾸셨어요?"

"그냥."

"그냥이요? 소단주가 그냥 한 일에 저는 충격받은 건가요?"

아까 얼마나 놀랐던지 지금 생각해도 심장이 벌렁거리는데, 그냥 말을 바꾼 거라고? 히얼란이 좀 억울해서 항의하자, 타시르는 뒷짐을 지고 눈웃음을 지으며 소리 없이 미소했다.

"막상 얼굴을 마주했는데 다른 남자를 후궁으로 들이시란 말이
차마 안 나가더라."

"왜일까요?"

"그러게. 왜일까?"

소단주…… 혹시 폐하를 좋아하세요? 히얼란은 문득 치솟는 질
문에 타시르의 눈치를 살폈으나, 그의 소단주는 항상 그렇듯 습관
처럼 웃고만 있었다. 그 얼굴만 보아서는 무슨 생각을 하는지, 그에
게 무슨 변화가 왔는지 알아보기 힘들었기에 히얼란은 입을 다물
었다.

하지만 잘 판단할 수 없었다. 소단주가 황제를 좋아하게 된다면,
이게 좋은 일일까 나쁜 일일까? 그러는 사이 두 사람은 어느새 하
렘 안에 도착했는데, 지나가는 타시르를 클라인이 뻐딱하게 붙잡
았다.

"야, 상인."

명백하게 시비 거는 목소리에 히얼란은 걱정이 밀려왔지만 대놓
고 카리센 황자를 무시하고 지나가긴 어려웠다. 클라인 황자는 팔
짱을 끼더니 건들거리며 다가와 한쪽 입꼬리를 올렸다.

"욕심 없는 척 굴더니. 너 아주 꼬리 치는 솜씨가 개 저리 가라
더라?"

놀랍게도 그는 타시르가 황제를 찾아가 뭘 하고 왔는지 다 안다
는 태도였다. 히얼란은 당황해서 입을 벌렸다. 아니, 조금 전에 꼬
리 치고 왔는데 어떻게 그사이에 이 이야기가……? 누군가 타시르

가 꼬리 치는 걸 보자마자 달려와서 클라인에게 알리지 않았다면 말도 안 되는 속도 아닌가.

'폐하의 비서, 시종, 집무실 경비 중에 클라인 황자의 지지자가 있는 건가?'

놀란 마음이 가시기도 전에 클라인 황자의 흉흉한 표정이 눈에 들어왔다. 웃고는 있는데 절대로 웃는 게 아닌 표정이었다. 이마에 파랗게 핏줄이 올라와 있어서, 이를 꽉 악물고 있다는 게 눈에 띄게 드러났다.

"친구? 우리가 친구라고? 넌 친구 아내한테 꼬리부터 치나 봐?"

하지만 클라인이 화를 내는데도 타시르는 평온했다.

"좋은 소식이 있습니다, 황자님. 다른 후궁이 안 온답니다."

"뭐? 진짜야?"

아무래도 클라인 황제에게 타시르의 꼬리 치기를 알린 사람은 결과는 보고하지 못한 모양이었다. 클라인이 후궁이 안 온단 소식에 좋아해야 할지, 그래도 내던 화를 마저 내야 할지 혼란에 빠진 사이. 타시르는 물 흐르듯 자연스럽게 클라인 황자의 어깨를 감싸더니 방긋방긋 웃었다.

"네. 다행이지 않습니까? 그 말을 듣고 얼마나 기쁘던지."

"흠. 그건 다행이긴 한데."

"물론 그런 나라 왕자 따위 와봐야 우리 클라인 황자님과는 비교도 안 됐겠지만요."

"흠. 그건 그렇긴 한데."

"그래도 안 오는 게 좋으니까요. 위협적이어서가 아니라 귀찮아서."

"그렇지. 귀찮지."

클라인 황자가 고개를 끄덕이면서 수긍하고 있자니, 타시르가 히얼란을 향해 한쪽 눈을 찡긋했다. 히얼란은 안도해서 한숨을 내쉬었다. 다행이다. 어찌어찌 넘어갔나 봐.

히얼란의 눈에 저만치 호숫가에 쪼그리고 앉은 대신관의 등판이 보였다. 평소와 달리 운동을 하지도 신에게 야호를 하지도 않는, 어쩐지 좀 위축된 등판. 저 사람은 왜 저러고 있는 거야? 히얼란은 잠시 궁금해졌지만, 타시르와 클라인이 어느새 같이 체스를 두러 가고 있기에 얼른 호기심을 접고 그 뒤를 따라갔다.

히얼란이 보았던 등판은 대신관의 등판이 맞았고, 그가 평소보다 좀 위축된 것도 맞았다.

"구벨아."

"네, 대신관님."

"마음이 어지럽다."

"대신관님……."

"클라인 황자가 한 말이 머릿속을 맴도는구나. 신의 이름을 팔지 못하는 난…… 고지식한 건가?"

긴급회의 때 클라인이 '그쪽은 고지식해서 도움이 안 된다'면서 '신의 이름을 파는 것 말고 뭘 할 수 있냐'고 던진 말 때문이었다.

말 자체는 사실 클라인이 다른 후궁들에게 던져대는 것에 비하면 나름 순화된 버전이었으나, 대신관에겐 그조차 나름 충격이었다. 실제로 그는 이번 사건 때 혼자서만 아무것도 하는 게 없었으니까. 구벨은 얼른 손을 저었다.

"신경 쓰지 마세요, 대신관님. 이 시기에 폐하께 가장 도움 되는 사람은 누가 뭐래도 대신관님입니다. 아시잖아요. 그리고 신의 이름을 파는 건 고지식한 게 아니라 사기인데요."

"폐하를 위해서는 신의 이름 정도는 팔아야 하는 걸까?"

"안 되죠! 사기라니까요?"

구벨은 기겁해서 고함을 질렀다가 주위를 둘러보고는 목소리를 낮추어 말을 빠르게 했다.

"그러고요, 자이신 님. 후궁이 더 안 들어오는 게 폐하를 위한 거예요? 그냥 후궁들 자기들을 위한 거죠."

"그런가?"

"네. 그러니까 신경 쓰지 마세요. 그냥 평소처럼 운동이나……. 아. 새로 나온 덤벨 보실래요? 누가 선물로 보냈어요."

"중량이 몇이지?"

새 후궁이 온단 소식이 돌았으니 아마 다른 후궁들도 기분이 좋지 않겠지. 타시르가 올 정도면 분명 다들 침울해 있을 거야. 괜찮다고 좀 달래주어야겠다. 급한 일 위주로 마무리한 라틸은 저녁 식사도 하지 않고 바로 하렘으로 들어섰다. 다른 후궁들을 한번씩 돌아보면서, 새 후궁이 오지 않으니 안심하라고 알려줄 셈이었다.

'응?'

그런데 걸어가고 있자니 호숫가에 대신관이 쪼그리고 앉은 게 보였다. 곁에서는 대신관의 시종이 쩔쩔매고 있는데, 그 분위기가 평소와 전혀 달라 이상했다.

'왜 저러고 있지?'

라틸이 아는 대신관이라면 지금쯤 상체를 탈의하고 열심히 뛰어다녀야 했다. 저렇게 시무룩하게 있을 사람이 아닌데. 의아해서 다가가 보니, 대신관이 하염없이 털어놓는 소리가 들려왔다.

"난 쓸모가 많은 사람인데 폐하께도 쓸모가 있는지 자신이 없다."

아니, 쟤는 왜 갑자기 저렇게 우울해하고 있어? 새 후궁이 온단 소식 때문에 그런가? 자기가 쓸모가 없어서 새 후궁을 받아들인다고 생각하나? 의아한 한편, 늘 밝은 대신관이 저렇게 움츠리고 있으니 마음이 좋지 않아서 라틸은 뒤에서 대신 대답했다.

"많은데."

대신관과 구벨은 깜짝 놀라 동시에 몸을 돌리다가, 라틸을 발견하자 정반대의 행동을 보였다. 구벨은 꾸벅 인사를 했고 대신관은 벌떡 일어섰다.

"우리 근육이가 오늘은 왜 이렇게 침울하지? 근손실이 왔느냐?"

라틸이 놀리면서 대신관의 팔을 잡자, 구벨은 옆으로 조금 비켜났고 대신관은 끌리듯 곁으로 다가갔다. 라틸은 여전히 탄탄하고 두껍고 듬직한 그의 팔을 슬그머니 찔러보았다.

"음. 내가 볼 땐 괜찮아 보이는데."

"근육 때문이 아닙니다, 폐하."

"그러면? 혹시 누가 괴롭히느냐?"

대번에 라틸이 "클라인?" 하고 묻자, 구벨은 작게 고개를 끄덕였고 대신관은 웃으면서 아니라고 했다. 구벨은 자기가 다 억울해져서 씩씩거렸으나 대신관은 재차 그런 건 아니라고 부정했다.

"그런데 왜 이렇게 우울해? 네가 우울하니 이상하다."

"저는……."

대신관은 주저하다가 지금의 고민이 아니라 평소에 가끔 생각하던 고민을 털어놓았다.

"저는 늘 사랑받는 사람이어서 누구를 기다린 적이 없습니다."

"그래?"

"네. 그렇다 보니 이 상황이 익숙하지 않습니다. 그래서 좀 심란한 거지, 절대로 누가 절 괴롭힌 건 아닙니다."

하긴. 널 괴롭힐 사람이 이 세상에 존재하긴 할까. 라틸은 주먹한 번에 적을 기절시키던 대신관과의 첫 만남을 떠올리고서 고개를 주억거리다가, 그와 눈이 마주치자 활짝 웃으면서 팔을 슬쩍 흔들었다.

"우리가 만나고 있지 않을 때도 나는 늘 널 사랑해. 그러니 심란해하지 말거라."

게다가 넌 보호받기 위해 여기에 온 거지, 어차피 진짜로 후궁역할을 하러 온 건 아니잖아. 라틸은 이 말은 삼켰다. 저렇게 진지하게 고민하는데, 이런 말을 하면 대신관이 민망해할 것이다. 어쨌건 본인은 나름대로 큰 각오를 했는지, 첫날밤에 옷부터 벗어젖히지 않았던가.

"사랑을 보내지만 제 눈엔 보이지 않는 겁니까? 제가 모시는 이들은 모두 같은 사랑을 주시는군요. 신도 폐하도."

"!"

"제가 그런 사랑에 익숙해서 다행입니다."

그러나 대신관이 아까의 우울한 기색 없이 씩 웃으면서 라틸을 보자, 라틸은 문득 자신이 바쁘단 이유로 다른 후궁들을 너무 팽개쳐 버린 건 아닌가 싶어졌다. 생각해 보니 요즘은 뱀파이어니 대적자니 하는 데 놀라서 거의 칼라인과만 만나지 않았던가.

게다가 한가해지면 하렘에 오는 대신 아무도 자신을 모르는 곳으로 가 '사디'라는 가면을 쓰고 자유롭게 돌아다니기만 했다. 라틸은 미안한 마음이 들었다. 단순히 함께 밤을 보내는 문제가 아니라, 후궁들과 소소하게라도 함께 지내는 시간을 늘려야 하지 않을까?

그렇게 라틸이 조금 자책하면서 자리를 떠난 후, 대신관은 대신관대로 자기가 한 말에 실수가 있나 자책하면서 구벨에게 물었다.

"구벨아! 내가 폐하를 비난하는 것 같았을까?"

"화나신 것 같진 않던데요."

"웃으면서 왔다가 우울해하면서 가셨는데 혹시 내 말을 오해하신 게 아닐까?"

"오해할 부분이 어딨다고요."

"그래도……."

고민하던 대신관은 신경 쓰이는지, 초조해하다가 결국 참지 못하고 어느 방향으로 뛰기 시작했다.

"자이신 님? 어디 가세요?"

"폐하께 보여드려야겠다! 내가 절대로 폐하를 비난한 게 아니란 걸! 이 옷에 가려진 진심을!"

"대, 대신관님! 옷 찢지 마세요!"

"거대한 공동?"

평소와 같은 날이었다. 라틸은 '긴급, 신속'과 '여유' 사이에 끼어 들어온 보고서를 살피다가 눈살을 찌푸렸다.

"거대한 공동이라니?"

보고서를 분류하면서 먼저 간단하게 한 차례 읽어본 시종장이 대답했다.

"말 그대로 멀쩡한 땅에 거대한 공동이 나타났답니다. 쇼드 플리에요."

"이유는…… 모르겠다고 되어있네요. 원인불명."

"네. 게다가 깊이도 깊어서, 수색대를 보내야 하나 말아야 하나 고민하고 있답니다. 이전이라면 보냈을 텐데, 혹시 그게 최근 벌어진 좀비 사건들과 관련이 있을지도 모르니까요."

시종장은 라틸이 펜을 손안에서 굴리면서 신중하게 생각하는 모습을 보다가 물었다.

"도움을 청한 건 아니지만, 조금이라도 심상치 않은 기미가 보인다면 분명 도움을 청할 겁니다."

"그렇군요. 도움을 줄지 말지, 준다면 어느 정도로 줄지, 미리 정해두는 것도 나쁘지 않겠네요."

고개를 끄덕인 라틸은 서류 끝에 '회의'라고 쓴 다음 다른 비서에게 건넸다. 그 비서가 라틸에게 받은 서류를 쨍한 노란색의 밝은 상자에 담는 사이, 라틸은 다음 서류를 위쪽으로 가져왔다.

"……."

곧 라틸의 표정은 종이 사이에 깔려 죽은 벌레를 발견한 것처럼 변했다.

"하이신스."

하이신스가 보낸 편지가 끼워져 있었다. 시종장은 라틸의 눈치를 살피다가 조심스럽게 "폐하?" 하고 불러보았다. 라틸은 고개를 저었다. 이별 당시보다는 하이신스를 대하는 게 한결 편해지긴 했는데 그래도 한 번씩 그의 흔적이 나오면 이렇게 흠칫하게 된다.

잠시 표정이 굳은 건 그 때문에 나온 반응일 뿐이었다. 아마도. 자신의 마음을 다독인 라틸은 아무렇지 않은 얼굴로 편지봉투에 벌겋게 달라붙은 밀랍을 칼로 잘라내고 편지를 꺼냈다.

"응?"

그런데 봉투를 열자마자 안에서 아주 작은 무언가가 떨어져 서류 위에 안착했다. 라틸은 손가락으로 그것을 집어 눈 가까이 가져갔다. 반지였다. 작은 반지. 새끼손가락에도 안 맞을 것처럼 조그마한 반지.

"이게 뭐야."

이걸로 뭐 하라고. 라틸은 시큰둥하게 중얼거리면서 편지를 꺼내 펼쳐보았다.

크기가 생각이 안 나서…… 내 기억을 되살려서 맞춰봤어. 너무 큰가? 생일 축하해, 라틸. 직접 얼굴 보고 축하해 줬으면 좋겠는데. 이젠 그것도 어렵네.

이 자식이 장난하나? 라틸은 황당해서 다시 반지를 집어 들었다. 쓸쓸해하는 문장으로 가득 찬 편지와 달리 반지는 너무나도 조그마했다. 옛 시절을 떠올리면서 만들었다고 해도 역시 조그마했다. 그때 이미 라틸의 키는 다 큰 후였고, 손가락 크기도 지금과 비슷했으니까. 하지만 이 반지는 대여섯 살 정도나 되어야 맞을 크기였다.

"놀리는 거지, 이거?"

라틸이 시종장에게 오른손으로 편지를 흔들어 보이며 묻자, 시종장은 어색하게 웃으면서 "그런 거 같은데요." 하고 대답했다.

그 순간. 왼손에 들고 있던 편지봉투가 아래로 향하면서 안쪽에서 무언가 툭 떨어지는 소리가 났다. 떨어진 '무언가'는 팽그르르 굴러가다가 한 비서의 발치에 부딪혀 멈추었다. 비서는 놀라서 얼른 그걸 잡아 든 다음 손수건으로 삭삭 닦고서 라틸에게 두 손으로 내밀었다.

"폐하. 이게 떨어졌습니다."

라틸은 비서가 건넨 '무언가'를 받아 들다가 이를 악물었다. 그것도 반지였다. 지나치게 작은 반지가 아니라 제대로 라틸에게 맞을 것 같은 반지. 백금으로 세공된 반지는 하이신스가 연애할 때

만들어 준 그 풀잎 반지 같은 정교한 모양새였고, 뭘 어떻게 한 건지 실제로 풀 향이 났다.

손가락에 반지를 끼워본 라틸은 그 크기가 자신의 손에 정확히 맞자 황급히 반지를 도로 빼버렸다. 라틸과 하이신스의 사이를 아는 시종장은 착잡한 얼굴로 시선을 돌렸으나, 다른 사람들은 영문을 모르기에 서로 '무슨 일이야?' '나도 몰라' 하는 눈짓만 주고받았다.

라틸은 반지를 책상 위에 내려놓고서 사람들에게 다들 나가란 신호를 보냈다. 그 모습을 비서 하나가 유심히 바라보다가 얼른 몸을 돌려 자리를 빠져나갔다.

자리를 빠져나간 비서가 향한 곳은 사람들이 거의 다니지 않는 정원 한구석이었다. 그곳에 도착한 비서는 주머니에서 작은 수첩을 꺼낸 다음 품 안에 넣고 다니는 휴대용 펜을 꺼냈다. 그는 뚜껑을 입에 물고서 수첩을 들고 그 위에 무언가를 빠르게 적었다.

워낙 흔들리면서 쓴 터라 글씨는 갓 필기를 배운 아이들이 쓴 것인 양 삐뚤거렸지만, 그래도 못 알아볼 정도는 아니었다. 비서는 수첩 맨 위 종이를 뜯어서 바위 아래에 둔 다음 주위를 두리번거리며 그 장소를 빠져나갔다.

그리고 40여 분 뒤. 그곳에 다른 사람이 다가와 그 종이를 가지고 어딘가로 달려갔다. 그 사람이 달려간 곳은 하렘 안, 클라인의 방에 딸린 정원이었다. 그 사람이 나타나자 화단에 물을 주던 바닐이 눈을 휘둥그렇게 떴다.

"그새 새로운 소식이 있어?"

"예. 여기요."

심부름꾼이 쪽지를 내밀자 바닐은 품 안에서 5만 바르트를 꺼내 내밀었다.

"감사합니다."

심부름꾼이 꾸벅 인사하고서 달려가자, 바닐은 물뿌리개를 내려놓고 얼른 방 안으로 들어갔다.

"황자님. 새 소식이 왔습니다."

방 안에서는 클라인이 다리를 꼬고 앉아 검을 닦고 있었다.

"여기요."

바닐이 가져온 쪽지를 내밀자 클라인은 검을 옆에 내려두고 그것을 받아 펼쳤다. 바닐은 쪽지 내용이 무엇일까, 궁금해서 클라인을 빤히 쳐다보았다. 좋은 소식이었으면 좋겠는데.

"……."

하지만 쪽지를 확인한 클라인의 표정은 빠르게 어두워지고 있었다.

"황자님?"

나쁜 소식인 걸까. 바닐은 걱정스럽게 물었다. 클라인은 대답 대신 쪽지를 찢어서 휴지통에 넣고는 검을 다시 벅벅 닦기 시작했다. 그 거친 손놀림에 천에 피가 묻어 나오자 바닐은 기겁해서 펄쩍 뛰었다.

"황자님! 손이! 그만하세요!"

바늘이 매달리자 클라인은 바로 검을 놓았지만, 치료를 받는 대신 두 손으로 머리카락을 감싸고 무릎에 팔을 괴었다. 그의 어깨가 빠르게 올라갔다 내려가길 반복하자 바늘은 슬그머니 버려진 쪽지를 보았다. 대체 무슨 내용이기에……?

하이신스 폐하께서 편지와 선물을 보냄. 그걸 본 폐하께서 이상한 반응을 보임.

"바닐."

클라인이 그를 부르자 바닐은 쪽지에서 눈을 떼고 황급히 "네." 하고 대답했다. 클라인은 여전히 머리를 손에 대고 있었고, 손바닥에서 흐르는 피는 손목을 타고 떨어지고 있었다.

"네, 황자님."

바닐이 재차 대답하자 클라인이 힘없이 물었다.

"역시 폐하는 아직 형님을 좋아하는 거지?"

"!"

그 시각, 아이니는 짙은 늪 색의 뻣뻣한 풀들이 커다란 가시처럼 삐죽삐죽 솟아있는 황량한 무덤가에 서있었다. 그 곁에는 어두운 색 옷을 입은 헤윰 황자가 회색 묘비에 손을 올리고 서있었다.

"연락해 줘서 고맙다."

헤윰 황자가 쓸쓸하게 웃으면서 인사하는 말에 아이니는 그의 시선을 피하며 중얼거렸다.

"부탁할 게 있어서 한 거야."

아이니는 사디가 대적자인지 알아보기 위해 헤움 황자를 찾기로 마음먹긴 했으나, 막상 찾으려고 하니 어떻게 찾아야 할지 막막했다. 사람도 아니고 식시귀를 대체 어떻게 찾아낸단 말인가. 저쪽에서도 아이니를 찾고 있지 않았다면 아마 만나기 훨씬 어려웠을 것이다.

"네가 나한테 부탁할 게 있다니 좋다."

일부러 뚱하게 말했는데도 헤움 황자가 웃으면서 받아들이자 아이니는 입술을 깨물고서 주먹을 쥐었다. 자신의 친구를 죽인 그를 냉대하고 싶은데, 자신이 사랑한 헤움과 저 괴물 헤움은 다른 존재라 생각하는데, 그가 자꾸 저런 식으로 나오니 '사랑한 헤움'이 떠올라 마음이 욱신거렸다.

아이니는 헤움과 더 말을 섞으면 그의 간교한 다정함에 더욱 마음이 쓰릴 것 같아서 일부러 바로 본론을 꺼냈다. 그가 왜 자기를 찾은 건지, 어떻게 지낸 건지, 하나도 묻지 않기 위해서.

"전에 카리센에서 연회가 열렸을 때. '사디'란 여자랑 싸운 거 기억해?"

"기억나지 않을 리가. 그 많은 사람들…… 대부분 내 얼굴을 아는 귀족들 앞에서 그 망신을 당했는데."

"거기서 싸운 게 망신인 건 아는구나."

"!"

"식시귀가 되면 다 이렇게 변하는, 아니, 이런 얘기 하려 한 게 아니지."

"······."

자신도 모르게 헤움 황자에게 '누가 봐도 위엄 있던 헤움이 왜 이렇게 평범한 괴물이 되어버렸냐'고 물으려던 아이니는 그와 이런 이야기도 섞고 싶지 않아서 다시 마음을 다잡고 물었다.

"그 여자. 혹시······ 대적자야?"

헤움은 아이니의 질문에 다가 공작이 한 말이 떠올라서 곤란해졌다. 아이니에게 자신이 느낀 그대로 사실대로 말해주어야 할지, 다가 공작의 의견을 따라주어야 할지 빠르게 판단이 서지 않았다.

"아니야? 내가 볼 땐 대적자 같은데. 이런 건 나보다 네가 더 잘 알 거잖아."

아이니가 재차 물었지만, 헤움은 고민하느라 이번에도 바로 대답하지 못했다. 아이니는 차가운 대리석 묘비를 손으로 몇 번 가볍게 두드리며 초조하게 그를 바라보았다. 한참을 망설인 끝에 헤움은 다가 공작의 무서운 계획을 빼고 솔직하게 털어놓았다.

"나는 대적자를 가려낼 능력은 없어."

"정말이야? 하지만 그때 사디와 싸우다가 도망갔잖아. 무척 놀란 표정을 하고서."

"사실이다, 아이니."

"······."

"다만, 그 여자에게서 강렬한 느낌을 받긴 했어. 정체 모를 두려운 느낌을."

"다른 사람한테서도 그런 느낌을 받은 적이 있어? 없다면 그 여자가 역시 대적자가 아닐까?"

"다른 사람한테서도 그런 느낌을 받은 적이 있어서."

"정말이야? 그게 누군데?"

그러면 정말로 사디는 대적자가 아니라는 건가? 누구라도 그런 힘이 있을 수 있는 건가? 타고나기만 한다면? 헤움은 의아해서 묻는 아이니를, 그가 사랑하는 맑은 눈동자를 보다가 어렵게 입을 열었다.

"너야."

상상조차 해본 적 없는 말에 아이니는 당황해서 되물었다.

"그게 무슨 소리야?"

그녀는 식시귀를 쫓을 힘은커녕 무술에 강하지도 않았다. 그런데 그 강한 사디와 같은 힘이 느껴진다고?

"말 그대로. 그 사디란 여자와 정반대이면서도 비슷한 느낌이 들었어. 너한테."

"그게 가능해?"

"나도 모르지. 아까도 말했다시피 난 이런 건 잘 모르니까."

헤움은 아이니의 당황한 표정을 쳐다보다가 달래듯 말을 이었다.

"다가 공작이 널 찾고 있다. 다가 공작은 오히려 네가 대적자라 확신하고 있거든. 그리고 이 점을 이용해 하이신스 황제에게서 널 지켜낼 생각인 거 같더라."

아이니는 눈을 멍하게 깜짝이다가 다리에 힘이 빠져서 비석에 몸을 기대고 말았다. 헤움은 저도 모르게 그녀를 향해 손을 뻗었다가, 핏기 없는 자신의 손을 보고는 감추듯 손을 도로 물렸다. 한 번 죽어 온기를 잃은 자신이 닿기에 그녀는 너무나 따뜻하고 사랑스러운 사람이었다. 그는 아이니의 떨리는 속눈썹을 그저 마음 아프게 바라보기만 했다.

하지만 그 애타는 마음을 아이니는 같이 마주할 수가 없었다. 아이니는 몹시 혼란스러워서 지금 제정신을 차릴 수도 없었다. 그녀는 자신의 전생을 생생하게 기억하고 있었다. 그녀는 로드였고, 그녀가 사랑한 칼라인은 대적자와 성기사들 때문에 온갖 고생을 했다.

사실 대적자와 관련된 부분은 직접적인 기억이 거의 남아있지 않았다. 하지만 칼라인이 고생했다는 것만큼은 확실하게 알고 있다.

그런데…… 전생에 로드였던 자신이 지금 대적자일지도 모른다고? 칼라인의 적일지도 모른다고?

아이니는 헤움의 말을 믿을 수 없었다. 자신이 대적자라니. 전생에 로드였고, 나이트의 연인이었던 자신이 지금에 와서 대적자라니. 게다가 현생의 자신은 강하지도 않은데? 하지만 그가 자신에게 이런 걸로 거짓말할 이유는 없었다.

"그럼 대적자가 둘이란 거야?"

"말했다시피, 난 이런 건 잘 몰라. 내가 느낀 대로 말한 거다."

아이니는 무어라 더 물으려다가, 칼라인이 사디는 절대로 대적자가 아니라고 확신했던 일을 떠올렸다. 그럼 사디가 대적자가 아니라면…….

'진짜 내가 대적자인가?'

아이니는 입술을 잘근잘근 씹었다.

'아니, 아니다. 그런 식으로 따지면 기르골도 날 죽이려 들었잖아. 기르골은 대적자를 가르친다며. 내가 대적자라면 그가…….'

젠장. 아이니는 어떻게든 자신이 대적자가 아닌 이유를 찾으려다가 생각을 멈추고 속으로 욕을 뱉었다. 기르골을 만날 때 그녀는 현생의 모습이 아니라 전생의 모습을 하고 있었다. 어쩌면 기르골은 거기에 휩쓸려서 몰라본 걸지도 몰랐다.

"말도 안 돼."

말과 달리 아이니는 생각하면 할수록 자신이 대적자일 가능성만 높아지자 심란해져서 무덤가에 그대로 털썩 앉아버렸다. 하지만 곧 그녀는 긍정적으로 생각하기로 다짐했다.

'그래. 내가 대적자라면 차라리 잘된 일일지도 몰라.'

칼라인의 적은 대적자였다. 하지만 자신이 대적자라면, 자신은 절대로 칼라인의 적이 되지 않을 수 있었다. 자신이 칼라인을 노리지 않으면 되는 거니까. 마침내 생각을 마친 아이니는 한결 밝아진 얼굴로 고개를 들었다. 헤움은 그 표정을 보고 희미하게 웃었다.

"무슨 생각을 하는진 모르겠지만, 좋은 쪽으로 받아들여 다행이다."

헤움이 자신을 보며 웃자 아이니는 반사적으로 다시 정색하고서 부탁했다.

"아버지 부탁으로 날 찾았단 건, 아버지랑은 계속 연락하고 있다는 거야?"

"그래."

"그러면 아버지한테 말 좀 전해줘. 나는 잘 지내고 있으니까 걱정하지 말라고."

"네가 실종된 일로 카리센이 시끄럽던데."

"카리센은 황자님, 당신이 죽었다 깨어난 후로 내내 시끄러웠어."

"!"

헤움의 표정이 흔들리자 아이니의 마음도 덩달아 죄책감에 움츠러들었다. 하지만 아이니는 죽은 레들러의 시체를, 좀비가 되어 나타난 옛 친구를 떠올리고서 그 동정심을 옆으로 밀어내 버렸다.

다리에 힘을 준 아이니는 오랜 시간 쪼그리고 있던 탓에 비틀거리면서 몸을 일으켰다. 그녀는 아래에 두었던 등잔을 챙겨 돌아섰다. 헤움은 그 뒷모습을 바라보다가 자신도 모르게 입을 열었다.

"사디가 대적자가 맞는지는 모르겠지만 그 여자에게 특별한 힘이 있는지 아닌지는 한 번 더 확인해 보겠다."

아이니가 돌아보자, 그는 지나치게 간절해 보이지 않도록 파랗게 웃으며 물었다.

"결과는 어디로 가져가면 좋을까, 레이디 아이니?"

자신이 그녀를 다시 만날 수 있어서, 이렇게 대화를 할 수 있어서 기뻐하고 있다는 걸 감추기 위해 헤움은 최대한 건조한 눈으로 그녀를 보려 노력했다.

"그리핀은? 그러고 나서는 더 안 나타났어?"

하렘에 들러 대신관과 식사를 한 다음 돌아가는 길에 라틸은 백화에게 물어보았다. 백화는 한숨을 내쉬며 대답했다.

"말씀을 듣고 열심히 수색하고 있지만, 저는 한번도 본 적이 없습니다. 다른 성기사들도 마찬가지고요."

"이상하네. 왜 그러지?"

"혹시 클라인 님이 뭘 잘못 보신 건 아닐까요?"

백화가 차마 '폐하와 클라인 님이 뭘 잘못 보신 건 아닐까요?'라고 묻지 못하고 라틸에 대한 부분을 쏙 빼고서 묻자, 라틸은 어깨를 으쓱했다.

"그럴 수도 있지."

속으로는 '절대 아냐'라고 생각했으나 라틸은 우기는 대신 자연스럽게 넘겼다.

"하지만 시기가 시기이니만큼 조심해서 나쁠 건 없지. 좀 더 신경 써서 살피게. 그리핀이 아니라도 다른 괴물이 보일 수도 있고."

"네."

대화를 나누는 사이 두 사람은 어느새 하렘 출입구 근처에 도착했다. 라틸은 회랑을 따라 나가려다가, 잠시 멈추어 서서 오늘은 평화로운 호수를 쳐다보며 물었다.

"혹시 그리핀에 대해 내게 알려줄 말은 없나? 주의점이라던가."

그리핀이 클라인의 눈에는 보이지 않고 라틸 자기 눈에만 보인 적이 있기에 묻는 것이었다. 또 그때처럼 다른 사람들은 그리핀을 못 보는데 자신만 볼 수 있을지도 모르니까. 백화는 라틸의 질문에 잠시 곰곰이 생각해 보더니 자신 없는 목소리로 설명했다.

"전설처럼 전해지는 거라 저도 뭐가 사실인진 모르는데 그래도 괜찮으시겠습니까?"

"아무것도 모르는 것보단 낫겠지. 감안하고 듣겠네."

"소문으로는, 그리핀이 뱉는 말 중 90퍼센트는 다 거짓말이라 합니다."

"아. 그래?"

"네. 헛소리로 사람들을 꾀어낸다고 하지요."

"아, 그렇군. ……그런데 사람들을 발견하면 죄다 낚아채 던진다 면서. 어떻게, 안 낚아채지고 대화 나눈 사람들도 있긴 있나 보지?"

백화는 잠시 고개를 기웃하더니 떨떠름하게 웃었다.

"전설 같은 이야기라 그런 부분까진 저도 모르겠습니다."

"아아, 그래. 뭐가 사실인지 모른다 했지. 알았네."

고개를 끄덕인 라틸은 전설로 전해지는 이야기가 왜 앞뒤가 맞지 않을까, 생각하면서 자신의 방으로 돌아갔다. 응접실을 지나 침실 안으로 들어가 바닥에 끌릴 듯 말 듯 하는 망토를 벗고 시녀들에게 목욕물을 준비해 달라 지시했다. 목욕물이 준비될 동안 라틸은 창가에 안락의자를 가져다 놓고 앉아 최근 내내 읽었던 책을 꺼내 무릎에 펼쳤다.

"폐하. 준비가 끝났습니다."

15분 정도가 지나자 시녀들이 조심스럽게 알렸고, 라틸은 그들에게 나가라고 지시했다. 편하게 몸을 담그고 있을 거라 당장 목욕 시중을 받진 않을 생각이었다.

시녀들이 나가자 라틸은 읽던 책을 끝까지 마저 읽은 다음 아쉬워하며 눈을 떼고 의자에서 일어섰다. 그리고 몸을 돌리다가 놀라서 다시 휙 고개를 돌렸다.

"!"

라틸은 당황해서 입을 벌렸다. 전에 그…… 클라인 창문에 붙어 있던 그 쪼끄만 그리핀. 백화의 추측에 따르자면 새끼 그리핀이 지금 라틸의 창문에 있었다. 좀 서러운 표정으로.

"아……."

라틸은 사람을 불러야 할지 말아야 할지 고민하다가 그쪽으로 다가가 보았다. 온갖 흉흉한 소문을 다 들었지만, 아무리 봐도 그냥 사자 꼬리가 달린 새 같아 그리 위협적으로 느껴지지 않았다. 어쩌면 이런 방심이 가장 위험한 것일지도 모르지만.

라틸이 창문을 슬그머니 열자, 그리핀은 도망치는 대신 조용히 라틸을 지켜보았다. 라틸은 이상하게 그 새에게 친근감이 느껴졌다. 너무 작아서 그런가. 그 순간, 라틸을 서럽게 바라보던 그리핀이 갑자기 커다란 눈에서 눈물을 뚝뚝 흘리며 울기 시작했다.

"왜, 왜 우니?"

라틸은 당황해서 상대가 그리핀인 것도 잠시 잊고 말을 걸었다가, 대답이 돌아올 리 없단 걸 바로 깨달았다. 그러나 질문을 듣자마자 또박또박한 발음으로 바로 대답이 돌아왔다.

[아이구우 우리 로드. 드디어 만나게 되었습니다요!]

새끼 새의 입에서 나오기에는 꽤 구수한 목소리였다. 라틸이 당황해서 눈썹을 치켜뜨자, 새끼 그리핀은 라틸을 물끄러미 보더니, 궁둥이에 달린 사자 꼬리로 창틀을 탁탁 두드리며 날개로 자기 얼굴을 감쌌다.

[내 로드를 많이 기다렸습니다. 엉엉 울면서 기다리다가 목이 이리 쉬었습니다요.]

"너, 목소리가 굵직……. 아니, 목소리가 아니라, 말을…… 하네?"

라틸은 당황해서 입을 뻐끔거리다가 지금 그리핀이 말하는 게 문제가 아니란 걸 깨달았다. 그래, 이게 문제가 아니라…….

'저 새가 지금 날 뭐라고 부른 거야? 로드?'

입을 몇 번 달싹이고 있자니 그리핀이 조심스럽게 대답했다.

[내가 아직 몸뚱이가 좀 작습니다, 로드. 하지만 250년만 기다려 주면 이 몸도 곧 커질 테니, 아모 염려 마십시요.]

250년이면 죽고 없겠다. 아니, 250년이 문제가 아니라…….

"로드라니? 나더러 로드라 한 거야?"

얼마나 당황했던지 라틸의 목소리가 이상하게 떨렸다. 그리핀은 커다란 눈을 깜빡이더니 고개를 기우뚱하며 물었다.

[로드가 아니세요?]

"아닌데요."

라틸은 대답하면서도 심장이 철렁했다. 로드일 수도 있단 가능성을 어렵게 받아들이긴 했지만, 그렇다고 해도 충격이었다. 로드가 타고 다닌다는 새가 자신을 찾아와 로드라 부르다니. 라틸은 등골이 오싹해졌다. 뭐야. 나 진짜 로드인가? 그러면 기르골이 뭘 잘못 안 건가?

— 소문으로는, 그리핀이 뱉는 말 중 90퍼센트는 다 거짓말이라 합니다.

백화가 한 말이 귓전을 아른거린다. 그러면 지금 저 그리핀은…… 거짓말을 하는 건가? 날 꾀기 위해서? 그런데 설마 이런 걸로 거짓말을 하려나? 로드의 부하라면서?

저 말이 10퍼센트의 진실이 아니란 건 어떻게 알고? 심장이 쿵쿵 울릴 때마다 라틸은 자기 몸이 푹신한 카펫 안으로 파고들어 가는 느낌을 받았다. 그러나 라틸의 긴장감이 최고조에 도달한 그 순간.

[어라? 참으로 로드가 아니시오?]

그리핀이 눈을 동그랗게 뜨고 되물었다.

"어? 어어. 아닌데."

그러고는 라틸이 이렇게 대답하자마자 부리와 다리를 벌리더니 몹시 부끄러워하며 사과했다.

[아이구우. 미안하오. 로드인 줄 알았소.]

"어?"

사람을 긴장 속에 홀랑 빠뜨려 놓고서는, 그리핀은 사과 한마디 찍 날리더니, 자기 깃털 하나를 똑 뽑아 내밀며 재차 사과했다.

[미안하니 주겠소. 예쁘니 장식하면 좋을 거요.]

별 쓸모도 없어 보이는 깃털 하나만 남긴 채 그리핀이 휭 날아가

버리자 라틸은 황당해서 입을 벌리고 멀어져 가는 사자 꼬리를 쳐다보았다. 잠시 뒤. 사자 꼬리는 완전히 보이지 않게 되었다. 남아 있는 건 예쁘니까 장식하라며 주고 간 깃털 하나뿐. 라틸은 멍하니 그 깃털을 보다가 중얼거렸다.

"그럼 내가…… 대적자 쪽인가?"

로드라면 아니란 말 한마디에 로드를 모신다는 새가 저렇게 가 버릴 리는 없겠지?

다음날, 라틸은 멍하게 앉아 어제 다녀간 그리핀에 대해 생각하다가 새벽에 도서관으로 달려갔다.

하지만 아침 식사까지 생략하고서 그리핀에 대해 찾아보아도 이렇다 할 내용은 없었다. 결국 라틸은 도서관에서 나와 평소처럼 업무를 보았다. 그러나 오늘의 일정은 여기서부터는 좀 달랐다.

'일단 기르골한테 강해지는 방법은 배워야지. 그와 약속한 게 있으니까.'

전에 그가 안내한 미로 저택을 간단하게 빠져나와 버린 후. 기르골은 '사디'가 생각보다 수준이 더 높다면서, 훈련 내용을 바꿀 테니 며칠 후에 보자고 했다. 그 날짜가 오늘이다. 그러니 가야 했다.

'가서 그리핀에 관해 물어봐도 괜찮겠지?'

생각을 마친 라틸은 우선 해야 할 업무를 마친 뒤, 자신의 비밀 장소로 가 가면을 쓰고 옷을 갈아입은 다음 궁전을 빠져나왔다.

"어, 우리 제자님."

약속 장소는 그날의 그 미로 저택이었다. 기르골은 저택 안이 아니라 마당에 있었는데, 라틸이 다가오자 웃으면서 손을 흔들었다. 그런데 그 표정이 평소보다 더 즐거워 보여서 라틸은 의아해졌다.

"무슨 좋은 일 있어?"

평상시에도 즐거워 보이긴 했지만, 그래도 오늘은 유달리 재밌어 하는 얼굴이라 라틸이 묻자 기르골은 흐뭇하게 웃으며 수긍했다.

"우리 제자님을 위한 스페셜 디저트를 찾았어."

"설마 또 꽃이야?"

"그럴 리가. 제자님이 강해지는 데 도움이 될 디저트지. 먹는 건 아냐."

"그게 뭔데?"

설마 미로를 더 복잡하게 꼬아놨다거나, 뭐 그런 건 아니겠지. 수상쩍어하고 있으니 기르골이 일전의 그 저택 안으로 다시 들어갔다. 또 뒤에서 가두는 거 아닐까……. 라틸은 의심하면서 기르골의 뒤를 따라갔다. 다행히 이번에는 그런 의도는 아닌지 기르골은 들어가자마자 먼저 앞서 걸어갔다. 그래도 라틸은 조심조심 뒤를 따랐다.

'얼핏 보는 건데도 이전과 미로 배치가 바뀌었어.'

그러다 기르골이 어느 방문을 열고 안으로 들어가자 멀쩡한 실내가 나타났다. 뒤틀리지 않은 공간. 그래도 경계를 풀지 않고 두리번거리고 있자니 기르골이 활짝 웃으면서 물었다.

"제자님, 식시귀와 싸워본 적 있다 했지?"

"어? 아아. 어."

라틸은 대답하다가 무언가 눈치채고서 물었다.

"혹시 식시귀를 붙잡아 둔 거야? 나더러 싸워보라고?"

"눈치가 빠르네."

기르골은 감탄하더니, 소파 뒤로 걸어가 그곳에 묶여있는 무언가를 일으켜 세우며 웃었다.

"식시귀부터 퇴치해 봐. '대적자의 검'으로."

"그러지 뭐."

라틸은 별생각 없이 벽에 걸린 대적자의 검을 검집에서 뽑아 들고 식시귀를 향해 겨누다가 놀라서 눈을 동그랗게 떴다.

"!"

기르골이 붙잡고 있는 저 식시귀. 어디선가 본 적 있는 얼굴이었다. 전에 카리센에서……

"헤움 황자?"

라틸이 중얼거리자, 기르골이 붙잡은 식시귀의 목을 톡톡 건드리며 웃었다.

"좀비나 하나 구해올까 했는데 마침 앞을 지나가고 있더라고. 퇴치해 봐, 제자님. 참고로 목은 잘라도 소용없어."

이 사람⋯⋯. 아, 이제 사람은 아니구나. 하여튼 저 식시귀가 왜 하필 여기서 나오는 거지? 라틸은 황당했다. 식시귀가 된 헤움 황자 역시 라틸을 알아본 건지, 붙잡힌 사냥감 같은 눈길로 이쪽을 간절히 바라보았다.

"저건 카리센 황자 식시귀잖아. 왜 여기 있어?"

라틸이 참지 못하고 묻자, 기르골은 눈썹을 씰룩였다.

"식시귀도 국경은 넘어갈 수 있는데, 아가씨."

"그런가."

그런 뜻으로 물어본 건 아니었다. 카리센에 있던 식시귀가 왜 뜬금없이 기르골의 저택에서 나타났는지가 의아했을 뿐. 하지만 갑자기 나타난 아는 얼굴에 당황한 것도 잠시, 라틸은 곧 검을 위로 올려 자세를 잡았다.

만난 건 두 번뿐이지만 만날 때마다 싸운 자였다. 첫 번째야 저쪽이 일방적으로 달아났다지만, 두 번째는 서로를 죽일 기세로 싸웠다. 게다가 헤움 황자 저놈이 반란을 일으켜서 하이신스와 라틸의 사이도 어그러지고 말았다. 이래저래 라틸에겐 봐줄 필요 없는 자였으니, 얼굴을 안다고 해서 굳이 놓아줄 이유는 없었다.

"목을 잘라도 죽지 않는다면⋯⋯ 심장을 찌르면? 그럼 죽어?"

"해봐, 사디 양. 스스로 해보고 안 되면 알려줄 테니."

헤움의 표정이 공포로 물들었으나 라틸은 신경 쓰지 않았다. 반대 상황이었어도 식시귀가 사람을 살펴주진 않을 테니. 그런데 라틸이 헤움의 심장을 찌르기 직전, 혼자 여유롭게 찻잔을 꺼내 차 끓일 준비를 하던 기르골이 툭 지나가는 어조로 물었다.

"아, 거기 식시귀. 사라졌다는 연인은? 찾으러 간다더니 찾았어?"

헤움은 대답하지 않았으나 라틸은 그 말에 검을 급히 뒤로 물리며 허공을 향해 한 바퀴 돌렸다. 헤움의 연인이 누구인지 알기 때문이었다. 마침 사라졌다는 점까지 일치하는 사람이 하나 있지 않는가.

'아이니.'

왜 카리센에 있던 헤움이 타리움에 와있나 했더니. 아이니를 찾으러 왔나? 그럼 아이니가 타리움에 와있단 건가? 라틸은 붉은 머리카락을 가진 가짜 도미스를 떠올렸다. 최근엔 만나지 못했지만, 그 가짜도 지금 타리움에 와있었다.

"혹시 그거 아이니 황후 이야기?"

라틸이 물어도 헤움이 대답하지 않자, 라틸은 시선을 그에게 고정하고서 기르골에게 질문했다.

"기르골. 식시귀가 되어도 사람일 때 마음이 그대로 남아?"

기르골은 어깨를 으쓱했다.

"되어본 적 없어서 모르겠는데."

맞는 말이었기에 라틸은 수긍하고서 다시 검을 고쳐 쥐고 헤움을 쳐다보았다. 그러나 아이니를 향한 헤움의 사랑을 인식하고서 그의 창백한 얼굴과 파리한 입술, 겁먹은 눈동자를 마주하자 조금 동정심이 일어났다. 라틸은 이 마음을 지우기 위해 그와 자신의 악연을 되짚었다.

'반역을 일으켜서 하이신스가 날 떠나가게 한 놈. 덕택에 후궁이 여섯 명이나 생기긴 했지만, 하여튼 몇 년은 저놈 때문에……'

"내가 죽게 된 걸."

그 순간 헤움이 입을 열었고 라틸은 눈살을 찌푸렸다. 공포로 질린 식시귀의 눈동자는 파란색이었다.

"훗날에라도 아이니가 모르게 해주세요."

헤움은 그 말을 끝으로 죽음을 각오하듯 눈을 감았다. 달그락거리는 접시 소리가 근처에서 들려왔다. 돌아보자 기르골이 찻잔에 물을 붓고서 주전자를 내려놓고 있었다. 라틸은 다시 헤움을 보았다. 그는 눈을 질끈 감고 떨고 있었다.

"……"

그걸 보는 순간, 라틸의 머릿속에 무언가가 떠올랐다. 그 자리에서 잠시 몇 가지 생각해 본 라틸은 곧 슬픈 표정을 짓고서 검을 떨구었다. 검 끝이 '툭' 하고 바닥에 닿자, 헤움이 실눈을 떴고 기르골이 고개를 돌렸다.

"왜 그래, 제자님?"

기르골이 물었다. 검으로 당장 찌를 것처럼 굴더니, 왜 그러고 있느냐는 표정이었다. 라틸은 한숨을 섞어 안타까워하는 목소리로 설명했다.

"죽이려고 보니 마음이 약해졌어."

마음이 약해졌다고? 기르골이 의심하는 얼굴로 고개를 기울였다. 헤움 역시 살려준다는데 오히려 떨떠름한 얼굴이었다. 라틸은 검을 아예 검집에 도로 꽂아버리고서 한탄했다.

"이렇게 이지가 뚜렷한 데다 아직 누구를 해치지도 않았잖아. 죽이려니 가엾어. 기르골, 그냥 보내주자."

기르골이 고개를 기울이더니 찻잔을 내려놓았다. 라틸은 그쪽으로 다가가 팔을 잡고 슬쩍 흔들었다.

"사랑 이야기를 좋아한다며. 연인을 찾아야 한다잖아."

기르골은 그래도 영 의아한 눈빛이더니, 헤움을 곁눈질하며 충고했다.

"아가씨. 괴물들을 동정해선 제대로 된 대적자가 될 수 없는데."

그러나 라틸은 생각해 둔 바가 있기에 조금도 흔들리지 않고 대답했다.

"내 동정심은 상대가 식시귀란 이유만으로 죽여버리는 게 아니야."

"?"

"사람을 함부로 해치지 않는 식시귀는 식시귀라도 살려줄 거고. 사람을 함부로 해치는 사람은 사람이라도 처단할 거야. 이게 내 동정심이다, 기르골."

헤움은 그제야 긴장이 풀린 눈치로 한숨을 내쉬었다. 그러나 기르골은 눈이 조금 가늘어져서 라틸을 생선 가시처럼 날카롭게 쳐다보았다. 그 시선이 평소와 다른 빛이라, 라틸은 '혹시 내가 왜 이러는지 알아차렸나?' 하고 조금 찔끔했다. 하지만 그런 내색을 하지 않고 슬픈 척 기르골을 쳐다보자, 기르골은 찻잔 안을 작은 티스푼으로 휘휘 저으면서 중얼거렸다.

"이상하지, 아가씨. 아가씨는 좀 이상해."

라틸은 대답 대신 헤움을 묶은 끈을 풀어주었다. 헤움은 기르골의 눈치를 보았으나 그가 잡으러 올 것 같지 않자, 재빨리 몸을 돌려 밖으로 뛰어가 버렸다. 문이 쾅 닫혔다가 열리는 소리가 났지만, 기르골은 헤움을 잡으러 가지 않았다. 라틸을 유심히 바라보기만 했다.

그러다가 눈이 마주치자, 기르골이 오싹하게 입을 양 가로 벌리더니, 천천히 라틸 쪽으로 다가왔다. 그 모습이 평소보다 좀 더 이상한 느낌이라 라틸은 반사적으로 경계심이 들었다.

하지만 그를 향해 이를 드러내는 대신 라틸은 그저 동정심에 넘어간 마음 좋은 대적자처럼 기르골을 응시하기만 했다. 라틸의 코앞으로 다가온 기르골은 머리카락으로 손을 느릿하게 올리더니, 그 사이로 손가락을 넣어 두피를 부드럽게 문지르며 라틸의 이마에 대고 속삭였다.

"넌 대적자인데 왜 말을 꼭 그녀처럼 할까."

커다란 테이블 앞. 여우 가면이 홀로 상석 옆자리에 앉아있었다. 다른 자리는 모두 비어있었다. 그러나 꼿꼿하게 앉아있던 여우 가면이 앞에 놓인 종을 몇 번 두드리자마자, 눈 깜짝할 사이 책상 주위를 다른 동물 가면들이 우르르 채워 앉았다.

어디서 누가 온 건지도 모를 정도로 빠른 속도여서, 아마 이 모습을 평범한 사람이 보았더라면 기겁했을 것이다. 그러나 여우 가면은 별다른 내색 없이 앉아있다가, 모든 자리를 동물 가면들이 다 채우고 앉자 천천히 입을 열었다.

"다들 새집은 어떤지."

여우 가면의 질문에 동물 가면들은 "좋다." "근데 좁다." "그래도 괜찮다." "여기는 햇볕이 잘 든다." 등등의 말을 뱉었고, 순식간에 식당 안이 소란스러워졌다. 그런데 한참 새로운 거처에 관해 이야기하던 중. 쥐 가면을 쓴 이가 불쑥 손을 들어 올렸고, 순식간에 모두 조용해졌다. 좌중이 고요해지자 쥐 가면은 여우 가면에게 물었다.

"대적자와 기르골을 막기 위해 대타를 세워서 그런 걸까. 로드 각성이 좀 오래 걸리는 것 같습니다?"

그 질문에 몇몇 동물 가면들은 고개를 끄덕였으나, 토끼 가면은 덤덤히 대답했다.

"저번 로드는 더 오래 걸렸지. 그땐 반쯤 세상이 어둠에 먹힌 후에야 로드가 각성했으니."

그러니 이상한 소리 하지 말라는 은밀한 메시지가 숨어있어서, 쥐 가면은 납득된 척 손을 도로 내렸다. 하지만 다른 가면들은 토끼 가면의 설명을 듣고서도 뭐가 그리 마음에 안 드는지 연신 수군거렸다.

"그래서 대적자랑 백화랑술이 로드가 각성하기도 전에 먼저 결집해 문제가 됐잖아."

"그래. 그 때문에 실패했으니 이번엔 안 그래야지. 그들보단 우리가 먼저 뭉쳐야 해."

"게다가 대신관 말이야. 로드 곁에 있어서 로드가 의심받지 않게 해주는 방어막이 되긴 하는데. 그자 때문에 이쪽도 로드에게 접근하기가 어려워."

다른 동물 가면들이 맞다, 그렇다, 하나둘 수긍하기 시작하자 여우 가면이 다시 그들을 불러 모은 종을 '댕댕' 하고 두드려 이쪽으로 시선이 모이게 했다. 동물 가면들이 조용해져서 쳐다보자 여우 가면은 빙그레 웃으면서 당부했다.

"이번엔 괜찮습니다. 로드는 아직 각성하지 않았지만, 우리가 미리 대비하고 있으니까. 여러분이 할 일은 뭐다? 좀비들이나 잘 관리하는 거다. 알았나요?"

"하지만 우리도 로드가 보고 싶은데."

"로드가 내 얼굴을 까먹었으면 어쩌지?"

"뭘 어째 당연히 까먹었을 건데."

"로드한테 돈을 빌리고 아직 안 갚았는데. 그것도 까먹었겠지?"

"그건 내가 말해드릴게."

동물 가면들이 다시 수군거리기 시작하자, 여우 가면은 또다시 종을 마구 두드려대며 신경질을 냈다. 그 '댕댕댕댕' 하는 울림에 동물 가면들이 또 조용해지자, 여우 가면은 큼큼 헛기침하고서 재차 당부했다.

"좀비들은 이성이 없어 통제하기 어려우니 다들 관리에 신경 써주길 바랍니다."

그렇게 어수선한 회의가 끝나갈 무렵. 모두가 다 일어나려는데, 여우 가면이 이번에는 하나를 딱 집어 불렀다.

"사슴님."

그 말에 사슴 가면을 쓴 이가 나가려다가 돌아오자, 여우 가면이 좀 걱정스럽게 물었다.

"쇼드 폴리에 공동이 하나 나타났다던데. 괜찮던가요?"

"아. 그렇지 않아도 안에 뭐가 있나 싶어서 들어가 봤는데……."

지금 기르골의 표정은 좀 섬뜩했다. 늘 친절해 보이는 꽃 뜯는 괴짜 같지 않았다. 라틸은 대답하는 대신 질문했다.

"그녀가 누군데?"

"세 번 나를 배신해도 세 번 내게 왔음에 감사하게 되는 여자."

"!"

"네 번 배신해도 좋으니 한 번 더 와주길 기다리게 되는 여자."

그러나 섬뜩한 표정과 다르게 기르골의 입에서 나온 말에는 눈물이 배어있어 축축했다. 게다가 저 절절한 말은 뭐란 말인가?

'혹시 그 여자가 도미스인가?'

라틸은 자신이 본 기르골의 과거를 통해 추측해 보았으나, 도미스는 누군가를 배신할 사람처럼 보이진 않았다. 자신을 버린 양부모에게 원망조차 드러내지 못한 사람 아니던가.

"……."

잠시 기르골의 시선이 뜯어버릴 듯 라틸의 얼굴 구석구석을 살폈다. 그러기를 잠시. 곧 그의 입가에 평소 같은 미소가 돌아오더니, 기르골이 휙 돌아서며 아까 내려놓았던, 이미 다 식어버렸을 게 분명한 찻잔을 집었다.

"오늘 수업은 여기까지 하지, 아가씨. 아가씨가 우리의 수업 교재를 탈출시켜 버렸으니."

사디가 돌아가자 기르골은 정원으로 나가 쪼그리고 앉더니, 흙 위에 손가락으로 누군가의 이름을 적었다. 그러기를 3분여 정도. 기르골의 눈이 흉흉하게 변하더니, 그는 이름을 손으로 한번에 지워버리고 어딘가로 뛰쳐나갔다. 그가 다시 모습을 드러낸 건 달아나는 헤움의 앞쪽이었다.

"네가!"

헤움이 대체 언제 온 거냐고 묻기도 전에, 기르골은 이번엔 장난치지 않겠다는 듯 대번에 달려들더니 헤움의 목을 그대로 뜯어버렸다. 이윽고 목을 들어 올린 기르골은 두 손으로 그 머리를 받쳐 올려다보고는 빙그레 웃으며 물었다.

"난 사랑 이야기를 좋아해, 도련님. 그래서 궁금하네. 도련님 연인은 도련님을 구해줄까?"

말을 마친 기르골은 머리를 나무 위에 던져두더니, 머리를 잃고 허우적 돌아다니는 몸을 힐긋 보고서 그 자리를 떠나버렸다. 그리고 다섯 시간 뒤.

"잘린 몸이 혼자 돌아다니고 있다고?"

가면을 벗고 궁전에 돌아온 라틸에게 그 '머리 없는 몸' 이야기는 바로 보고로 들어왔다.

"네. 사냥꾼이 목격하고 놀라 신고했고 병사들이 달려가 잡았답니다. 전설에 따르면 식시귀겠지요. 어찌할까요?"

라틸은 헤움을 떠올렸으나 곧 그는 아닐 거라 생각했다. 자신이 보내주지 않았던가. 게다가 그는 머리가 온전히 몸에 붙어있었으니…….

"죽여야지요."

키
스
하
라
고

묻
힌
건
데

　기르골에게 말한 '피해를 주지 않는다면 식시귀라고 해서 무조
건 죽이지 않을 것'이란 말과는 전혀 어울리지 않는 명령이었다.
그러나 라틸은 조금도 거리낌 없이 시종장에게 계속 지시했다.

　"아, 혹시 모르니 백화에게 식시귀 처리 방법이 뭔지부터 물어봐
요. 함부로 죽였다가 죽었는데 안 죽고 주위 사람들만 갑자기 좀비
로 변하고 이러진 않으려나? 뭐 조심해서 나쁠 건 없으니까."

　"예, 폐하."

　그러고서 약 한 시간 뒤. 라틸이 다른 업무를 보고 있으려니, 시
종장의 전언을 들은 백화가 몸소 찾아와 라틸에게 식시귀를 죽이
는 방법에 대해 알려주었다.

　"저도 잘 모르겠습니다, 폐하."

모른다고 말이다. 참 당당하게도 모른단 대답이 돌아오자 라틸은 미간을 찌푸렸다.

"어떻게 처리했단 기록은 없어서요."

너는 알 때가 드물구나. 라틸은 속으로 생각하며 질책하진 않았다. 대신 그럴 수도 있다는 듯 고개를 끄덕이다가, 백화를 향해 재차 물었다.

"그러면 좋은 의견은 없는가? 확실한 건 아니지만 이렇게 저렇게 하면 효과가 있을 것 같다…… 이런 거."

백화는 곰곰이 고민하다가 조심스럽게 입을 열었다.

"관에 넣고 안을 성수로 채워두면 어떨까요?"

"성수?"

"대신관님의 부적을 파내고 괴물들이 들어온 걸 보면, 그자들에게 대신관님의 힘이 통하는 건 확실해 보이니까요."

"좋은 방법이군. 그러게."

라틸이 흔쾌히 허락하자 백화는 대신관에게 부탁해 성수를 준비하겠다며 인사를 올리고 나갔다. 라틸은 한 건이 해결되자, 이제 다른 일을 보기 위해 책상 위에 올려놓은 서류를 집었다. 하지만 얼마 지나지 않아 라틸은 서류를 도로 내려놨다.

"왜 그러십니까, 폐하?"

시종장이 물었으나 라틸은 바로 대답하지 않았다. 대신 피아노 건반을 연달아 두드리듯 손가락을 책상 위에서 차례로 움직이다가, 돌연 조금 전 내린 명령을 바꾸었다.

"사블레 후작. 백화에게 말을 전해요. 관은 유리관으로 하라고."

"유리관이요? 그러면 내부가 다 보일 텐데요."

시종장은 어리둥절해서 되물었지만, 라틸은 태연히 웃었다.

"압니다. 그러라고 유리관으로 하란 거니까. 다 보라고."

"!"

"그리고 수도 중앙에 그 유리관을 두고, 식시귀가 어떻게 처리되는지 사람들에게 보여줘요. '우리가 흑마법사 관련된 일을 잘 처리하고 있다'는 걸 보여주는 거죠."

"사람들을 안심시키려는 거군요."

"100마디 말보다 한 번 눈으로 보여주는 게 나을 때도 있으니까요. 그리고 또……."

거기까지 말한 라틸은 얼결에 "서넛은."이라고 말하다가 입을 다물었다. 습관처럼 서넛을 부르려다가 그가 곁에 없단 걸 갑자기 깨달아버린 것이다. 이미 그의 이름이 자연스럽게 입에 붙어있었다. 시종장은 라틸의 눈치를 조심히 살피다 물었다.

"폐하. 서넛 경에게 그만 휴가를 끝내고 오라 전언을 보낼까요?"

오고 싶으면 올라오라고 이미 말했습니다. 자기가 안 올라오고 있는 거지. 라틸은 울컥 분노 비슷한 게 치솟았으나, 그런 내색을 하는 대신 말실수가 민망하다는 듯 웃으며 말을 바꾸었다.

"아니. 됐습니다. 휴가 중인 사람을 부르긴 힘들지요. 칼라인을 불러와 줘요. 지시할 게 있으니."

급한 일이 있다며 용병들이 어딘가로 다 가버리는 바람에 오늘 따라 아이니 주위에 아무도 없었다. 그녀는 홀로 용병단 건물에 남아있다가 '또다시 기르골이 습격하면 어쩌나' 하는 생각에 결국 밖으로 나오고 말았다. 설마 길거리에서 습격하진 않겠지. 제정신이라면.

기르골이 얼마나 미쳤는지 모르는 그녀는 이런 생각을 품고서 거리를 돌아다녔다. 그런데 구름처럼 생긴 달콤한 과자를 사서 이동하고 있자니, 사람들이 어느 한 곳에 우글거리고 있었다.

'뭐지?'

호기심이 든 아이니는 그쪽으로 가보았으나 가까이 가도 잘 보이지 않았다. 사람들이 무언가를 둘러싸고 둥그렇게 모여있어서였다. 게다가 안에 있는 게 대체 무엇인지, 어린아이들은 그곳에 가려고 해도 구경하고 선 사람들이 못 오게 쫓아냈다. 가까이 가기 힘든 상황이었으나 아이니는 요령껏 사이사이로 비집고 들어가 그들이 둘러싼 것을 결국 보고야 말았다.

"!"

유리관. 그것은 유리관이었다. 호기심에 차 사람들 사이로 들어온 아이니는 그 유리관을 보자마자 굳어버렸다. 그 안에 있는 건 목이 없는 몸이었다. 목이 없는데 피조차 흐르지 않고, 팔다리가 멀쩡히 움직이는 몸. 그러나 아이니는 그 기괴한 장면 때문에 놀란 것이 아니었다. 아이니가 놀란 건 그 몸이 입은 옷 때문이었다.

'헤움!'

그 옷은 헤움의 옷이었다. 아이니가 몰라볼 리가 없었다. 아이니는 그쪽으로 다가가려 했으나 놀라 몸에 힘이 빠지자 바로 사람들에게 밀려 멀어지고 말았다.

"비켜라! 비켜!"

아이니는 다시 사람들 틈으로 들어가려 했으나 잘되지 않았다. 아까와 달리 흥분해서 요령 없이 손만 휘저은 탓이었다. 그래도 가까스로 안쪽으로 들어간 아이니는 재차 놀랐다. 옷도 옷이지만, 빠른 속도로 움직임이 잦아들고 있었다.

"저 물이 성수래."

"성수가 식시귀도 잡아?"

"괴물은 다 성수에 약하겠지. 성수잖아."

주위에서 소곤거리는 목소리에 아이니는 힘이 빠졌다. 힘이 빠지자마자 기가 막히게 다시 뒤로 밀려났다. 그러나 아이니는 이번에는 사람들을 밀치고 관을 보러 가는 대신, 몸을 돌려 용병단으로 달려갔다.

그녀의 힘으로는 헤움을 구해낼 수 없었다. 그러니 뱀파이어 용병들에게 부탁해서 그를 구하려는 것이다. 어차피 뱀파이어와 식시귀는 한 패가 아니던가. 하지만…….

'왜 하필 오늘!'

볼일이 있다며 나간 용병들이 아직 하나도 돌아오지 않았다. 겨우 한 명. 심부름 하는 용병이 하나 남아있었지만 아이니가 알기로 그 용병은 사람이었다.

"왜 그러세요, 아이도미스 님?"

그 용병이 의아한 얼굴로 아이니에게 묻자 아이니는 초조하게 입술을 쥐어 뜯다가 물었다.

"다른 용병들은 대체 언제 오지?"

"모르겠어요. 대장이 급한 일이라고 불렀다니까요, 뭐."

아이니는 15분 정도 의자에 앉아 기다리려 했으나, 결국 참지 못하고 다시 몸을 일으켰다. 거의 몇 시간가량 그녀는 관을 둘러싼 사람들을 지켜보며 초조하게 시간을 보냈다.

몇 번을 용병단에도 왔다 갔다 했으나 여전히 용병들은 돌아오지 않았다. 그러기를 얼마나 반복했을까. 용병단에 들렀다가 유리관 근처로 다시 온 아이니는 한 무리의 병사들이 관 위에 천을 덮어 어딘가로 운반하는 걸 발견했다.

"왜, 왜 저걸? 저걸 왜 치우느냐?"

아이니가 다급히 근처에 선 구경꾼에게 묻자 구경꾼은 '이 여잔 뭐지?' 하는 눈으로 쳐다보며 대답했다.

"식시귀가 죽었나 보죠. 더 이상 움직이지 않잖아요."

심장이 철렁했으나 아이니는 내색하는 대신 조심히 관을 운반하는 병사들을 따라갔다. 그녀는 온 힘을 다해서 자신의 기척을 죽이고 병사들을 지켜보았다. 그들은 산 중턱, 산책로에서도 한참을 벗어난 곳으로 와서야 운반한 관을 내려놓으며 욕설을 뱉었다.

"아 진짜 무겁네."

"꼭 이걸 이런 데 묻어야 하나?"

"내버려둬. 그렇다고 수도 한복판에 묻는 건 더 이상하잖아."

병사들이 툴툴거리면서 관에 씌운 천을 벗기는 순간. 아이니는 손톱이 살에 박힐 만큼 세게 주먹을 쥐었다. 관 안에는 헤윰의 몸이 없었다. 남은 것이라곤…….

"뭐야. 왜 옷만 있어?"

"녹았나 보지."

"성수에 녹는다고?"

"괴물이잖아."

아이니의 손이 후들후들 떨렸다. 눈에서 눈물이 툭툭 흘러내렸다. 자신을 보며 웃던 그의 미소가 떠올라서 신경줄이 끊어질 듯 괴로웠다. 그런 기분이었으나, 아이니는 소리 내지 않기 위해 자신의 입을 틀어막고서 끅끅거려야 했다.

헤윰을 향한 원망이 지금만큼은 하나도 생각나지 않았다. 성수 사이에서 둥둥 떠다니는 옷만이 눈에 들어올 뿐이었다. 헤윰과 헤어지기 전 마지막으로 나눈 대화 역시 걸렸다. 그는 사디가 대적자인지 확인하겠다면서 나가지 않았던가.

그를 말렸어야 했나? 위험하다고? 이 일이 자신 때문인 것 같단 생각이 아이니를 더욱 괴롭게 했다. 하지만 그 둥둥 떠다니는 옷조차, 병사들이 관을 땅에 묻어버리자 결국은 보이지 않게 되었다.

"아우 팔이야."

"빨리 가자. 아 찝찝해."

병사들이 서둘러 떠나자 아이니는 비틀거리며 그쪽으로 달려갔다. 그녀는 병사들이 방금 막 흙을 덮은 곳을 손가락으로 마구 파헤치기 시작했다. 그녀가 이런 식으로 흙을 헤집은 건 태어나서 처음 있는 일이었다. 손가락 살이 까질 정도로 흙을 헤집은 그녀의 눈에 드디어 관이 들어왔다.

관을 들어 올리려 했으나 잘되지 않자 아이니는 손을 뻗어 관 뚜껑만 옆으로 밀어냈다. 사실 이조차도 병사들이 관을 깊게 묻지 않고 떠났기에 가능한 것이었으나, 아이니는 거기까진 생각할 여력이 없었다.

"헤움, 헤움!"

아이니는 흐느끼면서 관을 내려다보았으나, 멀리서 보았을 때와 달라진 건 없었다. 헤움의 옷자락만이 관을 떠다닐 뿐. 이 안에 헤움의 흔적은 아무것도 남아있지 않았다.

"으아아아……. 헤움…… 헤움!"

아이니는 흙을 움켜쥐고서 주먹으로 퍽퍽 땅을 두드리면서 울었다. 레들러를 죽인 일로 그를 원망한 건 맞지만 이런 식으로 사라지길 바란 건 아니었다. 그와 얽히고 싶지 않았지, 그가 자신 때문에 한 번 더 죽기를 바란 건 아니었다. 그녀는 목이 찢어져라 비명을 지르다가 하늘을 쳐다보며 날카롭게 헤움을 외쳤다.

그때.

"그러다간 들킬 텐데."

근처에서 낮은 목소리가 들려왔다. 아이니는 숨을 헐떡이다가 확 고개를 돌렸다. 커다란 나무 뒤쪽에 놀랍게도 칼라인이 서있었다. 도미스와 똑같은 커다란 눈에서 눈물이 뚝뚝 흘러내리자 칼라인은 눈살을 찌푸렸다. 아이니는 그에게 무릎걸음으로 다가가다가 팔로 나무를 짚고 일어나 그의 가슴에 머리를 대려 했다.

"칼라인. 헤움이. 헤움이."

누군가의 위로가 필요했다. 지금 당장. 너무나 간절하게. 아니면 정말로 미쳐버릴 것 같았다. 하지만 칼라인은 옆으로 몸을 피해버렸다. 아이니는 그를 잡지 못하고 당황해서 쳐다보았다. 그 슬픈 표정을 차마 볼 수 없어서 칼라인은 시선을 옆으로 피하다가 아예 고개를 돌리며 중얼거렸다.

"그쪽. 아이니 황후가 맞았군."

아이니는 눈을 커다랗게 떴다.

"폐하의 말대로."

그러다가 칼라인이 덧붙인 말에 더욱 놀라 입을 벌리고서 물었다.

"어, 어떻게……?"

그녀는 아직 도미스 모습을 한 채였다. 그런데 칼라인이, 아니 칼라인이야 그렇다고 해도 결혼식 이후 한 번도 만난 적이 없던 라트라실 황제가 그녀의 정체를 알고 있었다고 하자 당혹스러웠다. 라트라실 황제는 '아이도미스'를 본 적도 없지 않은가.

칼라인은 대답해 주지 않았다. 사실 그도 정확한 이유는 몰랐다. 기르골의 집에서 붙잡힌 헤움을 보았을 때부터 라틸이 계획한 일이었으나, 이런 자세한 사정까지는 듣지 못했다.

라틸은 그저 '내 예상이 맞다면 가짜 도미스는 아이니 황후 같은데'라고만 중얼거렸고, 칼라인은 라틸이 시키는 대로 용병들을 모두 다른 곳으로 돌린 뒤 아이도미스가 병사들을 몰래 뒤쫓을 때 그 뒤를 같이 쫓아왔을 뿐이었다. 칼라인은 혼란에 찬 아이니를 보다가 라틸이 전하라고 한 말을 다시 전했다.

"폐하께서 명령하셨다. 그쪽이 보호를 원한다면 호위를 붙여줄 테니 그만 카리센으로 돌아가라고."

"!"

아이니는 흔들리는 눈으로 칼라인을 보다가 화가 나서 숨을 크게 들이쉬었다.

"칼라인. 넌…… 내가 이렇게 힘들어할 때 그런 말을 하고 싶어?"

칼라인은 눈을 반쯤 감고서 덤덤하게 대답했다.

"유감입니다, 아이니 황후."

말을 돌리는 것 같지만, '당신은 도미스가 아니니 힘들어해도 나와 상관없다'는 걸 돌려서 표현하고 있었다. 아이니는 헛웃음을 내뱉다가 흘러내리는 눈물을 소매로 닦으며 물었다.

"내가 도미스가 아니라고 왜 그렇게 철석같이 믿어?"

"……."

"내 얼굴을 쳐다보지도 못하면서, 왜 내가 도미스가 아니라고 계속 부인해!"

아이니가 그의 팔을 움켜쥐고 흔들자 칼라인은 한숨을 내쉬고서 짧게 대답했다.

"영혼."

"영혼?"

아이니는 허탈하게 웃었다.

"네 말대로 내가 도미스의 영혼을 가지고 있지 않다고 치자."

"?"

"영혼을 가지고 있지만 도미스의 기억도 외관도 없이 전혀 다른 존재가 된 사람. 도미스의 모습과 기억을 모두 가지고 있지만 영혼이 다른 사람. 둘 중 누가 더 도미스에 가까울까?"

"!"

칼라인이 시선을 마주치지도 못하자 아이니는 다시 소매로 눈물을 닦으면서 차갑게 물었다.

"도미스와 같은 점이 하나도 없는데 도미스라고 철석같이 믿는 거. 그 사람이 도미스라고 우기고 보는 거. 그건 그냥 네 만족 아냐? 그 사람은, 네가 도미스라고 믿는 그 사람은 자기가 도미스래?"

칼라인은 눈동자가 흔들렸으나 대답 대신 들고 있던 상자를 아이니에게 내밀었다.

"죽은 게 아니니 잘 간직하십시오."

그 말에 아이니가 상자 뚜껑을 벗겨 보자, 그 안에는 헤옴의 목이 있었다. 아이니는 놀라서 칼라인을 쳐다보았다.

"이건…… 네가 왜 이걸?"

"식시귀라 목만 있어도 살아있습니다. 죽은 게 아니니 잘 간직하십시오. 로드가 각성한다면 몸까지 되살려 줄 수 있을 테니."

말을 마친 칼라인은 볼일이 다 끝났다는 듯 일말의 미련도 없이 돌아서 버렸다. 아이니는 헤옴의 목을 끌어안고 흐느꼈다. 심장이 너무 아팠다. 몇 가지 고통이 동시에 한곳을 파고들어 너무나 괴로웠다.

헤움이 죽은 고통, 전생의 연인인 칼라인이 자신을 무시한 고통, 이 목의 주인이 헤움이라는 걸 알면서 몸을 없애버린 라트라실 황제에 대한 증오까지. 칼라인은 말없이 걸어가려 했으나 뒤에서 자꾸 흐느끼는 소리가 들려오자 결국 무겁게 한숨을 내뱉고 돌아섰다.

고개를 돌리자 도미스의 모습을 한 아이니가 울고 있었다. 몇 번이나 자신이 괴롭게 했던 그 모습으로, 그녀가 또다시 울고 있다. 그 괴로워하는 모습이 칼라인에게도 알싸한 통증을 주었다. 상대가 그녀가 아니란 걸 알지만, 저 가짜의 주장처럼 그녀의 모습을 하고 그녀의 기억을 갖고 있으니 완전히 무시하기는 어려웠다.

결국 칼라인은 망설이다가 충고를 던져주었다.

"그쪽은 절대로 도미스일 수가 없어. 로드가 환생을 거듭한단 전설은 사실이니까. 그래서 내가 말한 거다. 그쪽이 로드가 아니란 게 도미스가 아니란 이유라고."

이렇게 하지 않으면, 아이니가 자기가 도미스의 환생이란 착각에서 벗어나지 못할 것 같으니 어쩔 수 없었다. 좀 충격적이겠지만 이렇게라도 해야지 현실을 받아들일 테니. 아이니는 상자를 꽉 끌어안고서 처연하게 물었다.

"그럼 내게 왜 도미스의 기억이 있는 건데? 이렇게 생생하게?"

그쪽이 아마 도미스의 적이었을 테니까. 칼라인은 그 대답은 하지 않았다. 그랬다가는 그녀가 도미스에게, 정확히는 도미스의 환생에게 원망의 화살을 돌릴까 봐. 대신 그는 돌아서서 그대로 어두운 숲속으로 사라져 버렸다.

칼라인의 모습이 보이지 않게 되자 아이니는 비틀비틀 움직이다가 그가 기대어 서있던 나무 둥치에 털썩 주저앉았다. 입 밖으로 허망한 울음이 웃음과 섞여 흘러나왔다.

"나는 널 위해 대적자인 걸 포기하려고까지 했는데. 너는……."

한참을 흐느낀 그녀는 태양이 멀리 가버리고, 대신 노란 달빛이 높은 나무 사이로 비쳐 들어올 때가 되자 눈물을 그치고 천천히 고개를 들었다. 그녀의 초록색 눈동자에 노란 달이 담겼고, 곧 투명한 눈물이 차올랐다.

"칼라인. 네가 날 배신한다면……. 나도 대적자로서 사명을 다하겠다. 네 말대로 내가 도미스가 아니라면, 너도 날 원망할 필요 없겠지."

중얼거린 그녀는 반지를 벗어 헤움의 목이 담긴 상자에 넣었다. 달이 담겨있던 초록색의 눈동자가 노란 달이 사라지며 멜론색으로 변했으나, 이를 본 건 가슴이 너무나 시려 말도 못 하는 헤움뿐이었다.

"신이 나를 돕는다면 내가 대적자가 맞겠지."

중얼거린 아이니는 성수에 담겨 흔들리는 헤움의 겉옷을 챙겨 걸쳤다. 물기가 뚝뚝 떨어져 내렸으나 아이니는 그 옷을 벗지 않은 채 헤움의 목을 들고 천천히 걸어갔다. 얼마나 그렇게 걸어갔을까. 풀벌레 소리와 부엉이 소리, 정체 모를 야생 짐승의 울부짖는 소리 사이로 헤움이 조용히 아이니에게 말을 걸었다.

"아이니."

목 위 얼굴만 남아도 살아있단 이야기는 들었으나 말도 할 줄은 몰랐던지라, 아이니는 놀라서 상자를 떨어뜨릴 뻔했다.

"헤움?"

헤움이 고개를 끄덕이자 아이니는 근처 커다란 바위 위에 상자를 내려놓고 물었다.

"누구야? 누가 널 이렇게 했어? 라트라실 황제야?"

헤움 황자의 몸을 구경거리로 만들어 없앤 게 라트라실 황제이고, 칼라인 역시 황제의 명령을 받아 그녀에게 왔었다. 아이니로서는 라트라실 황제를 의심할 수밖에 없었다. 헤움 황자는 고개를 저으려 했으나 목만 남아있어 그게 잘되지 않자 소리 내어 대답했다.

"기르골."

"기르골?"

"날 이렇게 만든 건 기르골이야, 아이니."

"그 하얀 머리……. 대적자의 스승이라는……."

"기르골이 사디에게 날 죽이라 했다. 대적자로서 훈련을 시킬 거라고. 하지만 사디가 날 죽이길 거부하고 풀어주자, 그가 홀로 날 쫓아와 이렇게 만들었지."

"사디가 널 구해주었고 기르골이 널 죽였다고."

적이 아닌 이와 적을 분류해 낸 아이니의 목소리가 서늘해졌다. 다시 멀지 않은 곳에서 늑대 울부짖는 소리가 들려오자, 아이니는 생각을 멈추고 헤움의 머리가 담긴 상자부터 들어 안았다. 우선은 여기서 나가는 게 먼저였다. 헤움은 그런 아이니를 잠시 바라보다가 조언을 해주었다.

"다가 공작이 네가 가출했단 사실을 숨기기 위해 누군가에게 납치되었단 소문을 냈어. 너도 적당히 말을 맞추는 게 좋을 거다."

헤움의 말대로, 아이니는 근처의 공관으로 간 다음 자신이 카리센의 황후이며, 납치되어 여기까지 오게 되었단 이야기를 하며 도움을 청했다. 공관 사람들은 아이니의 말을 믿어야 할지 말아야 할지 의아해했으나, 카리센의 황후가 납치되었단 사실은 이미 소문이 나있었기에 우선 도움은 주기로 했다.

카리센으로 향하는 마차 안에서 아이니는 헤움의 목이 담긴 상자를 꽉 끌어안으며 다짐했다. 복수할 대상. 기르골, 라트라실 황제.

'아. 그리핀 얘기 물어보는 걸 깜빡했네.'

자신을 아이니 황후라 주장하는 여자에게 도움을 줘도 좋단 허락을 보낸 라틸은 한 시종의 머리 장식을 보고서야 뒤늦게 그리핀이 떠올라 자기 이마를 쳤다.

'젠장. 갑자기 식시귀를 죽이니 어쩌니 하니까 까먹었어.'

게다가 마지막에 기르골의 분위기도 좀 이상해서 물어보기 힘들었다. 라틸은 고개를 설레설레 저었다. 어쩔 수 없었다. 나중에 묻는 수밖에.

"이거 수제니까, 절대로 절대로 절대로 조심하셔야 해요."

트리가 신신당부하면서 바구니를 내밀었고, 게스타는 "나도 알아." 하고 작게 중얼거리면서 그걸 받아들었다. 모를 리가 없었다. 이 바구니 안에 가득 찬 사탕들은 게스타 본인이 트리와 함께 밤새 쪼그리고 앉아 만든 사탕이었다. 둘 다 그리 솜씨가 좋지 못하다 보니 조금만 툭 건드려도 사탕이 부서져 버린단 문제가 있긴 하지만, 그래도 열심히 만든 덕에 냄새 하나만큼은 기가 막히게 좋았다.

"알았어."

"직접 만들었다고 꼭 말씀하시고요."

"으응."

"한숨도 못 자고 만들었다고 하세요. 꼭 말입니다."

"알았다니까."

트리는 그래도 못 미더운지 잔소리를 계속 퍼붓고서 게스타의 어깨에 붉은색의 보송보송하고 짧은 망토를 둘러주었다. 클라인 황자가 최근에 게스타에 대해 안 좋은 이야기를 하고 다니자, 트리가 '언제까지 제자리에서 황제만 기다릴 수 없다'는 생각이 들어 짜낸 계책이었다.

"요즘 사탕 만들기가 취미인데, 만들다 보니 너무 많이 만들어서 주는 거라고 하세요."

트리는 온 정성을 들여서 게스타를 치장한 다음, 얼른 본궁 회랑 으로 데려갔다. 그러고는 멀리 떠나지도 못하고 먼발치에서 게스타의 뒷모습을 지켜보았다.

이쪽부터는 경비병이 많은 데다 갑자기 달려와 시비를 걸 클라인도 없기에, 따라가지 않고 일부러 이쯤에서 지켜보는 것이다. 시종인 자신이 곁에 있으면 둘 사이 분위기가 깊어지지 않을지도 모르니까.

이런 배려 속에서, 게스타는 눈에 띄는 사탕 바구니를 들고 주춤주춤 걸어갔다. 궁인들의 시선이 게스타에게 쏠렸지만 모두 붉은 망토를 걸치고 소심하게 걸어가는 이 잘생긴 후궁을 귀엽게 볼 뿐, 인상 쓰는 이들은 없었다. 그러나 라틸을 발견한 게스타는 막상 바로 다가가 말을 걸지 못하고 황급히 낮은 담 뒤로 몸을 숨겼다. 그러다가 황제가 이동하는 소리가 나면 다시 슬그머니 그 뒤를 따라갔다.

하지만 몇 번 입만 달싹일 뿐, 또 부르지 못하고 주저하다가 황제가 돌아보자 이번에는 기둥 뒤에 숨어버렸다. 그런 식으로 몇 번을 쏙쏙 숨으면서 황제를 따라가던 게스타는, 저 먼발치에서 트리가 두 손으로 머리를 감싸고 괴로워하는 걸 발견하고 얼굴이 벌게졌다.

하지만 심각한 얼굴로 바쁘게 걸어가는 황제에게 갑자기 시뻘건 망토를 입고 다가가서 사탕 바구니를 건네자니 몹시 민망했다. 좀더 의젓하고 근엄하고 멋진 그런 선물을 주어야 하는 건 아닐까 싶어서. 아니면 망토 색이라도 바꾸든지.

주저하고 있자니 다시 황제가 이동하는 소리가 났고, 게스타는 슬그머니 숙였던 머리를 들어 올렸다. 그러나 머리를 든 순간. 게스타는 몸을 움츠리고 있던 그 낮은 담벼락 위쪽에서 황제를 발견했다. 그녀가 담벼락에 팔을 괸 채 이쪽을 보고 있었다.

라틸은 눈이 마주치자 웃음을 터트렸는데, 그 순간 게스타는 들고 온 바구니를 떨어뜨리고 말았다. 트리가 신신당부했으나 얼결에 손에 힘이 빠져서 들고 있을 수 없었다. 조금만 세게 쳐도 바스러지던 엉성한 사탕은 바닥에 떨어지자 전부 엎어지며 가루가 되었고, 얇은 포장지 사이로 단내가 확 풍겨왔다.

달콤한 향으로 가득 찬 공간에서 황제가 눈을 감고 냄새를 들이켜는 순간, 게스타는 자기도 모르게 울고 말았다. 그녀와 마주 보는 이 순간이 지독할 정도로 달게 느껴졌다. 그저 이렇게 바라볼 뿐인데도.

'왜 우는 거지?'

뒤에서 졸졸 따라오다가 티 나게 숨어대는 게 귀여워서 이쪽도 깜짝 놀라게 해주었을 뿐인데, 들고 온 바구니 속 사탕까지 다 깨부순 게스타의 눈가가 갑자기 촉촉해지자 라틸은 당황했다. 혹시 사탕이 다 깨져서 우는 건가? 라틸은 당황해서 짙은 단내를 풍기는 사탕을 쳐다보다가 물었다.

"새로 사줄까?"

게스타는 그 말에 잠깐 울음을 멈추는 것 같았으나 다시 처연하게 울었고, 라틸은 더욱 곤혹스러워졌다. 그러고 있자니 어디선가 게스타의 시종 트리가 달려와서는, 바닥에 엎어진 사탕들을 보며 하소연했다.

"죄송합니다, 폐하. 우리 도련님께서 밤새도록 혼자 이걸 만드셨는데, 실수로 떨어뜨려 아쉬워서 우시나 봅니다."

내가 떨어뜨린 거 아닌데……. 아닌가, 나 때문인가? 내가 놀라게 해서 그런 건가? 밤새 혼자 이걸 만들었단 소리에 라틸은 당황해하다가 손수건을 꺼내 게스타의 눈물을 닦아주며 물었다.

"울지 마라, 게스타. 오늘 나와 같이 다시 새로 만들자. 어때? 그러면 될까?"

그 말에 게스타는 동그랗고 커다란 눈으로 라틸을 보다가 고개를 끄덕였고, 라틸은 안도해서 부하들에게 바구니와 사탕을 치우란 눈짓을 보냈다.

"도련님이 울보라 다행이네요. 이런 걸 원한 건 아니지만 그래도 전화위복이 되었어요."

그날 저녁. 트리는 사탕 재료를 알록달록한 바구니에 담아 준비하며 히죽히죽 웃었다.

"사탕이 다 깨진 게 그렇게 서운하셨어요?"

트리는 뭔가 단단히 오해한 눈치였으나, 게스타는 자신이 왜 운 건지 설명하는 대신 그저 쑥스럽게 웃기만 했다. 어쨌든 황제와 밤새 둘이 있을 수 있단 거니까. 하지만 그 행복한 미소는 창밖에 부

리를 벌리고 선 그리핀을 보는 순간 굳었다. 눈이 마주치자 그리핀
이 반갑게 웃으면서 외쳤다.

[사탕 만드시오? 같이 할까요?]

"도련님? 왜 그러세요?"

게스타가 어딘가를 우두커니 보고만 있자, 트리가 바구니에서
은색의 바삭거리는 포장지를 도로 꺼내면서 물었다. 트리는 힐긋
창문으로 시선을 돌렸다. 아무것도 없었다. 누가 버린 건지 하얀 종
잇조각이 바람에 날리고 있을 뿐.

"그건 도로 왜 빼?"

"아. 이 색상만 너무 많은 거 같아서요."

게스타가 말을 돌렸지만 트리는 여전히 고개를 기웃거리고 있
었다.

"혹시 클라인 황자가 저기서 노려보고 있었던 건 아니죠?"

진실과는 전혀 먼 오해를 한 눈치였으나, 게스타는 자기가 왜 창
문을 본 건지 설명해 주는 대신 웃으면서 부탁했다.

"트리, 목이 말라서 그런데. 레몬이랑 자몽을 섞은 시원한 음료
수 좀 가져다줄래?"

"네? 네. 그럴게요."

트리가 포장지를 바닥에 내려놓고 일어나자, 게스타는 창문 쪽
으로 고개를 돌리며 친절하게 덧붙였다.

"배도 좀 고픈데. 에클레르도 먹고 싶어."

"그럴게요!"

트리는 평소 게스타가 지금보다 좀 더 많이 먹어야 한다고 생각했기에, 무엇이든 먹겠단 말이 기뻐서 얼른 복도로 나갔다. 하지만 게스타가 트리를 보낸 건 배가 고프거나 목이 말라서가 아니었다.

[왜 그리 보시오?]

게스타가 팔짱을 끼고 빤히 쳐다보자, 창밖에서 그리핀이 새실새실 웃다가 알아서 창문을 열고 안으로 들어왔다.

[얼굴이 좀 수수해지셨소?]

"시끄럽게 굴지 말고 바쁘니 나가."

그리핀은 게스타가 쌀쌀맞게 말해도 전혀 개의치 않고, 바닥에 가득 늘어선 바구니들을 긴 목을 뻗어 요리조리 살폈다.

[같이 하면 안 되오?]

"나가."

[나도 로드랑 놀고 싶소.]

"나가."

[그러면 내게도 로드가 만든 사탕을 하나 주시오.]

"나가."

게스타가 단호하고 차갑게 뚝뚝 말을 끊어대자, 그리핀은 날개를 축 떨구더니 불쌍한 표정을 지었다. 그래도 게스타가 눈 하나 깜빡이지 않자, 그리핀은 시무룩한 척하길 그만두고는 초록색 방울이 담긴 바구니를 퍽 걷어차며 협박했다.

[이리 비협조적으로 나온다면 내도 생각이 있소. 로드에게 그쪽

정체를 다 말해버릴 거요.]

"나가."

게스타의 덤덤하면서도 일관적인 대답에 그리핀의 양 날개가 더욱 아래로 처졌고 사자 꼬리는 아예 힘을 잃고 대롱거렸다. 그리핀은 몹시 괴로운 척 머리까지 푹 숙이고 뒤돌아서 엉금엉금 창밖으로 나가려는 시늉을 했다.

"야, 새."

그러다 게스타가 부르자, 그리핀은 '역시 이 모습을 보고는 못 보내겠지?' 하는 의기양양한 얼굴로 돌아보며 씩 웃었다. 하지만 그리핀의 눈에 들어온 게스타는 조금도 동정하는 기색 없이 냉랭하게 팔짱만 끼고 있었다. 그 매정한 모습에 그리핀은 충격을 받아 부들거렸으나, 게스타는 신경 쓰지 않고 물었다.

"너. 폐하랑 얘기 나눠봤지?"

그리핀은 안 그래도 동그란 눈이 더 동그래져 부리를 벌렸다.

[어째 알았소?]

"폐하가 뭐래?"

그리핀은 '내가 그걸 말할 것 같아?' 하는 냉랭한 비웃음을 지었으나, 게스타가 설탕 가루를 꺼내 부리에 뿌려주자 얼른 털어놓았다.

[로드에게 로드라 불렀더니 로드가 자기는 로드가 아니라 하오. 우리 로드가 좀 멍충시려지셨소. 자기가 멍청해진 걸 알면 부끄러울까 봐 내 알았다고 해줬지요. 내 이리 배려가 좋소.]

게스타는 그리핀의 부리에 설탕 가루를 더 뿌려주면서 물었다.

"폐하 반응이 어땠어?"

[내 깃털을 줬더니 까르르 웃으면서 너무 좋아하셨소.]

"놀라진 않으셨나 보네."

[좋아하셨다니까? 나보고 이러셨소. 애, 너 참 꼬리가 예쁘다?]

게스타는 말없이 그리핀에게 설탕 가루를 먹이면서 눈을 가느스름하게 떴다. 그러다가 설탕 가루 한 봉을 다 먹였을 즈음. 게스타는 생각을 마치고 입꼬리를 올렸다.

라틸은 업무를 마치자마자 바로 게스타의 방으로 찾아갔다. 사실 아직도 게스타가 왜 운 건지 이해는 가지 않았으나, 어쨌든 자신이 그가 밤새 만든 사탕을 다 깨부쉈으니 시간을 내어야 했다.

'설탕 냄새.'

게스타의 방문을 열기 전 라틸은 이미 안쪽에서부터 풍겨오는 강한 설탕 냄새에 기분이 좋아졌다.

'이젠 단 냄새만 맡으면 게스타가 생각나겠네.'

하지만 이런 냄새를 밤새 맡으면 조금 힘들지 않을까, 하는 생각도 들었다. 그러나 막상 문을 열고 안으로 들어가자 창문이 열려있어 그렇지도 않았다. 맑은 밤공기와 설탕 냄새가 섞이자 냄새가 질기는커녕 묘하게 꿈결 같은 향이 되어서 라틸은 저도 모르게 코를 킁킁거렸다.

"폐하를 뵙습니다."

트리는 게스타의 옆에 서있다가 라틸을 보자 꾸벅 인사를 올리고는 얼른 자리를 비켜주었다. 트리가 나가자 라틸은 두 손을 모으고서 조용히 선 게스타 곁으로 다가갔다.

"이젠 안 우네."

다가가 얼굴을 살피자, 게스타는 고개를 슬며시 들었다가 눈 맞추기도 부끄럽단 듯이 다시 발치를 쳐다보며 희미하게 웃었다.

"아까도 사탕 때문에 운 게 아닌 걸요."

"사탕 깨지자마자 울었잖아."

"……아닙니다."

"괜찮아. 그럴 수도 있지."

"아니라니까요."

게스타가 항의하기 위해 내리깔았던 눈을 뜨자, 라틸은 연하고 부드러운 갈색 눈동자를 보며 만족스럽게 웃었다.

"드디어 날 쳐다보네."

"!"

"쳐다도 안 보기에 많이 화났나 했다."

"……놀리지 마세요."

라틸은 트리가 준비해 두고 간 바구니들을 내려다보며 감탄했다.

"이게 다 재료인가."

빳빳한 은색 재질의 포장지부터 각도에 따라 다른 색으로 반짝거리는 장식, 다섯 종류의 색을 가진 설탕들, 설탕을 녹이고 모양을 뜨고 굳힐 재료들, 안에 첨가할 괴상한 소스들까지. 재료들이 한가득이었다.

"난 해본 적 없으니 네가 잘 알려줘야 해."

라틸이 혀를 내두르자 게스타는 환하게 웃으면서 고개를 끄덕였다.

옷과 손 여기저기에 단내를 내는 끈적한 사탕이 말라붙을 지경이 되었을 즈음, 라틸은 어느 정도 사탕 만드는 요령을 터득했다.

"이제 좀 옷에 덜 묻히고 할 수 있겠어."

"폐하의 옷에 녹은 설탕이 많이 떨어져서…… 괜찮으실까요?"

"나는 괜찮아. 이걸 처리할 사람이 안 괜찮겠지."

"아……."

게스타가 얼결에 자기 입가를 손으로 가리자, 게스타의 입가에도 녹인 설탕이 달라붙었다. 게스타가 당황해서 손을 치우자 라틸은 그 모습을 보고 웃음을 터트렸다. 게스타는 얼굴이 붉어져서 입가를 소맷자락으로 문질렀지만 그리 큰 효과는 없었다.

그러다가 순간 라틸과 게스타의 눈이 마주쳤다. 라틸은 녹은 사탕 때문에 게스타의 입술이 평소보다 더욱 윤이 나고 단 내가 풍기는 걸 알아차렸다. 그걸 보자 라틸은 문득 '입을 맞춰서 설탕을 떼어 주면 어떨까'라는 생각이 떠올랐다. 연인 사이라면 그런 일도 하겠지.

'상대가 칼라인이나 라나문이라면…… 그리했을지도.'

하지만 게스타를 상대로 그러자니 어쩐지 좀 더 쑥스러워서, 라틸은 자신이 떠올린 민망한 생각을 빠르게 털어내고 고개를 숙였다. 드러난 라틸의 정수리를, 게스타가 코앞까지 왔다가 사라진 햄스터를 보는 뱀처럼 바라보았으나 라틸은 알 수 없었다.

게스타는 라틸이 다시 작업에 몰두할 것 같자 속으로 혀를 차면서 대충 손수건을 꺼내 입에 문 사탕을 닦고 치워버렸다. 이를 모르는 라틸은 별 모양의 틀에 녹인 설탕을 부으면서, 게스타에게 '그런데 어릴 때 내가 틀라랑 싸우던 거. 넌 대체 어디서 본 거야?' 라고 물어볼까 말까 잠시 고민했다.

하지만 그건 게스타의 회상 속에서 본 장면이기에, 라틸은 묻지 못하고 말없이 사탕 틀만 두드렸다. 그렇게 열심히 사탕만 만들다 보니, 쓸데없이 라틸은 사탕 만드는 솜씨가 점차 좋아졌다. 그러자 사탕 만들기는 더 이상 어렵지 않았고, 밤 11시 무렵이 되었을 즈음 라틸은 이 원인 모를 공예를 다 끝내고 목욕을 할 수 있었다.

라틸은 목욕하고 나오자마자 바로 침대에 엎어져서 잠이 들어 버렸다. 목욕하면서는 '밤에 여기서 자고 가야 하나, 아니면 돌아가서 자야 하나. 내가 여기서 자고 가면 게스타가 잠자리를 하고 갈 거라고 오해하려나?' 등등 고민이 깊었지만, 목욕을 마침 즈음이 되자 이미 눈꺼풀이 3분의 2쯤 내려와 아무 생각도 들지 않았다.

그리고 라틸이 잠에 든 지 30분쯤 뒤. 라틸 다음 차례로 목욕을 하고 나온 게스타는 커다란 목욕 가운을 걸치고 침대 가로 갔다가, 라틸이 잠든 걸 보자 꾸물꾸물 옆자리로 들어가 눕고는 흐뭇하게 웃었다. 그는 잠든 라틸의 얼굴을 뚫어져라 구경하다가, 슬쩍 손을 뻗어서 코끝을 문질러 보다가, 입술에 손을 댈 듯 말 듯 하다가 결국 대지 못하고 치우면서 행복하게 웃었다.

'라트라실.'

입 모양으로만 라틸의 이름을 불러본 게스타는 이불 밖으로 반쯤 나와있는 라틸의 손을 꺼내서는 손바닥 위에 자신의 코를 묻고 한껏 냄새를 들이마셨다. 좋아하는 냄새를 맡자 머리가 아찔해지면서 온몸의 신경세포가 마구 날뛰었다.

'라트라실.'

[아이고오. 변태 같아라.]

하지만 창문에서 들려오는 아니꼬워하는 목소리에 게스타의 행복한 시간은 '우드득' 소리를 내며 금이 갔다. 게스타가 고개를 뒤로 돌리자 창틀에 선 그리핀이 보였다.

그리핀이 날개로 입가를 가리고 낄낄 웃어댔다. 어딘가 얄미워 보이는 모습이었으나 게스타는 화를 내는 대신, 자신이 붙어있던 라틸을 보았다. 라틸은 많이 지친 모습으로 베개를 붙잡고 잠에 푹 빠져있었다. 그 모습을 물끄러미 보던 게스타는 소리 내지 않고 슬그머니 침대 밖으로 빠져나갔다. 게스타가 다가오자 그리핀은 창틀에서 폴짝거리면서 신이 나 요구했다.

[자, 시키는 대로 닥치고 있었으니 사탕을 달라. 사탕을 주세요!]

게스타는 비구니에서 사탕을 한 움큼 꺼내 그리핀 앞에 놓아주었다. 하지만 그리핀은 사탕을 앙상하고 조그만 다리로 퍽 차버리고서 재차 요구했다.

[황제가 만든 걸로 주시오.]

게스타는 그리핀의 부리를 꽁꽁 묶어 날려버리고 싶은 충동을 누르고서 새가 걷어찬 사탕을 도로 바구니에 넣은 다음, 라틸 쪽을 힐긋 본 다음 그리핀의 머리 위에 바구니째 사탕을 부어버리며 웃었다.

"이러면 어때?"

그리핀은 사탕이 폭포처럼 머리에 쏟아지자 잠시 눈을 맹하게 깜빡이다가, 갈비뼈가 부풀어 오를 정도로 숨을 크게 들이쉬더니 씩씩거리며 항의했다.

[황제가 만든 걸로 달라니까!]

"맛은 똑같아."

[만든 사람이 다르잖소! 사자 꼬리를 지닌 새는 황제가 만든 사탕을 먹어야 하는 법이오.]

"사자 꼬리를 떼면 내가 만든 것도 먹겠네……."

[그럼…… 그럼…….]

눈꼬리가 삐죽 위로 올라간 그리핀은 게스타를 노려보며 무섭게 웅얼거렸다.

[황제가 만든 사탕을 안 주면, 내 황제를 깨워버릴 거요. 그리고 그쪽이 어떤 인간인지 죄다 말해버릴 거라오.]

게스타는 기어들어 가는 목소리로 물었다.

"내가 어떤 인간인데?"

그리핀이 대답하기 전, 라틸은 침을 삼키지 않기 위해 눈을 뜨고 심장을 눌렀다. 혓바닥이 간지럽고 식도 부근이 알레르기 반응이라도 온 것처럼 마구 꿈틀거렸다. 라틸은 깨어있었다.

'게스타가 왜 그리핀이랑 대화를 나누고 있지? 그것도 저렇게 친근하게?'

라틸은 그리핀의 입에서 나올 말이 벌써부터 두려워졌다. 얼마나 긴장했던지, 나중에는 심장 소리가 너무 커서 모두에게 들릴까 염려될 정도였다. 그러다 툭 들려온 말.

[그쪽 정체가 뭐긴. 인자한 척 굴지만, 황제가 만든 사탕조차 주지 않는 쪼잔하기 짝이 없는 밴댕이 소갈딱지지!]

초조하게 기다리던 라틸은 순간 당황했다. 어? 라틸은 괜히 눈동자를 굴려 뒤를 보려 시도했으나, 뒤돌아 누운 자세로 창문 쪽이 보일 리 없었다. 라틸은 속으로 어색하게 웃었다. 설마. 저게 끝은 아니겠지. 뒤에 뭐가 더 있겠지.

"잘 아네."

그러고서 없었다.

'진짜 저게 끝이야?'

라틸은 허탈해졌으나, 정말 그 뒤에 들려오는 말은 없었다. 그때 게스타는 라틸 쪽을 힐긋 보고서, 그리핀의 목덜미를 잡고 들어 올려 속삭이는 중이었다.

"잘 가."

작별 인사를 뱉은 게스타는 '아이고 아이고' 우는 그리핀을 창밖으로 달랑 던진 다음, 창문을 닫고 야무지게 걸쇠까지 걸었다. 게스타가 침대로 다가와 눕자 침대가 잠시 눌렸다가 위로 올라왔고, 라틸의 심장도 거기에 맞춰 마구잡이로 뛰어댔다.

그래도 내색하지 못하고 뒤돌아 있는 라틸을, 게스타는 웃으면서 바라보다가 팔을 뻗어 라틸의 허리를 감싸 자기 쪽으로 끌어당겼다. 품 안에 라틸을 감싸듯 안고 누운 게스타는, 라틸의 등에 이마를 대고 그녀에게서 들려오는 심장 소리를 기분 좋게 감상했다.

다시 도미스의 기억 속이었다. 도미스는 하녀 일을 하느라 바쁘게 움직였으나, 라틸은 게스타에 대해 생각하느라 주위 경치가 눈에 들어오지 않았다. 손에 느껴지는 찬물의 감각까지도 인지되지 않을 지경이었다.

게스타는 대체 어떻게 그리핀과 자연스럽게 대화할까? 혹시 게스타도 뱀파이어인가?

하지만 게스타는 혈색도 좋고 피부도 따뜻하잖아. 아니, 그래도 그리핀이랑 대화를 나누는 걸 보면 무언가 수상한 점이 있는데……. 혹시 게스타가 대신관의 부적을 판 내부의 적인가? 아니, 근데 클라인도 그리핀을 봤잖아.

'게다가 그리핀은 나를 두고 황제라고 했어. 로드가 아니라.'

그러면 로드 세력은 아니지 않나? 아니, 그래도 그렇지 너무 자연스럽게 대화했는데……. 그런데 한참 라틸이 생각에 빠진 그때.

"도미스! 큰일났어! 지금 네 의붓동생이 네 방에서 난리 부리고 있어!"

같이 하녀로 들어온 안야가 다급하게 외치며 달려왔다. 라틸은 게스타에 대해 생각하길 멈추고 꿈 내용에 집중했다. 도미스의 정체라거나 돌아가는 사정을 알려면, 이젠 이 꿈을 관찰하는 것도 중요했다.

"안야가?"

"어. 안야가. 아, 씨! 이름 같으니까 이상하네. 하여튼 개가."

"왜?"

도미스는 어리둥절해하면서도, 우선 널던 빨래를 마저 빨랫줄에 건 다음 안야를 따라 자기 방 쪽으로 달려갔다. 그곳에는 동생 안야가 방 앞에 서있고, 다른 하녀들이 주위에 무릎을 꿇고 있었다.

동생 안야는 팔짱을 낀 채 차가운 얼굴로 서있었는데, 달려온 도미스와 눈이 마주치자 팔을 내리고 저벅저벅 가까이 다가왔다. 무표정한 얼굴로 다가온 그녀는 도미스와 마주 보고서 손바닥을 펼치며 물었다.

"이게 뭐지?"

동생 안야의 손에는 양모가 도미스에게 준 보석이 들려있었다.

"보석이요."

도미스가 작은 목소리로 대답하자, 동생 안야는 어이없다는 듯 웃었다.

"장난하니?"

"아닌데요……."

무슨 일인지 모르겠지만, 이상한 분위기를 감지한 도미스가 뒤로 주춤 물러나려는 찰나. 경멸 조인 목소리가 도미스의 귀를 후려 갈겼다.

"도둑년."

도미스가 놀라 쳐다보자, 안야는 자신이 들고 있던 보석을 도미스의 눈알에 가까이 가져다 대며 설명했다.

"이건 내 열다섯 번째 생일 선물로 받은 보석이다."

도미스는 그제야 당황해서 반박했다.

"아니에요. 이건 제 거예요."

동생 안야가 손짓하자, 안야의 개인 하녀가 도미스를 도둑 보듯 노려보며 들고 있던 주머니를 안야에게 건넸다. 안야가 주머니를 받아 뒤집자, 안에서 수많은 보석이 우르르 바닥으로 쏟아졌다. 그걸 본 구경꾼들이 놀라서 수군대자 도미스는 다급하게 외쳤다.

"뭐 하는 거예요?"

"눈에 띄는 보석이 여기저기 있더라. 내 어머니 거라든가. 왜 이걸 네가 가지고 있니?"

반면 동생 안야는 침착하게 설명하더니 비웃으며 조롱했다.

"아. 도둑이라?"

도미스는 발끈해서 외쳤다.

"제 거예요! 그쪽…… 엄마가 나한테 줬다고요!"

통하지 않았지만.

"내 어머니가 왜 너한테? 말이 되는 소릴 하렴."

"정말이에요!"

도미스는 양모와 약속한 게 있다 보니, 자신과 양모 사이의 관계를 말하지도 못하고 억울해 얼굴만 붉어졌다. 안야가 데려온 하녀만이 아니라 원래 이 저택에서 일하는 다른 하녀들까지도 도미스를 쳐다보며 수군거리자, 라틸은 자신의 눈가에 열기가 올라오는 걸 느꼈다.

"질질 짠다고 일이 다 해결되진 않아."

"그쪽 어머니한테 물어보면 되잖아요!"

"그럴까?"

그러다 동생 안야가 도미스를 퍽 밀치고 걸어가려는 찰나. 마침 양모도 이쪽으로 다가왔다. 상황을 듣고 온 건지 당혹스러운 얼굴이었다. 도미스는 간절한 눈으로 양모를 보았다. 여기서 양모가 그녀를 모른 척하면, 순식간에 도미스는 도둑 누명을 쓰게 된다.

도미스는 울면서 양모를 보았으나, 동생을 위한답시고 정체를 밝히지 말아 달라고 한 양모가 이 상황에서 자기편을 들 거란 생각은 들지 않는지 벌써부터 낙담하고 있었다.

"무슨 일이지?"

"무슨 소란이냐."

그러다 칼라인과 기르골까지 나타나자, 도미스는 얼굴에 열이 잔뜩 올라 주먹을 쥐었다. 칼라인의 눈빛을 받은 그녀가 수치스러워 죽고 싶어 하는 기분을, 라틸은 절절히 같이 느낄 수 있었다. 두 남자까지 나타나자 동생 안야는 잘됐단 듯이 목소리를 높였다.

"어머니. 이 하녀가 어머니 보석을 갖고 있어요. 제 보석도 하나 가지고 있고요. 그래서 왜 훔쳤냐고 물었더니, 어머니가 자기한테 줬대요. 정말인가요?"

어머니가 같이 화를 내주리라 확신한 모습이었다. 그러나 도미스를 위하는 마음이 아예 없진 않은지, 양모는 의외로 도미스 편을 들어주었다.

"그 보석은 네가 마음에 안 든다고 나한테 준 거잖니, 안야."

"이 하녀한테 준 건 아니잖아요."

"그 애에겐…… 내가 준 게 맞아."

양모가 마지못해 말하자 동생 안야가 인상을 구겼다.

"왜요?"

"너희들은 나가라."

양모는 대답하기에 앞서 사람들부터 물렸다. 그러고서 칼라인과 기르골 쪽으로도 자리를 비켜달란 신호를 보냈으나, 두 뱀파이어는 떠나지 않았다.

"재밌네요. 계속해요."

오히려 기르골은 웃으면서 이렇게 권했고, 양모는 한숨을 내쉬더니 결국 덤덤한 목소리로 털어놓았다.

"안야. 저 애는 예전에 내 의붓딸이었단다. 네 의붓언니였어."

전혀 상상도 못 했는지 동생 안야의 표정이 살얼음처럼 굳었다.

"그게 무슨……."

"정말이야. 너랑 함께 산 적도 있어. 넌 기억을 못 하겠지만."

"그런 얘기 처음 듣는데요."

"저 애가…… 가출했거든."

양모는 도미스의 눈치를 한 번 보고는 빠르게 말을 이었다.

"주워 기른 아이여서 입양 절차를 밟은 게 아니다 보니 그걸로

인연도 끝이 났지."

라틸은 도미스가 사실을 밝혀주길 바랐으나, 도미스는 양모가 그래도 자신이 도둑이 아니라고 나서준 것만으로도 고마운지 우두커니 있기만 했다. 그러나 동생 안야는 이 정도로도 싫은지 치를 떨었다.

"그럼 내 언니가 아니잖아요?"

그러고는 불쾌하다는 듯 도미스를 보며 학을 뗐다.

"어쨌든 충격이네요. 평범한 하녀인 줄 알았더니, 어머니를 배신하고 떠난 은혜 모르는 사람이었어요?"

"⋯⋯."

"어머니는 속이 너무 좋아요. 그런 사람한테 보석은 왜 챙겨주는 거예요?"

도미스에게 이 소란을 알려주고 여기까지 데려와 준 하녀 안야는 가정사라 생각해서인지 지금까지 내내 조용히 있었다. 그러나 주위에 아무도 없고 도미스가 일방적으로 궁지에 몰리자, 발끈해서 도미스의 팔을 잡고 화를 냈다.

"가자, 도미스. 넌 무슨 개소리를 가만히 듣고만 있어? 넌 사람 말밖에 못 알아듣잖아."

그 말에 동생 안야는 발끈해서 하녀 안야를 노려보았고, 도미스는 당황해서 그녀를 불렀다.

"하지만⋯⋯ 안야 씨⋯⋯."

그 순간.

"안야 씨?"

동생 안야가 하하하 어이없어하며 웃더니, 아까보다 더욱 질색하며 도미스를 쳐다보았다.

"뭐야. 내 이름을 다른 사람한테 붙여주고 자매 놀이까지 하고 있네."

"여보세요. 원래 내 이름이었거든?"

하녀 안야가 발끈해서 따지려 했으나, 이번에는 양모가 나섰다.

"랑스터 백작가에선 하녀 교육을 똑바로 시키지 않는군."

양모는 도미스에겐 죄책감과 애정이 있다 보니 잘 대해주려 했으나, 다른 하녀가 자기 친딸에게 버릇없게 구는 건 용서할 마음이 없는 눈치였다. 사실 이들 사이의 관계를 제외한다면, 어느 귀족가 사람도 하녀가 개소리 운운하는 걸 듣고 참진 않을 터였다. 일이 커져서 하녀 안야에게 불똥이 튈 것 같자, 도미스는 황급히 나서서 양모에게서 하녀 안야를 가렸다.

"됐어요, 안야 씨. ……가요."

도미스는 동생 안야와 양모 쪽은 더 쳐다보지 않고 하녀 안야의 팔을 잡고 끌었다. 긴 복도를 걸어가면서 기르골과 칼라인을 스쳐 지나갔으나, 그녀는 차마 두 남자의 얼굴을 볼 수 없어 고개만 숙였다.

"죄송해요, 어머니. 생각해 보니 불쌍한 사람인데 제가 욱했어요. 처음엔 도둑이란 생각에, 다음엔 어머니를 배신했단 생각에 화를 내버렸어요."

뒤에서 들려오는 동정심과 후회로 찬 안야의 목소리가 오히려 도미스를 더욱 괴롭게 했다.

라틸이 대신 열받아서 '후하후하' 심호흡을 하는 사이. 어느새 경치가 바뀌었고, 도미스는 빨래터에 쪼그리고 앉아 멍하니 흘러가는 물을 보고 있었다. 그때, 누군가 다가와 옆에 털썩 앉았다. 도미스는 전혀 인기척을 느끼지 못하다가 놀라 옆을 보았다. 나타난 사람은 뜻밖에도 기르골이었다.

"기, 기르골 씨."

당황한 도미스는 일어서려 했으나, 기르골이 "가려고?" 하고 물어보며 웃자, 주저하며 쩔쩔맸다. 기르골이 붙잡지도 작별 인사를 하지도 않고 웃고만 있자, 도미스는 결국 주저하다가 도로 앉았다. 라틸은 기르골이 무슨 헛소리를 할까 생각했으나, 기르골은 별말 없이 물기 묻은 돌만 가지고 저글링을 하며 놀았다.

'아니, 쟤는 왜 굳이 여기서 저글링을?'

라틸은 황당했으나, 도미스는 오히려 그게 편한지 무릎을 끌어안고서 아까처럼 멍하게 있었다. 꽤 오랜 시간이 지나 먼저 입을 연 건 도미스 쪽이었다.

"안야 씨는…… 처음 만났을 때부터 이름이 안야였어요. 절대로 개 이름을 따서 부르는 거 아니에요."

그 말에 기르골은 돌을 내려놓고 힐긋 도미스를 보더니 맞장구쳤다.

"알아. 알아. 개가 좀 그래. 자아가 비대해."

그 태연하면서도 장난스러운 반응에, 도미스는 불안해서 입술을 깨물다가 얼결에 따라 웃었다. 그러고 나니 긴장이 좀 풀렸는지, 그녀는 소맷자락으로 눈물을 대충 닦으면서 다시 입을 열었다.

"안야는요. 안야 씨 말고 안야요."

"자아가 비대한 애?"

도미스는 코를 훌쩍이면서 웃었다.

"네. 걔요. 걔는…… 제가 원하던 걸 전부 다 갖고 있어요. 그 생각을 하면 좀 서글퍼지네요. 그래서 울고 있었어요."

"원하던 거라니?"

"제가 욕심내지 않은 것들을 가지고 있으면 그냥 부럽고 말겠는데. 걔가 가진 모든 건 제가 가지고 싶던 것들이에요. 게다가 걔가 뭔가를 가질 때마다 저는 꼭 뭔가를 잃어요."

"예를 들면?"

"가족들은 걔를 지키기 위해 절 버렸죠. 제가 죽도록 고생하는 동안 걔는 평화롭게 컸어요. 기르골 씨랑 칼라인 씨도 제가 따라가고 싶었는데, 절 두고 가서 걔를 만났잖아요."

도미스는 말하다가 얼굴이 붉어져서는 황급히 덧붙였다.

"물론 두 분도 가족도 사실 제 것이 아니고, 원래 안야 게 맞긴 하지만요. 이상하게 듣진 마세요. 그냥 느낌이 그렇단 거예요."

그러고서 웃는데 눈에선 눈물이 흐르고 있었다. 라틸은 볼을 타고 흐르는 물줄기를 또렷하게 느꼈다. 그게 어떻게 보였는지 기르골은 도미스의 얼굴을 빤히 보았고, 도미스는 그 눈길에 얼굴이 더 빨개져서 괜히 이런 말을 꺼냈다고 후회했다.

그 순간.

"그럼 내가 해줄까?"

기르골이 갑자기 물었다.

"뭐가요?"

"아가씨가 동생한테 뺏기지 않을 하나."

도미스가 눈을 커다랗게 뜨고 쳐다보자, 기르골이 그녀에게 손을 내밀었다.

"내가 아가씨 친구가 돼줄게. 안야보다 아가씨랑 더 친한 친구."

도미스가 멍하게 쳐다보자, 기르골이 새끼손가락을 몇 번 까딱였다. 안 잡을 거냐는 듯. 그러다 도미스가 그 손가락에 자기 손가락을 걸자, 기르골은 손수건을 꺼내어 도미스의 눈가를 닦아주더니 과장되게 감탄했다.

"아가씨는 우는 모습도 웃기네."

도미스가 민망해서 쳐다보자, 기르골은 손수건은 빨아서 돌려달라고 건네더니 다리에 쥐가 날 거라며 도미스를 일으켜 세우고 물었다.

"나중에 언제 시간 나?"

"시간은 왜요?"

"아가씨는 친구들이랑 뭘 하는지 모르겠는데. 나는 친구들이랑 보통 돌아다니면서 놀거든."

"!"

"같이 놀러 가자."

도미스가 환하게 웃으면서 고개를 끄덕였다.

잠에서 깬 라틸은 눈을 반쯤 뜬 채 멍하게 있었다. 기분이 착잡하고 이상했다. 아마 도미스의 마지막 순간, 그녀의 곁에 있던 건 칼라인이고, 기르골은 오히려 그녀를 죽인 여자와 한패였단 게 떠올라서 그럴 것이다.

'맞아. 대적자의 검을 들고 있던 여자!'

그러다가 문득 라틸은 대적자의 검을 가지고 있던 그 여자가 동생 안야와 좀 비슷한 인상이었단 걸 떠올렸다. 안야란 애가 자라면 그런 느낌일 것 같았다.

'아닌가?'

하지만 그 부분은 꿈에서도 얼핏 보았을 뿐이라, 너무 희미하게 기억에 남아서 잘 기억나지 않았다.

'무슨 상관이야. 죽은 사람일 텐데.'

꿈도 착잡하고 게스타도 착잡하다. 푹 자고 일어났는데 라틸은 오히려 기분이 꿀꿀해졌다.

'친구가 되어주기로 한 기르골이 결국 대적자랑 한 팀을 먹어서 도미스가 열받았나? 그래서 타락했나?'

영 이해가 가지 않아 꼬물거리던 라틸은 무의식중에 돌아누웠다. 그런데 몸을 돌리자마자 단단한 어딘가에 머리를 부딪쳤다.

"!"

라틸은 눈을 커다랗게 떴다. 그건 게스타의 가슴이었다. 게스타가 아직 옆에서 자고 있던 것이다. 기겁한 라틸이 더욱 고개를 위로 들어 보니, 다행히 게스타는 곤히 잠들어 있었다. 전에 옆에서 잤을 때도 느꼈지만, 아침잠이 많은 건지 그는 라틸이 부딪쳤는데도 미동도 없었다.

그 모습을 빤히 보다가 라틸은 이불을 들추고 슬그머니 품에서 빠져나왔다. 그래도 게스타가 새근새근 자고 있자, 라틸은 침대에 팔을 괴고 슬쩍 그의 얼굴을 손가락으로 찔러 보았다.

'넌 정체가 뭐냐, 대체.'

그 순간. 게스타가 갑자기 눈을 번쩍 뜨는 바람에, 라틸은 놀라서 뒤로 몸을 확 빼다가 이불째 바닥으로 굴러떨어졌다.

"윽!"

알싸한 통증에 라틸이 허우적거리자, 게스타가 얼른 달려와 일으켜 세워주었다.

"폐하! 괜찮으십니까?"

"아. 괜찮다, 괜찮아."

라틸은 민망해서 몸을 일으키고 괜히 주위를 두리번거리다가 중얼거렸다.

"아, 늦잠 잤네. 늦잠."

그러고는 황급히 달아나 버리자, 남겨진 게스타는 어리둥절해서 닫힌 문을 지켜보았다. 하지만 그것도 잠시 곧 그의 입가에 부드러운 미소가 올라오더니, 게스타는 떨어진 이불에 파묻혀 얼굴을 비비적거렸다. 라틸이 남기고 간 냄새와 온기를 자신에게 묻히려는 듯.

[그짝 변태요?]

그러나 만족스러울 만큼 얼굴을 비비적거리기도 전에 창문에서 들려온 목소리에 게스타는 고개를 번쩍 들어야 했다. 소리 난 쪽에는 또 그리핀이 창틀에 앉아있었다. 그뿐만 아니라 눈이 마주치자마자 당당하게 창문을 발로 퍽 차서 열고 들어오더니, 게스타의 코 앞까지 날아와 발가락을 쫙 펴서 내밀고 요구했다.

[시키는 대로 했으니 주시오.]

게스타는 쫓아내는 대신 몸을 일으키고서 방 한쪽에 놓인 서랍으로 갔다. 그가 서랍 안에서 꺼낸 건 끄트머리가 뭉툭한 작은 청록색 상자였다.

[오오!]

그리핀은 뚜껑을 열기도 전부터 환호하다가, 게스타가 뚜껑을 열고 안에서 희미한 빛이 나는 사탕 여섯 개를 꺼내자 너무 기뻐 춤까지 추었다.

"자. 생명이 담긴 사탕."

게스타가 사탕을 주자 그리핀은 두 날개로 사탕을 소중하게 받아 들고는 껍질째 오독오독 먹기 시작했다. '와득와득' 하는 소리와 껍질을 씹는 바스락거리는 소리가 고요한 방 안을 섬뜩하게 울렸으나, 게스타는 신경도 쓰지 않고 자기 옷 단추를 하나하나 풀어갔다.

그리핀 역시 먹는 데 집중하느라 게스타가 옷을 벗건 도로 입건 신경도 쓰지 않았다. 마지막 사탕을 다 먹은 뒤에야 그리핀은 날개로 부리를 닦으며 물었다.

[근데 왜 그런 거요?]

"뭐가."

[왜 스스로를 수상하게 몰아가시오? 우리 로드…… 멍충이려졌던데, 그래도 괜찮겠소?]

게스타가 마지막 단추를 풀자 옷이 툭 떨어지며, 그 안에 감춰져 있던 근육으로 꽉 짜인 상체가 모습을 드러냈다. 하나하나 섬세하게 공들여 빚은 근육은 대신관이 탐을 낼 정도로 완벽했다.

"괜찮아."

게스타는 야생적인 몸과 달리 온화한 미소를 지으며 속삭였다.

"그러라고 알려드린 거니까. 내 생각만 하고 있으라고."

방으로 돌아온 라틸은 씻고 아침 식사를 한 다음 업무에 복귀했지만, 게스타가 영 신경 쓰여서 일에 집중하기 어려웠다. 황제가 된 후 이런 적이 여러 번 있긴 했으나 이번에는 유독 그 정도가 심해서, 기르골과 게스타, 도미스가 서로 엎치락뒤치락 머릿속에서 자리를 차지하려 애썼다. 한쪽 생각을 하지 않으려 하면 다른 둘이 '그럼 내 생각 하면 되겠네!'라면서 불쑥 나타나는 지경이 되자, 라틸은 결국 괴로워하며 책상에 머리를 박았다.

"아…… 집중. 제발 집중."

하지만 집중한 건 라틸의 머리가 아니라 시종장이었다.

"폐하. 머리가 아프십니까?"

시종장이 놀라 묻자 라틸은 책상에서 이마를 떼지 않은 채 고개를 저었다.

"아닙니다. 그냥 오랜만에 집중이 안 돼서요."

"좀 쉬시는 게 어떨까요?"

"더 해보고……."

그러다가 라틸이 갑자기 고개를 확 들자, 시종장이 다시 자세를 바로 했다.

"사블레 후작."

"예, 폐하."

"로르드 재상 좀 불러올래요?"

시종장이 '로르드 재상은 왜 부르시지?' 하는 얼굴로 나가고 약 30분 정도 뒤에, 로르드 재상이 헐레벌떡 들어왔다.

"죄송합니다, 폐하. 궁전 반대쪽에 가있어서 온다고 바로 왔는데도 시간이……."

로르드 재상은 오자마자 사과부터 했으나, 라틸은 괜찮다고 손을 내젓고서 얼른 본론을 꺼냈다.

"재상. 내가 물어볼 게 있는데."

"예."

로르드 재상은 황제가 갑자기 시종장을 보내 자신을 찾은 건 물론 물어볼 것까지 있다고 하자, 무슨 일이 있나 싶어 심각한 표정을 지었다. 그러다 라틸이 집무실 안에 있던 다른 사람들까지 죄다 물려버리자, 재상은 심각하다 못해 두려워졌다. 대체 무슨 일이기에?

"음. 재상. 게스타 말이네."

황제의 입에서 아들 이름까지 나오자 재상은 손바닥에서 땀이 다 났다.

"예, 폐하. 게스타가 무슨 사고라도 쳤는지요?"

상상하기 어려운 일이지만 남녀 간의 일이란 모르지 않는가.

"아니, 사고를 친 건 아닌데."

'수상해서.'

"어릴 때 얘기 좀 들려주겠나?"

하지만 라틸이 말을 계속 잇자, 재상은 곧 두려운 마음을 떨치고 얼굴이 환해져서 "예!" 하고 외쳤다.

"그럼요!"

라틸이 질문한 의도를 좋게 해석한 게 분명했다. 그 오해를 바로 알아차렸으나 라틸은 환상을 깨지 않고 웃으면서 로르드 재상의 말만 기다렸다. 로르드 재상은 황제가 기대하는 얼굴로 자신을 보자 더욱 흐뭇해져서 괜히 바지 옆선을 손으로 툭툭 털며 중얼거렸다.

"어디부터 말씀드려야 할지……. 아. 우리 게스타는 어릴 때부터 참 얌전하고 순하고 예뻤습니다, 폐하."

"칭찬 빼고."

"예?"

"객관적인 얘기를 듣고 싶다네. 뭐…… 특별한 사건이라던가. 유독 기억에 남은 일화라던가 그런 거."

"아아. 그런 거요."

여전히 황제의 의도를 좋게 해석한 로르드 재상은 생글생글 웃었으나 이번에는 바로 말이 나오지 않았다. 그러다 라틸과 눈이 마주치자 그는 멋쩍게 웃었다.

"죄송합니다, 폐하. 원체 순해서 사고 없이 큰 애다 보니, 바로 생각나는 게 없군요."

"그래?"

"네. 아아. 게스타는 어릴 때부터 폐하를 연모……. 아. 이 이야기를 해도 될지…….”

"알고 있으니 말해보게."

"아시는군요?"

로르드 재상은 황제가 게스타의 오랜 짝사랑도 이미 안다고 말해주자, 그때부터 안심해서 게스타가 옛날부터 얼마나 라틸을 흠모했는지, 그 애정이 얼마나 예쁘고 순수한지를 주절주절 이야기하기 시작했다. 라틸 역시 혹시 그 옛날이야기 안에 게스타의 수상함에 대한 열쇠가 있을까 싶어 신중하게 귀를 기울였다.

차를 세 잔이나 마시며 거의 두 시간이나 이야기를 나누었으나, 라틸은 별 수확을 얻지 못했다. 로르드 재상의 입을 통해 듣는 게스타가 너무 미화된 탓이었다.

　반면 로르드 재상은 이제 황제가 우리 아들에게 관심이 가나 보다 싶어서 뿌듯한 마음으로 집무실을 나섰다. 문밖으로 나서는 그의 어깨는 들어올 때보다 훨씬 펴져있었고, 허리가 꼿꼿해져서 키도 좀 커져있었다. 승전한 장군 같은 모양새에, 재상 측 관리들은 자기들도 모르게 손뼉을 칠 뻔했다. 그래도 인내심을 발휘해 손뼉을 치진 않았으나, 재상은 사람들 앞에서 뒷짐을 지고 보란 듯이 자랑했다.

　"폐하께선 게스타에게 관심이 많으시군. 하긴 그리 순하고 착하니."

　그 모습은, 황제가 재상을 따로 불렀단 소식을 듣고 헐레벌떡 들어온 아트락시 공작의 눈에 똑똑하게 들어왔다. 재상도 공작을 발견하자 흐뭇하게 웃고는 턱을 치켜들고 다가가 어깨를 툭툭 두드리며 빈정거렸다.

　"라나문? 아무리 외모가 잘나면 뭐 하나. 인성이 되어야지."

　"맞는 말이지. 한데 그 이야긴 왜 꼭 외모가 못난 이들이 할까."

　"하하. 자네가 그렇게 말해도 아무렇지 않네. 폐하가 그랬거든. 우리 게스타가 귀엽다고."

　"!"

　"라나문은…… 흠. 귀여움과는 거리가 멀지."

　풋 소리 내어 비웃은 재상이 라나문의 이름을 말하면서 두 번이나 고개를 설레설레 젓자, 아트락시 공작의 주먹에 힘이 꽉 들어갔다.

"자네가 뭘 몰라서 그러는데. 내 아들만큼 귀여운 생명체는 이 세상에 존재하지 않네."

너무 화가 난 아트락시 공작은 무리해서 아들을 미화해 보았으나, 여유로워진 로르드 재상에겐 통하지 않았다.

"그거 어느 세상 얘긴가? 이 세상 얘긴 확실히 아닌데?"

"어, 어릴 땐 귀여웠네!"

"차가운 미남의 시대는 갔네, 아트락시. 이젠 우리 게스타처럼 착하고 온화한 미남의 시대지."

"!"

"꺼지게, 구시대의 유물 같으니라고."

아무리 화가 나도 황제에게 '왜 우리 아들은 귀엽다고 안 해주시냐'고 따질 수는 없다. 로르드 재상에게 한 방 먹은 아트락시 공작의 화살은 아들인 라나문에게 그대로 돌아갔다. 어찌나 열받았는지, 그는 일이 끝났는데도 저택으로 돌아가지 않고 바로 라나문부터 찾아갔다. 그러고는 갑자기 씩씩거리며 들어오는 아버지가 의아해 인상을 구기는 라나문에게 다가가, 다짜고짜 구겨진 이마를 찰싹 쳐버렸다.

"이 인상!"

"아버지?"

라나문은 물론, 문을 열어준 카르둔까지 놀라서 공작을 보았으나 공작은 여전히 분이 풀리지 않은 얼굴이었다.

"여기 앉으세요, 공작님. 제가 차를 가져다드릴게요."

카르둔이 공작을 의자에 앉히고 차를 가져와 따라준 다음에야, 공작은 조금 분노를 누르고서 사태를 설명했다.

"폐하께서 로드 재상, 그 재수 없는 놈을 불러다가 게스타 이 야기를 많이 하신 모양이다."

"폐하께서요?"

"재상 그놈 어깨에 힘이 꽉 들어갔어. 폐하가 게스타가 귀엽다고 하셨나 보더라."

"그게 귀엽다고요?"

라나문이 다시 인상을 쓰자, 아트락시 공작은 차를 마시다 말고 또 아들의 이마를 찰싹 쳤다.

"이 인상!"

아프게 때린 건 아니지만 라나문은 불쾌해서 서늘한 시선을 아 버지에게 보냈다. 그 눈빛을 받자, 아트락시 공작은 아들인데도 좀 무섭단 생각이 들어서 그제야 손을 내렸다. 하지만 곧 아버지로서 의 체면을 차리고 단호하게 충고했다.

"라나문 폐하가 귀여운 걸 좋아하시는 모양이니, 너도 좀 해봐 라."

"해보라니요?"

"왜, 그런 거 있잖으냐. 흠흠. 그거."

"뭘 말씀하시는지 모르겠습니다."

그러나 열심히 충고하는데도 라나문이 이해하지 못하자, 그는

너무 답답해서 두 손을 모으고 눈을 커다랗게 뜬 다음 직접 시연해
주었다.

"왜, 이런 거 있잖느냐! 폐하아…… 흐으응……."

아트락시 공작이 어깨를 떤 다음 윙크를 하자, 라나문은 순간 헛
구역질을 하면서 고개를 돌렸다. 지켜보던 카르둔 역시 무례함을
잊고 같이 헛구역질을 하며 시선을 돌렸다. 아트락시 공작은 얼굴
에 열이 올랐으나, 아들을 국서로 이끌어야 한단 사명을 품고 굳건
하게 다그쳤다.

"폐하가 이런 걸 좋아한단 말이다. 이런 걸. 왜, 재상 그놈 아들
이 맨날 하는 거 있잖으냐. 눈 커다랗게, 그 뭐야, 고양이 눈처럼 뜨
는 그거!"

라나문은 아버지의 재촉에 한숨을 내쉬고서 관자놀이를 눌렀다.

"그럴 리가 없습니다. 아버지께서 무언가 착각하신 모양인데요."

"정말이라니까?"

"아닙니다. 아버지보단 제가 폐하를 더 잘 압니다."

"눈 딱 감고 해봐라. 이거 한다고 안 죽어!"

라나문이 질색해 쳐다보자, 아트락시 공작이 이번에는 하소연하
듯 "아드을!" 하고 외쳤다. 단단히 골이 난 공작을 빤히 보다가, 라
나문은 읽던 책을 옆에 내려놓고서 평소와 조금도 다를 바 없는 목
소리로 입을 열었다.

"진정하시지요. 국서가 되는 데는 폐하의 의견이 가장 중요하지
만, 폐하의 의견만 중요한 건 아니니까요."

"무슨 소리냐?"

"폐하께서 절 품어주지 않으시니."

"아직도?"

"……다른 수를 써볼까 합니다."

"다른 수라니?"

아트락시 공작이 어리둥절해서 묻자, 라나문이 다시 입을 열었다.

"저한테 계속 오는 그 편지. 기억하십니까."

"그 헛소리해 대는 편지 말이냐."

"예."

아트락시 공작은 고개를 끄덕였다. 주기적으로 오는데 기억하지 못할 리가.

"네가 얼마 전에 카르둔을 시켜서 그랬지. 편지 가져오는 심부름꾼이 오면 말을 전해달라고. 그 이야기를 하는 거냐?"

그러나 라나문이 말하고자 하는 바는 그와는 또 달랐다.

"아닙니다. 그때와는 상황이 또 바뀌었거든요."

아트락시 공작의 눈썹이 위로 올라갔다.

"바뀌다니?"

"편지 보내던 사람이 직접 찾아왔습니다."

얼마나 놀랐던지, 아트락시 공작은 얼결에 몸을 일으켰다가 도로 앉으며 물었다.

"정말이냐?"

"본인 말로는 제가 대적자가 확실하다더군요."

"아니…… 말세인가."

공작은 순간 진심으로 내뱉다가 아들의 눈치를 보고서 마지못해 말을 돌렸다.

"영광이지."

하지만 속으로는 무언가 잘못된 게 아닐까, 의심했다. 그의 아들이긴 했으나 라나문은 솔직히 너무 게을렀고 나태했다. 그 나태한 면조차 라나문의 나른한 외모를 돋보이게 하긴 했으나, 거기에 자기 목숨을 의탁하고 싶진 않았다. 아트락시 공작은 괜히 무릎을 두어 번 주무르다가 웃으면서 물었다.

"안 할 거지?"

질문이지만 '안 했으면 좋겠다'는 말투였다. 라나문은 그 기색을 눈치채고서 쌀쌀맞게 대답했다.

"아버지를 실망시켰군요. 해볼까, 관심이 갑니다."

"아니…… 왜?"

아트락시 공작이 대놓고 싫은 얼굴을 하자, 라나문은 미간을 찌푸렸다.

"저도 귀찮습니다."

"그래, 귀찮으면 하지 마라. 세상 구한다고 나섰다가, 도중에 귀찮다고 그만두면 그건 진짜 민폐다."

라나문은 조금 발끈했으나 더 입씨름하기 귀찮은지 그냥 본론으로 들어갔다.

"제가 대적자가 되면 국서가 될 확률이 높아질 겁니다."

"그럴…… 수도 있긴 하지."

아트락시 공작은 고개를 끄덕이면서도 인상을 구겼다.

"아닐 수도 있고. 사람들이 네가 후궁을 관두길 바랄 수도 있다."

"당연히 대적자가 된다면 그냥 하진 않을 겁니다."

"그냥 하지 않을 거라니?"

"공개적으로 말할 겁니다. 황제를 위해 할 거라고. 황제를 사랑하기 때문에 하는 거라고."

"설마…… 여론전을 벌이겠단 거냐?"

"황제를 구하기 위해 대적자가 되어 싸우는데, 그 사이 황제는 다른 남자를 국서로 맞아들인다? 보기 좋은 그림은 아니겠지요."

아트락시 공작은 '아니, 얘가 웬일로 머리를 이렇게 굴리지?' 싶어서 괜히 아들 머리를 두드려보고 싶어졌다. 하지만 그랬다간 난리가 날 게 뻔하기에, 그는 머리를 두드리는 대신 팔짱을 끼고 "흠." 하는 소리를 냈다.

"아버지는 어떻게 생각하십니까?"

"대적자 일이 위험하지만 않다면 해볼 만하지. 귀족 여론이야 우리 측 귀족들을 움직이면 되는 거고. 국민들이야 네가 그 얘기를 하면 네 편을 들 테니. 문제는……."

"말씀하세요."

"네가 위험해지면 다 소용없는 일이다. 그게 제일 큰 문제지."

아트락시 공작의 말에 밴 걱정에 라나문은 희미하게 웃었다.

"그래서 아직 고민 중입니다. 귀찮기도 하고."

"아. 아직 귀찮은 상태로구나."

"네. 먼저 말씀드린 겁니다. 그런 최후의 선택도 있으니 너무 초조해하지 마시라고요."

고개를 끄덕인 아트락시 공작은 카르둔을 향해 눈으로 라나문을 가리키며 괜히 소곤거렸다.

"얘가 국서가 꼭 되고 싶은가 보다."

라나문은 별 반응을 보이지 않았으나, 카르둔은 어색하게 웃으면서 "그러네요." 하고 대답했다. 하지만 카르둔은 속으로는 '과연 그것뿐일까요?' 하고 되묻고 있었다.

로르드 재상이 다녀가도 별 소용이 없자 라틸은 긴급한 업무만 처리하고 나머지는 내일로 미룬 다음 기르골의 그 미로 저택을 찾아갔다. 사실 오늘은 약속한 날짜는 아니었으나 일단 가본 것이었다. 전에 기르골에게 그리핀에 관해 물으려다가 묻지 못했으니, 이참에 물어볼 생각이었다. 그런데 뜻밖에도 기르골은 없고 낯선 사람이 집 안에서 나왔다.

"누구세요?"

남자는 흙만 담긴 화분을 안고 있었는데, 누가 봐도 이 집에 사는 모양새라 라틸은 '기르골 집이 아니었나?' 의심스러워졌다.

"그쪽은 누군데요?"

라틸은 딱딱하게 되물으면서 남자를 위아래로 보았다.

"여기 기르골 집 아니에요?"

그러면서 묻자, 남자는 "기르골 님 집 맞는⋯⋯." 하고 대답하다가 "아." 하고 탄식했다.

"사디 님이시구나? 기르골 님 제자."

라틸에 대해 아는 눈치였다.

"누구세요?"

누군데 날 알지? 라틸이 재차 묻자, 남자는 화분을 옆에 내려놓고 한 손을 내밀면서 씩 웃었다.

"전 기르골 님의 종, 자이오르라고 합니다."

"아아. 네."

라틸은 얼결에 그 손을 같이 쥐다가 고개를 갸웃했다. 저 남자. 어디서 본 것 같단 생각이 들었다. 하지만 어디서 보았는진 잘 생각나지 않았다.

'알현하러 온 적이 있나? 아니면 연회 때 얼핏 봤나? 아니면 지나가다가 봤나?'

의아해서 머리를 굴리고 있자니, 남자가 다시 화분을 들어 안으며 아까보다 좀 더 친절해진 목소리로 물었다.

"기르골 님 찾아오셨어요?"

"네."

"기르골 님은⋯⋯."

그 순간.

"제자님."

뒤에서 목소리가 들려왔다. 라틸이 돌아보니, 기르골이 마침 정문에서 현관 쪽으로 걸어오고 있었다.

"웬일이야? 바쁘다더니."

그렇게 묻는 기르골이야말로 두 손에 종이봉투가 가득 들려있었다. 퍽 바쁘게 지낸 눈치였다. 라틸은 대답하려다가 어쩐지 기분이 이상해져서 그를 빤히 보았다. 기르골의 모습이, 순간 도미스 눈으로 보았던 그와 겹쳐지면서 반갑기도 하고 심란하기도 한 탓이었다. 그는 도미스에게 힘이 되어주었지만 결국 배신한 자니까.

"왜 그렇게 사연 있는 시선으로 쳐다봐, 아가씨?"

"지금 시간 돼?"

"데이트하자고?"

"수업하자고."

"왜 갑자기 열정적인 학생이 됐대?"

"물어볼 것도 있고."

"우리 제자님을 내가 제일 좋아해."

"딴 거."

말을 주고받는 사이 자이오르가 눈치만 보고 있자, 기르골은 라틸에게 안으로 들어가라 손짓하며 자이오르에게는 따로 지시를 했다.

"나는 커피. 우리 제자님은 꽃차."

씩 웃은 기르골이 라틸의 어깨를 감쌌다.

"우리 제자님은 꽃 못 먹으니까."

응접실 비슷한 곳에 들어가서 자리를 잡고 앉자 얼마 지나지 않아 자이오르가 쟁반을 들고 나타났다. 기르골의 시종이라더니, 용케 혼자서도 이 미로 저택 안을 잘 돌아다니는 모양이었다.

"여기 기르골 님은 커피. 제자님은 꽃차입니다. 장미꽃으로 만든 차라 향이 좋을 거예요."

자이오르가 센스 있게 웃고 나가자, 기르골은 애가 눈치가 빠르다고 중얼거리며 차를 들라고 권했다.

"고마워."

라틸은 인사를 하면서 찻잔을 들어 올리다가, 문밖에서 아무 소리도 나지 않는지 한 번 확인한 다음 입을 열었다.

"저기, 황궁에 말이야."

"황궁?"

"어. 들었는지 모르겠는데 그리핀이 나타났단 소문이 돌아."

라틸이 다음 말을 하기도 전에 기르골이 먼저 되물었다.

"그리핀? 아가씨도 봤어?"

대번에 알아듣는 눈치였다. 역시 애한테 물어보길 잘했어, 라고 생각하며 라틸은 거짓말했다.

"아니. 소문만 들었어."

"하긴. 아가씨는 황제의 특사니까 정보가 많이 들어오겠네."

"어."

라틸은 괜히 찻잔을 만지작거리다가 슬그머니 입을 열었다. 이제 그리핀에 관해 본격적으로 물어볼 셈이었다. 그런데 기르골의 반응이 이상했다. 그는 뭐가 그리 즐거운지 히죽 웃고 있었다.

"왜? 왜 갑자기 웃어?"

너무 뜬금없는 타이밍에 나온 미소라 라틸이 의아해 묻자, 그는 뜻밖에도 호감 가득한 목소리로 대답했다.

"그리핀 귀엽지."

'그리핀이 귀엽다고?'

물론 귀엽긴 했다. 사자 꼬리도 깜찍했고, 아주 작고 사랑스러운 생김새였다. 목소리는 굵었지만. 하지만 라틸은 기르골의 표현이 여전히 어색하게 느껴졌다.

'그리핀은 로드가 타고 다닌단 새 아니었나?'

실제로 그렇게 작은 그리핀에 탑승이 가능한지는 둘째치고라도, 어쨌든 로드의 편이니 그런 소문이 난 걸 텐데. 대적자의 스승인 기르골이 저렇게 좋게 말해주자 의아했다. 라틸이 멍하게 보자, 기르골은 그 표정을 멋대로 해석하고서 윙크하며 속삭였다.

"아. 아가씨는 못 봤다 했지. 실제로 보면 알 거야. 걔 진짜 귀여워."

'못 봐서 이러는 게 아닌데.'

"그리핀은 뭘 하는 새야?"

"음?"

"혹시 모르니까 알아두려고. 내가 듣기론 로드가 타고 다니는 새라 했거든. 그러면 혹시 만났을 때 내가 없애야 할 수도 있잖아."

기르골은 커피를 한 모금 쭉 마신 다음 태연히 대답했다.

"그럴 것도 없어. 그냥 별거 아닌 새야. 춤 잘 추는 새."

"춤?"

"응. 춤."

기르골은 다시 커피를 한 모금 마셨다. 그는 그리핀을 귀엽지만 아주 하찮게 보는 눈치였다. '그리핀은 별거 아닌 괴물인가?' 하고 라틸이 덩달아 혹할 정도였다.

"그보다 잘됐네, 나도 아가씨한테 할 말이 있었는데."

"할 말이라니?"

"아가씨, 일주일 정도 휴가 못 가?"

"휴가? 왜?"

"쇼드 폴리에 커다란 공동이 나타났거든. 훈련하기 딱 좋을 거 같아서. 같이 갔다 오자."

쇼드 폴리에 나타난 공동? 라틸은 며칠 전 자신에게 올라온 안건을 떠올렸다. 그 이야기를 하는 건가? 라틸의 호기심이 대번에 솟아났다. 대체 무슨 공동일까. 회의실에서 몇 시간이나 의논해도 직접 가본 게 아니라 결론을 내리지 못했다. 기르골이 훈련하러 가자는 걸 보니 괴물들과 관련이 있는 공동이었나?

'하지만 일주일이라니.'

힘들었다. 라틸은 아쉬운 마음으로 거절했다.

"안 돼."

이런 시기에 황제가 일주일이나 자리를 비우는 건 안 될 일이었다. 최근에 이미 두어 번 다른 영지에 다녀오면서 자리를 비우지 않았던가. 또 일주일간 이동은 무리다.

"절대 안 돼."

라틸이 재차 거절하자 기르골이 눈썹을 추켜 올렸다.

"일주일도 안 돼?"

"어. 난 폐하의 특사잖아."

"황제가 융통성이 없나 봐?"

"있거든? 근데 난 특사라 안 돼."

"특사한테 일주일 휴가도 못 주는 황제라면 융통성이 없는 거지."

"!"

"고생하는구나, 제자님."

어쩐지 기르골이 자기 욕을 하는 것 같아 발끈한 라틸이 낯을 두껍게 하고 자기 칭찬을 하려는 찰나. 기르골이 갑자기 커피잔을 내려놓더니 긴 다리를 꼬아 앉으면서 불렀다.

"제자님. 괜찮다면 나한테 황제 이야기 좀 들려줄래?"

라틸은 스스로를 칭찬하려다가 좀 불안해서 물었다.

"황제는 왜?"

"황제 오빠가 나한테 말해줬거든."

황제 오빠 이야기가 나오자 라틸은 더욱 불안해졌다. 기르골이 말하는 '황제 오빠'가 레안을 말하는 것이든 틀라를 말하는 것이든, 둘 다 자신에게 좋은 말을 할 사람들이 아니니까.

'그 둘은 언제 기르골을 만난 거야?'

"뭐를?"

그래도 애써 태연하게 질문한 라틸은 아무렇지 않은 척 꽃차를 들어 한 모금 마셨다. 차에서는 아직 장미 향이 났으나, 찻물이 애매하게 식어서 맛이 텁텁했다.

"황제가 로드일지도 모른다고."

그러나 기르골의 대답을 듣는 순간. 라틸은 손가락에 힘이 쭉 빠져 찻잔을 떨어뜨리고 말았다. 쨍그랑 소리가 나며 유리 파편이 사방으로 튀자, 라틸은 놀란 표정을 감추기 위해 얼른 허리를 굽혀 유리 조각을 집었다.

"내가 치울게."

하지만 급하게 움직이다 보니 조각에 손가락이 베이며 피가 흘러나왔다.

"으."

라틸은 인상을 구기고서 손수건을 꺼냈다. 그러고서 고개를 드니, 눈 깜짝할 사이 기르골이 코앞에 다가와 있었다. 괜찮다고 말하려는데, 기르골은 라틸의 안위에 관심이 없어 보였다. 그는 피에만 집중하고 있었다.

6권에서 계속

하렘의 남자들 5

초판 1쇄 인쇄 2024년 4월 5일
초판 1쇄 발행 2024년 4월 12일

지은이 알파타르트
펴낸이 김문식 최민석
총괄 임승규
책임편집 명지은
기획편집 조연수 이혜미 김지은
　　　　　김민혜 신지은 박지원
마케팅 조아라
디자인 배현정

펴낸곳 (주)해피북스투유
출판등록 2016년 12월 12일 제2016-000343호
주소 서울시 성북구 종암로 63, 5층(종암동)
전화 02)336-1203
팩스 02)336-1209